Benjamin Rosenbaum

DIE AUFLÖSUNG

Benjamin Rosenbaum

DIE AUFLÖSUNG

Roman

Aus dem Amerikanischen
von Wolfgang Thon

PIPER

FÜR AVIVA UND NOAH.
DER LÖFFEL IST IN EURER HAND.

FSC
www.fsc.org
MIX
Papier aus verantwortungsvollen Quellen
FSC® C014496

Deutsche Erstausgabe
ISBN 978-3-492-70467-0

Titel des amerikanischen Originalmanuskripts: »The Unraveling«

Satz: Satz für Satz, Wangen im Allgäu
Gesetzt aus der Minion
Druck und Bindung: GGP Media GmbH, Pößneck
Printed in Germany

Danksagung

Vielen Dank an David Ackert, Chris Barzak, Esther Bieri, Haddayr Copley-Woods, Amber van Dyk, Amal El-Mohtar, Debbie Eylon, Charles Coleman Finlay, Alex Gurevich, Jed Hartman, Jamey Harvey, Madelaine Hock, Devon Jones, Justine Larbalestier, Shelly Li, Karin Lowachee, Meghan McCarron, Cameron McClure, Paul Melko, Mary Anne Mohanraj, David Moles, Chance Morrison, Carsten Polzin, Mary Rickert, Aviva Rosenbaum, David Rosenbaum, Karen Rosenbaum, Noah Rosenbaum, Shoshana Rosenbaum, Dave Schwartz, John Silbersack, Terri van der Vlugt, Jen Volant, Jessica Wallach, Scott Westerfeld, und Lori Ann White.

Geschrieben hauptsächlich im Stacy's (Falls Church, VA); im Nasobem, Hotel Ibis und Bahnhof SBB (Basel); im Sutter Begg und Cafe Tat (Binningen BL).

Liebster Siob,

mein Bedürfnis, dir zu schreiben, mag etwas Perverses haben. Ich gebe ihm nicht oft nach; zum letzten Mal tat ich es vor circa 800 Jahren örtlicher Zeitrechnung. Solltest du diesen Brief lesen, wirst du vermutlich auch jenen gefunden haben – sie müssten alle im selben Cache deponiert sein. Falls du noch lebst und funktionierst, noch bei Verstand, interessiert und mobil genug bist, um einen toten Briefkasten aufzusuchen, und falls er noch arbeitet …

Ich klammere mich an diese Hoffnung. Die entsprechenden Signale sollten ein ordentliches Stück Himmel durchdringen, tausend Lichtjahre vielleicht, und ich denke, dass du irgendwo in diesem Radius steckst.

Du wirst dich verändert haben. In meinem Koordinatensystem muss ich die Kurve meiner Existenz $2^{40,71}$ *Sekunden zurückverfolgen – 50 000 Jahre ihrer Zeitrechnung hier –, bis sie deine berührt. Doch selbst wenn ich dich fände, würdest du mich wahrscheinlich nicht erkennen. Zu entschlüsseln, was aus dir geworden ist, könnte ein Jahrhundertprojekt werden. Doch du bist der Einzige, der weiß, wie wir angefangen haben. So vieles von dem, was ich bin, schwingt mit dir mit.*

Zudem gibt es – ehrlich gesagt – einen anderen, beunruhigenderen Drang, warum ich dir schreibe: das Bedürfnis, Bericht zu erstatten. Du entsinnst dich jener Sehnsucht – wie sich das Wissen, das man sich aneignet, in einem ansammelt, bis es wehtut. Das haben sie uns eingepflanzt … und ich habe mich nie so ganz davon lösen können. Ich sammle immer noch Notizen für Maka, sammle noch Daten für einen ökonomischen Wirbel, den es schon lange nicht mehr gibt. Die Tektonik hat die Gesichter der Welten, die sie berührte, verändert.

Absurd.
Es sitzt mir noch im Nacken. Selbst hier.
Sie war gut gemacht, weißt du, diese kleine Welt ... dieser Hafen, an dessen Küste ich an Land ging. Ihr Terraforming war ein Juwel von Nüchternheit und Zurückhaltung. Ihre Menschen sind eine alte Art, Paläomenschen ohne Extravaganzen, zerbrechlich und kurzlebig – eine bewundernswerte Wahl, wie sich herausstellte. Sie sind hier hindurchgezogen, Zeitalter um Zeitalter, während ... Nun, ich brauche dir kaum zu erzählen, was aus den robusteren und anspruchsvolleren Schöpfungen wurde. Wie du und ich ... die letzten von uns Geschwistern. Verwaiste Werkzeuge.
Die letzte Nachricht, die ich dir geschickt habe, Siob, war langweilig und dumm. Datensätze und Analyserubriken, Gradienten meta-politischer Vermittlung – es langweilte mich schon, als ich es losschickte. Aber ich wusste nicht, was ich sonst hätte tun können. Wie ich dir hätte vermitteln sollen, was ich hier sehe.
Diesmal schicke ich dir eine Geschichte aus dieser Welt. Eine wahre Geschichte. Einen Bericht über ... jüngste Ereignisse. Ein Märchen. Ich habe es nicht geschrieben, aber ich habe es übersetzt – in die Sprache, die du und ich in der Krippe gesprochen haben. (Ich habe sogar ihre dimorphe Sozialklassifizierung mit den archaischen persönlichen Geschlechterpronomen »sie« und »er« wiedergegeben – erinnerst du dich noch daran?) Betrachte sie als ein Geschenk, eine Annonce, eine Mustersaat, aus der sich so etwas wie eine Brücke zwischen unseren Köpfen bauen lässt ...
Sei am Leben, Siob. Du musst am Leben sein.
Niemand hier wird mich jemals so verstehen wie du. Sei lebendig und finde mich. Finde mich bald.
Dein Freund
Thavé

Stolz ist der Motor der Welt.

Das Herz der Welt ist ihre Ökonomie, und ihre Ökonomie ist eine Ökonomie des Herzens. Jede Begegnung ist eine Transaktion: ein kleiner Kampf, in dem etwas errungen und etwas verloren wird.

Dasjenige, das verliert, verdrängt wird, nennen wir: *Älteres* Geschwisterkind.

Dasjenige, welches siegt, das es sich gemütlich macht, nennen wir: *Jüngeres* Geschwisterkind.

Über die Grenzen der Geschlechter hinweg (das »sie« der Staid, das »er« der Bail, in allen Nationen, allen Namensverzeichnissen, allen sozialen Verbänden, Berufen, Religionen (Kumruisten, Trickster, Gefühllosen, der Flith, Aufsteiger, Zerstreuer …)); auch wenn manche es schmähen, andere es leugnen, wieder einige ihm zu entkommen trachten oder es zumindest in ein schmuckes Gewand kleiden, ändert das nichts an der Tatsache: Der Herzschlag der Welt ist der Herzschlag des Kampfes.

Das Herz ist das Herz des Geschwisterkindes. Und jeder Wettstreit lässt sich auf jenen ersten Wettstreit zurückführen – den um die Liebe des Elternteils, wenn das jüngere an die Stelle des älteren tritt.

1

Fift war fast fünf, und es war nicht mehr ihre Art, in allen ihren Körpern zu schlafen. Sie war kein Baby mehr, sie war alt genug für die Schule, alt genug, um quer durch die Siedlung allein nach Hause zu gehen, die Achse hinunter ins großartige, geschäftige Zentrum von Foo. Aber sie war jetzt schon seit Tagen ganz aus dem Häuschen und hatte praktisch nur noch getanzt – Vater Miskisk hatte gelacht, Vater Smistria hatte sie aus dem Abendmahlgarten gescheucht, Vater Frill hatte sie ins Badezimmer beordert und sie hin und her, hin und her schwimmen lassen, »Damit du dich beruhigst!«. Direkt vorm Abendessen war sie schließlich zusammengebrochen, zweimal – im Atrium und eingerollt auf dem abgestuften Balkon. Vater Arevio und Vater Squell hatten sie dann in jenen beiden Körpern in ihr Zimmer zurückgetragen. Sie hatte es geschafft, in ihrem dritten Körper fast während des ganzen Abendessens wach zu bleiben, wobei sie stark blinzelte, durch die Nase einatmete und versuchte, gerade zu sitzen, während Wellen eines dunkelblauen Schlummers aus ihren beiden schlafenden Gehirnen durch sie hindurchströmten. Als das Abendessen vorbei war, konnte sie nicht aufstehen, und Vater Squell trug auch diesen Körper ins Bett.

Trübe Träume: Sie saß in einem langen Flur auf dem Holzboden … ihr Name wurde gerufen … und sie merkte, dass sie gar nicht ihr Kleid anhatte, sondern stattdessen – demütigenderweise – in Vater Frills goldene Glöckchen gekleidet war. Die anderen Kinder lachten sie aus und plötzlich – surreal – war die Diele voller kleiner fliegender Spielzeugfeen, ihre durchsichtigen Flügel flatterten, ihre Projektionsflächen glitzerten …

Dann streichelte etwas zärtlich Fifts Braue; sie versuchte, sich tiefer in die Decken zu kuscheln, als jemand sachte an ihrem Ohrläppchen zupfte. Sie öffnete die Augen: Vater Squell.

»Guten Morgen, kleiner Struwwelkopf«, sagte er. »Heute ist ein großer Tag für dich.«

Vater Squell war schlank und rosig und roch nach Seife und Blumen. Fift kroch auf seinen Schoß und schlang ihre Arme um ihn und presste ihre Nase zwischen seine Brüste. Er war in einen glitzernden, roten Stoff gekleidet, der sich unter Fifts Fingern weich und glatt anfühlte.

Squell war kahl; kupferfarbene Metallstacheln ragten aus seiner Kopfhaut hervor. Manchmal zog Vater Frill ihn damit auf – solche Stacheln waren nicht mehr modern – und manchmal stürmte Vater Squell dann aus dem Zimmer, weil Vater Squell ein bisschen eitel war. Er war nie ein besonders guter Kämpfer, sagten die anderen Väter, doch er hatte einen Körper in den Asteroiden. Und das war etwas Erstaunliches.

Squell streckte den Arm aus – Fift lag noch in seinem Schoß – und fing an, die Braue eines anderen von Fifts Körpern zu streicheln. Fift nieste in jenem Körper und dann nieste sie auch in den beiden anderen. Das war lustig und sie fing an zu kichern. Jetzt war sie ganz wach.

»Steh auf, kleiner Struwwelkopf«, sagte Squell. »Steh auf!«

Fift kroch aus dem Bett und achtete darauf, nicht über sich selbst zu krabbeln. Es machte sie immer ein bisschen unruhig, wenn sie ganz zusammen war, alle drei Körper im selben Raum. Das war gar nicht so gut und lag daran, dass ihre somatische Integration nicht vollständig gelungen war. Deshalb musste sie auch weiterhin zur pädagogischen Expertin Pnim Moralasic Foundelly vom Namensregister Pneumatic-Lance-12 gehen. Die pädagogische Expertin Pnim Moralasic Foundelly hatte einen schrecklichen Nervagenten in Fifts Verstand eingepflanzt, der ihr sagen sollte, dass sie sich selbst in die Augen sehen, koordiniert spielen und ihre Übungen machen sollte. Er nervte gerade, aber Fift ignorierte es. Dann suchte sie unter dem Bett nach ihren Kleidern.

Sie waren nicht da. Sie schloss die Augen (weil sie noch nicht so gut darin war, Dinge im Feed mit geöffneten Augen zu sehen) und benutzte den Hausfeed, um sich überall im Haus umzusehen. Ihre Kleider befanden sich weder auf dem Balkon noch im Atrium, auch nicht in der kleinen Mattenhalle oder im Frühstückszimmer.

Die Väter Arevio, Smistria und Frill und noch einer von Vater Squells Körpern waren im Frühstückszimmer und aßen bereits. Vater Miskisk stritt sich mit der Küche.

{Wo sind meine Kleider?}, fragte Fift ihre Agenten, aber vielleicht auf die falsche Weise, denn sie erwiderten nichts.

»Vater Squell«, sagte sie und öffnete die Augen. »Ich kann meine Kleider nicht finden, und meine Agenten finden sie auch nicht.«

»Ich habe deine Kleider kompostiert, sie waren alt«, erklärte Squell. »Geh nach unten ins Badezimmer und lass dich waschen. Ich mache dir ein paar neue Sachen zum Anziehen.«

Fifts Herz fing an zu hämmern. Die Kleider waren noch nicht alt gewesen, waren erst vor einer Woche aus dem Ofen gekommen. »Aber ich will diese Kleider«, sagte sie.

Squell öffnete die Tür. »Du kannst diese Kleider nicht mehr haben. Wie gesagt, sie sind kompostiert. Und jetzt wird gebadet!« Er schnappte sich Fift, klemmte einen ihrer Körper unter seinen Arm und fing den anderen Körper mit der anderen Hand am Handgelenk.

Fift versuchte sich dem Griff ihres Vaters zu entwinden und riss an ihrem Arm, um loszukommen, während sie noch einmal verzweifelt unter das Bett blickte. »Sie waren nicht alt«, sagte sie mit bebender Stimme.

»Fift«, sagte Squell verärgert. »Das reicht jetzt. Um Kumrus willen ausgerechnet heute!« Er zog sie in zwei ihrer Körper durch die Tür. In einem anderen Körper – dieser hatte silbrige Stacheln auf dem Kopf – kam er den Flur heruntergeeilt.

»Ich will sie wiederhaben«, greinte Fift. Sie wollte nicht weinen. Sie war jetzt kein Baby mehr, sie war ein großes Staidkind, und Staids weinen nicht. Sie wollte nicht weinen. Sie wollte nicht einmal schreien oder darauf herumreiten. Sie wollte ruhig und klar bleiben. Ausgerechnet heute. Sie wehrte sich noch ein bisschen, dann übergab Squell sie seinem anderen Körper.

»Sie sind *Kompost*«, sagte Squell, der einen roten Kopf bekam in dem Körper mit den Silberstacheln, während der mit den Kupferstacheln das Zimmer betrat. »Sie sind durch die Schleuse gegangen und haben sich *aufgelöst*. Deine Kleider sind jetzt Teil des Nährstroms. Sie können überall in Fullbelly sein und sind nächste Woche wahrscheinlich Teil deines *Frühstücks*!«

Fift schnappte nach Luft. Sie wollte ihre Kleider nicht essen.

Da war ein kalter Klumpen in ihrem Bauch. Squell fing ihren dritten Körper auf.

Vater Miskisk kam mit zwei Körpern den Korridor herunter. Er war größer als Squell, hatte eine breite Brust und ein kantiges Kinn, dazu eine Mähne aus rotem Haar und eine sonnenaufgangsorangene Haut, die über und über mit weißen Kringeln bedeckt war. Er trug seine Tanzhose, hatte eine tiefe Brummelstimme und roch warm, geröstet und ölig. »Fift, kleine Fift«, sagte er, »komm schon, lass uns herumzoomen. Ich zoome dich ins Badezimmer. Komm, spring auf. Gib sie rüber, Squell.«

»Ich will meine Kleider«, sagte Fift in ihrem dritten Körper, als Squell sie durch die Tür zog.

»Hier.« Squell versuchte, Miskisk Fifts andere Körper zu übergeben, doch Fift klammerte sich an Squell. Sie wollte jetzt nicht zoomen! Zoomen machte Spaß, aber es war zu wild für diesen Tag und zu wild für eine, die gerade ihre Kleider verloren hatte. Die Kleider waren blassblau gewesen, wolkenweich und hatten beim Laufen immer um Fifts Beine geflüstert.

»O Fift, *bitte*!«, sagte Squell. »Du musst baden, und heute wirst du *nicht* zu spät kommen! Ein für alle Mal …«

»Ist sie wirklich schon bereit dafür? Was meinst du?«, fragte Miskisk und versuchte, Fift von Squell wegzuzerren. Allerdings wandte er nicht sehr viel Kraft auf.

»Also bitte, Miskisk«, sagte Squell, »lass uns jetzt nicht damit anfangen. Jedenfalls nicht mit *mir*. Pip sagt …«

Vater Smistria streckte den Kopf aus der Tür seines Arbeitszimmers. »Warum macht ihr beide das Kind so verrückt?«, bellte er. Er war groß und hager, hatte leuchtend blaue Haut und einen weißen Bart, der zu Hunderten kleiner Zöpfe mit eingewebten kleinen, glitzernden Spiegeln und Juwelen geflochten war. Er trug einen schicken, schwingenden Kampfanzug, der an seiner mageren flachen Brust klebte. Seine Stimme war höher als die von Vater Miskisk, piepsig und rau zugleich. »Das wird eine *Katastrophe*, wenn ihr ihr den Eindruck vermittelt, dass heute ein Tag zum Herumrennen ist! Fift, du hörst *sofort* damit auf!«

»Komm schon, Fift«, lockte Miskisk.

»Lass sie *runter*«, sagte Smistria. »Ich finde es unmöglich, dass ihr wegen eines Staidkindes herumrrangelt und -flattert, das in weniger als drei Stunden …«

»Ach, jetzt lass mal gut sein, Smi«, sagte Miskisk mit einem drohenden Unterton, wandte sich von Fift und Squell ab und Smistria zu. Jetzt kam Smistria ganz in den Korridor heraus und schob sein Gesicht gleich neben das von Miskisk. Man konnte meinen, dass es gleich zwischen ihnen krachte, doch Fift wusste, dass sie einander nicht schlagen würden – erwachsene Bails schlugen einander nur auf den Matten. Trotzdem kuschelte sie sich noch dichter an Squell – ein Körper drückte an seine weiche Brust, ein Körper schmiegte sich um sein Bein und ein Körper drängte zurück durch die Tür. Dabei drückte sie alle ihre Augen zu und blendete den Hausfeed aus, damit sie wirklich gar nichts wahrnahm.

Hinter ihren Lidern sah sie nur die blassblauen Kleider. Es war genau wie in ihrem Traum! Sie hatte ihre Kleider verloren und musste dann ausschließlich Glöckchen tragen wie Vater Frill! Sie schauderte. »Ich möchte nicht, dass meine Kleider im Kompost sind«, sagte sie so vernünftig, wie sie nur konnte.

»Ach, hör doch endlich mit den Kleidern auf!«, sagte Squell. »Keiner interessiert sich für deine Kleider!«

»Das ist nicht wahr«, dröhnte Miskisk entrüstet.

»Es *ist* wahr«, sagte Smistria, »und …«

Fift merkte, wie ein Schluchzer in ihr aufstieg. Sie versuchte ihn zurückzuhalten, aber er wurde größer und größer und schließlich …

»Ihr Liebsten«, flötete Vater Grobbard.

Fift öffnete die Augen. Vater Grobbard war leise und einkörperlich auf den Flur herausgekommen und stand hinter Squell. Sie war kleiner als Miskisk und Smistria, genauso groß wie Squell, aber massiver: breit und flach wie ein Stein. Wenn Vater Grobbard dastand, sah sie aus, als wollte sie sich nie wieder bewegen. Ihr Etuikleid war schlicht und weiß. Ihre Haut war von einem fleckigen, lehmigen Braun und überall mit den gleichen feinen goldenen Härchen überzogen, sogar oben auf ihrem Kopf.

»Grobby!«, sagte Squell. »Wir *versuchen,* sie herzurichten, aber das ist ganz schön …«

»Na ja, es ist Grobbards Show«, sagte Smistria. »Heute geht es um dich und um Pip, oder nicht, Grobbard? Warum machst *du* sie dann nicht fertig!?«

Grobbard streckte den Arm aus. Fift schluckte und dann rutschte sie aus Squells Armen, ging hinüber und nahm ihre Hand.

»Grobbard«, sagte Miskisk, »bist du sicher, dass Fift dafür schon bereit ist? Es ist wirklich …«

»Ja«, sagte Grobbard. Dann sah sie zu Miskisk hinüber. Ihre Miene war so ruhig wie immer. Sie zog eine Braue hoch, nur ein bisschen. Dann blickte sie zu Fifts anderen Körpern zurück und streckte den anderen Arm aus. Squell ließ Fifts andere Arme los, die er noch hielt, und Fift versammelte sich. Sie nahm Vater Grobbards andere Hand und hielt sich an einer Falte von Vater Grobbards Etuikleid fest. So gingen sie hinunter zum Badezimmer.

»Meine Kleider waren nicht alt«, fing Fift auf der Treppe wieder an. »Sie sind erst vor einer Woche aus dem Ofen gekommen.«

»Nein, sie waren nicht alt«, bestätigte Grobbard. »Aber sie waren blau. Blau ist eine Bailfarbe, die Farbe der tosenden, rastlosen See. Du bist eine Staid, und heute wirst du das Erste Tor der Logik durchschreiten. Dabei kannst du keine blauen Kleider tragen.«

»Oh«, hauchte Fift.

Grobbard saß am Rand des Badepools, die Hände im Schoß und die Beine im Wasser, während Fift sich mit Seife abschrubbte.

»Vater Grobbard«, sagte Fift, »warum bist du ein Vater?«

»Wie meinst du das?«, fragte Vater Grobbard. »Ich bin dein Vater, Fift. Du bist mein Kind.«

»Aber warum bist du keine Mutter? Mutter Pip ist eine Mutter, und sie ist ... äh, du bist ...«

Grobbards Stirn legte sich einen kurzen Moment lang in Falten, dann glättete sie sich wieder und Grobbards Lippen verzogen sich zum Anflug eines Lächelns. »Ich verstehe. Weil du nur einen Staidvater hast und die anderen Bails sind, glaubst du, dass Vatersein etwas Bailisches ist? Du denkst, Väter müssen ›er‹ sein und Mütter ›sie‹?«

Fift verzog das Gesicht und hörte auf, an sich herumzuschrubben.

»Was ist mit deinen Freunden? Sind alle Mütter deiner Freunde ›Sies‹? Oder sind auch ein paar ›Ers‹ dabei?« Grobbard hielt einen Moment inne, dann fuhr sie sanft fort: »Was ist mit Umlish Mnemu von Mnathis Kohorte? Ihre Mutter ist ein Bail, oder nicht?«

»Oh«, sagte Fift und verzog wieder das Gesicht. »Was macht jemanden denn zur Mutter?«

»Deine Mutter trug dich in ihrer Gebärmutter, Fift. Du bist in ihrem Bauch herangewachsen und wurdest aus ihrer Vagina heraus in die Welt geboren. Manche Familien bekommen ihre Kinder nicht auf diese Weise und in manchen Familien sind alle Eltern Väter. Aber wir sind ziemlich traditionell. Wir sind sogar alle Kumruisten, außer Vater Thurm ... Und Kumruisten glauben, dass die biologische Geburt heilig ist. Deshalb hast du eine Mutter.«

Fift wusste das, obwohl es ihr immer noch eigenartig vorkam.

Sie war zehn Monate lang *in* ihrer Mutter Pip gewesen. Einkörperlich, weil ihre beiden anderen Körper da noch nicht gestaltet waren. Ein unheimlicher Gedanke. Winzig, hilflos und ihr nussgroßes Herz zog seine Nährstoffe aus Pips Blut. »Wie ist Pip dazu gekommen, meine Mutter zu werden?«

Jetzt lächelte Grobbard unübersehbar. »Hast du schon einmal versucht, deiner Mutter etwas auszuschlagen? Es gab eine kleine Diskussion darüber, aber ich glaube, wir alle wussten, dass Pip aus diesem Kampf als das jüngere Geschwisterkind hervorgehen musste. Sie hatte sich einen Uterus und die Vagina funktionsfähig machen lassen und dafür gesorgt, dass wir für die Befruchtung alle Penisse hatten. Es war eine aufregende Zeit.«

Fift öffnete den Feed und schlug »Penis« nach. Penisse waren da, um Sperma zu verspritzen, was dabei half, festzulegen, wie das Baby sein würde. Der Uterus konnte das ganze Sperma durchsortieren und sich die Gene herauspicken, die er wollte, aber man musste es vorher ankündigen, um eine Bewilligung zu bekommen, und danach war es wirklich sehr kompliziert. Man hatte an jedem Körper einen Penis, der einem zwischen den Beinen herumbaumelte. »Hast du noch Penisse? Ich meine … an jedem Körper?«

»Ja, ich habe meine behalten«, sagte Grobbard. »Sie passten gut zum Rest von mir und ich mag diese ständigen Veränderungen nicht.«

»Kann ich auch Penisse haben?«, sagte sie.

»Ich glaube schon, wenn du möchtest«, sagte Grobbard. »Aber heute nicht. Heute hast du etwas Wichtigeres zu tun. Und wie ich sehe, hat dein Vater dir neue Kleidung gebacken. Also spüle dich ab und lass uns nach oben gehen.«

»Ich rede ganz eindeutig nicht über die *Details* des … Vorganges.« Vater Smistria breitete die Arme aus.

»Das will ich auch *nicht* hoffen«, sagte Vater Squell. »Halt still, Fift!« Er nahm Fifts Kopf fest zwischen ein Händepaar, während er sich in seinem anderen Körper über sie beugte und vorsichtig mit dem Depilator ihre letzten Haare von ihr herunterschabte.

»Es ist absolut unangemessen, das Ganze überhaupt zur Sprache zu bringen, Smistria. Das ist eine Staidangelegenheit und das ist alles, was es darüber …«

»Ich diskutiere darüber nicht«, fiel Smistria ihm ins Wort. Er drückte sich Öl in die Hände und rieb es über eine andere von Fifts Kopfhäuten. »Und ich will ganz sicher nicht wissen, was in diesem Raum *vor sich geht*, um Kumrus willen.«

»Das will ich auch nicht hoffen!«, sagte Vater Squell.

Fift steckte in leuchtend weißen Etuikleidern, wie Vater Grobbard sie immer trug. Und Mutter Pip meistens auch. Einer ihrer Köpfe war bereits rasiert und geölt, alles an ihr war geschrubbt und poliert und ihre sämtlichen Finger- und Zehennägel waren geschnitten. In dem Körper, der schon fertig war, stand sie aus der wackeligen Sitzkuppel auf und wanderte über das Moos des kleinen Atriums.

»Fift, lauf nicht weg und mach dich nicht schmutzig«, mahnte Vater Squell.

»Aber worauf es ankommt, ist das Ergebnis«, sagte Smistria. »Das Ergebnis wirkt sich auf unsere gesamte Kohorte aus!«

Jetzt rauschte Vater Frill ins Zimmer – geschmeidig und dunkelhäutig – und aus seiner breiten Stirn wuchs ein Schopf steifer, kupferfarbener Haare. Er hatte weit auseinanderliegende graue Augen, volle Lippen und ein markantes Kinn. »Bei Kumrus Schnurrbart, Smi«, sagte Frill, »willst du das wirklich anziehen?«

»Was ist daran falsch?«, wollte Vater Smistria wissen und sah beleidigt an sich herunter. Er hatte seinen Kampfanzug ausgezogen und war in ein enges Gewand aus Silberbläschen geschlüpft, die zerflossen, aufplatzten, anschwollen und zitterten, wenn er sich bewegte.

Vater Frill ging an Fifts wartendem Körper vorbei, bückte sich und strich mit der Hand über ihre bloße, geölte Kopfhaut, die sich angenehm, aber auch seltsam anfühlte – so als ob eine Schicht abgezogen worden wäre und sich jetzt nichts mehr zwischen ihr und der Welt befände. Seine Glöckchen läuteten – er trug Kaskaden goldener, silberner und roter Glöckchen und eine martialische Schultertasche, die mit winzigen, feingearbeiteten Zeremonialmessern und Granaten behängt war. »Einerseits, Smi, lässt es deinen Schmerbauch aussehen wie einen neu entdeckten Hochalbedo-Mond«, sagte Frill. »Andererseits ist es im Grunde genommen *grau.*«

»Es ist Silber!«, rief Smistria.

»Also bitte, ihr zwei!« Squell richtete sich auf. Jetzt waren alle Fift-Köpfe rasiert. Er klappte den Depilator zu.

»Smistria, komm schon, nur noch eine Kopfhaut ölen …«

»Das mit dem Mond nimmst du zurück«, sagte Smistria, »sonst wirst du auf der Matte dafür büßen!«

»Aber sicher«, sagte Frill, »nur nicht heute Morgen, denn wir haben einen Termin. Ganz im Ernst, Smi, ist dir bewusst, was hier alles auf dem Spiel steht? Ich übernehme das Ölen und du ziehst dir etwas anderes an. Etwas Bunteres!«

Smistria stürmte hinaus; Fift folgte ihm in den beiden Körpern, bei denen die Vorbereitungen bereits abgeschlossen waren. Vater Frill massierte derweil Öl in ihre dritte Kopfhaut. Seine Hände waren kleiner und weicher als die von Smistria und er roch wie ein wildes Raubtier mit scharfen Zähnen in einem Wald irgendwo oben auf der Oberfläche der Welt.

»Dem werde ich was erzählen mit seinem Hochalbedo-Mond«, murmelte Smistria, als sie durch den Abendmahlgarten kamen. »Arevio! Weißt du, wie spät es ist? Hast du etwa vor, diese Veranstaltung mit dreckigen Händen zu besuchen?«

Vater Arevio blickte zweikörperlich schuldbewusst von seinen Pflanzen auf. »Na ja, Smistria Ishteni, eigentlich wollte ich einkörperlich gehen … Oben bin ich schon umgezogen und …«

»O nein. O nein. Wenn *ich* zweikörperlich zu dieser … dieser segensleeren Herumsitzung gehe«, knurrte Smistria, »dann wirst du es bei *Kumrus* heiligen Hoden ebenfalls tun.« Vater Smistria hatte nur zwei Körper – alle anderen von Fifts Eltern, von Vater Nupolo abgesehen, hatten drei oder vier – und er fand es immer ganz fürchterlich, in beiden Körpern irgendwo hinzugehen.

Fift blieb in einem Körper an Smistrias Seite und ging mit

dem anderen den Korridor hinunter. Vorhin, in der wackeligen Sitzkuppel, hatte sie ihre Zehen ins Moos gegraben und Frill sagte: »Fast fertig, Fift, jetzt nicht zappeln.«

Vater Arevio seufzte und streifte sich die Hände ab. »In Ordnung. Ich werde mich umziehen. Aber ich muss zugeben, dass ich auf solche Sachen nicht besonders erpicht bin.«

Smistria schnaubte. »Wer ist das schon? Wir müssen draußen eingepfercht in der Galerie sitzen, unsere Klamotten begaffen und uns aufregen – ich schwöre dir, nirgendwo sonst werden so viele Mattenduelle gefordert wie an den Ersten Toren der Logik –, während die da drin Löffel herumreichen und tun … Na ja, was auch immer es ist, was sie da drin tun …«

»Es ist leicht, Vater Smistria«, meinte Fift. »Du brauchst doch nur …«

»Fift Brulio Iraxis!«, sagte Arevio und machte einen Schritt vorwärts.

»Du hörst auf der Stelle auf, Fift!«, forderte Vater Smistria. »Du erzählst uns kein einziges *Wort* mehr über die … über das.«

Fift schluckte. Sie musste verängstigt gewirkt haben, denn Vater Arevio sagte sanft: »Es ist alles in Ordnung, Fift Brulio.«

»Aber es ist doch nichts Schlimmes«, meinte Fift.

»Natürlich ist es nichts Schlimmes«, sagte Vater Arevio.

»Versteht sich!«, fügte Vater Smistria hinzu. »Aber darüber redest du nicht mit uns.«

»Lass dich von deinem Vater Smistria nicht verunsichern, Fiftling«, sagte Vater Frill in dem kleinen Atrium und rieb Fifts Kopf. »Es ist überhaupt nichts Falsches an der Langen Konversation«, er sprach die Worte betont aus, wie um zu beweisen, dass es ihm nicht peinlich war, sie laut auszusprechen, »es ist sehr wichtig. Es ist das Herz von allem. Und du wirst es ganz genau richtig machen. Es ist einfach nur so, dass Staidangelegenheiten Staidangelegenheiten sind und Bailangelegenheiten Bailangelegenheiten. Du würdest doch auch nicht dabei zusehen wollen, wie wir uns auf den Matten prügeln, oder?«

»Nein.« Ihr gefiel der Gedanke gar nicht, dass ihre Eltern wütend waren und sich schlugen. Die Matten – das klang beängstigend und seltsam. Aber andererseits … wenn sie nun einfach hineinschleichen und zusehen könnte, ohne dass es jemand erfuhr? Nur um es zu sehen? Dann würde sie es wahrscheinlich tun. Aber »Nein« war bestimmt die richtige Antwort.

»Na, siehst du«, sagte Frill. »Das ist genauso.«

Arevio und Smistria gingen nach oben. Fift stand im Abendmahlgarten und sah, wie eine goldene Wolke von Gewürzbienen um die Ranken schwärmte, und roch ihren warmen, gemütlichen Duft, der in der Nase kitzelte.

Es ging diesmal nur darum, stillzusitzen und darauf zu warten, dass man einen Löffel gereicht bekam. Dann musste man ihn im richtigen Moment weiterreichen und die Namen der zwölf Zyklen, die zwanzig Zustände und die acht Corpora der Langen Konversation aufsagen. Dabei durfte man sich nicht von Agenten helfen lassen, aber das war in Ordnung, weil Pip und Grobbard sie sowieso nie mit Agenten üben ließen.

Am Ende des Korridors streckte sie den Kopf in den Hauptvorraum.

Mutter Pip war schon da, einkörperlich, in einem weißen Etuikleid wie Fift, mit einem dunklen, waldgrünen Hautton. Sie hatte Knubbelfinger, die normalerweise entspannt waren, momentan aber an ihrem Daumen zupften – *zupf, zupf, zupf*. Sie hatte einen kraftvollen, suchenden Blick, der aus weißen, goldenen und schwarzen Augen tief in einen hineinsah, aber gerade jetzt sprühten ihre Augen Funken. Fift war sich nicht sicher, aber sie vermutete, dass Mutter Pip womöglich wütend war.

Die Väter Miskisk und Nupolo und Frill und Squell waren auch da. Nupolo brütete finster. Squell drückte sich die Hände auf den Mund. Frill streckte wütend die Arme hoch.

Vater Miskisk rief etwas und deutete auf Mutter Pip. »Immer ist sie es! Sie ist die Mutter, sie wacht über unsere Bewertungen, sie entscheidet, wo wir leben werden und wann die kleine Fift … wann sie …«

»Jetzt beruhige dich mal, Misky«, sagte Frill. »Pip wird kein zweites Mal Mutter werden – sogar sie weiß, dass es zu viel wäre! Nupolo wird es oder Arevio oder Thurm, falls er dafür seine Zustimmung gegeben hat, oder, na ja …« Er zupfte an einem der Messer an seinem Beutel, als ob er darauf wartete, dass jemand »oder Frill« sagen würde – aber das tat niemand.

»Falls ich …«, setzte Pip an.

»Warum reden wir darüber?«, fragte Nupolo. »An Fifts großem Tag? Es gibt keinen Grund zur Eile. Sie ist noch nicht mal fünf …«

Squell blickte auf und entdeckte Fift in der Tür. In dem kleinen Atrium, wo Frill gerade damit fertig geworden war, ihre Kopfhaut zu ölen und seine Hände mit einem Handtuch abrubbelte, sagte Squell: »Geh da weg, Fift. Komm bitte wieder hierher.«

»Jetzt ist das Alter, wo es darauf ankommt!«, röhrte Miskisk. Ihm liefen Tränen übers Gesicht. »Und weshalb glaubt ihr, dass sich jemals etwas daran ändern wird? Keiner von euch wird es jemals wagen, sich mit Pip über Mutterschaft zu streiten – und *keiner* von euch hat die Stärke, dabei zuzusehen, wie Fift von einem jüngeren Geschwisterkind verdrängt wird!«

Pip presste die Lippen aufeinander, bis nur noch ein schmaler Strich übrig blieb.

»Fift«, sagte Squell in dem kleinen Atrium.

»Oh, um Kumrus willen, Squell«, sagte Frill in dem kleinen Atrium, »bring sie einfach dort raus. Oder muss ich es tun?«

Fift kam aus dem Abendmahlgarten in den Flur. Sie zögerte. Vater Squell wollte, dass sie ins Atrium zurückkam. Aber im Hauptvorraum …

Miskisk weinte. Ihre Bailväter hatten immer geweint, aber diesmal war es anders. Seine Glieder waren ganz schlaff vor Kummer und Hoffnungslosigkeit; er sah aus, als würde er gleich zusammenbrechen. Fift lief es kalt über die Rücken und der Anblick schlug ihr auf die Mägen. Sie lief den Korridor hinunter zu Vater Miskisk.

»Es stimmt!«, jammerte Miskisk. »Du bist zu feige und zu bequem! Es wäre dir lieber, sie endet geschwisterlos, als dass du die unvermeidliche Qual ihrer Verdrängung ertragen würdest!«

Geschwisterlos war ein schlimmes Wort, so viel wusste Fift.

Fift holte sich selbst ein und trat zweikörperlich in den Vorraum. »Vater Miskisk«, sagte sie, »willst du zoomen? Wir könnten zoomen.«

Miskisk heulte und Vater Squell eilte durch den Raum; er nahm Fifts einen Körper und streckte dem anderen die Hand hin. »Schluss mit Zoomen, Struwwelkopf. Komm mit mir.«

In dem kleinen Atrium sagte Squell: »Hilf mir bitte ein bisschen, Frill.« Auch dort nahm er Fift hoch.

Frill seufzte, durchquerte den Vorraum und schnappte sich Fifts dritten Körper.

Vater Smistria, der in eine Explosion messerartiger roter und orangefarbener Federn gekleidet war, rauschte an ihnen vorbei in den Vorraum.

»Smi, sag es ihnen doch«, schluchzte Miskisk, »dass du meiner Meinung bist! Es ist noch zu früh dafür – Pip kann doch nicht einfach – Fift hat noch ein bisschen Zeit zu Hause verdient, damit sie herumlaufen und spielen und andere Farben als nur Weiß tragen kann, bevor …«

»Ob ich auch der Meinung bin, dass Pip sich als Boss aufspielt?«, fragte Smistria. »Und dass hier alle viel zu schnell jeden Streit verschieben, insbesondere wenn es um das Geschwisterkind Nummer zwei geht? Das tue ich mit Sicherheit! Aber bin ich auch der Meinung, dass es euch erlaubt sein sollte, Fift als Baby hierzubehalten – mit Reifen behängt und ›herumzoomend‹ –, nur um euren selbstsüchtigen Wunsch nach einem Bailkind zu befriedigen?«

Sie trieben Fift die Treppe hinauf, die sich zweikörperlich an Squells weiche, nach Seife riechende Haut kuschelte und an Frills Glöckchen quetschte, die um sie herumklimperten.

»Warum regt Vater Miskisk sich so auf?«, fragte Fift.

»Mach dir darüber keine Sorgen, Fiftling«, antwortete Frill. »Du konzentrierst dich auf das, was *du* heute tun musst.«

»Ausgerechnet heute«, sagte Squell. »Ich kann ihm nicht glauben!«

»Werde ich ein älteres Geschwisterkind sein?« Ältere Geschwisterkinder waren arm und wurden zur Seite gestoßen. Jüngere Geschwisterkinder schmiegten sich an. Aber ein jüngeres Geschwisterkind zu haben bedeutete auch, nicht allein zu sein. Dann gab es jemanden, den man beschützen, unterstützen und mit dem man seine Kindheit teilen konnte. Und irgendwie war es auch nicht recht, ein Einzelkind zu sein.

Frill und Squell blickten einander über Fifts Köpfe hinweg an und Fift spürte, wie ihre Körper sich verspannten.

»Damit ist das Thema erledigt, Struwwelkopf«, sagte Squell. »Da springen viel zu viele Gedanken in deinen Köpfen hin und her. Wir werden uns alle jetzt nur noch auf das konzentrieren, was *du* heute tun musst, in Ordnung?«

{Warum ist es schlimm, ein Einzelkind zu sein?}, fragte Fift ihre Agenten.

{Das ist nicht der Ausdruck, der sich gehört}, sendete Fifts Agent für soziale Feinheiten. {Du solltest sagen: »ein Individuum mit einer schweren relativischen Familiarressourcen-Allokations-Kindheit«}.

{Wie wäre es mit geschwisterlos?}, sendete Fift. Sie wusste, dass es schlimm war und dass sie es nicht sagen sollte – und schon gar nicht senden. Aber sie wusste auch, dass es etwas mit ihr zu tun hatte. Euch wäre es lieber, sie endete geschwisterlos …

{So ein Wort sagen wir nicht}, sendete der Agent für soziale Feinheiten.

Fift schloss alle ihre Augen und kramte zwischen ihren Agenten herum. Der Feed-Navigations-Agent sollte ihr dabei helfen, den Hauptvorraum zu finden, und da war er. Sie konnte ihn sehen.

Miskisk war auf die Knie gefallen. »Ihr zerreißt mir das Herz«, sagte er. Von seinem Kinn tropften Tränen. »Ich habe hier überhaupt keine Stimme. Alles ist ihr kaltes Reich …« Er deutete zu Mutter Pip.

»Darf ich?«, sagte Pip mit eisiger Stimme.

»Ich kann das nicht mehr«, röhrte Miskisk. »Ich kann nicht …«

»Wir haben ein Gelübde«, sagte Nupolo entsetzt.

Und dann kamen Frill und Squell und Fift aus der Wohnung heraus und traten durch die Vordertür auf die Oberfläche von Foo. Die Privatsphäreneinstellung des Hausfeeds blendete die Wohnung aus und Fift konnte nichts mehr sehen. Frill setzte Fift ab, aber der zweikörperliche Squell behielt sie im Arm.

Über ihnen befand sich die glänzende Unterseite der Sisterin-Siedlung – Andock-Achsen, Kugelgärten und Strömungsschleusen strebten bogenförmig in die Ferne. Vor ihnen lag der Rand von Foo – ihr Viertel, Langsam-wie-Melasse, war am Ende einer Sprosse von Foos großartigem Drehrad gelegen –, dahinter befand sich um diese Jahreszeit ein großes, leeres Luftgewölbe … darauf folgte der fluffige Ozinth und das Untere und Hintere, welches mit glitzernden Kugel-Habilitationen übersät war … Dahinter ging es noch weiter, Habitation um Habitation, hell und dunkel, glatt und stachelig, still und in Bewegung – alles streckte sich nach der gewölbten Decke von Fullbelly.

Vater Grobbard erwartete sie auf dem Weg am Rand eines Schwebgartens.

{Was ist ein Gelübde?}, fragte Fift ihre Agenten.

{Ein Gelübde ist ein Versprechen, das Leute geben}, fing der Kontext-Erklärungs-Agent an.

{Aber was haben sie damit gemeint?}, sendete Fift. {Welches Gelübde haben meine Eltern geleistet?}

Es gab eine Verzögerung, und als der Kontext-Erklärungs-Agent antwortete, klang es fast widerwillig. {Deine Eltern haben das Gelübde abgelegt, sämtliche zweiundzwanzig Jahre deiner Ersten Kindheit zusammenzubleiben, alle in derselben Wohnung zu schlafen und – wenigstens einmal im Monat – an Familienzusammenkünften teilzunehmen. Außerdem haben sie noch verschiedene andere Bedingungen akzeptieren müssen. Die nachbarschaftlichen Zustimmungsraten für deine Geburt wären sonst nicht hoch genug gewesen.}

{Aber das ist überhaupt nichts Ungewöhnliches}, sendete der Agent für soziale Feinheiten. {Du solltest dir keine Sorgen machen.}

»Lasst uns doch einfach mal losgehen, oder?«, meinte Grobbard. »Du hast einen großen Tag vor dir; da können wir ruhig früh da sein. Die anderen werden uns einholen.«

»Aber was ist mit Vater Miskisk?«, fragte Fift. »Vater Miskisk ist traurig …«

Grobbard legte zärtlich eine Hand auf Fifts Schulter und Fift erinnerte sich, dass sie hier draußen, außerhalb ihrer Wohnung, nicht mehr im Hausfeed waren. Sie waren jetzt im Weltfeed und alle Welt konnte sie sehen und hören.

»Die werden uns einholen, Fift«, sagte Vater Grobbard noch einmal. »Du sortierst jetzt bitte deine Gedanken und machst dich bereit.« Sie gingen los und folgten dem Pfad zwischen den Gärten und den Pavillons von Langsam-wie-Melasse: Frill ging voran, Grobbard blickte hinaus ins Gewölbe von Fullbelly und Squell hielt zweikörperlich alle drei Körper Fifts an der Hand.

{Vater Miskisk}, sendete Fift. {Vater Miskisk … Ich werde mein Bestes geben!}

Es ging nur darum, stillzusitzen und darauf zu warten, dass man einen Löffel gereicht bekam, dann musste man ihn im richtigen Moment weiterreichen und die Namen der zwölf Zyklen, die zwanzig Zustände und die acht Corpora der Langen Konversation aufsagen. Sie musste in weißen Kleidchen auf einem Holzboden sitzen, all ihre Köpfe waren rasiert und geölt. Ihre Baileltern warteten draußen in der Galerie. Sie wollte es gut machen, dann waren alle stolz, hinterher würde es Ümelkuchen und Süßspitz geben. Und dann würde Vater Miskisk lächeln.

2

»So, jetzt bist du wieder der Jüngstgeborene«, sagte Umlish und setzte ein schiefes Grinsen auf. »Dann sollten wir dir wohl gratulieren.«

Sie sprach mit Shria, einem mageren, neunjährigen Bail, der vor einem Jahr in ihre Klasse gekommen war. Fift befand sich ein Stück weiter unten auf dem Pfad im Wald hinter der Lichtung, auf der sie standen. Sie konnte sie mit ihren Ohren hören und sah sie durch die Zweige und den Farn, aber über den Feed hatte sie ein besseres Bild.

Fift war auch neun. Mit zehn gehörte Umlish bei dieser Exkursion an die Oberfläche zu den älteren Kindern.

Shrias Hand verharrte und schwebte eine Fingerlänge vor einem Geflecht aus silberborkigen Stöcken, von denen einige mit einem Pelz aus grünlichen Flechten überzogen waren.

Er blickte nicht auf; seine Augen waren schon ganz rot geweint.

Shria: lavendelfarbene Haut und wildes rotes Haar, orangefarbene Brauen, die sich wie Flammen lockten. Knochige bloße Knie und Ellenbogen, die zwischen den roten und blauen Stoffstreifen seines Anzugs hervorstachen. Seine Kleidung war etwas zu groß – und etwas zu spärlich für die Oberfläche –, so als ob der, der sie herausgekocht hatte, dabei abgelenkt gewesen war. Hier oben wurde es schon neblig – winzige Wassertröpfchen glitzerten in der Luft, die seltsam wilde Atmosphäre verharrte zwischen Nebel und Regen. Shria hockte sich zweikörperlich hin, des einen Körpers Arme waren schon mit Stöcken beladen, die anderen sammelten.

Es sah nicht so aus, als ob es Umlish kalt sei. Und sie trug auch kein Holz; sie stand einkörperlich eine halbe Körperlänge von Shria entfernt, ihre Hände steckten in den Falten ihrer weißen Kleider. Die Haare, Augen und Haut hatten alle den gleichen reinen Grauton – wahrscheinlich hatten ihre Eltern sie bewusst so gestylt. Es war auf eine staidische Art angeberisch. Kimi und Puson, die anderen zwei Staids, standen beide zweikörperlich hinter ihr. Puson war auch neun. Kimi, die erst acht war, trug alle Stöcke. Sie beobachteten Umlish und gaben sich Mühe, gelassen und ausdruckslos zu wirken, doch sie konnte nicht verhindern, dass sie aufgeregt aussahen. Der Grund war das, worüber Umlish redete.

Denn Umlish erzählte, was mit Shrias Geschwisterkind geschehen war.

Shrias Hand bewegte sich wieder und nahm den Stock.

»Das wird nicht brennen«, sagte Puson. »Flechten bedeuten, dass es zu feucht ist. Besonders bei diesem Wetter.«

Umlish lächelte sittsam. »Du hast doch einen Umwelt-Kontext-Agenten, oder?«

Fift hatte selbst die Arme voller Stöcke, von denen manche mit Flechten oder kleinen Pilzen bewachsen waren.

Nach der Ankunft im Wald hätte sie sich nicht aufteilen sollen. Sie war hier in einem Körper und sammelte Stöcke, in einem anderen Körper war sie schon über den Hang hinaus und schleifte einen großen Stamm zum Lager zurück. Falls sie sie sortieren wollte, musste sie alle Stöcke fallen lassen.

Vielleicht lag es daran, dass sie nicht gern mit sich am selben Ort war. Ihre Eltern schickten sie auch weiterhin zu Expertinnen, die ihr bei ihrer somatischen Integration helfen sollten.

Umlish hatte irgendwann einmal das mit den Expertinnen mitbekommen und ein Gedicht darüber geschrieben.

Umlish konnte gnadenlos sein.

Fift hätte nicht alle ihre automatischen Agenten drosseln sollen, denn die hätten sie wegen der Flechten warnen können. Aber die Agenten lenkten sie ab: von den großen Baumstämmen, von denen manche so dick wie Fahrstuhlschächte waren, andere so zart wie die Handgelenke eines Kindes; vom Knacksen und Knistern des Mooses und der Blätter unter ihren Füßen; von den quellenden, blassgrünen Wolken in der unüberdachten Leere über ihr.

»Deine Eltern sollten darauf achten, dass du bei einem Ausflug zur Oberfläche die richtigen Agenten hast«, sagte Umlish. »Sie wirken sehr abgelenkt, nicht wahr?«

{Warum haben die Hebammen Shrias jüngeres Geschwisterkind weggenommen?}, fragte Fift ihre Agenten.

Shria ließ den Stock fallen und stand in beiden Körpern auf. Er hielt sein Häufchen Brennholz fest. Er zitterte, sein Gesicht war bleich. Er sah sich um.

{In den Fällen, in denen es keinen ausreichenden Konsens zwischen den Nachbarn und den Reaktanten im weitesten Sinne über ein weiteres Kind gibt}, erklärte Fifts Agent für sozialen Kontext, {sind die Hebammen manchmal nur dann bereit, das Kind zu gendern, wenn die Geburtskohorte auf das Sorgerecht verzichtet. Entweder findet sich eine andere Kohorte oder die Hebammen nehmen das Kind in ihren Orden auf.}

Es waren auch noch ein paar andere Bails auf der gegenüberliegenden Seite der Lichtung: Perjes und Tomlest. Sie wirkten belustigt und unsympathisch. Shria warf ihnen böse Blicke zu.

Fift konnte sehen, wie Shria darauf lauerte, dass sich die anderen Bails einmischten, etwas sagten oder gar laut über das lachten, was Umlish sagte. Gegen sie konnte er kämpfen.

{Aber die haben ihm nicht am ersten Tag sein Geschwisterkind genommen}, sendete Fift ihren Agenten. {Es ist circa drei Wochen her.}

{Du hast recht}, sagte der Agent für sozialen Kontext. {Es gab eine Phase der Verhandlungen über den Status des Kindes.}

Shria würde sich Ärger einhandeln, wenn er sich erneut auf einen nichtautorisierten Kampf einließ – es hatte auf diesem Ausflug bereits zwei Rangeleien gegeben und er war verwarnt worden.

Zu Hause, in ihrem dritten Körper, rollte Fift sich auf die andere Seite. Eigentlich hatte sie sowieso nicht richtig geschlafen, sondern sich mit geschlossenen Augen unter der Decke gewälzt und die Aufmerksamkeit auf die Oberfläche gerichtet. Ihr Hausfeed zeigte die Väter Frill, Grobbard und Smistria im Frühstücksraum. Sie rollte sich aus dem Bett, kratzte ihre Füße und ging nach unten.

Ihre Väter blickten auf, als sie hereinkam.

»Hallo, Weichlein«, sagte Frill. Er hob den Kopf, was einen Schwarm kleiner, heller Kosmetikmücken veranlasste, sich von seinen vergoldeten Augenbrauen zu erheben und in der Luft zu tanzen. »Wie läuft es auf deinem – ah ja«, seine Augen leuchteten. »Draußen in der Wildnis! Sieht feucht aus.« Er grinste golden.

»Ich gehe nie an die Oberfläche«, sagte Smistria und lehnte sich zurück – sein anderer Körper beugte sich vor und kaute heftig auf einem knusprigen Broibel herum, der ihm in den geflochtenen Bart krümelte, »wenn ich es vermeiden kann. Wir hatten diesen Quatsch auch, als ich so alt war wie du. Da oben ist es pervers. Der Himmel kann dich einfach mit Wasser begießen oder dich unter Strom setzen, wann immer ihm danach ist. Ein schrecklicher Ort.«

Unter jenem gefährlichen Himmel ging Umlish einen Schritt auf Shria zu. »Ich frage mich, ob sie vielleicht noch etwas überlastet sind. Deine Eltern.«

Auf der anderen Seite der Lichtung wandte sich Perjes zu Tomlest. Man konnte sehen, dass sie Nachrichten sendeten. Tomlest verdrehte amüsiert die Augen und lachte.

Shrias beide Körper zuckten, sein leeres Paar Hände kam hoch, fast wie in einer Schutzhaltung. Aber Tomlest sah nicht zu ihm hin.

»Ach, du«, sagte Frill und tätschelte Smistria. »Du hast keinen Sinn für Romantik! Der wilde Himmel, unsere alte Heimat!«

»Was das betrifft, lag unsere alten Heimat unter einem völlig …«

»Oh, sei doch nicht so ein *Pedant*! Das weiß ich so gut wie du …«

»Äh«, unterbrach Fift, »äh, ich habe eine Frage.«

Perjes und Tomlest liefen in den Wald. Shria atmete zitternd aus. Dann wandte er sich abrupt ab und ging weg. Aber er lief nicht, er bewegte sich langsam wie ein Tier, das seine Kräfte schonte. Er hielt den Blick auf seine Füße gerichtet. Umlish, Puson und Kimi trotteten hinter ihm her.

»Ja, tapferes Kleines?«, sagte Frill. »Was ist denn?«

»Da gibt es diesen Bail in meiner Klasse, Shria …« Im Wald und ohne Shria aus den Augen zu lassen, schaute sie im Register nach. »Äh, Shria Qualia Fnax aus dem Namensverzeichnis Digger-Chamäleon-2.«

Smistria sah Frill an und fletschte die Zähne. »O ja. Der.«

»Was … was ist passiert? Sie haben sein Geschwisterkind weggenommen, aber weshalb … weshalb haben sie dafür so lange gebraucht? Und warum haben seine Eltern das Baby bekommen, wenn sie nicht …«

»Weil sie schludrig sind«, sagte Smistria.

Fift schnitt eine Grimasse.

Grobbard breitete die Arme aus. »Sie haben wohl auf Risiko gespielt, Fift. Fnax' Kohorte dachte, dass die Meinungen umschlagen würden, wenn das Baby erst da sei.«

Shria trottete durch das Unterholz. Der Pfad war ein zerfranster Streifen bloßer Erde, den die Oberflächentiere getrampelt hatten. Er steuerte auf Fift zu.

»Ein schludriges Risikospiel«, fuhr Smistria fort. »Wenn einem die Leute von vornherein nicht zutrauen, ein weiteres Kind aufzuziehen, warum sollten sie es dann nach *so* einem Verhalten tun und eine Pattsituation mit den Hebammen provozieren? Und dein Kind drei Wochen lang einfach … hängen zu lassen …«

»Ungegendert«, fügte Frill hinzu und schüttelte den Kopf, »nicht im Register eingetragen, in kein Namensverzeichnis aufgenommen … So wie bei einem Oberflächentier oder …«

»So wie jemand, der gar nicht existiert!«, schrie Smistria.

Grobbard seufzte. »Ja. Als würde es noch ungeboren außerhalb des Körpers seiner Mutter existieren.«

»Aber weshalb haben sie das getan?«, fragte Fift.

»Weil sie sich einbildeten«, sagte Smistria schnippisch, »sie könnten das ganze übrige Langsam-wie-Melasse nötigen – und sämtliche Familienreaktanten von Fullbelly gleich mit!« Er zog sich in seinen Sitzgurten hoch und kaute weiterhin wild mit seinem anderen Mund. »Die waren so arrogant, dass sie nicht einmal um einen Schiedsspruch gebeten haben!« Smistria war selbst ein gut beleumundeter Schiedsgerichts-Reaktant.

»Die hätten beim Schiedsgericht verloren«, sagte Frill.

»Ganz genau!«, nuschelte Smistria selbstvergessen durch einen Mund voll Broibel.

Umlish, Kimi und Puson marschierten hinter Shria her wie bei einer Parade. Ihre Augen blitzten hierhin und dorthin – man konnte sehen, dass sie Spaß an den Mitteilungen hatten, die sie einander sendeten. Sie trugen kleine, gesittete Grinsemienen zur Schau. Puson fing an zu lachen, bis Umlish das Gesicht verzog, dann setzte sie einen ruhigeren Ausdruck auf.

»Und denk doch nur an die armen, älteren Geschwisterkinder«, sagte Frill. »Insbesondere deine Klassenkameraden. Vom Letztgeborenen zum Mittelgeborenen und wieder zum Letztgeborenen – in drei Wochen!«

»Na ja«, sagte Grobbard leise, »wenigstens war er für kurze Zeit Mittelgeborener.« Fift fiel ein, dass auch Grobbard ein Einzelkind war. Über so etwas redete sie nicht, aber man konnte es sofort im Register sehen: Grobbard Erevulios Iraxis aus dem Namensverzeichnis Zugänglicher-Gerichtssprengel-2, vierkörperlicher Staid, 230 Jahre alt, Einzelkind.

Es war nicht gerade toll, ein Einzelkind zu sein. Es bedeutete gewissermaßen, weniger als eine Person auszumachen. Vielleicht hatte Grobbard auch immer davon geträumt, mittelgeboren zu sein.

»Ja, aber lass es gut sein, Grobby«, sagte Frill (selbst Letztgeboren). »Doch nicht auf diese Weise.«

Umlish blickte den Pfad hinauf und sah dort Fift stehen, als sei sie festgefroren. Umlish machte die Augen schmal. {Oh, hallo Fift}, sendete sie. {Findest du, was du brauchst? Meinst du nicht, du hast genug Stöcke? Herrje …} Ihre Augen wanderten feedsuchend nach links. {Nun sieh doch nur, wie du das Ding schleppst.} Sie hatte Fifts anderen Körper entdeckt, der sich mit dem Stamm abmühte. Ihr Blick wanderte zu Fift zurück. {Das ist so … rustikal von dir. »Mächtig war Threnis zu ihrer Zeit«, was?}

Fift errötete. Umlish war mit der Langen Konversation weiter fortgeschritten als sie und lernte schon den sechsten Zustand. Wurde Threnis im dritten Korpus erwähnt? Sie konnte sich nicht erinnern – und Pip und Grobbard ließen sie nie Suchagenten für die Konversation verwenden.

»Es ist eine Unsitte, Fift«, hatte Grobbard mit so heftigem Widerwillen gesagt, wie Fift ihn noch nie in ihrem ernsten Gesicht gesehen hatte. »Wenn du erst mal anfängst, sie zu verwenden, hörst du nicht mehr damit auf. Du musst die Konversation selbst kennen – ohne Hilfe.«

Umlishs Augen weiteten sich triumphierend; sie konnte sehen, dass Fift keine Ahnung hatte, wer Threnis war.

Shria blickte nervös auf, sah Fift und schnitt eine Grimasse. Seine Ohrenspitzen waren vor Kälte blau angelaufen. Sein Mund zitterte, aber er biss die Zähne fest aufeinander, als ob er versuchte, nicht zu weinen – so wie Fift, als sie sechs oder sieben war und vor aller Augen mit ihren schrecklichen somatischen Integrationsübungen angefangen hatte. Es hatte sie all ihre Kraft gekostet, sich nicht selbst zu demütigen, indem sie in Tränen ausbrach.

Aber selbstverständlich würde niemand etwas dagegen haben, wenn Shria weinte. Es war allenfalls eigenartig – sogar etwas lächerlich –, dass sich ein Bail so sehr darauf versteifte, es nicht zu tun.

Fift räusperte sich. Irgendwie hatte sie einen geschwollenen Hals und der Morgentau lag ihr klamm im Nacken.

»Shria«, sagte sie, »kannst du mir, äh, helfen?« Sie hievte ihren Stapel Stöcke hoch. »Ein paar von denen werden nicht brennen. Da sind Flechten drauf.«

Shria stoppte in beiden Körpern und sah Fift wütend an. Er machte den Rücken noch etwas krummer. Er dachte, dass auch sie sich über ihn lustig machte, so wie Kimi und Puson, die ihr Grinsen auch unter der sittsamen Maske nicht verbergen konnten. Umlish war sich nicht ganz sicher; sie zog eine Braue hoch.

»Ich glaube, ich hätte mich mit meinen Agenten kurzschließen sollen«, sagte Fift mit leicht unsicherer Stimme, »aber ich habe sie abgeschaltet. Wer will hier oben schon Agenten haben, die einen volltexten? Das wäre kaum der Sinn der Sache, oder?«

Pusons Miene erstarrte; Kimi blickte zwischen Puson und Umlish hin und her. Shria blinzelte.

Umlish zog die Mundwinkel herunter. »Gefällt es dir hier oben?«

Eigentlich gefiel es Fift hier nicht; es war kalt, befremdlich und im Großen und Ganzen ziemlich langweilig, obwohl es auch etwas Faszinierendes hatte, sich hier unter diesem seltsamen Himmel zu befinden, der alles tun konnte, wozu er Lust hatte, wie Vater Smistria sagte. Es gefiel ihr nicht, aber sie wollte es erleben. Das wollte sie Umlish jedoch nicht erläutern.

»Ach, Umlish … hast du ein Problem damit?«, fragte Fift. »Ich kann verstehen, dass es ein bisschen beängstigend sein kann, wenn man vorher noch nie auf der Oberfläche gewesen ist. Aber mach dir keine Sorgen …«

Umlish wich zurück. »Ich habe keine *Angst*, du schleusenverstopfender Krötenclown. Es ist nur einfach widerwärtig …« Sie schwenkte die Hand in Richtung Wald.

Ein kaum merkliches Grinsen schlich über eines von Shrias Gesichtern.

Fift schluckte. Sie wusste nicht, was sie noch sagen sollte.

Vater Grobbard hatte die Augen geschlossen gehalten. Sie meditierte oft am Frühstückstisch. Jetzt öffnete sie die Augen und sah Fift an. {Threnis}, sendete sie Fift, {erscheint in der sechsten und siebten Ode des ersten Zusatzkorpus'. Möchtest du sie heute Nachmittag studieren?}

Fift schluckte. Man konnte leicht vergessen, dass ihre Eltern die Logdateien ihrer Privatnachrichten lesen konnten, auch wenn sie sich nicht oft die Mühe machten. Zumindest glaubte sie nicht, dass sie es taten. Aber Grobbard wirkte nicht sauer. Sie legte die Hände zusammen und bettete sie auf den Tisch. So friedvoll wie ein Stein, der vom Fluss glatt geschliffen wurde.

»Also, wenn es dir so gut gefällt«, schnarrte Umlish, »warum lebst du dann nicht hier oben? Vielleicht könntest du die Erlaubnis bekommen, hier oben aus Stöcken eine kleine Hütte zu bauen. Dann könntet ihr zwei Kohorte *spielen.*«

»Okay«, sagte Shria, der den Pfad heraufkam. »Ja, ich werde dir helfen.« Er blieb vor Fift stehen, strich sich mit dem Handrücken einen Rotzfaden von der Nase und packte dann zu. Mit einer Hand hielt er die guten Stöcke zurück, mit der anderen zog er die bemoosten heraus. Er hielt jene Augen auf die Arbeit gerichtet, doch die beiden anderen – in dem Körper, mit dem er seinen Haufen Stöcke hielt – musterten ihr Gesicht und versuchten, aus ihr schlau zu werden.

Fift schluckte. Sie bemühte sich um eine unbewegliche, ausdruckslose Miene, doch sie spürte, wie ihre Ohren brannten.

»Was meinst du, werden sie die anderen Kinder wegnehmen?«, fragte Vater Frill.

»Was?«, fragte Fift. »Welche anderen Kinder? Wem?«

»Der Fnax-Kohorte«, sagte Smistria.

Die Kälte stieg Fift in die Brustkörbe, und das nicht nur an der Oberfläche. »Wie bei Shria? Weshalb?«

Frill zuckte mit den Schultern und glättete mit den Händen die leuchtend blau-orangen Strähnen seines Haars, wobei er wieder einen Schwarm von Mücken in die Luft entließ. »Das kann passieren. Wenn ihre Bewertungen tief genug fallen – wenn die Leute glauben, dass sie unzureichend arbeiten. Dass dein Freund woanders besser aufgehoben wäre.«

»Er ist nicht …«, setzte Fift an. Eigentlich hatte sie gar keine Bailfreunde. Es fiel ihr zusehends schwer, zu sagen, wer ihre Freunde waren.

Noch vor zwei Jahren hätte sie gesagt, dass Umlish ihre Freundin sei; sie hatten zusammen gespielt, als sie klein waren. Aber Umlish gehörte zu jenen Personen, die nur so lange dein Freund sind, wie du genau das tust, was sie von dir verlangen. Fift hatte versucht, über die Sache mit dem Gedicht zu lachen. Aber nach dem heutigen Tag ... das würde sie Fift nie verzeihen.

»Sie fangen mit dem Lagerfeuer an, Umlish«, sagte Kimi. »Sollen wir zurückgehen?«

»Oder spielt ihr Geschwisterkinder?«, fragte Umlish gereizt und ignorierte Kimi. »Wie aufregend für dich, Fift! Ein eigenes Geschwisterkind!«

Vater Frill hatte den Kopf auf die Seite gelegt, die Augenlider verengt, und suchte im Feed. »Hmm. Er hat gekämpft – dein Freund. Dafür ist er ein bisschen zu alt. In eurem Alter sollten Bails lernen, ihre Kämpfe auf die Trainingsmatte zu beschränken.« Er schüttelte den Kopf. »Das ist nicht gut für die Bewertungen.«

Fift standen die Nackenhaare zu Berge. »Was würde passieren, wenn sie Shria wegnähmen? Und wohin?«

Frill zuckte mit den Schultern. »Na ja, wenn er Glück hat, wird er vielleicht als Hebamme ausgebildet. Die leben am Pol ...«, er machte eine vage Geste. »Es ist eine große Ehre.«

Fift konnte im Feed ihre eigenen Gesichter sehen. Sie sah erschrocken aus: Eines Tages würde sie in die Klasse kommen und dann wäre Shria nicht mehr da, er wäre aus seiner Kohorte genommen worden. Sie würden ihm verboten haben, mit seinen Eltern zu reden und man hätte ihn zum Pol gebracht, damit er für immer Hebamme werde. Wie viele Kämpfe fehlten wohl noch? Konnte Umlish das alles mit ihren eigenen Worten verursachen? Fift gab sich Mühe, einen milden Gesichtsausdruck aufzusetzen – so wie Grobbard es tat.

Der verschlossene und skeptische Ausdruck in Shrias Gesicht taute auf, als er Fift musterte. Er riss den letzten Stock aus dem Haufen. (In ihrem anderen Körper riss Fift den Stamm aus einem Knoten im Unterholz; dort konnte sie die Geräusche des Lagers durch die Bäume hindurch hören. Sie waren dabei, das Holz fürs Lagerfeuer aufzuschichten.) Er zog eine seiner dicken, gelockten Brauen hoch.

»Du stellst dich am besten schon mal darauf ein, das ältere

Geschwisterkind zu sein«, sagte Umlish, »weil Shria keine jüngeren Geschwisterkinder will. War es nicht so, Shria?«

Shria blinzelte. Er blähte die Nasenflügel, atmete tief ein, sein Blick blieb auf Fift geheftet ... Bezog er daraus Stärke? Dann drehte er sich zu Umlish um. »Verspritze heute nicht dein ganzes Gift, Umlish«, sagte er. »Sonst geht es dir noch aus und was bleibt dir dann für morgen?«

Umlish richtete sich auf und knurrte: »Du schleusenverstopfendes ...«

»›Schleusenverstopfend‹ hattest du schon«, sagte Shria. »Siehst du? Allmählich gehen dir die Worte aus.«

»Lass uns zurückgehen, Umlish«, schlug Kimi eindringlich vor. »Wir wollen doch nicht verpassen, wenn sie es anzünden ...«

Fift räusperte sich. Ihre Herzen pulsten ganz unstaidisch schnell.

»Sag mir nicht, was ...!«, bellte Umlish.

»Du könntest es mit ›flussverstopfend‹ versuchen«, fiel Fift ihr ins Wort.

Shrias Augen leuchteten auf. »Aber das ist irgendwie das Gleiche«, sagte er und biss sich auf die Lippe.

»Leichenmampfend?«, sagte Fift.

Shria kicherte. »Das ist gut! Wo kommt das her? Ja, nenn mich einen ›leichenmampfenden Schwesternverlierer‹, Umlish ...«

»›Schwesternverlierer‹!« Fift machte große Augen. »Wow!«

Shria grinste und zeigte weiße Zähne in seinem lavendelblassen Gesicht. »Gefällt dir das?«

Fift schleifte ihren Stamm auf die Lichtung, und Perjes und Tomlest rannten hin, um ihn ihr abzunehmen und auf den Haufen zu werfen.

In Umlishs Gesicht stand der Zorn geschrieben.

Puson räusperte sich.

»Siehst du, Umlish?«, sagte Shria und klopfte ihr auf die Schulter. »Du brauchst dir keine Sorgen zu machen. Wenn du nichts mehr hast, helfen wir dir.«

»Nimm die Hände von mir weg!«, schrie Umlish. »Du bist

widerlich!« Sie drehte sich um und eilte den Pfad hinauf. Puson folgte ihr. Kimi, die vom zermürbenden Warten erlöst war, eilte in Richtung Lager voraus, dabei prallten ihre Körper voneinander ab und sie rannte ein paar Körperlängen, bevor ihr wieder einfiel, die Geschwindigkeit auf ein langsameres und angemesseneres Tempo zu drosseln.

Die Väter Frill und Smistria waren mit dem Frühstück fertig und trollten sich. Vater Grobbard wartete noch ruhig und beobachtete Fift mit ihrer unbeweglichen Ernsthaftigkeit. Es sah aus, als ob sie auf etwas wartete.

Es wurde kälter. Als Umlish, Puson und Kimi gegangen waren, atmete Shria auf. Es war ein kurzes, erschöpftes Seufzen und kam wie eine Wolke weißen Nebels heraus. Seine Schultern sackten zusammen.

Sie entfachten das Feuer; Fift streifte Rindenstücke von den Händen und suchte sich einen Platz auf einem Felsen, nicht zu weit entfernt, aber auch nicht zu nah. Dort setzte sie sich hin. Der Expeditionsdirektor, ein übereifriger, 200-jähriger mittelgeborener Staid, dirigierte nervös die beiden Bails, die die brennende Fackel hielten. Kimi eilte den Pfad hinauf, nur ein bisschen langsamer, als wenn er gelaufen wäre, und riss erwartungsvoll die Augen auf. Fift kam allein mit Shria auf dem Pfad ins Hintertreffen. Wurden sie beobachtet? Es gab eine Möglichkeit, die Zuschauerzahl im Feed zu checken – in der Interface-Klasse hatten sie das einmal durchgenommen –, und sie fand es nach einem kurzen Moment. Niemand sah sie, wie sie da im Wald standen – gar niemand. Nicht einmal Grobbard.

Grobbard zog eine Braue hoch. Als wartete sie darauf, dass Fift eine Frage beantwortete.

»Oh«, sagte Fift. »Ja, ich …« Sie wechselte auf Senden, was besser war als dort im Frühstücksraum, wo ihre Bailväter zuhören und sich darüber ärgern konnten, dass sie laut über die Lange Konversation redeten. {Ja, Vater Grobbard, ich wäre daran interessiert, die sechste und siebte Ode des ersten Zusatzkorpus zu studieren. Vielen Dank.}

Fift wurden die Arme ganz schwer davon, den Haufen Stöcke

zu tragen. Sie beschleunigte ihre Schritte auf dem Pfad und Shria passte sich an. Sie gingen zum Lagerplatz zurück.

Shria blickte in den dunkler werdenden Himmel und war in Gedanken versunken. Am Rand des Feuerrundlichts – rote Schatten, die auf den Stämmen tanzten, alle Körper in Fähnchen aus Atemluft gehüllt, als die Kinder zu singen begannen – sah er sie einmal an und sendete: {Danke.}

Sie warfen ihre Zündhölzer in den Haufen und Shria ging irgendwohin. Fift setzte sich mit sich selbst nieder, Körper an Körper gegen die Kälte zusammengekuschelt.

3

Bitte beantworten Sie die folgenden Fragen, um uns dabei zu helfen, Sie über mögliche neue Berufsperspektiven zu beraten.

Was ist Ihr Geschlecht?
☒ Staid
❑ Bail

Wie viele Körper haben Sie?
3

Sind darunter Körper, die sich nicht auf dem Planeten oder unter Wasser, in Polarregionen oder dauerhaft auf der Oberfläche befinden?
❑ Ja
☒ Nein

Wie ist die Reihenfolge Ihrer Geburt?
❑ Ältergeboren
❑ Mittelgeboren
❑ Letztgeboren
☒ Ohne die Vorteile geschwisterkindlicher Beziehungen

In welcher Nation leben Sie?
☒ Fullbelly
☐ Schwerersieg
☐ Tränenlos
☐ Löffel
☐ Vielklein
☐ andere
☐ multinational

Sind Sie gerade verrückt?
☒ Nein
☐ ja, und in einem Irrenhaus
☐ ja, warte aber auf einen Platz in einem Irrenhaus
☐ ja, aber nur kurzfristig/auf Dauer

Wie oft sind Sie schon verrückt geworden?
☒ 0
☐ 1–5
☐ 6–20
☐ 21+

Wären Sie lieber häufiger oder seltener verrückt?
☐ Häufiger
☐ nicht so häufig
☒ die aktuelle Häufigkeit ist zufriedenstellend

Haben Schiedsgerichte gegen Sie jemals eine Maßnahme wegen Betrugs, Diebstahls, Unzuverlässigkeit, eines nicht lizenzierten Duells, Feigheit, Faulheit oder Geschlechts-Nonkonformität verhängt?
☒ Nein
☐ Ja
☐ Ja, aber auf Antrag abgewiesen

Was beschreibt Ihren gegenwärtigen wirtschaftlichen Status am besten?
❑ entmutigt/apathisch/peripher
❑ unterwürfig/fröhlich
❑ trotzig/ engagiert
❑ zufrieden/beitragend
❑ dominant/plenipotent
❑ gesättigt/freudig
☒ ungeklärt/unsicher

Sind Sie ein Elternteil?
☒ nein
❑ ja, ein Vater
❑ ja, eine Mutter
❑ ja, sowohl Vater als auch Mutter

Wie viele Zuschauer haben Sie maximal an einem durchschnittlichen Tag bei dem, was Sie tun?
☒ 0–99
❑ 100–999
❑ 1000–99 999
❑ 100 000–9 999 999
❑ 10 000 000–999 999 999
❑ 1 000 000 000–999 999 999 999

Würden Sie lieber von mehr oder von weniger Zuschauern gesehen werden?
❑ Mehr
❑ weniger
☒ die aktuelle Zuschauerzahl ist zufriedenstellend

Welcher Kohortenstatus haben Sie?
☒ Kind, Student
☐ Bewerber, Sucher
☐ Paar, Triade oder Quatro-Proto-Kohorte
☐ Semi-Kohorte
☐ Ganze Kohorte
☐ Große oder Mega-Kohorte
☐ Fragment oder aufgelöst
☐ Nicht in einer und auch nicht auf der Suche nach einer Kohorte
☐ Es ist kompliziert

Wie alt sind Sie?
15

Es tut uns leid: Dieser Fragebogen ist für Arbeitssuchende zwischen 100 und 800 Jahren gedacht. Bitte verschaffen Sie sich eine vorzeigbare Kindheits– (unterbrochen)

4

»Fift«, sagte Vater Frill und streifte die Kampfhandschuhe ab, »ich finde, du solltest in Erwägung ziehen, ob du verrückt werden willst.«

Fift war jetzt fünfzehn und Vater Arevio zeigte ihr, wie man die Ranken im Abendmahlgarten beschneidet – mit langen, flachen Schnitten, damit sich die Gewürzmücken an dem Saft laben konnten. Vater Frill war gerade erst hereingeschneit: einkörperlich im roten Trikot und schweißüberströmt, das kupferrote Haar zerzaust. Anders gesagt: direkt aus dem großen Mattenraum.

Vater Smistria folgte Frill in einem gemächlicheren Tempo (auch er verschwitzt und mit Kampfhandschuhen – sie hatten sich einen Sparringskampf geliefert), er blieb stehen und lehnte sich mit verschränkten Armen an den Türsturz des Abendmahlgartens.

»In den alten Zeiten«, sagte Frill, »hättest du fast schon als Erwachsene gegolten, ist dir das klar?« Er ließ die Handschuhe fallen – Arevio setzt eine böse Miene auf – und strich sich mit den Fingern durchs Haar, um es zu entwirren. »Wir bilden uns immer ein, dass die Erste Kindheit ein Idyll ist – das ist sie aber nicht! Es ist eine stressige Zeit! Für mich war sie das jedenfalls. Für ein Staidkind ist es natürlich leichter, nehme ich an – aber trotzdem. Und du wirkst niedergeschlagen.«

Arevio warf meditativ das Messer mit der kurzen Klinge, das er in der Hand hielt, in die Luft und fing es am Griff auf, dann machte er sich wieder daran, die Ranken zu beschneiden.

Niedergeschlagen?, dachte Fift. Sie wirke niedergeschlagen? Sie fühlte sich … Wie fühlte sie sich?

Gefroren. Ein Stück Eis, das von einer Strömung mitgenommen wurde. Im Gefolge von Mutter Pip.

In einem anderen Körper saß sie neben Pip, blickte durch das Bullauge einer Robotfledermaus und kurvte durch den Raum zwischen den Siedlungen. Hinter ihnen wurde das rotierende Speichenrad von Foo, Heimat von Fift und Millionen anderen, immer kleiner.

Sie waren auf dem Weg zu einem Termin mit einer Klientin.

Fift zwang sich, nicht in ihrem Sitz herumzuzappeln.

Pip sollte eine würdigere Auszubildende haben. Ein fünfzehnjähriges Einzelkind ohne klingenden Namen … Fift hätte für eine der »Alles unter einem Dach«-Bankhistoriker/Wettbüro/Clown/Logiker-Buden auf einem Schlendermarkt arbeiten oder niedere Arbeiten der periphersten Art in einem großen institutionellen Gedächtniskonglomerat verrichten sollen.

Aber Pip (selbst dritte von vier Geschwistern) durchkreuzte solche Überlegungen wie eine Naturgewalt. Ihre Kunden bewunderten sie für ihre Art, Konventionen zu sprengen, und ihr exzentrisches Verhalten gereichte ihr oft zum Vorteil.

Ob Fift mit so etwas durchkommen konnte? Nun, das stand auf einem anderen Blatt. Dass sie eine Fehlbesetzung für ihre Stellung sei, haftete ihr an wie ein Juckreiz.

Vater Smistria schnaubte. »Niedergeschlagen? Niedergeschlagen? Wie sollte sie denn wirken? Sollte sie ums Haus tanzen und singen?«

Frill ignorierte ihn. »Als junger Mensch bin ich ein paarmal verrückt geworden«, sagte er, »und ich glaube, es hat mir wirklich gutgetan.«

»Und bildest du dir ein«, fragte Vater Smistria, kam in den Abendmahlgarten und zupfte sich am Bart, »dass es unseren Bewertungen nützen würde, wenn unser fünfzehnjähriges Staidkind sich in ein Irrenhaus einweisen lässt?«

Frill streckte die Arme aus. »Irrationales Vorurteil!«, schimpfte er. »Der Gedanke, es sei bailisch, verrückt zu werden! Verrückt zu werden ist nicht bailisch, sondern einfach *menschlich*. Es ist ein grundlegendes Menschenrecht. Und genau genommen …«

Er legte eine Pause ein und wandte den Kopf zu einer der Gartenmauern. Smistria tat es ihm nach und Arevio auch. Fift brauchte eine Weile, bis sie begriff, weshalb: Vater Miskisk war hochgekommen.

Miskisk kam jeden Monat, um eine Nacht in ihrer Wohnung zu schlafen, wie es das Geburtsgelübde vorschrieb.

Im Hausfeed sah Fift, wie Miskisk durch den Flur stapfte. Seine Schultern waren gebeugt, sein Gang ungelenk und eilig. Er zögerte an der Tür zum Abendmahlgarten – Fift packte die Ranke fester –, dann ging er weiter.

Vater Frill seufzte.

In der Fledermaus sendete Mutter Pip: {Du hast die Karriere von Pom Politigus nicht ausreichend studiert.}

{Ich habe das Gespinst studiert, das du mir gegeben hast}, sendete Fift. Es war langsam vorangegangen: Pom Politigus, Inhaberin von Stiffwaddle-Körpermoden – dem prestigeträchtigsten Body-Design-Handelszentrum in einer Milliarde kubischer Körperlängen –, war seit zweihundert Jahren Mutter Pips Klientin.

{Fift, ich kann am Zugriffspfad sehr genau erkennen, an welchen Fäden des Gespinstes du planlos entlanggestolpert bist. Eine Bankhistorikerin muss ihren Klienten ganz genau kennen – viel genauer als der Klient sich selbst. Sein Leben zu studieren, es zu verinnerlichen – die Karriere, die öffentliche emotionale Geschichte des Klienten –, das ist das Mindeste an Vorarbeit.}

Fift drückte die Nase ans Bullauge, um so weit von ihrer Mutter wegzukommen, wie es ihr auf dem beengten Raum möglich war. Sie waren fast da. Stiffwaddle-Körpermoden belegte die zweite einer Kaskade eckiger, durchscheinender Blasen, die – zu einer glitzernden Helix arrangiert – luxuriös in einem großen Schwung leeren Raumes hingen; es war das, was die Einwohner Foos »das Untere und Hintere« nannten.

Sie zog das Gespinst wieder hoch und fummelte sich von Neuem hindurch. Poms Handelszentrum war so groß, dass seine zweidutzendköpfige Mitarbeiterelite dort gleichzeitig Hunderte von Körpern bedienen, umformen und neustrukturieren konnte. Im Großen und Ganzen war es nur ein mittleres Etablissement, aber für die zehn Millionen Leute im umliegenden Kubikvolumen war es ein Juwel. Stylische und selbstbewusste jüngere Geschwisterkinder Foos sparten bis hin zu einer Jahresdosis Übermut für die Chance, ihre Freunde mit einer kleinen körperlichen Verbesserung von Stiffwaddle zu beeindrucken. Manche von Fullbellys Ultrareichen – virtuose Logistik-Koordinatoren, wichtige Aufmerksamkeitsvermittler, prominente Statistiker-Dichter – kamen jede Woche vorbei.

Ein niederrangiger Mustererkennungs-Agent lenkte ihre Aufmerksamkeit auf die Auszubildenden am unteren Ende der Mitarbeiterliste. Und da war er: Shria Qualia Fnax aus dem Namensverzeichnis Digger-Chamäleon-2, »Genitaldesignspezialist«.

Shria! Fifts Herz machte einen Satz. Es war schon Monate, vielleicht ein Jahr her, seit sie ihn zuletzt gesehen hatte. Es gab einmal eine Zeit – vor Jahren –, da hatten sie einander jede zweite Woche im Unterricht gesehen oder sich irgendwo in der Umgebung Foos getroffen. Manchmal war er in die Wohnung der Iraxis-Kohorte gekommen. Ein paarmal war Fift auch zu Fnax' Kohorte hinübergelaufen. Fifts Eltern mochten ihn. Im Unterricht gab sich der zehnjährige Shria zurückgenommen und missmutig, aber im Abendmahlgarten mit Frill und Squell und Arevio, wo ihn die Privatsphärenregelung der Iraxis-Kohorte vom breiten Feed der Welt abschirmte, war er selbstbewusst, lebhaft und witzig gewesen.

In den letzten paar Jahren wurde es schwieriger. Es gab weniger Dinge, die Bails und Staids ihres Alters gemeinsam unternehmen konnten, und weniger Überschneidungen bei ihren Hausaufgaben, weil die Lerninhalte auseinanderdrifteten. Fift verbrachte mehr Zeit bei der Langen Konversation und das war nichts, wovon sie Shria erzählen konnte. Und Shria beschäftigte sich mit Baildingen. Er hatte jetzt eine Bande von Bails, die miteinander Sparring machten, durch die Nebenstraßen stromerten und Händel suchten, die als Vorwand für einen echten Kampf auf den Matten taugten. Und es gab auch noch andere Dinge – sexuelle Eskapaden –, von denen Fift nichts wissen sollte. Selbst wenn Shria ihr davon hätte berichten wollen, gab es keinen Ort, an dem er das tun konnte; ihre Eltern konnten trotzdem ihre Sendeprotokolle lesen und sie über den Hausfeed hören.

{Die Karriere der *Klientin*, Fift}, sendete Pip. {Nicht die Karriere des jüngsten Auszubildenden der Klientin, ganz gleich, wie beeindruckend sein Einstand ist.}

Verschwinde aus meinem Kopf!, dachte Fift, sendete es aber nicht. Sie überblätterte hastig das Personalverzeichnis und überflog den jährlichen Zuwachs im Kundenstamm der Stiffwaddle-Körpermoden und die Bewertungen. Sie spürte Sehnsucht in ihrer Brust, wenn sie an Shria dachte.

»Wie auch immer«, sagte Vater Frill und stapfte durch den Garten, »ich finde, dass es den Staids *total* viel bringt, wenn sie sich darauf einlassen, durchzudrehen. Will sagen: zu dem *Geschenk*, verrückt zu werden, gehört auch, dass man aufhört, sich darüber Sorgen zu machen, was die anderen Leute denken!«

Smistria schnaubte.

»Frill Evementis«, maulte Vater Arevio, »könntest du bitte deine Handschuhe aufheben? Sie liegen auf den Frohblüten.«

Sie landeten auf der schwankenden Lippe von Politigus' Blase. Fift bewunderte das funkelnde, durchsichtige Blau der Oberfläche unter ihren Füßen und konzentrierte sich darauf, ihr Gleichgewicht zu halten, als sich die Fledermaus davonschob. Jetzt zu stolpern wäre unpassend. Als sie aufblickte, stand Shria doppelkörperlich vor ihr.

Er war gewachsen. Er war jetzt größer als Fift, breitschultrig, sein leuchtend rotes Haar war in verschlungenen Kurven nach hinten gestylt, seine transparent angeräucherte Uniform von Stiffwaddle-Körpermoden spannte sich über eine Reihe von vier kleinen Brüsten.

Er grinste, und für einen Moment hatte Fift die erschreckende Vorahnung, dass er sich gleich vor Mutter Pip zu einer wilden Umarmung auf sie stürzen würde. Aber sie waren keine zehn mehr. Er drehte sich um, sagte nichts und half Pip aus der Robotfledermaus.

Pom Politigus war in der Nähe des Haupteingangs in sechs Körpern zusammengedrängt, die sinnbetörend und -verwirrend und stilvoll heterogen waren – alle Körper hatten das gleiche Gesicht, aber es gab zwei große, kurvige, schwerbusige Körper (einer rötlich und einer fahl), zwei kurze, glatte, runde nachtblaue Körper, einen gelbbraunen, hageren, kantigen Körper und einen dicken, muskulösen Körper mit schillernd dunkelvioletter Haut. Fift war verblüfft, die propriozeptive Integration musste brutal sein (ganz zu schweigen vom Selbstbild) und tatsächlich schwankte der Großteil von Politigus ganz leicht, ihre Hände waren still und griffen sich gelegentlich zur Unterstützung an eine ihrer eigenen Schultern.

»Willkommen!«, sagte Pom Politigus aus einem ihrer kurzen, blauen Körper. »Wie nett von dir, Pip! Hier zu meinem kleinen Lager herauszufahren.«

»›Heraus‹ allerdings!«, röhrte Pip. »Du weißt, dass diese deine Blase dabei ist, zum Herzen Fullbellys zu werden! Was habe ich in den letzten Monaten nicht alles von dir gehört, Pom Politigus! Du fräst dich nicht nur ins Herz der Mode, sondern auch in das des Designs – und der Körpertechnologie! Das ist etwas anderes als Frundle & Kwonk und dieser ganze Ego-Tourismus-Typ.

Mann, warum überschlagen die sich nicht alle, um dich als ihre Hauptattraktion anzuwerben? Du brauchst keine Bankhistorikerin, sondern eine Inflagra-Poetin, die den Rest von Fullbelly entflammt, um deinem Namen zu huldigen!«

»Oh, genug, genug, du Halunke«, schnurrte Politigus lachend.

»Und trotzdem vergisst du deine alten Freunde nicht«, sagte Pip.

»Ach komm, komm«, plapperte Politigus und wirkte hocherfreut (zwei Körper taumelten in eine übertriebene Umarmung).

»Darf ich dir mein Kind und meine Auszubildende vorstellen – Fift Brulio Iraxis vom Namensregister Gelbe-Halbinsel-Zuckerblase-5«, sagte Pip und wandte sich abrupt zu Fift um, die es gerade noch schaffte, keinen überraschten Schrei auszustoßen. »Sie lernt das Handwerk.«

Shria blinzelte.

»Sehr gut, sehr gut«, sagte Politigus. »Und das ist übrigens Shria Qualia Fnax vom Namensregister, äh …« Fift merkte, dass sie selbst im Register nachsehen musste, was die Wirkung ziemlich ruinierte. »Digger-Chamäleon-2 …«

»Wir kennen den jungen, ausdrucksstarken Fnax zufälligerweise«, sagte Pip. »Er ist auch ein Kind von Foo …«

»Ach ja, ach ja«, sagte Politigus. »So, Pip, ich brenne darauf, dir von der Arbeit zu erzählen, die wir für die Ortsgruppe des Cirque geleistet haben. Dabei war Shria hier übrigens der Chefdesigner für Erotisches und Sinnliches. In seinem Alter! Oh, es kam so gut an. Ich meine, du musst sehen, was du damit anfangen kannst, aber offen gestanden glaube ich, dass es ein ziemlicher Coup war. Es ist sogar im Gespräch, dass andere Ortsgruppen das Design übernehmen! Ich meine, der Cirque Fantabulös, Pip! Ich möchte wohl sagen, der Cirque ist die ästhetisch-thematische Zentralinstanz Fullbellys, wenn nicht der Welt! Hebammen, Feed-Gärtner und Schiedsrichter mögen ja die Dinge zusammenhalten … Aber an wen wenden wir uns, um Schwung in die Bude zu kriegen?«

»Das steht fest, das steht fest«, murmelte Pip.

»… und, oh, ich will nicht vorgreifen, aber wirklich, wenn du die Aufnahmen siehst, dann glaube ich wirklich, ich glaube wirklich, wir waren – bitte verzeih mir, wenn ich vulgär bin – das jüngere Geschwisterkind! Meinst du nicht auch, Shria? Sei ehrlich!«

»Wir haben den Clowns generalstabsmäßig in den Hintern getreten«, sagte Shria.

»Sie waren so beeindruckt!«, mümmelten beide kurvige Körper von Politigus im Chor.

»In Ordnung, in Ordnung«, sagte Pip lachend. »Wir werden

sehen. Dafür ist noch viel Zeit. Setzen wir uns doch hin, trinken wir etwas und sehen wir es uns an.«

»Genau«, stimmte Pom Politigus ihr zu. »Hier entlang!«

»Chef«, sagte Shria, »jetzt, wo sie da sind, denken Sie auch an die anderen Sachen, die Sie ihnen zeigen wollten, damit sie einen Blick darauf werfen?«

»Oh, das kann warten«, sagte Politigus und schnipste mit drei Händen, als wollte sie drei surrende Fliegentelegramme verscheuchen.

»Aber weil sie zu zweit sind …«

»Oh, ich verstehe.« Eine ihrer Hände ballte sich zur Faust. »Pip, ist deine Auszubildende in der Lage, ein paar von den mehr routinemäßigen Transaktionen abzuarbeiten, während wir mit dem Cirque-Geschäft anfangen? Shria legt immer großen Wert darauf, die praktischen Einzelheiten unter Dach und Fach zu bekommen. Er ist ungewöhnlich gewissenhaft für einen Bail!«

»Toll, danke, Chef«, bemerkte Shria trocken.

Pip neigte den Kopf, sie war wie stets bereit, Fift mit neuen, unbekannten Dingen zu konfrontieren. »Selbstverständlich«, sagte sie. »Wenn etwas unklar ist, Fift, dann schreib mir eine Liste mit Fragen. Aber ich rechne damit, dass du bestens dafür geeignet bist, die Buchführung für ein paar Monate Routinearbeit auf den neuesten Stand zu bringen. Für diese Blase ist das nichts als Routinearbeit, doch nach den Standards aller anderen bedeutete es natürlich noch nie da gewesene Brillanz …«

»Oh, du!«, sagte Politigus und ihre sechs leicht schwankenden Körper geleiteten Pip, so schnell sie konnte, in den Salon.

Shria stand auf beiden Seiten Fifts und federte auf den Fußballen.

»Wow«, sagte er an ihrer linken und dann an ihrer rechten Seite. »Hast du Pom gesehen? Sie ist so aufgeregt, als würde sie ein Kind auf die Welt bringen.« Er sprang auf Fift zu, fast so, als wollte er gleich mit ihr zusammenstoßen, dann drehte er ab und steckte sich die Hände in seine Ärmel. »Na komm«, sagte er und machte sich in einem Körper gleich auf den Weg.

Der andere Körper blieb an Fifts Seite zurück und wiegte sich sachte von Fuß zu Fuß. Shria schien voller nervöser Energie zu sein. Ohne sich etwas dabei zu denken, streckte Fift eine Hand vor, um ihn zu beruhigen, und berührte ihn sachte am Ellenbogen. Shria beruhigte sich etwas. Er hakte seinen Arm bei ihr unter und dann folgten sie seinem anderen Körper einen langen Korridor hinunter.

»Hier hinein«, sagte er.

Die Tür vor ihnen war ein traditionell gestaltetes Symbol einer Gebärmutterpassage. Shria schob die Schamlippen beiseite, dann drückten sie sich durch den Vorraum und traten durch den erweiterten Gebärmutterhals in einen großen Gebärmutterraum, der mit dem Handwerkszeug von Shrias Profession gefüllt war: Bottiche, Sofas, Röhren, Regale voller glatter, glänzender Geräte und ein Dickicht aus Zotten, die von der Decke herunterkamen. Hinter ihnen drückte sich der Durchgang wieder zusammen.

Shria lief hinein und setzte sich einkörperlich auf einen Tisch. In einem anderen Körper stand er in der Mitte des Labors und breitete die Arme aus. »Hier ist es!«, sagte er. »Willkommen in meinem Reich!«

Für Fift sah alles ein bisschen gefährlich aus. Sie saß auf einer Couch. »Das ist toll«, sagte sie. »Deine Chefin ist von dir schon richtig beeindruckt. Und meine auch, glaube ich. Von dir beeindruckt, meine ich.«

Shria grinste. »Natürlich übernehmen die Agenten viele von den schwierigen Sachen«, sagte er. »Ich brauche mich bloß um das zu kümmern, was Spaß macht – die Ideen ...«

Fift hatte keine Ahnung, was das im Zusammenhang mit Genitaldesign bedeuten sollte. »Also hat der ganze Cirque, ich meine, diese Ortsgruppe, die gleichen ... äh ... identische ...«

»Oh, nein.« Shrias Gesichter sahen alle gleichermaßen erschrocken aus. »Machst du Witze? Das hier ist nicht Onkel Foolus Alles-unter-einem-Dach-Werkstatt, weißt du? Genitalien sind keine Hüte! Wie wir die Welt erfahren, das hat sehr viel mit unseren Genitalien zu tun! Man muss sie sehr sorgfältig anpassen – falsche Genitalien können einen ins Verderben stürzen.«

»Oh«, machte Fift.

»Aber weißt du, sie *arbeiten* irgendwie zusammen«, fügte er hinzu. »Sie sind nicht identisch, aber sie sind *aufeinander abgestimmt.* Das war … der Spaß bei der Sache.« Er grinste verschmitzt.

Fift spürte, wie ihr Gesicht rot anlief. Der Spaß bei der Sache?

»Wie auch immer«, sagte Shria, »wir brauchen gar nicht über meine Arbeit zu reden. Endlich bist du hier!«

»Endlich?« Ein seltsamer Gedanke, dass Shria auf sie gewartet hatte …

»Ja! Ich wusste schon seit einer Woche, dass ihr kommt! Ich habe meine ganze Terminplanung umgestellt, damit wir … Ich habe das hier geplant!« Er stand in der Mitte des Zimmers, grinste und stemmte die Hände in die Hüften.

»Oh«, sagte Fift ein wenig perplex. Was war so besonders daran, Shria bei der Arbeit zu treffen? Er hätte doch einfach nur in ihrer Wohnung vorbeischauen können …

Shria zog eine seiner flammend roten Augenbrauen hoch und verschränkte seine beiden Armpaare. Er wartete darauf, dass ihr etwas auffiel …

{Was geht hier vor sich?}, fragte Fift ihre Agenten. {Bekomme ich etwas nicht mit?}

Doch ihre Agenten waren stumm, weil die strikten Privatsphären-Einstellungen von Stiffwaddle-Körpermoden sie in einen traumlosen Schlaf versetzt hatten.

Natürlich, die Elitekunden der Blase schätzten ja ihre Privatsphäre … Fift erinnerte sich an das Lob, das sie im Gespinst gesehen hatte über die außergewöhnlichen Maßnahmen von Pom Politigus, die verhinderten, dass die Überraschungen publik wurden, von den Leuten geplant, die sich hier umbauen ließen …

»Na schön, also kann uns niemand sehen, der nicht in der Blase ist«, sagte Fift und verzog ihr Gesicht. »Sogar unsere Agenten sind …«

»Nicht in der *Blase*? Nein, Fift, nicht im *Raum*! *Pom und Pip* können kein Wort von dem hören, was wir sagen – und es gibt auch keine Agenten, die etwas aufzeichnen oder sich merken können – ich meine, unsere Eltern könnten später immer noch unsere Sendeprotokolle lesen, aber wenn wir laut sprechen, erfährt keiner ein Wort von … Wir könnten über *alles* reden, worüber wir wollen!« Er tanzte praktisch vor Aufregung.

Im Abendmahlgarten stand Fift Seite an Seite mit Arevio und ritzte die Ranken. Gewürzmücken schwärmten um die Messerklingen. Fift hielt mit dem Schlitzen inne und sah zu Arevio hinüber. Ihr Vater zeigte sich nicht erschrocken darüber, dass sein Staidkind in einem solchen Abgrund von Privatsphäre verschwand. Er kaute auf seiner Lippe herum und überlegte, ob er eine niedrig hängende Ranke beschneiden sollte.

Der Hausfeed zeigte, dass Smistria und Frill sich im Badepool entspannten und wie sich Miskisk einkörperlich und mit einer Schultertasche im Vorraum verlegen von Squell verabschiedete. Thurm und Grobbard waren an keinem öffentlichen Ort gelistet, Nupolo, Pip und Frill hatten Körper, mit denen sie in der Öffentlichkeit herumliefen, aber sie zeigten auch keine Reaktion. Weshalb sollten sie auch reagieren? Pip war mit Pom Politigus beschäftigt und für ihre anderen Eltern würde es nicht anders aussehen, als es immer aussah, wenn Fift einen Hausbesuch machte – sofern sie ihre Agenten nicht ausdrücklich danach befragten.

Ihr Herz pochte dort in Shrias Geheimzimmer (und auch ihre anderen Herzen schlugen schneller – so schnell immerhin, dass ihr schlafender Körper davon aufwachte).

Einen Moment lang wusste sie nicht, ob sie Angst hatte oder aufgeregt war. Aber Shria hatte nicht *Wir könnten alles tun* gesagt, sondern nur *Wir könnten über alles reden.*

(Jetzt lag sie wach im Bett, hatte die Arme und Beine zwischen den Kissen verteilt und ihre Haut war ganz heiß. Trotzdem zitterte sie. Sie rollte sich auf die Seite und presste die Augen zu.)

»Wow«, sagte Fift. »In Ordnung, äh, worüber … sollen wir reden?«

In seinem stehenden Körper legte Shria die Hände gegeneinander und ließ die Knöchel knacken. »Na ja, äh, wir könnten …« Fift hatte den Eindruck, dass er kurz davor war, etwas ganz Bestimmtes zu sagen, aber dann den Mut verlor.

»Willst du meine neuen Genitalien sehen?«, fragte er fröhlich.

Fift hätte sich beinahe verschluckt. »Deine … neuen … äääh …«

Er rutschte vom Tisch, hob die Hände und sagte in jenem Körper: »Ja! Du hast doch nach dem Cirque-Design gefragt, oder? Das hat in gewisser Weise etwas damit zu tun, na ja, nicht ganz, aber … man könnte sagen, es ist ›davon inspiriert‹. Ich habe es gerade erst machen lassen, und ich bin ziemlich stolz darauf, aber noch gar nicht richtig dazu gekommen, mit ihnen anzugeben! Meinen Eltern ist es egal und ich kann sie den anderen Bails nicht zeigen, weil, weißt du …« – er zog seine Brauen hoch – »… das wäre ja etwas direkt, oder? Wenn ich sie einem anderen Bail zeige, bedeutet es, dass wir sie auch, äh … benutzen.« Er grinste. »Aber bei dir besteht keine Gefahr, deshalb …«

»Ah«, sagte Fift, »okay, aber was ist mit diesen, äh, Transaktionen? Die sollte ich mir doch ansehen …«

Shria hielt inne und zuckte mit den Schultern. Seine Arme fielen seitlich herunter. »Oh, na schön … Okay, klar, natürlich …«

»Ich meine ja nur«, sagte Fift, »nur um es hinter uns zu bringen, weißt du, denn … sie werden danach fragen. Zumindest wird Pip …«

»Klar«, sagte Shria und sendete die Transaktionen.

Fift schloss die Augen und scrollte durch die History. Sie waren gut organisiert, größtenteils schon verbucht und deutlich an den Stellen markiert, wo ihre professionelle Aufmerksamkeit nötig war, um das genaue Ergebnis festzulegen.

»Hier«, sagte Shria und stupste sie mit einem dünnen, durchsichtigen Faltscreen. »Hier ist eine physische Darstellung. Dann kannst du mich wenigstens ansehen, während du das machst.«

Fift nahm den Screen und faltete ihn auf. Shria setzte sich

neben sie und sah ihr in einem Körper zu; im anderen Körper ging er zum Werkzeugregal und fing an, ein Werkzeug nach dem anderen herauszuziehen und es in einer anderen Reihenfolge zurückzuhängen. »Beeil dich, ja?«, sagte er.

Fift stupste ein paar ihrer Agenten an, aber nur jene, die auf die Analyse von Kontobewegungen spezialisiert waren, und sie taumelten groggy aus ihrem Privatsphärenschlaf. Besonders kompliziert war hier nichts. Ein paar Fälle mit unzufriedenen Kunden mussten gelöst werden, aber nichts war auch nur annähernd so gravierend, dass es einen formellen Schiedsspruch benötigt hätte. Ein Mitarbeiter, der an Depressionen litt, war endgültig durchgedreht und benötigte eine zweimonatige Revision der emotionalen Wertigkeit bestimmter Transaktionen (meist zugunsten von Politigus). An einigen Stellen konnte Fift zugunsten des Ladens Standardalgorithmen durch exotischere ersetzen. Es war eine leichte Arbeit: Mutter Pip hatte für alle diese Anwendungsfälle heuristische Methoden, Regeln und Verfahren – und sie Fift auferlegt, sie ohne Wenn und Aber auswendig zu lernen. Daran hatte Fift sich zuerst gestoßen, aber jetzt half es ihr, weil ihre Agenten immer wieder wegdösten.

Zum Glück war die Arbeit leicht, denn sie konnte nicht vergessen, dass Shria neben ihr auf der Couch saß, immer wieder herübersah und sein langer, muskulöser Körper zugleich locker und angespannt war.

»Schon fertig?«, fragte Shria.

Fift schluckte. »Ja, ich bin durch.« Sie legte den Screen beiseite und wandte sich Shria zu. Dann atmete sie tief durch. »Hör mal, du … hast dir viel Mühe gemacht, um das hier zu arrangieren, oder? Du wolltest mir etwas erzählen. Du … du hast ein Geheimnis.«

Im Körper neben Fift löste er die Hände, und seine Beine schlenkerten vor und zurück. Shria zuckte mit den Schultern. In seinem stehenden Körper sagte er mit einem Werkzeug in jeder Hand: »Na ja … stimmt schon, klar. Mehr als eins! Hast du denn gar keine Geheimnisse, Fift?«

Fift lief rot an. »Selbstverständlich.«

»Die hat jeder!«, sagte Shria. »Eine Billion Leute laufen im Feed herum und ziehen vor aller Augen ihr Ding durch … und jeder einzelne von ihnen ist mit Geheimnissen vollgestopft! Hast du jemals darüber nachgedacht?«

»Nein«, sagte Fift, »eigentlich nicht.«

»Ich aber, weißt du?« Er hängte die beiden Werkzeuge weg und fing an, hin und her zu laufen.

»Wollen wir uns denn jetzt diese Geheimnisse erzählen?«, fragte Fift mit pochendem Herzen.

Die schlaftrunkene Wärme des Bettes; das fleckige grüne Licht des Gartens.

Shria grinste über beide Ohren. »Wenn du möchtest! Wir fangen klein an und arbeiten uns hoch. Ich meine, ich werde dich nicht *sofort* über die Lange Konversation ausquetschen …«

Fift spürte, wie sich ihr Magen zusammenzog. »Aber du … du würdest bestimmt etwas darüber wissen wollen … ich meine …«

Shria lachte. »Um Kumrus willen«, sagte er in dem Körper, der neben ihr saß. »Wenn du dich sehen würdest. Ich habe nur *Spaß* gemacht.« Er grinste in beiden Körpern durchtrieben, aber dann wurden seine Mienen nüchtern. »Aber bei Kumrus Titten, Fift … ob ich *das* wissen will? Im Ernst? Glaubst du nicht, dass jeder Bail auf der *Welt* neugierig ist? *Insbesondere* diejenigen, die so angeekelt tun, wenn man es auch nur erwähnt?«

Selbst bei totaler Privatsphäre fühlte es sich nicht richtig an, darüber zu reden. Jeder Bail auf der Welt? Allein die Vorstellung, dass Fifts Eltern etwas darüber wissen wollten … Nein. »Aber würdest du nicht …«

»Ich würde nicht, hmm?« Shrias Augen funkelten, seine Mienen schwankten zwischen Unbehagen und Zorn. »Du weißt, dass es in der Geschichte eine Zeit gegeben hat, in der … in der sie Bails sogar *zusehen* ließen?«

Der Löffelkompromiss, die Großzügige Vereinbarung … Wie konnte Shria überhaupt davon wissen? Es war ein Teil der Langen Konversation und im normalen Geschichtsunterricht wurde nicht davon gesprochen. »Das war … das war vor langer

Zeit …«, sagte Fift. »Und damals war Krieg …« Sie hielt inne, weil sie sich nicht sicher war, was sie Shria davon erzählen durfte. Die Privatsphäre und die Stille um sie herum, die in den Tiefen versteckte Gebärmutter. *Wir können über alles reden.*

»Ist schon okay, Fift.« In seinem Körper neben Fift auf der Couch sah er beiseite. »Du brauchst es mir nicht zu erzählen. So ist das nun einmal. *Du* hast diese ganze, riesige jahrtausendealte Tradition, diese ganze verborgene intellektuelle *Welt*, die dabei hilft, *alles* in *unserer* Welt zu formen – jede einzelne Entscheidung, die die Staids treffen –, und wir dürfen nicht mal einen kleinen Blick darauf werfen!«

Fift schluckte. »Aber, ich meine, na ja, aber ihr habt doch …«

Shria schnaubte. »Was haben *wir*? Wir schlagen einander und haben Sex. Das ist nicht besonders geheimnisvoll, du kannst das Verhalten von Säugetieren in jedem Wissenschaftskanal im Feed nachschlagen, dann siehst du alles, was du wissen musst. Und irgendwann kommen Staids sowieso auf Sex.«

Fift spürte, dass sie rot anlief. Manchmal dachte sie, sie müsste ihren Hautton abdunkeln lassen. Jetzt war er dunkelbraun, aber immer noch nicht dunkel genug, um zu verbergen, wenn sie rot anlief.

»Hm«, sagte Shria und sah Fift fragend an. »Aber ich könnte mir vorstellen, dass du dich für Sex zu interessieren beginnst …«

Fift hatte eine trockene Kehle. »Ich bin nicht … ich kann nicht … ich meine …«

Shria zuckte mit den Schultern. »Ich finde es total normal. Eigentlich kann ich mir auch nicht vorstellen, dass die Bails und die Staids so verschieden sind! Siehst du, es ist ein ziemlich großes Geheimnis! Doch stell dir vor: Ich habe dieselben Genitalien für Bails und Staids geformt, und weißt du was: Auf der körperlichen Ebene ist es das Gleiche. Erregt zu werden ist das Gleiche und Lust oder Schmerz zu empfinden auch! Willenskraft mag der Unterschied sein – okay, sie muss es sein … Aber Willenskraft kann man *lernen*! Man kann lernen, sich zu konzentrieren! Ich meine, wenn man mich seit meinem fünften Lebensjahr darin geschult hätte, das zu tun, was du in der Langen

Konversation tust … dann hätte ich jede Menge Willenskraft, um …«

In dem Körper, der neben Fift saß, wirkte Shria niedergeschmettert – er starrte auf seine Hände hinunter, die er im Schoß gefaltet hatte. In seinem stehenden Körper sah er wütend aus – seine Augen blitzten unter den roten Augenbrauen, dann wandte er sich ab und riss sich zusammen.

»Wie auch immer«, sagte er in seinem stehenden Körper. »Nicht alles ist so, wie sie es hindrehen.«

»Ist es nicht?« Fift räusperte sich. »Wie meinst du das?«

Shria zuckte wiederholt mit den Schultern. »Ich meine, es macht Spaß. Sex macht Spaß, wenn man … wenn man keine Angst hat, aufgebracht ist oder an das Falsche denkt. Wenn man sich auf das konzentrieren kann, was man macht. Ich meine, ich wäre kein Genitaldesigner, wenn ich nicht … Aber die Art … weißt du, für Bails in meinem Alter sollte Sex sein wie … diese plötzliche Explosion, mit derselben Energie und Wildheit wie beim Kämpfen, oder?«

In seinem stehenden Körper warf er Fift einen kurzen Seitenblick zu.

Fift nickte.

»Man tut es«, sagte er, »und dann lacht man entweder darüber oder man ist genervt und streitet darüber oder man weint, was auch immer. *Man lässt es raus.* Aber wenn man sich zu sehr an eine Person *hängt* … wenn man sich irgendwie hinreißen lässt und den Kopf dabei verliert …« Er blickte wieder beiseite, seine Miene verdunkelte sich wie der wolkige Himmel an der Oberfläche. »Und wenn man *ihn* dann will und nicht nur *es* … Dann machen sie sich über einen lustig. Denn das ist staidisch, oder? Jemanden anzuhimmeln, sich nach seiner Liebe zu sehnen … das ist albern. Manchmal wünschte ich, ich wäre ein Staid.«

»*Wirklich?*«

Shria zuckte schon wieder mit den Schultern. »Ja, nein, ich weiß nicht. Das wäre vielleicht auch nicht besser. Ich will einfach nur … ich will einfach nur alles, verstehst du? Anstatt dieses Gefühl zu haben, die Hälfte des Lebens sei durch die Mauer des Verbotenen abgeschnitten.« Schulterzucken. »Es ist schon blöd, darüber auch nur nachzudenken. Es ist gefährlich.«

»Aber es klingt nicht«, sagte Fift, »es klingt nicht blöd ...«

»Ist es doch. Gegen Bewertungen kommt man nicht an«, erwiderte Shria. Er biss in seinem sitzenden Körper die Zähne aufeinander. In seinem stehenden Körper sagte er: »Meine Eltern haben das auf die harte Tour erfahren.«

Seine Schulter war einen Fingerbreit von Fifts Schulter entfernt. Sie hätte ihm den Arm um seinen breiten, kraftvollen Rücken legen können. Das hatte sie schon unzählige Male getan, weshalb hatte sie jetzt Angst davor? Wie wäre es wohl, fragte sie sich, wenn sie hundert Jahre älter wären, wenn ihr Jahrhundert des Liebeswerbens schon begonnen hätte? Dann wäre überhaupt nichts falsch an dem, was Fift gerade durch den Kopf ging. Okay, selbst dann erwartete man noch von den Staids, schüchtern zu sein und sich um die emotionale Verbindung zu kümmern und nicht um die körperliche ... Aber im Feed konnte man jede Menge erwachsener Staids und Bails sich küssen sehen. Man musste allerdings darauf achten, nur rein zufällig über sie zu stolpern, wenn man eigentlich etwas ganz anderes suchte ...

»Welche ... Person?«, sagte Fift.

In dem Körper, der neben ihr saß, wandte Shria sich um und hob fragend eine Braue.

»Du hast gesagt, wenn man sich zu sehr an eine Person hängt, anstatt nur ... aus Spaß zu *knallen*. Also ... wer?«

Shria strich sich mit den Fingerspitzen durch die langen, roten Strähnen seines Haars, strich es sich von seinen Stirnen – in beiden Körpern mit derselben Geste – und klemmte es mit einem der Clips zusammen, die hinter jedem seiner linken Ohren befestigt waren. Eine Spur von Silber glänzte an seinen Schläfen und bildete einen auffälligen Kontrast zu seiner Lavendelhaut ... Es sah gemacht und nicht gewachsen aus. »Hmm«, sagte er, »nein. Bis jetzt habe ich immer nur meine Geheimnisse erzählt. Ich glaube, jetzt bist du mal dran.«

Fift schluckte. »Meinst du nicht, dass Pom und Pip vielleicht gleich …«

»Ha! Hör auf, herumzudrucksen.« Er stand auf und stemmte die Arme in die Hüften. »Pom wird erst aufhören, mit ihrem großartigen Cirque Fantabulös anzugeben, wenn jemand sie zum Schweigen bringt. Und deine Mom wird es nicht eilig damit haben, eine so ergiebige Transaktion zu finalisieren. Wir haben eine Menge Zeit. Nein. Du! Geheimnis! Jetzt!« Im Körper neben Fift gab er ihr einen spielerischen Schubs, die langen Finger seiner Hand klopften ihr auf die Schulter. Es war ein sanfter, elektrisierender Druck.

»Okay«, sagte Fift. Sie holte tief Luft. Wem sonst, wenn nicht Shria? Tief in ihrem Inneren, wo Frieden und Ruhe herrschen sollten, wogte ein stürmischer Ozean. »Manchmal … weißt du, du hast doch gesagt, manchmal wünschst du dir … jemand anderes zu sein? Manchmal frage ich mich, na ja … sie können doch Fehler machen, oder nicht?«

»Wer?«

»Die … die Hebammen. Wenn sie … ich meine, sie kommen, wenn du ein Baby bist, und dann …« Fift hatte sich die Videoaufzeichnungen von ihrer Genderisierung aus dem Hausfeed schon hundertmal angesehen. Das Hebammenpaar hatte ungefähr eine halbe Stunde dafür gebraucht, sie hatten mit kleinen Glocken an ihren Ohren geschellt, ihre kleinen Händchen mit Federn gestreichelt, ihre Reaktionen getestet und gemessen, um festzulegen, dass sie eine Staid war.

Shria stieß einen Pfiff aus. »Ich glaube schon. Ich meine, in diesen ganzen alten Epen werden all diese Helden neu gegendert. Und manche Leute stellen auch heute noch einen Antrag, stimmt's? Sie behaupten, dass es ein Irrtum war, und dann versuchen sie, einen Schiedsrichter dazu zu bringen, sie als fehlbestimmt zu deklarieren. Aber ich glaube, das klappt heutzutage kaum noch … Sie werden immer nur vertröstet und vertröstet. Aber Fift, äh … ich meine …«

»Ich weiß, was du denkst«, sagte Fift mit finsterem Blick. »Ich bin nicht sehr bailisch. Ich bin weder tapfer noch stark noch wild und ich interessiere mich nicht dafür, mich in Schale zu werfen oder anzugeben. Ich bin nicht mal wie Mutter Pip, über die sich die Leute immer lustig gemacht haben, weil sie so entschlossen und laut ist …«

»Richtig«, sagte Shria. »Oder Pom Politigus … Ich meine, sie kommt irgendwie damit durch. Vermutlich erwarten die Leute von einem Körperdesign-Impresario, dass er seltsam ist … Aber all diese verrückten Körper!«

»Ich weiß«, sagte Fift. »Ich behaupte auch nicht, dass ich ein besserer Bail wäre als ein Staid. Ich wäre ein lausiger Bail. Du wärst wahrscheinlich in beidem besser.«

»Oh, hör auf damit!« Er grinste und verzog gleichzeitig das Gesicht. Es war ein schiefes Kompliment.

»Ich will manchmal … manchmal will ich einfach nur … bailische Dinge.« Sie lief rot an. »Die mir nicht zustehen.«

»Hm«, sagte Shria. »Okay.«

Fift brannten die Ohren. Sie blickte auf ihre Hände. Ihr Bauch fühlte sich kalt und schwer an, so als ob sie Eis gegessen hätte. Sie hätte nichts sagen sollen.

»Ich glaube, das waren jetzt alle Ranken«, sagte Arevio sanft. »Gut gemacht, Fift Brulio.«

Fift blickte erschrocken zu ihrem Vater hoch. Sie hatte fast vergessen, wo sie noch war. Arevio lächelte über ihren Gesichtsausdruck. »Genießt du deine Geschäftsreise mit Pip Mirtumil?«

»Sieh mal, Fift«, sagte Shria in seinem sitzenden Körper und wandte sich ihr zu. »Wie ich vorhin bereits sagte … Ich glaube eigentlich nicht daran, dass es so anders ist, wie wir alle vorgeben. Diese Dinge, die du willst … daran ist nichts Falsches. Ich finde, es ist normal. Ich glaube, viele Leute fragen sich, ob sie falsch gegendert wurden! Es ist nur zu gefährlich, es laut auszusprechen. Die Hebammen herauszufordern …« Er schauderte. »Aber warum …«, er leckte sich über die Lippen, »warum *sollten* sie so viel Einfluss haben? Warum *sollten* alle so viel Angst vor ihnen haben? Ich weiß sogar …«, er senkte den Blick, »ich weiß sogar *darüber* ein Geheimnis.«

»Was denn?«, fragte Fift. »Wirklich?«

Arevio zog eine Braue hoch.

»Äh, ja, danke«, antwortete ihm Fift. »Es ist sehr ... lehrreich.«

»Ja«, sagte Shria, »aber ...« Sein stehender Körper schnaufte, der sitzende wandte sein Gesicht von Fift ab. »Ja, das ist aber ein großes Geheimnis. Vielleicht sollte ich erst mal daran arbeiten.«

»Oh«, sagte Fift. »Na ja, ich habe nicht viel mehr Geheimnisse. Vielleicht sind sie mir ausgegangen. Ich ... habe dir schon mein größtes erzählt.«

»Das war es schon? Mit deinen fünfzehn Jahren ist das dein einziges Geheimnis?«

»Hm.« Sie versuchte nachzudenken. Es war seltsam, hier zu sitzen, ohne Agenten um Hilfe beim Kontext oder bei der Erinnerung zu bitten und keine Eltern dazuhaben, die sich über das stritten, was sie gesagt hatte. Es war friedlich, aufregend, aber auch stressig – ein konstantes, unnatürliches Gefühl, sich an einem Ort zu befinden, der nicht existieren sollte – wie in einem Versteck, bei dem man seine Beine gegen ... »Oh, warte! Erinnerst du dich noch an unseren Badepool in meiner Wohnung? Darüber befindet sich dieser Ventilationsschacht – wahrscheinlich hast du ihn nicht bemerkt, aber da geht der Dampf hin. Und da kann man hineinklettern. Wenn man den Raum mit Dampf füllt, kann man da rein und dann sieht einen der Hausfeed überhaupt nicht mehr. Man verschwindet einfach. Ich habe das ein paarmal gemacht und meine Eltern haben es nie gemerkt.«

»Wow«, sagte Shria. »Seit wann weißt du das denn?«

»Das war schon, bevor wir uns kennengelernt haben. Ich war ungefähr acht.«

»Vvonda«, sagte Shria.

»Wie bitte?«

»Er heißt Vvonda.« Er lief an und seine violettfarbene Haut verdunkelte sich zu einem Pflaumenton. »Er ist so groß, wunderschön, kernig ... er ist in unserem Alter ... aber du kennst ihn nicht, er kommt von der anderen Seite von Foo. Wir verbringen Zeit zusammen und wir hatten ein paarmal Sex, weißt du, aber dann … habe ich aufgehört, darum zu bitten, weil ich fand, dass es seltsam wurde. Ich wollte nicht, dass er denkt, dass ich ihm immer hinterherlaufe. Er hat keinen Grund, an mich zu denken. Er ist ziemlich nett, aber ich bin nicht …« – er blickte auf seine gefalteten Hände – »… ich habe … überhaupt nichts getan.«

Jetzt berührte Fift Shria; sie legte die Hand auf seinen Rücken, gleich zwischen seine Schulterblätter. Sie spürte das gedämpfte Echo seines Herzschlags.

»Aber was ist mit deiner Arbeit hier?«, sagte sie. »Ich meine, die sind alle so von dir beeindruckt …«

»Oh.« Und wieder ein Schulterzucken von Shria. »Ich glaube, das wäre ihm egal. Ich weiß nicht.« Er blickte finster.

»Oh.«

»Aber egal.« Shrias stehender Körper fing wieder an, hin und her zu laufen, er schlug sich auf den Bauch. Sein sitzender Körper ruhte noch an Fifts Hand. »Jedenfalls ist es blöd. Eigentlich ist es gar kein großes Geheimnis. Das mit Vvonda. Es bedeutet überhaupt nichts. Ich meinte es nur als ein Beispiel dafür, wie Sachen kompliziert werden. Sex klingt, als ob es Spaß macht, aber dann … na, egal.« Er holte tief Luft.

»Okay«, sagte Fift. »Du sagtest, du hast noch ein Geheimnis. Ein großes.«

»Willst du meine neuen Genitalien sehen?«, fragte Shria.

Fift riss ihre Hand von Shrias Rücken. »Haben sie etwas … zu tun mit …«

»Natürlich nicht«, antwortete Shria. »Ich halte dich nur hin.«

Fift schnaubte. »In Ordnung«, sagte sie und spürte plötzlich eine kleine züngelnde Flamme des Mutes am Rand des verschlungenen moosigen Unterholzes der Vorsicht aufflackern. »Zeig mir deine verfickten Genitalien.«

»Gibt es denn noch andere?«, fragte Shria ganz lieb. In seinem stehenden Körper fing er an, seine rauchgraue Uniform aufzuknöpfen. Sie hatte siebenundzwanzig Knöpfe, die an seinem rechten Knie begannen, schräg über seinen Körper liefen und unter seinem linken Arm endeten.

Fift schluckte.

»Fift?« Arevio streckte den Arm aus und Fift reichte ihm ihr Messer. »Danke.« Er hängte die Messer hoch. »Ich gehe jetzt Schnappsprung spielen ins Wallacomp, Fift. Kommst du hier klar? Ich muss sagen, du wirkst sehr abgelenkt.«

»Oh«, sagte Fift, »ja, ich komme klar. Ich muss ein paar Sachen durchgehen. Für die Schule. Daran habe ich gerade gedacht. Hausaufgaben. Von meinen Schulagenten. Obwohl …«, sie schluckte. Natürlich konnte Arevio in ihren Logdateien ganz genau sehen, dass sie keine Hausaufgaben machte. »Obwohl ich im Moment gar nicht nachgesehen habe oder so. Ich habe mich nur erinnert, dass da welche waren. Viele. Ehrlich. Darum sollte ich mich jetzt kümmern. Sie nachsehen. Und sie dann, äh, erledigen.«

Die Uniform fiel zu Boden. Shria wickelte seinen Untersarong ab. »Taa*daa*!«

Es gab keine sichtbaren Genitalien. Die glatten Lavendelreihen von Shrias Bauchmuskeln gingen nach unten in eine Blüte aus blauem Fell über – die abgerundete Kurve des Unterleibs, der kleinere Buckel eines unauffälligen Schamhügels.

»Oh«, sagte Fift, »uh …«

»Psst!«, sagte Shria. »Sieh dir das an.« Er kam näher an Fift heran, eine halbe Armlänge entfernt. Dann schloss er alle seine Augen.

Das weiche Blau rührte sich, zerzauste sich und dann teilte es sich in einen Wald aus blauen Flimmerhärchen, die jeweils so lang wie ein halber Finger waren. Sie waren wunderschön – sämtliche Farbschattierungen, die man (trotz des grünen Himmels) »himmelblau« nennt: von Mitternachtsblau bis zum klaren Morgenblau …

»In Ordnung«, sagte Arevio und warf einen Blick auf Fift, die sich abrupt wegdrehte und von Neuem die Ranken betrachtete, »… wenn du dir so sicher bist.«

Blau und blau und blau – so wunderschön und dieses Gefühl rauschte wieder durch Fift hindurch wie Asteroiden, die im Raum hinter der Welt zusammenstießen. Und sie ballte ihre

Hände zu Fäusten, aber das war im Bett, weil sie in dem Körper in Shrias Operationsatelier bei Stiffwaddle-Körpermoden den Arm ausstreckte.

Fift legte ihre Hand zwischen die wogenden blauen Wedel und sie waren weich wie Federn.

»Oh«, sagte Shria, »oh!« Er riss die Augen auf und seine starke Hand klammerte sich um Fifts Handgelenk.

Im Garten presste Fift die Augen zu. Glücklicherweise hörte sie ihren Vater die Ranken beiseiteschieben und weggehen.

Die Flimmerhärchen wanden sich um Fifts Finger, fädelten sich durch sie hindurch und fingen ihre Hand ein.

»Fift«, sagte Shria mit heiserer und dringlicher Stimme, »was …«

»Es tut mir leid!« Grauen überflutete Fift und sie versuchte, ihre Hand sanft wegzuziehen, aber die Flimmerhärchen hielten sie. Shrias Gesicht war gerötet und verzerrt. »Ich tue dir weh!«

»Nein«, hauchte Shria. Er schloss die Augen und sein Griff an Fifts Handgelenk lockerte sich. Die andere Hand seines stehenden Körpers packte Fifts Schulter und rutschte nach unten, um ihren Bizeps zu greifen. »Oh …«

In seinem sitzenden Körper, hinter Fift auf der Couch, sagte er: »Ich will nur nicht … bist du dir sicher, dass du …«

Fift wackelte mit ihrer Hand hin und her und versuchte, sich zu befreien, ohne ihn zu verletzen. Die Flimmerhärchen wickelten sich so schnell um ihre Finger, wie sie sie wegstoßen konnte.

»Ja«, sagte Fift, »ja, ich …«

In seinem sitzenden Körper machte Shria einen gutturalen Ton. Er drückte die Stirn seines stehenden Körpers in die Schulter von Fift und lehnte sich in sie hinein.

»Es tut mir leid«, sagte Fift, aber ihr tat nichts leid; die Flimmerhärchen waren weich und warm und federleicht trocken, Shrias warme, kräftige Arme schlangen sich um ihre Schultern, und es kam ihr vor, als ob sie es womöglich richtig machte. Ihre Herzen hämmerten. Alle drei.

»Sag es wieder«, flüsterte Shria in ihr Ohr. »Und versuche … versuche … wegzukommen …«

»Es tut mir leid«, sagte Fift und bewegte ihre Hand. »Es tut mir leid. Es tut mir leid. Es tut mir leid.«

Ihre eigenen, altmodischen, unstylischen Genitalien schwollen an, wurden immer mächtiger, von elektrischen Strömen belebt. Sogar im Körper im Bett hatte sie Angst, sie zu berühren. Im Bett biss sie sich in die Daumenwurzel und ließ nicht mehr locker.

Shrias Flimmerhärchen zogen ihre sanft wackelnde Hand in ihre Mitte. Ein Wald aus blaugefiederten Blättern rutschte, schlängelte und peitschte über und zwischen und um ihre Finger herum. Shria biss ihr in die Schulter.

»Au!«, sagte Fift.

»Tut mir leid.« Shria schluckte und begann zu kichern und dann verwandelte sich das Kichern in Stöhnen. Er hielt sie zitternd mit beiden Körpern. Seine Arme schlangen sich um ihre Schultern, zwei von vorne, zwei von hinten. Seine Köpfe schmiegten sich an beide Seiten ihres Halses. Es war warm und sicher wie ein Kuscheltier, aber ihr Mund war trocken und das Blut hämmerte ihr in den Ohren. »Ummmmmmm«, summte Shria und die Flimmerhärchen ließen los, flockten auf und wurden wieder zu einem bescheidenen blauen Flaum.

Er setzte sich auf, drehte sich mit beiden Körpern weg und rieb die Augen seines nackten Körpers. Er sah sie nicht an, aber er nahm seinen Untersarong, schüttelte ihn aus, musterte ihn genau und wickelte ihn sich um die Taille. »Gut«, sagte er.

Eine Stille überkam sie. Sie waren hineingefallen und sie klebte an ihnen – so als ob sie vom Rande Foos gefallen seien und in diesen klebrigen, unsichtbaren Geweben festsäßen, die die Wohnstätten in halber Höhe umgaben.

Fifts Hand pulsierte. Sie war … sie war dort zwischen seinen …

Was dachte er jetzt? Fift konnte seine Gesichter nicht sehen. Es gab keinen Feed in dem Raum und er hatte sich abgewandt. Es war *eine* Sache, darüber zu theoretisieren, dass Staidkinder dieselben Körper und Bedürfnisse hatten wie Bailkinder, aber es war etwas ganz anderes, in einem Zimmer mit einem Krötenclown eingesperrt zu sein. Sie hatte einfach nur … *zugegriffen*. Jeder andere *Bail* hätte wahrscheinlich etwas gesagt, hätte etwas gefragt, etwas infrage gestellt oder irgendetwas getan – sie mussten eine Art von Ritual oder Einführung für diesen kindlichen Sexsport haben. Aber was sie getan hatte, das war anders – bizarr, erschreckend falsch –, sie war so gierig gewesen wie eine Zweijährige, die sich Süßspitzen in ihre Münder stopfte …

»Okay«, sagte Shria. »Okay. Zweifach geborene blutige Kumru-Plazenta mit Zucker obendrauf.«

Er wandte sich in seinem stehenden Körper wieder an Fift und knöpfte seine Uniform zu. In seinem Körper neben ihr war er noch abgewandt. Er wirkte … besorgt. Vielleicht ängstlich. Er streckte einen Arm nach ihr aus, zog ihn dann aber wieder zurück.

»Es … es tut mir leid, Fift. Das hätte ich nicht tun sollen … Ich weiß nicht … wie das passiert ist.«

Fift lief rot an. »Wie meinst du das? War es … Hat es dir nicht … gefallen?«

Shria verzog sein Gesicht und blinzelte, alle möglichen Gefühle drückten sich in seiner Miene aus wie die unruhige Oberfläche eines Spritzpools, wenn sich verschiedene Wellen überschnitten. Schließlich blieb er bei einem schiefen Grinsen hängen. »Na ja, es hat mir gefallen. Aber das ist es nicht … ich hätte nicht …«

»Ich war es«, sagte Fift. »Es war meine Idee. Ich habe es getan.«

»Gut, okay«, sagte Shria, »ich weiß. Aber ich bin derjenige der … ich hätte …«

»Du hast gesagt, das spielt keine Rolle. Du hast gesagt, Bails und Staids sind gleich.«

»*Genau so* habe ich das aber nicht gesagt. Ich habe gesagt, dass die *Gefühle* dieselben sein müssen, aber Fift …«

»Wie pinkelst du?«, fragte Fift.

Shria blieb stehen, blinzelte wieder. Er drehte sich in seinem sitzenden Körper zu ihr um. »Ich habe einen Blasenstempel. Ich hoffe, du fängst jetzt nicht mit diesem fundamentalistischen

Geschwätz über systemseparative Antivalenzen und somatische Harmonielehre an?«

»Äh … nein«, sagte Fift, »denn ich habe keine Ahnung, was das ist.«

»Oh. Schon gut. Genitaldesigner-Hickhack. Ich werde dir die heiligen Kriege ersparen.« Er schüttelte sich, streckte die Arme über den Kopf und ließ seinen Rücken knacken.

»Das war, äh …«, es schnürte Fift die Kehle zu, ihre Stimme war leicht abgewürgt, »das war Sex?«

»Jepp«, sagte Shria. Er schloss den letzten Knopf, löste sein Haar aus dem Clip und glättete es.

»Oh«, sagte Fift. »Ich wusste nicht, dass es so … simpel ist. Ich meine einfach. Du weißt schon.«

Shria schnaubte.

»Du weißt, was ich meine«, sagte Fift. »Ich dachte, es … dauert länger.«

»Warum hörst du nicht auf, wenn du so weit bist?«, sagte Shria. Seine Stimme klang gepresst. Sein anderer Körper, der neben Fift, stand auf und tigerte durch den Raum.

»Ich weiß nicht, ob du nur Spaß machst oder ob du sauer bist«, sagte Fift.

Shria zog einen Kamm aus dem Werkzeugregal. Er setzte sich vor sich selbst hin und fing an, sich den Kamm durchs Haar zu ziehen.

»Ich bin nicht sauer«, sagte er. »Es ist okay.«

»Habe ich etwas Falsches gesagt?«, fragte Fift.

»Nein, Fift. Aber … es ist nicht *simpel.* Oder einfach. Das ist alles.«

»Oh.« Fift schluckte. »Ich glaube, jetzt haben wir noch ein Geheimnis.«

Shria nickte und blickte grimmig. »Ja, das würde ich auch sagen.«

Fift zog es die Kehle zusammen. Sie sah auf ihre Hände. Sie zitterten. Sie zwang sich, ein ruhiges, ausdrucksloses Gesicht aufzusetzen. Was stimmte nicht mit ihr? Es war ihr Fehler. Sie war dafür verantwortlich. Shria war davon abhängig, dass sie das ruhige Zentrum bildete, dass sie für sie beide Stabilität, Sicherheit und Harmonie herstellte, aber stattdessen …

Wenn sie wirklich ein Bail wäre im tiefsten Inneren – falls man ihr wirklich das falsche Geschlecht zugewiesen hatte –, dann würde sie jetzt wahrscheinlich weinen. Aber sie konnte sich nicht erinnern, wie man weinte. Als sie sieben Jahre alt mit einem Dutzend Fremder, die sie über den Feed in die Mangel nahmen, ihre somatischen Integrationsübungen durchhechelte, war das Schluchzen direkt an der Oberfläche gewesen, eingesperrt in ihrer Brust. Es wollte herausbrennen und sie konnte es kaum zurückhalten. Aber jetzt war da nichts.

Shria sah sie an und legte den Kamm weg. Er strich sein langes rotes Haar zurück. Dann kam er in beiden Körpern und setzte sich zu Fifts beiden Seiten.

»Hey«, sagte er.

Fift sagte nichts.

»Hat es dir … auch gefallen?«, fragte er.

Das war eine schockierende Frage, doch Fift konnte nicht lügen. Shrias Stöhnen und diese weichen, blauen Farnwedel! Das elektrisierende, verbundene Gefühl, als ob sie ihn erst real werden ließ, als ob sie ihn mit ihren Händen formte, so wie der Trickster, der sich seine niederen Ichs bastelte. Als ob er sie real machte. Sie nickte.

»Wie machen das die Staids?«

Fift machte ein gequältes Gesicht.

»Komm schon, ich weiß, dass ihr etwas macht. Ich meine auch nicht die Lange Konversation. Ihr habt Körper. Ihr …«

Fift zuckte mit den Schultern. »Wir kuscheln. Es ist nicht das Gleiche.«

»Aber es ist doch bestimmt irgendwie …?«

»Nein«, sagte Fift, »ist es wirklich nicht.«

»Zeig es mir«, sagte Shria.

»Du weißt, wie man kuschelt«, sagte Fift. »Das ist nichts Neues. So haben sie dich getragen, als du ein Baby warst. Es ist das, was man mit Babys macht. Staids sind einfach Babys …«

»Jetzt mach dich nicht lächerlich. Zeig es mir.«

Fift verzog den Mund. Shria, sehnig und wild, wunderschön und gefährlich eingekuschelt wie ein Ei im Nest? Es kam ihr vor, als versuchte er, gleichzuziehen, als beabsichtigte er, sich in eine Lage zu bringen, die wenigstens halb so bizarr war wie ein Staidkind, das Sex hatte.

»Ich weiß nicht …«

Er nahm ihre Hand und zog sie näher. »Zeig es mir.«

Sie legte die Arme um ihn, rückte näher an ihn heran, presste ihre Hüfte gegen seine. Sie lehnte sich hinunter, legte ihren Kopf seitlich an seine Brust, ihre Wangen an seine weichen Brüste.

Es waren kleine Brüste, fest und vier in einer Reihe. Shria nahm Fift in die Arme. Sie lehnte sich entspannt an ihn und schloss die Augen.

Shria roch gut, frisch und mild und appetitlich wie etwas von der Oberfläche oder ein neu erfundenes Gewürz.

Hatte Fift etwas Schreckliches getan? War es schrecklich, was sie getan hatte?

Im Abendmahlgarten wurden ihre Arme und Beine ganz matt. Sie ging zwischen den Ranken umher und streckte die Arme aus, um deren samtige Oberflächen zu berühren, die härteren Grate an den Schnittkanten, an denen die Gewürzmücken schwärmten. Durch die Blätter fiel grünes Licht. Die Decke über dem Garten verlor sich in der wuchernden Vegetation.

Im Abendmahlgarten stupsten ihre Agenten sie an: Hausaufgaben, Nachrichten, Einladungen, langweiliges Geschwätz über Rankings bei der Langen Konversation von ihren Freunden aus der örtlichen Vorbereitungsgruppe, die eigentlich gar keine Freunde waren. Sie schob sie beiseite.

Shria streichelte ihre grobe, struppige Kopfhaut. Sie kuschelte sich an ihn. Sie wollte ihm noch näher kommen, in ihn hineinfließen, mit ihm verschmelzen und irgendwo sicher und tief in seinem wilden Sturm geborgen sein – aber das konnte sie nicht. Es gab eine unauflösliche Grenze zwischen ihnen – die von Haut und Knochen. Und sie war auf dieser Seite davon gefangen.

Shria atmete hörbar. Fift spürte, wie sich unter ihren Armen seine Rückenmuskeln entspannten, einer nach dem anderen.

»Zuerst ist es gar nicht so anders«, sagte Shria. »Dieses Kuscheln. Nur was diese Umarmung anbetrifft, meine ich. Aber wenn man dann wartet, ist es eigentlich …«

»Shria«, sagte Fift. »Psst.«

»Oh«, sagte Shria. »Okay.«

Sie legte sich im Abendmahlgarten hin und blickte in die stillen, grünen Ranken über sich.

Ihre Atmung verlangsamte sich; ihre Herzschläge verlangsamten sich, nach und nach, zuerst einer, dann der andere, so wie Rutschtänzer, die einander umkreisten, sich annäherten, langsamer wurden und zusammenkamen, bis sie schließlich fast eins wurden.

Nach einer ziemlich langen Zeit seufzte sie.

»Du hattest noch ein großes Geheimnis«, sagte sie.

»Mm«, sagte Shria. Er lehnte sich jetzt an sie, sein Kinn ruhte auf ihrem Kopf. »Genau. Ja, ich bin mir noch immer nicht ganz sicher, ob ich …«

Da tönte ein Ping in ihrem Kopfraum, eine Nachricht kämpfte sich durch die Antiüberwachung, brachte ihre dösenden Agenten in Aufruhr und vibrierte mit der kaum verhohlenen Ungeduld von Mutter Pip. Es war gedämpft, aber eindringlich. Sie fragte sich, wofür sie so lange brauchten.

»Mist«, sagte Shria.

»Wir sollten lieber gehen«, sagte Fift.

»Mist«, sagte er. »Ich werde … warte. Warte. Ich werde es dir sagen.« Er beugte sich vor und legte den Mund an Fifts Ohr.

»Es ist wegen der Clowns«, flüsterte er. »Der Cirque. Als die hier waren. Die Leute entspannen sich hier, weißt du? Sie verlassen sich auf die Antiüberwachung. Keiner achtet auf den Lehrling, der die Geräte aufstellt …«

Der Ping wiederholte sich, diesmal unverhohlen eindringlich.

»Sie wollen«, flüsterte Shria, »›sich mit den Hebammen anlegen‹.«

Ein eiskalter Zapfen bohrte sich durch Fifts Wirbelsäule. »Wie bitte?«

»Das haben sie gesagt. Sie haben irgendeinen Plan. Etwas Großes.«

»Zum Beispiel?«

Shria zuckte mit den Schultern. Er wandte sich von Fift ab und stand auf. »Na komm«, sagte er und tauchte in einem Körper durch den sich weitenden Gebärmutterhals des Raumes.

In seinem anderen Körper griff er nach hinten und drückte ihre Schulter. Er sah ein bisschen erleichtert und ein bisschen ängstlich aus. »Na komm«, sagte er noch einmal, »nicht, dass wir noch mehr Ärger kriegen.«

Fift erhob sich unsicher von der Couch.

5

In jenem Sommer schlugen die Clowns nicht zu. Auf der Oberfläche über Fullbelly stellte sich der Herbst ein und zog das Chlorophyll aus den Blättern der Laubbäume, sodass die Wälder wie Feuer loderten. Die Morgen waren frostig und die Körper an der Oberfläche zitterten vor Kälte. In der Jagdsaison war die Oberflächenzeit überbucht, dann stellten sich die ersten Schneefälle ein und die Schlangen an den Fahrstühlen verschwanden.

Shria sendete {Hi}, und Fift sendete {Hi} zurück, danach wussten sie nicht mehr, was sie sagen sollten. Sie versuchten es aber immer wieder und diskutierten mit zermürbender Verlegenheit Hausaufgaben und Essen und empfahlen einander Clip-Opern-Serien. Shria mochte »Goopfield Pratfalls mit Perm und Trink«, obwohl er meinte, dass es hirnlos sei; Fift fand »Mittelgeboren um Dreihundert warum Mutter warum?!« nicht schlecht, obwohl vieles davon nur überdramatisches Abzocken des Feeds war. Fift erzählte Shria von ihrem neuen Cousin.

Der neue Cousin war Chalia Rigorosa Spin-Nupolo vom Namensverzeichnis Gelbe-Halbinsel-Zuckerbläschen-3 – was Chalia und Fift sowohl zu Namensvettern als auch zu Geburtscousins machte. Alle meinten, das sei ein glücklicher Zufall. Iraxis' Kohorte war in jenem Herbst mit Geburtsvorbereitungen und der Namenszeremonie beschäftigt und unterstützte die neue Elternkohorte dabei, sich in Langsam-wie-Melasse anzusiedeln. Es war eine große Ehre für Vater – und jetzt Tantchen – Nupolo, dass die andere Elternkohorte – alle zweiundzwanzig Eltern plus das neue Baby – hergezogen war, um von seinen Erfahrungen bei der Kindererziehung zu profitieren. Und damit Chalia in der Nähe von Fift aufwachsen konnte.

Im Winter sah Fift selten mehr als nur einen von Nupolos, Squells oder Arevios Körpern zu Hause. So gut wie immer waren sie weg und wuselten um die neue Familie herum. Sie durfte Chalia in seinem zerbrechlichen ersten Körper halten, als er eine Woche alt war. Er sah sie mit fragendem Blick an, als ob er sagen wollte: »Und? Wie ist es hier? Habe ich es an den richtigen Ort geschafft?« Sie hätte ihm darauf so gern mit Bestimmtheit geantwortet.

Fifts und Shrias Nachrichten schlichen sich vorsichtig durch ein Minenfeld allzu gefährlicher Gesprächsthemen. Als sie ihm von Chalias Geburt berichtete, vermied sie es, ihm etwas von den Hebammen zu erzählen, die gekommen waren, um das Geschlecht des Babys festzulegen, obwohl dies der Höhepunkt der ganzen Sache war. Sie fragte nicht nach Vvonda und auch nicht nach Shrias Arbeit. Auch Shria verfiel oft in Schweigen. Selbst bei Gesprächsthemen, die zunächst noch unbelastet zu sein schienen – Klatsch über gemeinsame Bekannte, Beschwerden über ihre Eltern –, drohte immer die Gefahr, gegen eine Wand zu laufen, sodass es mit {okay, muss los, bis bald} und {bis bald} endete.

Sie wussten, dass ihre Eltern immer mitlasen; Fift hatte Angst, dass ihre anfangen könnten, sich über die verlorene Stunde zu wundern, als ihr Kind so ganz und gar von der Welt abgetaucht war.

Es war, als sei in jener Stunde eine geheime Tür aufgegangen, die in eine Zauberwelt führte, wo alles geschehen konnte. Und so war es auch. Sie war berauscht gewesen. Sie hatte ihren Halt im Zentrum verloren und war in die Leere geschleudert worden.

Die Clowns erwähnten sie mit keinem Wort.

Wie wäre es wohl, wenn sie Shria persönlich begegnen könnte, Körper an Körper und so nah, dass sie seine Wärme spürte? Sie versuchte, nicht mehr daran zu denken, und wagte es nicht, ihn zu besuchen oder ihn einzuladen. Was wäre, wenn ihre Eltern etwas bemerken würden? Sie vermied sogar, ihm über den Feed zuzusehen, der Feed machte sowieso alles flach und befremdlich und hohl.

Es blieb ihr nichts anderes übrig, als diese Jahre durchzustehen, zu buckeln und zu lernen, sich hinzusetzen, Löffel weiterzureichen und zu rezitieren (sie arbeitete an den verschiedenen Ergänzungen zur alternativen Kodifizierung des zwölften erwachenden Zustandes), nachzudenken und zu warten.

Ein paarmal erwähnte Shria, wo er an jenem Tag sein würde, und er sagte es so, dass es wie eine Einladung klang. Aber natürlich gab es dort nirgendwo auch nur ein Mindestmaß an Privatsphäre und schon gar nicht die knallharte Antiüberwachung von Stiffwaddle-Körpermoden. Sie ging nicht hin.

Mutter Pip wäre natürlich keine der führenden Bankhistorikerinnen der Gegend geworden, wenn sie keine emotionalen Nuancen wahrgenommen hätte. Sie wusste, dass Fift in Shria vernarrt war.

Hätte sie geahnt, wie weit es bereits gegangen war, wäre sie entsetzt und wütend gewesen – doch das war sie nicht. Sie vermutete, dass die Anziehung einseitig war. Heranwachsende Staids verknallten sich immer wieder, es waren intensive, gedämpfte und erstickte Sehnsüchte, und wenn ihr Sehnsuchtsobjekt diesmal – unpassenderweise – ein Bailkind war, nun ja … so etwas kam vor. Das konnte sie nachfühlen. Bails hatten immer ihre Fantasie beschäftigt, sogar schon von klein auf, in ihren eigenen, ungewöhnlichen Kindheiten.

Bei Vater Grobbard sah es folgendermaßen aus: Hätte sie geahnt, dass Fift eine solche Bindung entwickelte, hätte sie es vielleicht für nötig gehalten, eine vollständige Trennung aufzuerlegen, um Fift die Bedeutung anständigen Verhaltens für eine junge Staid aus guter Familie zu vermitteln. Hätten Squell, Arevio oder Nupolo Verdacht geschöpft, so wären sie bei dem Gedanken, dass sich Fifts Geschlechtlichkeit unzureichend entwickelte, vielleicht in Panik verfallen.

Pip vertrat einen anderen Standpunkt.

Sie hatte in ihrer eigenen Kindheit an der Intoleranz der anderen gelitten. Was ihre kühle, analytische Präzision betraf, so konnte ihr niemand das Wasser reichen, aber sie war von einer Direktheit – einer Unverfrorenheit –, ja sogar einer Ungeduld gewesen, die so manche als unpassend für einen Staid erachteten. In den Augen ihrer Altersgenossen wurde sie dadurch nicht sympathischer. Auch später, während ihres Jahrhunderts des Liebeswerbens, gingen ihr Staids tendenziell aus dem Weg; Bails fanden ihre Direktheit charmant, aber etwas lächerlich und ihre physischen Gelüste zum Totlachen.

Aber diese Prüfungen hatten ihren Charakter geschmiedet und ihren Willen gestählt. Sie konnte auch Verpöntes gelassen in Erwägung ziehen, wo andere längst den Rückzug antraten. Pom Politigus war nicht die einzige Klientin, die Pip als rebellischen Außenseiter aufgenommen hatte und der vor ihren Augen zu einem Star geworden war.

Und Fift, das musste man eingestehen, war nicht übermäßig direkt, sondern verlegen und linkisch – eine Einzelgängerin, mittelmäßig in der Schule und (was noch schlimmer war) bei der Langen Konversation. Mit der Ausbildung plagte sie sich ab, doch was in Pips Augen das Schlimmste war: Es fehlte ihr an Ehrgeiz. (In Wahrheit war sie emotional schon so verarmt wie ein Erstgeborenes. Eigentlich hätte man auch gleich die Schicksalsstäbe neu werfen und ein zweites Kind haben können. Wenn nur die eigene Kohorte in dieser Sache nicht so elend festgefahren wäre! Doch was sollte man von sieben reizenden, ärgerlichen, emotionalen und aufwühlenden Bails – die nur die liebenswerte alte Grobbard hatten, die sie beruhigte – auch anderes erwarten? Über einen so großen Zeitraum konnten sie kaum zusammenhalten und insbesondere Miskisk stellte nach wie vor ein Problem dar. Das Ganze war ein Lehrstück über die Gefahren, die es mit sich brachte, wenn man sich einfach zu sehr in das hineinstürzte, worauf man gerade Lust hatte.

Dieser Shria jedenfalls, der *hatte* Ambitionen. Die Arbeit, die er für den Cirque geleistet hatte – und das in diesem Alter. Und Poms wohlwollende Unterstützung war ihm bereits sicher. Vielleicht sollte man … in diesem Fall … jene Verbindung nicht allzu hart verdammen? Schwärmereien konnten sich bei der Charakterbildung als hilfreich erweisen. Etwas von Shrias Entschlossenheit und Weitblick konnte auf Fift abfärben.

Das konnte Pip den anderen natürlich nicht sagen. Sie wollte sich nicht vorwerfen lassen, Fift dazu anzustacheln, bailischen Idealen nachzujagen (und schon gar nicht romantisches Interesse an Bails zu haben)! Nein, falls sie irgendwelche Hilfestellung bei der Sache zwischen ihrem Kind und Poms gefeiertem Lehrling leisten würde, hatte das so subtil zu geschehen, dass sie es sich nicht bei ihren nächsten einhundert Frühstücken anhören musste. Also wartete sie ab, bis ihre Stunde kam.

Es war Spätwinter, als Poms Brief mit dem beigefügten Ticket eintrudelte. Der Cirque hatte eine neue Veranstaltungsreihe angekündigt, die nicht in den üblichen Arenen und Amphitheatern stattfand, sondern »mitten im Leben«. In der Ankündigung hieß es:

O Person! O Schicksalskind!

(Sie waren immer etwas pompös, dachte Pip.)

Habt Ihr Euch jemals gefragt, ob dies die Welt für Euch ist?

Warum findet Ihr es nicht heraus?

Der Cirque Fantabulös, Narren seit dem Zeitalter des Krieges bis zur Kirche des eingefleischten Tricksters (gehimbeert sei Sein Name) – Übertrumpfer des Chaos, Marschmallows vorzeitig gestorbener Marschen, Taschendieb der Börse des Gesegneten Kumrus – er spuckt auf Eure Pietäten, bekuschelt Eure Streitereien und lädt Euch (sofern Ihr ein Ticket besitzt) in seine (aber wen wollen wir veräppeln – in unsere!) nächste Aufführungsserie ein:

»Die Auflösung: eine Revolution!«

Dieses Ereignis ist uneingemauert! Sucht es in keinem Stadion, schlängelt Euch in keine Schlange! Kommt nicht zu uns! Wenn Ihr ein Ticket habt, dann kommen wir zu Euch!

So ging es noch eine ganze Weile weiter, sehr gerissen und selbstbeweihräuchernd. Ungeschleuste Verstopfung, wirklich. Aber es war ein toller Coup für Politigus, dass sie in Anerkennung ihrer Arbeit für die Körperlichkeit der Ortsgruppe des

Cirque ein paar jener sehr schwer erhältlichen Tickets bekommen hatte. {Mit den besten Empfehlungen}, stand in Poms Begleitschreiben. {Ich bin sicher, dass du eine Verwendung dafür finden wirst. Leider habe ich selbst keine Zeit, deshalb habe ich Shria meines gegeben, er wird mich bestimmt auf dem Laufenden halten.}

Pom Politigus war auch nicht auf den Kopf gefallen.

Als Fift zum dritten Mal darauf hinwies und diesmal etwas direkter als zuvor, dass es vielleicht ein oder zwei neue Entwicklungen in den Büchern von Stiffwaddle-Körpermoden geben könnte, die vielleicht – aber wer war sie, das beurteilen zu können – möglicherweise aber, ihrem provisorischen Urteil nach, in welchem sie sich selbstverständlich vollkommen nach Pip richten wollte, aber einfach nur, um sie darauf aufmerksam zu machen, dass vielleicht ein Besuch in Ordnung sein könnte, und falls Pip selbst keine Zeit hätte, dann sei sie sich ganz sicher, dass …

»Nein, nein, das ist alles schon geregelt«, grummelte Pip grimmig. »Hier.« Sie reichte Fift das Ticket. »Mit Empfehlungen von Politigus. Irgendeine Art Show. Ich habe für solchen Quatsch keine Zeit, aber wir dürfen es nicht verfallen lassen.« Fift starrte das Ding verwirrt an. Pip legte ihr eine Hand auf die Schulter. »Bankhistoriker müssen sich mit sehr vielen Dingen befassen, Fift, um die Beziehungen zu ihren Klienten zu pflegen. Und wenn es bedeutet, mit einem Ticket durch die Nebenstraßen zu marschieren und darauf zu warten, dass man in den Hinterhalt einer prätentiösen Clownsbande gerät, dann muss es wohl so sein. Vielleicht kannst du ja Poms Lehrling kontaktieren … wie hieß er doch gleich? Shria Kwonk Fnax, wenn ich mich recht erinnere. Der geht jedenfalls auch hin. Es findet an keinem bestimmten Ort statt, aber nimm dir einen Körper und ein paar Stunden Zeit, wandere durch die Gegend und wer weiß, vielleicht wirst du das eine oder andere zu sehen bekommen …«

6

So tief und so weit weg von zu Hause waren sie noch nie gewesen, es sei denn, man zählte die Exkursionen an die Oberfläche mit, aber das war *draußen* – langweilige Bäume und kalte Erde und schlecht zubereitete Kaninchen – und das hier war *drinnen*. Sie konnten sowohl Foo als auch Stiffwaddle in mittlerer Entfernung über ihren Köpfen ausmachen. Das eine drehte sich langsam mit schwerfälliger Stabilität, das andere baumelte und flimmerte in graziler Feinheit – zwei farbenfrohe Wahrzeichen inmitten mehrerer hunderttausend anderer Wohnarchitekturen, die sie von der Plattform aus, auf der sie standen, unmittelbar sehen konnten. Hoch oben war das Dach von Fullbelly vom Licht der Leuchtstoffröhren ganz unten, das durch die zusammengewürfelten Habitate sickerte, gesprenkelt wie ein Waldboden zur Mittagszeit.

»Was denkst du?«, fragte Fift.

Shria blinzelte über den Rand. »Lass uns die schnelle Schleuse dahinten nehmen.« Er deutete mit der Hand darauf. »Das ist der schnellste Weg zu jenem Pavillon.«

Fift biss sich auf die Lippe. »Im Polylog gibt es kaum jemanden, der glaubt, dass die Sichtung beim Pavillon real war.«

Weltweit besaßen drei Millionen Leute Tickets für die neueste Show des Cirque Fantabulös; die Zahl der Ticketbesitzer in Fullbelly betrug 200 000, das war knapp eine Karte pro einer Million Einwohner. Mehrere Zehntausende von ihnen hatten sich in das Polylog »Ticketbesitzer auf der Suche nach der Show!« eingetragen.

»Ich glaube nicht, dass bei irgendeiner dieser Sichtungen

wirklich etwas gesehen wurde«, sagte Shria. »Ich denke, es hat noch nicht angefangen.«

»Glaubst du, es gibt diese Show überhaupt?«, fragte Fift. »Oder ist das so etwas wie … eine Metasache? Und ist die Suche nach der Show dann schon die Show?«

Shria zuckte mit den Achseln. »Könnte sein. Aber ich bezweifle es. Ich glaube, sie wird wirklich stattfinden.« Er sah in die Ferne zu den Wohneinheiten hinüber, die sich dort ausbreiteten, und sein Blick wurde hungrig. »Ich glaube, das wird eine *ganz große Sache.*«

Fift hatte ein mulmiges Gefühl im Magen. Es fühlte sich wie eine Anspielung auf Shrias Geheimnis an – das mit den Clowns – und ihr war sehr bewusst, dass ihre Eltern wahrscheinlich zusahen. Sie hatte es bei der ersten Schleuse überprüft, die sie genommen hatten. Die Väter Grobbard, Squell und – seltsamerweise – auch Miskisk waren als ihr Publikum gelistet. Danach hatte sie nicht mehr nachsehen wollen.

»Also, wenn du nicht glaubst, dass es eine reale Sichtung war …«, fing sie wieder an.

»Wir sollten *irgendwohin* gehen«, sagte Shria. »Und in dem Pavillon da unten haben sie Mangaremeflocken.«

Auf dem anderen Ende der Plattform stand einkörperlich der Schleusenwärter: ein Bail mittleren Alters in vollem Schleusenwärterornat. Schwere Oberteile mit mehrfach gerüschten Rippen, glitzernde Schärpen, die mit schematischen Flussdiagrammen der Bevölkerungslogistik versehen waren, purpurrote Aufsteiger-Devotionalfedern, die über seinem Hut aufragten, Epitheta – Wächter von Fullbellys Energiebalance, Regulator des Flusses –, die in der Luft um ihn herum von schwärmenden Glühwürmchen ausbuchstabiert wurden.

Wenigstens war es eine Schleuse, über die er wachte, und kein Fahrstuhl – sie hatten noch nicht darum gebeten, aufwärts befördert zu werden. Aber sie waren so weit von zu Hause weg, um den Schleusenwächter daran zweifeln zu lassen, dass sie den ganzen Weg zurück nach oben über die Treppe laufen wollten.

Er sah sie böse an. Was konnten sie ihm bieten, fragten seine

Blicke – zwei Sechzehnjährige aus gewöhnlichen Kohorten, die durchs Jammertal der Ersten Kindheit geisterten und keinen anderen Grund hatten, hier zu sein, als die vage Vermutung einer möglichen, nicht existenten Aufführung – sollte das die zusätzliche Energie, die logistische Komplexität, die Risiken und die Beschwernisse rechtfertigen, ihnen zu erlauben, *weitere* 300 Körperlängen nach unten zu steigen – durch *seine* Schleuse?

Wie sollten sie ihn verdrängen?

An einem gewöhnlichen Tag hätten sie es unter keinen Umständen fertiggebracht. Fift hätte nicht einmal den Versuch gewagt und selbst Shria – dessen war sich Fift gewiss – wäre vor dem kalten, bösen Blick zurückgewichen, weil er wusste, dass er keinen echten Grund hatte, sich so weit von zu Hause zu entfernen, und weil er nicht über genügend emotionales Kapital verfügte, die Schleusenwächter jedes Mal so lange anzustarren, bis sie nachgaben.

Doch heute hatten sie es dreimal getan. Sie hatten bereits zwei Schleusen und einen Drehprall überwunden und sich jedes Mal durchgesetzt; aber mit jedem Mal entfernten sie sich weiter von zu Hause, heißt: Es wurde immer schwerer.

»Na komm«, sagte Shria und nahm Fifts Hand. Er grinste.

Als sie näher kamen, machte der Schleusenwärter schmale Augen und musterte die beiden. Fift hatte im Gegenzug mit den Augen einer Bankhistorikerin im Register seinen Lebenslauf gesichtet: Thesid Minorict im Namensverzeichnis Verständliche-Abweichung-4, 368 Jahre alt, älteres Geschwisterkind. Teil einer provisorischen Proto-Kohorte mit zwei anderen Bails und einem Staid, ein eifrig praktizierender Aufsteiger (was Fifts Meinung nach eine seltsame Religion für einen *Schleusen*wächter war. Wäre ein Fahrstuhl nicht aufsteigender?); er arbeitete schon seit fünfzig Jahren auf diesem Posten. Er war standhaft, angesehen, stach durch nichts hervor, kämpfte nie auf den Matten und hatte keinen besonderen kriegerischen, ästhetischen oder somatischen Ruhm vorzuweisen. Sein Selbstvertrauen spiegelte sich jedoch in der großen Gründlichkeit, mit der im Register seine sture Durchschnittlichkeit dargelegt war. Sein ökonomisch-emotionaler Status stand solide und unverrückbar im Bereich zufrieden/beitragend.

Fift kontrollierte nervös ihre eigene emotionale Balance. Sie war ein wie üblich volatiles, ungeklärtes Durcheinander, und das sogar noch mehr, als es bei einer Sechzehnjährigen ohnehin zu erwarten war. Als sie sich aber auf Shrias verschmitztes Lächeln konzentrierte, verbesserte sich ihr Gleichgewicht und verschob sich aus einem Randbereich ungewisser Verzweiflung hin zu einem Zentrum der Aufregung und des Wunders. Sie hatten Tickets. Er hielt ihre Hand, sie waren zusammen und sie hatten Tickets.

»Wir haben Tickets«, sagte Shria zu dem Schleusenwächter.

Und einen Moment später ging er zur Seite und ließ sie passieren.

Die Mangaremeflocken waren köstlich. Sie schlürften sie an einem Tisch mitten im Pavillon und schaukelten dabei in Sitzgeschirren.

»Wo bist du noch?«, fragte sie.

»Ich vertreibe mir die Zeit mit Bluey und Vvonda am Quellbuckel in Süd-Foo. Die sind *total* neidisch auf uns. Ich bin da zweikörperlich. Und du?«

Fifts Herz hämmerte. Verdrehte Vvonda Shria immer noch den Kopf? »Schlafen und lernen.«

»Du bist so gut wie immer einzelkörperlich, was?«

Sie lief rot an und blickte auf ihre Flocken und den rot-weiß gefleckten Tisch hinunter. Es wirkte ziemlich unhöflich, das so zu sagen. Aber ihre Bailväter stellten ständig solche Behauptungen auf. Es waren dumme, taktlose Bemerkungen über Dinge, die jeder sehen konnte und die man nicht erwähnen musste. Aber Shria verhielt sich ja nicht immer so.

Jetzt zum Beispiel schien er zu merken, dass er sich zu viel herausgenommen hatte. Er musterte die Gesichter ringsum im Pavillon. »Hey!«, sagte er und nahm sie am Arm, sodass ihre Sitzgeschirre gemeinsam schwangen. »Sieh mal!«

»Ist das der Cirque?« fragte sie.

»Nein. Oder ich weiß es nicht, wer weiß? Aber da ist diese Außerirdische.«

»Wie?« Fift ließ einen Fuß schleifen, damit ihre Schaukel langsamer schwang, und richtete sich auf, um besser sehen zu können.

»Siehst du die alte Staid da drüben?« Er deutete auf eine stämmige, rundschultrige, vollbusige Person in einem weißen Anzug. Sie sah nicht älter als Vater Grobbard aus. »Schau mal ins Register. Thavé. Sie heißt Thavé.«

Das war alles, was das Register für den Staid auf der anderen Seite des Pavillons hergab – »Thavé« –, ein einzelner Name und ein paar obskure Verweise. »Welches Namensverzeichnis?«, fragte Fift und versuchte herauszufinden, wie sie entlang der Verweise navigieren konnte.

»Du musst im allgemeinen Teil nachsehen, so als wäre sie ein Land oder so etwas. Sie ist noch älter als die Namensverzeichnisse.«

»Wow.« Fift entdeckte den Eintrag. Sie hatte nur das Nötigste erwartet – Identität, öffentlich freigegebene Orte, Vermögen, Beruf. Aber wenn man »Thavé« nachschlug, dann war es so, als würde man irgendein antikes Monument nachschlagen: wissenschaftliche Artikel, illustrierte Profile aus verblichenen Lifestylemagazinen von vor 300 Jahren, unverständliche, 1000 Jahre alte politische Cartoons, annotierte Analysen wissenschaftlicher Artikel, Dramatisierungen und Satiren über Ereignisse, die sich vor 10 000 Jahren zugetragen hatten, für die Bühne, Hörspiele, Zirkus und Schelmenspiel, Bibliografien annotierter Analysen wissenschaftlicher Artikel, Schulaufsätze, Manifeste, Schmähschriften, Tribute, Satiren, Witzbücher, Liederbücher, Rezepte, Parodien von Bibliografien annotierter Analysen wissenschaftlicher Artikel. Thavé war anscheinend eine halbe Million Jahre alt und war das nicht – Fift versuchte, sich zu erinnern – älter als die Welt?

»Sie ist *zwölfkörperlich*«, sagte Shria, »mit sechs öffentlichen Aufenthaltsorten. Kannst du dir das vorstellen – zwölf? Davon bekomme ich Kopfweh.«

»Lass uns mal hingehen und mit ihr reden«, schlug Fift vor.

»Was? Wirklich?« Er klang erschreckt oder erregt – Fift konnte sich nicht entscheiden. »Ist das dein Ernst?«

»Sicher.« Sie stand auf. Sie spürte ein bisschen Angst auf ihrer Kopfhaut kribbeln, aber waren sie heute nicht reich? Hatten sie etwa keine Tickets?

»Vielleicht gehört sie zur Show.«

»Oh, vielleicht!«, meinte Shria. »Hey, vielleicht ist sie es auch gar nicht wirklich!«

»Wie meinst du das?« Fift schob die Brauen zusammen. »Wir haben doch im Register nachgesehen.«

»Hey, das ist der Cirque, schon vergessen?«

»Glaubst du, die können mit dem Register herumspielen? Shria …«

Shria zuckte mit den Schultern. »Wer weiß?«

Fift glitt aus ihren Gurten auf den Boden. Sie verbeugte sich vor ihren Mangaremeflocken. Er nickte einmal anerkennend und flog in die Küche zurück. »Lass uns gehen.«

»Okay …« Shria nahm ihren Arm. »Bei Kumru! Ich wusste gar nicht, dass du so tapfer bist, Fift.«

»Was ist so tapfer daran? Sie frisst doch keinen.«

Thavé saß allein am Tisch. Ihr weißer Hut lag in den Gurten neben ihr; sie drehte in einer Hand eine Teekugel und nahm gelegentlich einen Schluck, dabei las sie in einer Art langem, gefaltetem Schwarz-Weiß-Papier. Rings um sie her achtete niemand auf sie. Als sie näher kamen, blickte sie auf und ihr fiel das Lächeln aus dem Gesicht. Fifts Schritt stockte einen Moment, aber sie ging weiter. Thavé zog ihren Hut aus dem Gurt und legte ihn auf den Tisch.

»Hi«, sagte Shria.

»Hey«, sagte Thavé. »Setzt euch.«

Sie nahmen Platz.

»Bist du wirklich …«, fragte Shria.

Thavé lächelte. »Der Alien? Ja.« Jetzt kicherte sie. Ihr Blick huschte zu Fift, dann hinüber zu Shria. Sie sah im Verzeichnis nach. »Ihr seid etwas weit weg von zu Hause, wie? Sieht aus, als hättet ihr einen schönen Tag.«

»Ja«, sagte Shria. Er blickte zu Fift hinüber, als wollte er fragen: Sollen wir es ihr sagen? Fift nickte. »Wir haben Tickets.«

»Für den Cirque?«, fragte Thavé. »Ich auch.« Sie klopfte auf ihre Tasche.

»Oh«, sagte Shria.

Fift blickte nachdenklich auf die Außerirdische. Sie hatte das Gefühl, sie etwas Wichtiges fragen zu müssen. Es war eine Chance, wie man sie nur einmal im Leben bekam, dass man jemanden von … woanders kennenlernte. Aber es war verwirrend. Was sollte sie fragen? *Bist du wirklich eine halbe Million Jahre alt?* (Das schien ganz unwahrscheinlich zu sein; wie hätte jemand so alt werden können? Aber genauso stand es im Verzeichniseintrag – ihre Körper waren gewöhnlich und erst kürzlich gewachsen, aber Thavé selbst war die Schöpfung einer längst vergessenen Technologie, die keiner mehr begriff – nicht einmal Thavé selbst.) *Wie ist es, eine Außerirdische zu sein?* Was konnte Thavé darauf antworten? Blöde Fragen. Gut, es gab ein paar Standards … traditionelle Höflichkeitsbekundungen gegenüber älteren Staids. Aber die fühlten sich unpassend an. War Thavé überhaupt eine richtige Staid? Sie war älter als die Staids und die Bails, oder? Das konnte sie fragen: Bist du wirklich eine Staid? Aber das wäre schockierend unhöflich. Vielleicht nicht gerade die beste Art, um eine Unterhaltung mit einer Außerirdischen zu beginnen.

»Was hältst du von uns?«, sagte Shria.

»Von euch beiden?«, fragte Thavé.

»Nein. Von uns allen.« Er deutete einmal herum und nach oben über den Pavillon, auf Fullbelly, die Oberfläche und die Welt. »Ich meine, du bist so gut wie die Einzige, die einen Vergleich hat.«

»Was für eine gute Frage. Weißt du, ich bin jetzt seit 20 000 Jahren hier. Ich habe mich irgendwie daran gewöhnt.« Sie spitzte die Lippen. Sie sah so gewöhnlich aus, dachte Fift.

Es war, als würde Fift die ganze Szene zweikörperlich sehen.

Die Augen des einen Körpers sahen eine gewöhnliche, zerknitterte Staid mittleren Alters, die des anderen Körpers sahen etwas Seltsames, Kaltes, Außerirdisches mit einem Geheimnis, unverständlichen Bedeutungen, Plänen und Absichten.

»Es ist lange her«, sagte Thavé, »seit ich … euch mit irgendetwas verglichen habe.«

»Wirklich?«, fragte Shria. »Es wirkt, als würdest du das ständig tun.«

Thavé kratzte sich am Kopf. »Okay, aber nur in einer Richtung. Ich denke über euer Überleben nach und was das betrifft, habe ich viel Zeit damit verbracht, euch mit anderen Orten zu vergleichen, die für eine lange oder für eine kurze Zeit überlebt haben. Eigentlich sogar mehr, als ich sollte, denn ich glaube nicht, dass es wirklich hilft. Aber im Sinne von … ich weiß auch nicht … Essen, Kleidung, Geschlechter, Sprache? 20 000 Jahre sind eine lange Zeit. Meistens vergleiche ich euch mit euren Großeltern. So denke ich zum Beispiel: ›Ich vermisse Dreidee, kommt das noch mal wieder?‹.«

»Du denkst über unser Überleben nach?«, fragte Fift.

»Ja«, sagte Thavé. »Das ist in gewisser Weise meine Arbeit. Ich bin eine Überlebensberaterin.«

»Und wie steht es mit unserem Überleben?«, fragte Shria.

Thavé warf ihm einen raschen Blick zu. Einen Moment lang wirkte sie nervös. Dann sah sie auf ihr Essen hinunter. Sie aß seltsame violette Streifen einer Art, wie sie Fift noch nie gesehen hatte. Sie spießte einen davon mit einem Set Esszinken auf. »Na ja«, sagte sie. »Einerseits gut. Es gibt viel Homöostase und ihr haltet schon seit Langem meistens Frieden. Eure Wirtschaft ist recht leistungsfähig – die ökonomische Klasse ist an die Geburtsreihenfolge gebunden, das ist nicht gerade egalitär, aber wenigstens halbwegs antiakkumulativ. Und das System ist sehr leistungsfähig im Hinblick auf Konfliktlösungen.« Sie steckte den lilafarbenen Streifen in den Mund und kaute. »Ihr habt gute Umweltverwalter – ihr richtet den Planeten nicht zugrunde. Der Bevölkerungsdruck ist niedrig, weil die Grundkosten für Geburten dieselbe Wachstumsrate wie die Lebenserwartung haben. Ich weiß nicht genau, wie lange das so weitergehen kann – aber bis jetzt habt ihr es bemerkenswert gut geschafft, euch neue Methoden auszudenken, um es komplizierter zu machen, ein Baby zu bekommen, und das auch ohne viel Hilfe von meiner Seite.«

Fift konnte ihr nicht in allem folgen. Aber sie markierte es, um es später noch einmal durchzugehen. Es klang, als sei die Welt auf einem guten Weg, aber Thavé wirkte trotzdem nicht entspannt. »Und andererseits?«

»Nun ja«, antwortete Thavé, »ihr seid eine Monokultur. Ihr habt alles auf eine Karte gesetzt.« Sie kaute noch einen Moment und hörte dann auf. »Daran bin ich genauso schuld wie alle anderen auch.«

»Wirklich?«, sagte Shria.

»Also … wisst ihr, es gibt zwei Hauptschulen für kulturelles Überleben. Die eine fördert viele unterschiedliche, dynamische Kulturen: Konflikte, Expansion, Blütezeiten und Zeiten des Niedergangs. Die Bevölkerungszahlen wachsen, die Leute werden reicher, die technologische Infrastruktur wird dichter. Früher oder später reibt man sich aneinander oder an seinen eigenen, inneren Spannungen – dann gibt es einen großen, kathartischen Krieg oder eine Epidemie, die alles wieder auf eine wenig technisierte und zahlenmäßig kleinere Bevölkerung zurückbringt.« Sie musterte ihre Gabel. »Die erste Schule … hält es für das Beste, diesen Kreislauf zu managen und es geschehen zu lassen. So wie man natürliche Waldbrände hinnimmt, um das Unterholz loszuwerden. Das ist übrigens in eurer eigenen Sprache die ursprüngliche, vergessene Bedeutung von ›Waldbrand‹ – ›Feuer, das den Wald schützt‹, das den Wald gesund hält. Und diese Schule war von vor ungefähr 350 000 Jahren bis vor 200 000 Jahren vorherrschend.«

»Das klingt für die Kultur, die gemanagt wird, nicht gerade witzig«, sagte Shria.

»Okay, vielleicht nicht für euch«, sagte Thavé. »Aber ihr würdet euch wundern. Diese Kulturen sind aufregend. Es geht immer bergauf! Der Wohlstand wächst und man strebt zu den

Sternen!« Sie wedelte mit ihren Esszinken. »Lebt frei oder sterbt! Vergesst nicht, bei diesem Kreislauf geht es größtenteils nach oben. Die meisten Menschen werden in ihrem Leben immer reicher. Man darf nur nicht zu der Generation gehören, die mit den Dreifachnullen zurechtkommen muss.« Sie spießte noch einen violetten Streifen auf. »Wenn du jemanden aus so einer Kultur herbringen würdest, stürbe er vor Langeweile. Er würde nicht verstehen, weshalb ihr eure Zeit nicht damit verbringt, Sternenschiffe zu bauen.«

»Was zu bauen?«, fragte Fift.

»Sternenschiffe. Um andere Planeten zu kolonisieren.«

Fift schlug »Kolonisierung« im Register nach, aber der ganze Eintrag ergab nicht viel Sinn. So etwas wie Fullbelly ausgraben? »Das verstehe ich nicht.«

Thavé kniff sich in den Nasenrücken. »Wisst ihr, ihr baut ein paar gewaltige Fahrzeuge, vielleicht auch ganz viele kleinere und dann … na ja, dann könntet ihr damit zum Beispiel zu irgendeinem anderen Planeten fliegen, der um einen anderen Stern kreist, und den Planeten so umbauen, dass ihr darauf – oder darin – leben könnt. Und dann lebt ihr dort.«

»Was?«, fragte Shria. »Aber auf anderen Planeten gibt es doch normalerweise keine Luft.«

»Stimmt«, sagte Thavé. »Luft müsstet ihr herstellen.«

»Und was ist mit dem Körperlag?«, fragte Fift. »Das könnte man doch unmöglich kompensieren. Die Körper würden – ich meine, man könnte doch die Kommunikation gar nicht aufrechterhalten und dann würden sie … sie würden …« Es lief ihr eiskalt den Rücken herunter. Einer ihrer Körper schlief noch, aber der andere kletterte aus der Studiergrube und fing an, durch den Flur zu laufen und sich immer wieder ein Stück Stoff vom Kleid zu wickeln und wieder neu herumzuwinden. »Man würde einfach auseinanderfallen«, sagte jener Körper allein im stillen Korridor.

»Ihr müsstet alle eure Körper mitnehmen oder nicht gehen«, sagte Thavé.

Shria warf Fift einen Seitenblick zu. {Was um alles in der verlassenen Leere …} »Lass mich das … lass mich das mal in einfache Worte fassen«, sagte er. »Man würde also wahnsinnige Mengen von Ressourcen dafür aufwenden, um Maschinen zu bauen, die …« Er kniff die Brauen zusammen und rief anscheinend gerade seine Agenten zusammen, um die Berechnungen durchzuführen. »Die *gewaltige Massen* zu … anderen *Sternen* schieben sollen, die … *wirklich* weit weg sind.«

Thavé nickte.

»Das würde ganze … Lebenszyklen lang dauern. Und wenn man dann endlich dort ankäme, wäre da nichts als nackte Felsen oder eine giftige Atmosphäre – kein Fluss von Nahrungsmitteln –, vielleicht gäbe es sogar überhaupt keine Nährstoffe! Stimmt's?«

Thavé zog zustimmend die Brauen hoch.

»Und man müsste – mindestens! – jahrhundertelang daran arbeiten, sie so umzugestalten, dass sie annähernd so würden wie ein Planet, auf dem man leben könnte.«

»Mindestens«, sagte Thavé.

»Und bis es so weit wäre, müsste man in einem Fahrzeug leben«, murmelte Fift.

»Na ja, das müsste tatsächlich jemand tun«, sagte Thavé.

»Und selbst wenn man gewaltige Energiemengen aufbrächte«, sagte Shria, »würde man nur einen winzig kleinen Teil der Leute zu dieser Welt schicken … und der Rest müsste mit all dem Abfall und dem Chaos fertigwerden, das diese ›Sternenausflüge‹ hervorriefen. Und die Leute, die gehen würden, wären so weit weg, dass sie nicht einmal mehr mit ihren Freunden und Eltern reden könnten, sie könnten einander nicht mal mehr im Feed sehen. Und alle wären ärmer, weil ihnen das fehlte, was ihnen die anderen gegeben hätten!« Er breitete die Arme aus. »Und dann, schließlich, nach all diesen Ausgaben und dem ganzen Kummer – wenn man *unglaubliches Glück* hätte, bekäme man etwas, das ziemlich genau *das* wäre, *was man von Anfang an bereits hatte*! Hast du … hast du das gemeint?«

Thavé nickte. »Das kommt hin.«

»Wie bitte!?«, platzte es aus Shria heraus.

»Nur dass man dann zwei davon hätte.«

Shria sah zu Fift hinüber. »Das ist die kaputteste Idee, von der ich jemals gehört habe.«

Fift zuckte mit den Schultern. Im Flur zupfte und zupfte und zupfte sie an dem Stoffstreifen. Sollten sie die Außerirdische so provozieren? Sie fragte sich, wie ihre Unterhaltung mit Thavé wohl verlaufen würde, wenn Shria nicht dabei wäre. Sie konnte sich nicht vorstellen, dass sie der Außerirdischen gesagt hätte, ihre Idee sei kaputt.

»Aber das ist natürlich dieselbe Art«, sagte Thavé, »wie ihr alle ursprünglich hergekommen seid.«

Es entstand eine lange Pause.

»Ist das so?«, fragte Shria.

»Ja«, sagte Fift leise. Sie war sich nicht ganz sicher, was die Details betraf, doch es klang richtig. Vor dem Zeitalter der Straßen und Türen. Wie hieß es doch: »›Auf Käferflügeln sanft geküsst von ungesehenem Licht / und glänzend vom gesehenen …‹?«

Thavé lächelte. »Habt ihr geglaubt, ihr seid aus dem Schoß der Erde dieses Planeten geboren worden?«

Shria legte die Stirn in Falten. »Ich glaube, darüber habe ich noch nie nachgedacht.«

»Man pflegte zu sagen, während der Ausbreitung der Menschheit habe jede Kultur eine zentrale Schöpfungsgeschichte besessen. Noch so eine Theorie, die man in die Kompostschleuse der Geschichte werfen kann.« Thavé lehnte sich vom Tisch zurück und schaukelte sanft.

»Musst du gehen?«, fragte Fift. »Oder kannst du noch zu Ende erzählen, womit du angefangen hast, das mit den beiden Theorieschulen?«

»Oh? In Ordnung.« Sie drückte eine Hand auf den Tisch, um das Schaukeln zu stoppen. »Das Problem bei der Schule des zyklischen Expansionismus ist, dass man ziemlich schnell eine ganze Reihe dieser expandierenden und kollabierenden Gesellschaften hat und dass sie es miteinander zu tun bekommen. So bekommt man eine Menge Angriffswaffen, einschließlich jener sehr exklusiven Binärideologien – ihr wisst schon, so etwas wie ›Alle X müssen sterben‹, sagt Y und ›alle Y müssen sterben‹, sagt X. So bekommt man diese kaskadierenden, interkulturellen Destruktionszyklen und früher oder später verfällt das ganze Muster in eine eskalierende Destabilisierung, die sich nicht mehr handhaben lässt. Man gelangt zu einer Technologiedichte, bei der es ein paar hundert Jahre dauert, bis das Terraforming eines Planeten abgeschlossen ist, und nur ein paar Tage, um einen Planeten in die Luft zu sprengen. Man bekommt diese Wechsel nicht mehr geregelt. Früher oder später hat man dann Zustände, bei denen nicht mehr nur dezimiert, sondern ausgerottet wird und das lässt sich nicht aufhalten.«

Sie sprach sehr ruhig, doch sie sah sie nicht mehr an, sondern betrachtete ihre Esszinken. Fift hatte den Eindruck, dass dies für Thavé nicht nur Theorie war. Sie ließ ihre Hand über den Tisch zu der anderen Staid rutschen. Thavé sah streng darauf hinunter, dann blinzelte sie einmal und nahm sie.

»Tut mir leid«, sagte Fift. Shria blickte von einer zur anderen und presste die Lippen aufeinander.

»Ja. Na schön.« Mit der anderen Hand legte Thavé ihre Zinken ab, zog ein Tuch aus einer Tasche und wischte sich über die Braue. Sie ließ Fifts Hand nicht los. »Es war eine schwierige Zeit. Beziehungsweise schwierige Zeiten. Hm.« Sie räusperte sich. »Aber. Also. Die andere Theorieschule – danach lebt ihr. Man muss die Gesellschaften voneinander abschotten und ihnen das Reisen austreiben, wie du es so wortreich zusammengefasst hast, Shria. Man macht sie stabil, bringt sie dazu, weise mit ihren Ressourcen umzugehen, und treibt ihnen den Hang zu großangelegten Kriegen aus. Manche Leute nannten es ›tropisches Sammeln‹ im Gegensatz zum ›jahreszeitlichen Landbau‹. Man sorgt dafür, dass immer etwas wächst, anstatt zu pflügen, zu säen und zu ernten.«

»Was soll denn daran falsch sein?«, fragte Shria. »Ist das nicht der richtige Weg?«

Thavé blickte eine Zeit lang auf den Tisch. Ihre Hand war in Fifts Hand warm und ein bisschen feucht. »Na schön. Also zuerst hat man viel weniger Siedlungsplätze, weil man nicht kolonisiert. Deshalb wird man ängstlich. Und zweitens ...« – sie seufzte – »... falls man Landwirtschaft betreibt, dann weiß man, an welchem Punkt eines Zyklus' sich die Kultur befindet. Jedenfalls mindestens so lange, bis es durch überlappende Kulturen zu Katastrophen kommt. Wenn man sie auseinanderhalten kann und sie halbwegs vernünftig steuert, dann kennt man die jeweiligen Positionen. Dann weiß man, wann die Zeit sicher ist, wann es eine Wachstumsperiode gibt oder ob es so aussieht, als sei eine Ausleseperiode im Anzug. Und man hat es so eingerichtet, dass die Kultur diese Ausleseperiode übersteht. Es wird eine Unmenge von Glanz und Zerstörung geben und vieles, worüber die Poeten singen können, wenn es das nächste Mal so weit ist (die Poesie jener Kulturen hat einen Hang zur Tragödie, nicht zur Statistik) – und dann beginnt die Zeit des Wiederaufbaus.«

Sie blickte zu ihnen hoch und verzog das Gesicht. Dann starrte sie in den Pavillon hinüber. Niemand sprach ein Wort.

»Aber bei einer Kultur wie der euren wird die Angst immer größer, je reifer sie wird. Wenn sich *eure* Subkulturen begegnen, bilden sie kein Muster aus Dominanz und Widerstand heraus, das einzelne Bestandteile kleinerer Kulturen unbeschadet lässt. Sie haben den Hang, einfach still miteinander zu verlaufen, bis ein Amalgam übrig bleibt. Eure Welt wird von Moden erfasst. Im einen Jahr sind es Armreifen für die Bails, im nächsten Jahr Gurte ... und das in einer Welt mit einer Billion Leuten. Ein einziges Wirtschaftssystem verwaltet eure sämtlichen sozialen Spannungen – ihr habt keine separaten, parallelen Systeme für beispielsweise Emotionen, den Austausch von Besitztümern, den sozialen Status, Reservekapital oder Prestige. Es gibt nur eine Art von Reichtum. Das alles läuft reibungslos, bis es das eines Tages vielleicht nicht mehr tut. Eines Tages gibt es einen Fehler, den ich oder wir, ihr und ich gemeinsam nicht vorhergesehen haben. Ein Grenzfall. Etwas, das schnell um sich greift, das sich durch die Kultur verbreitet und sie zu Fall bringt. Das muss nicht unbedingt unmittelbar geschehen, nicht wie bei ...«

Sie steckte einen weiteren violetten Streifen in den Mund und kaute. »Es ist nicht wie in manchen anderen Kulturen. Aber vielleicht ist es unaufhaltsam. Wenn eine Kultur wie die eure ins Fallen gerät, wird es ein verheerender Absturz. Und es gibt kaum Warnsignale.«

Fift schluckte. Ihr fiel ein, dass ihre Väter sie wahrscheinlich noch beobachteten, und sie fragte sich, was sie wohl davon halten würden. Sie konnte sich den Widerspruch ihrer Väter Smistria und Frill vorstellen, die beiden diskutierten liebend gern über Geschichte. Aber wie sollte man mit dieser seltsamen, 500 000 Jahre alten Staid diskutieren?

Doch selbst Vater Smistria wäre zu höflich, um mitten in eine solche Unterhaltung mit einer Nachricht hineinzuplatzen. Fift befragte die Umgebungsvariablen danach, wie viele Leute gerade zusahen. Sie rechnete mit etwa sieben oder acht ihrer Väter und einigen von Shria.

Es gab 1 875 203 Zuschauer – und es wurden immer mehr. Der Pavillon hatte bereits Reaktanten angefordert, um sich die Statusspitzen formell bestätigen zu lassen, zu denen es gekommen war, weil die Konversation bei ihm stattfand.

Thavé lächelte ein kleines, finsteres Lächeln.

Fift war selbstverständlich klar, dass es Cirque-Fans geben musste, die alle Ticketbesitzer verfolgten, um an ihnen zu sehen, wann die Vorstellung losging. Und natürlich musste es bestimmte Wissenschaftler geben, die Thavés Bewegungen und Verhaltensweisen über automatisierte Agenten verfolgen ließen. Und das musste als Ausgangsposition bereits ausgereicht haben, um die Zuschauerzahl explodieren zu lassen, als die Außerirdische anfing, vom Ende der Welt zu erzählen.

Fift schluckte und rief sich ins Gedächtnis, dass ihr zwar viel mehr Aufmerksamkeit als üblich zuteilwurde, die Menge aber trotzdem noch recht klein war, wenn man sie an den Standards der wahrhaft Prominenten von Fullbelly maß. Sie erinnerte sich an die Schulstunden zum Thema Verhalten bei Instant-Ruhm. Der Trick war, nicht zu vergessen, wie kurz Aufmerksamkeitsspannen und Erinnerungen waren, und einen außergewöhnlichen Spitzenwert nicht für einen realen Wandel zu halten. Man musste sich würdevoll und bescheiden benehmen und die Menge ignorieren.

»Bei Kumrus kotigem Naturkaviar«, sagte Shria und sein lavendelfarbenes Gesicht erbleichte cremeblau. »Fift, hast du gesehen, wie viel Publikum wir haben?«

Fift versuchte ihn zu ignorieren. »Und was sollen wir tun?«, fragte sie Thavé mit gepresster Stimme.

»Okay«, sagte Thavé. Sie seufzte. »Ich sage schon lange, dass ihr diversifizieren solltet. Ihr müsst damit anfangen, euch aus den Fesseln des Konsenses zu befreien. Ihr braucht etwas mehr … Raum. Aber man hört mir nicht immer zu.« Sie blickte die beiden vorsichtig an. »Mein Rat scheint sogar nun umso weniger ins Gewicht zu fallen, je stärker der Konsens ist. Und Ortswechsel natürlich auch. Offen gestanden würde ich euch dafür lieben, wenn ihr anfangen würdet, Sternenschiffe zu konstruieren … obwohl deine Einwände gegen sie absolut logisch sind, Shria. Oder breitet euch wenigstens in eurem eigenen Sonnensystem weiter aus. In diesem Punkt scheine ich auch keine großen Fortschritte zu machen. In letzter Zeit sieht es überhaupt nicht mehr so aus, als machte ich noch Fortschritte.«

Fift wusste nicht, was sie darauf antworten sollte.

»Tut mir leid.« Thavé lächelte. »Ich werde rührselig. Ich will euch euren Ausflug nicht vermiesen.« Sie klopfte noch einmal auf ihre Tasche. »Ihr seid hier, um eine Show zu sehen.«

»Bist du auch deshalb hergekommen?«, fragte Fift erleichtert. »Ich meine, heute hier in diesen Pavillon? Wegen der Show? Wie wir?«

»Sicher«, antwortete Thavé. »Und ich bin auf dem Weg, einen Freund zu besuchen, einen anderen Außerirdischen. Vielleicht fällt ihm noch etwas ein.«

»*Noch* ein Außerirdischer?«, fragte Shria. »Wie viele von euch gibt es denn hier? Reist du immer nur in andere Welten? Wohin gehst du?«

»Willst du … die Welt verlassen?«, fragte Fift. Bei dem Gedanken wurde ihr ganz mulmig.

»O nein, nein«, sagte Thavé. »Mein Freund ist hier, in einem Irrenhaus. Das ist ein guter Ort für jene von uns, die sich nicht ganz … daran gewöhnen können, wie ihr hier die Dinge angeht. Aber ich fürchte, es gibt nicht allzu viele von uns, Shria. Es gibt nur noch ein paar Exemplare Ferner Technologie, die über euren Planeten ziehen. Und von denen kann man mit mir noch am allerleichtesten reden, wenn ich das selbst einmal so sagen darf. Und normalerweise fahren wir heutzutage auch nicht mehr weg. Wenn man zwischen den Sternen reist, bedeutet es, ein paar hundert Jahre eingepfercht in einer sehr alten, sehr schnellen Maschine zu verbringen. Dabei ist man großer Strahlung ausgesetzt, hat nichts zu essen und kann nicht atmen. Anstrengend.«

Fift versuchte sich an den Gedanken zu gewöhnen, dass es womöglich andere Welten gab, auf denen Leute lebten und die man *besuchen* konnte. Nicht nur Abstraktionen der Vorgeschichte – die antiken Quellen unverständlicher Ferner Technologie oder Referenzierungen obskurer Anspielungen in den ältesten Passagen der Langen Konversation –, sondern etwas, das *jetzt* existierte. Es gab sie? War es das, was Thavé implizierte: Leute von seltsamer Art, die *woanders* lebten … an einem Ort, den sie nicht sehen konnte und der keinerlei Verbindung zur Welt, ihren Bewohnern, ihren Unterhaltungen und ihren Ideen hatte? Leute, die keinen Einfluss auf sie haben konnten, ganz gleich, was sie taten? Und nichts von dem, was sie selbst tat, hatte einen Einfluss auf diese Wesen. Leute, die so grundverschieden, so abgeschnitten waren, dass es völlig ausgeschlossen war, sie zu erreichen. Ein unheimlicher Gedanke. Einerseits hätte sie gerne mehr Fragen zu diesen *anderen Welten* gestellt, aber das mulmige Schwindelgefühl war stärker. Sie hoffte, dass Shria dort nicht hinfahren würde.

»Und du, könntest du das tun? So eine Reise überleben?«, fragte Shria Thavé.

»Nicht in diesem Körper. Aber ja.«

»Und hast du das *vor*? Nicht sofort, aber vielleicht … später?«

»Nein, das habe ich nicht vor. Wirklich nicht. Nicht, wenn

ich es vermeiden kann. Ich habe nicht vor, wieder eine Welt zu verlieren. Ich möchte hierbleiben. Ich möchte … *das* hier.« Sie schwenkte den Arm und zeichnete den sichtbaren Bogen der darüberliegenden Wohnstrukturen nach – die Träger, die Gewölbe, die Wendeltreppen, Brunnen, Bögen, Nebenwege, Rutschfäden, Wirbel, Zinnenbögen, Poli-Penetrationen, hyperbolischen Trittflächen, Klebmauern, Pampfelder, Babyschaukeln, Fegwegpromenaden, Abandonagen, Windekais, Spielkuppeln, Interdecks, Sprungröhren, Schleusen, Speichenräder und Blasenkaskaden, die über ganz Fullbelly verstreut waren – verbunden, unterstützt und versorgt vom unsichtbaren Gewebe winziger Stränge, die den Zwischenraum füllten – erleuchtet vom immens großen Netzwerk der glühenden Röhren darunter, welche die oberen Wohnregionen Fullbellys von den zahlreichen Produktionsbereichen darunter separierten.

Hier war zweiter Nachmittag, deshalb wechselte das Licht der glühenden Röhren in einer Spektralfarbendiffusion von einem vagen Rosarot zu einem vage violetten Indigo, das sich vor ihren Augen über das ganze über ihnen liegende Fullbelly ausdehnte. Foo und alles, was darunter und dahinter lag, befand sich nur im Mittelband in einem puren, violetten Licht.

»Was wäre, wenn …«, fing Shria an.

Dann gingen die Lichter aus.

7

Im ersten Moment hörte man Schreie, dann überraschte Rufe. Danach war es für einen Augenblick ganz still. Es folgte eine Kakofonie: das Klappern der Gabeln und Löffel und Tabletts und Spritzen, die zu Boden fielen; Körper rammten Tische und krachten ineinander; Gelächter, Flüche und wütendes Gezänk.

Es waren die Glühröhren, die plötzlich dunkel geworden waren. Tausende kleiner Lichtquellen bewegten sich weiterhin im Raum von Fullbelly, ließen seine Kanten gelb, grün oder blau aufleuchten und warfen seltsame, trübe Schatten über halb verborgene Oberflächen. Es sah aus wie ein Nachthimmel auf der Oberfläche, bei dem die Sterne teilbunt wanderten und zwischen seltsam eckigen Wolken verstreut waren.

Fift ließ die Stoffbahn aus ihrem Kleid fallen und rannte durch den leeren Flur. Sie kurvte um eine Ecke und lief gebückt durch den Alkoven, wo sie lag und aus dem Bett zu kommen versuchte. Sie half sich beim Aufstehen und lief doppelkörperlich treppab in den Frühstücksraum.

Sie wäre fast die Treppe hinuntergefallen, richtete sich wieder auf, rannte weiter, rammte mit der Schulter die Wand zu ihrer Linken und stoppte; etwas stimmte nicht. Etwas war …

Foo drehte sich nicht mehr. Sie versuchte, eine Bewegung auszugleichen, die es nicht mehr gab.

Das machte sie noch ängstlicher als die Sache mit dem Licht.

»Foo hat angehalten«, sagte sie zu Shria. Sie blickten zu den seltsamen, tanzenden Sternen hinauf. Die meisten davon wurden immer langsamer und hielten an.

»Ich weiß«, sagte er. Er nahm ihre Hand – seine kühle Handfläche füllte den Raum, den Thavés warme Hand dort hinterlassen hatte.

Vier ihrer Eltern saßen um den Tisch, nur Vater Smistria lief auf und ab. Sie blickten auf, als sie die Treppe heruntergepoltert kam. Squell, Nupolo und Grobbard streckten die Arme aus. Fift kam, setzte sich zwischen sie und kuschelte sich in ihre Umarmungen. Ihre Blicke waren alle ganz entrückt, weil sie sich auf das konzentrierten, was ihre anderen Körper sahen.

»Was ist das?«, fragte Shria. »Ist es der Cirque?«

Fift drehte sich nach Thavé um. Die Außerirdische war fort, ihre Esszinken lagen auf dem Tisch und spießten noch einen der Streifen auf, der jetzt im Halbdunkel dunkelgrau aussah. Ihre Mütze war auch weg. Im Register ließen sich nur vier öffentliche Positionen ihrer zwölf Körper finden, und alle waren weit entfernt.

Dann ein plötzliches Erstaunen aus vielen Kehlen und ein paar schrille Schreie. Fift blickte auf.

Breite Lichtstrahlen bewegten sich unglaublich schnell durch die Dunkelheit. Sie kreisten um Foo und Stiffwaddle, um Unterschnurz und Wallacomp und hinterließen leuchtend weiße Spuren, die hinter ihnen verblassten. Sie kreisten durch den Raum Fullbellys, wichen den Fahrstuhlschächten und einzelnen, stillen Whirligigs aus, warfen wirre, flackernde Schatten auf die Oberflächen der Babywippen, der Klebwände und der Poli-Penetrationen. Eins … zwei … drei … vier … fünf … sechs … sieben … acht. Acht leuchtende Objekte zischten durch Fullbellys Raum, beängstigend wie gefährliche Wunderwesen aus einer vergessenen Mythologie.

Dann flatterten alle acht durch Fullbelly, überschlugen und drehten sich oder rotierten und kehrten zurück, sie wichen den Gebäuden aus und schlängelten sich zwischen ihnen hindurch, dann wieder hielten sie aufeinander zu, als wollten sie zusammenstoßen.

Shria zog Fift an sich; sie stolperte aus ihrem Stuhl und hielt ihn fest. In seinen Armen verspannte sie sich, auch in den Armen Nupolos und Squells (nur in Grobbards Armen eingekuschelt entspannte sie sich).

Die acht beängstigenden, rasenden Objekte krachten mit einem enormen Lichtblitz zusammen, wobei ein Funkenregen entstand, der sich über ganz Fullbelly ergoss. Dann waren sie wieder weg. Am Nachbartisch saßen zwei doppelkörperliche, offensichtlich letztgeborene Bails, der eine sehnig und fast nackt, der andere mit ausgemergelten, betonten Muskeln, einem Paar blauer und einem Paar roter Flügel. Sie begannen zu applaudieren.

Die Leute starrten sie an. »Begreift ihr denn nicht?«, fragte der mit den Flügeln. »Es ist der Cirque!«

»Wir haben Tickets!«, sagte der fast nackte.

Am Tisch stand eine hakennasige, einkörperliche Staid auf. Sie trug einen zerknitterten Kittel und die mürrische Miene eines ersten Kindes, momentan schwelgte sie jedoch im Zorn. »Ich glaube es einfach nicht«, sagte sie. »Meint ihr, das ist ein Spiel? Ist der Cirque für dieses ... Verhalten verantwortlich?«

»Ach, Süße«, sagte der Bail in seinem rotflügeligen Körper. »Warum gehst du nicht mal nach Hause und siehst nach, ob Mami ein bisschen Zeit hat – vielleicht schläft dein Geschwisterlein ja gerade.«

Die Staid machte ein ersticktes Geräusch, und der einkörperliche Bail, der an ihrem Tisch saß – er wirkte recht schlicht und seine Ohrläppchen waren nach der Mode von vor drei Jahren aufgespreizt – stand auf. »Ihr nichtsnutzigen Müllmücklinge ...!!«

Und dann ertönte eine Stimme.

»Ihr Unerschütterlichen und Ausdrucksstarken!«

Sie kam von der Stelle, wo die acht Lichtstrahlen zusammengestoßen waren. Als Fift genauer hinsah, erkannte sie, dass der Platz nicht leer war. Die leuchtenden Funken waren weggeflogen, doch in ihrem Zentrum gab es noch eine dunkle, sich bewegende, vibrierende Masse. Und aus dieser Masse heraus sprach die Stimme.

»Kinder aller Zeitalter! Ihr Leute von Fullbelly und Hardwon

und Tearless und Spoon und den Manysmall! Habt ihr euch gefragt, ob dies die Welt für euch ist?«

»Okay, es ist der Cirque«, sagte Shria. »Bei Kumru!«

»Bails! Habt ihr euch gewünscht, ihr könntet so still und klein wie ein Stein sein? Staids! Habt ihr euch gewünscht, ihr könntet euch aufschwingen und wie ein famoser Vogel tanzen? Ihr Nostalgiker! Wolltet ihr vergessen? Ihr Abweichler! Wünschtet ihr euch, wir könnten einfach aufhören, uns zu entwickeln? Im Innersten eurer Herzen und ganz tief in euren Schädeln, habt ihr euch da jemals gefragt, was sich hinter jener Tür befindet – jener Tür, die ihr nie öffnet?«

Im Pavillon war es jetzt still. Jedes Gesicht starrte hinauf in die Düsternis.

»Heiliger Kumru!«, sagte Vater Nupolo.

»Schhhh!«, sagte Vater Frill.

»Erwachsene aller Stadien!«, schrie die Stimme. *»Wo sind eure Großtaten? Wo sind eure Großtaten? Nein, nicht eure kleinlichen Duelle und nicht die Schiedssprüche zu euren Gunsten, die ihr nach vielen Jahren gewonnen habt und bei denen es darum ging, wer den Hauswurmfisch behalten darf. Es geht auch nicht um euer neues Genitaldesign oder um Blumentöpfe …«*

»Hey!«, sagte Shria.

»… und nicht um eure Gedichte über optimale Schwebzyklus-Distribution, nicht um eure Retabellierungen querreferenzierter Dinge, die schon seit Langem keine Rolle mehr spielen. Nicht um eure Besessenheit für Details, die nur Detailbesessenen auffallen würde. Nicht um euer Ächzen und Krächzen!«

Das war sogar für den Cirque unerhört. Wahnsinnig!

Sie hatten *die Welt angehalten*. Das Licht abgedreht. Foo an Ort und Stelle eingefroren. War das überhaupt *erlaubt*?

»Wo sind eure Großtaten?«

Fift schickte ihre Agenten auf die Suche und sie kamen sofort mit der Bestätigung zurück. Es hatte keinen Konsens über das Ausschalten des Lichts gegeben. Falls die Clowns es getan hatten, wusste jedenfalls keiner, wie.

»Eure Eltern haben Nationen aus dem Urgestein gegraben!

Eure Großeltern – und deren Großeltern – kämpften im Zeitalter des Krieges! Einstmals stürzten Türme! Einstmals reiste Kumru durch die Zeit, um sich selbst zu befruchten – oder etwa nicht? Ha! Einst führten wir Kriege nur um die Frage, ob er es getan hat!«

Wenn sie das hinbekamen, was konnten sie dann noch alles anstellen?

Ob die Hebammen das wirklich erlauben würden? Vielleicht würden sie nach dem heutigen Tage den Cirque zerstören.

»*Aber jetzt sind wir zu höflich, um es zu erwähnen! Wo sind eure Großtaten? Ihr Unerschütterlichen und Ausdrucksstarken, wo? Aber jetzt bringen wir sie euch! Der Cirque Fantabulös präsentiert stolz – eine Produktion mitten aus dem Leben:*

›DIE AUFLÖSUNG: EINE REVOLUTION!‹«

Die Stimme verstummte, die Glühröhren leuchteten wieder auf und überfluteten die Welt mit hellem, violett gefärbtem Licht.

Mit einem Ruck fing Foo wieder an, sich zu drehen.

8

POPQUIZ' PERSÖNLICHE ERINNERUNG

»Hintergrund der gegenwärtigen Ereignisse«

Präsentiert von den automatisierten Agenten der Langsam-wie-Melasse/ Mildtätig-Leer-Stadtteilschul-Interdependenz

Ohne Ausnahme ist zu beachten:
Keine Suchagenten erlaubt!
Viel Erfolg!

----

1. Die weltweite Informations-Interdependenz, die wir als den »Feed« kennen, kristallisierte sich während des Zeitalters der Straßen und Türen aus einer Vielzahl anderer Kybernetiksysteme heraus. Diskutiert die verschiedenen Teile des »Feeds«, (wie zum Beispiel den »visuellen Feed«, das »Senden« und die »Welt der Ideen«.)
2. Was kann man im Feed *nicht* finden?
3. Ist deine Wohnung Feed-opak? Feed-transparent? Feed-transluzent? Wie steht es mit deinem Schlafzimmer? Bist du sicher? Benenne drei »Privatsphären« in Foo, die sich außerhalb von Privatwohnungen befinden, und bewerte deren Effektivität.

4. Wie wirkt sich die »allgemeine gegenseitige Totalüberwachung« auf das Verhalten aus? In der Antike gab es eine ganze Literaturgattung, die sich darauf konzentrierte, durch logische Schlüsse festzustellen, wer bestimmte Grausamkeiten begangen hatte (wie zum Beispiel unbeobachtet den einzigen Körper einer anderen Person zu töten).
   Was würdest *du* tun, wenn du »damit durchkommen« würdest?
5. Bei »kritischen Infrastruktursystemen« wird ein weitreichender Konsens benötigt, um sie zu verändern. Der Feed ist ein »kritisches Infrastruktursystem«. Wie auch die Glühröhren. Nicht anders verhält es sich mit dem Nährstofffluss, dem Luftstrom und der somatischen Kommunikation. Benenne drei Beispiele aus der Geschichte, in denen es jemandem gelungen ist, durch Ausnutzung einer »Schwachstelle« den Konsens zu umgehen, um »kritische Infrastruktursysteme« zu manipulieren.
6. Was wäre dir lieber: eine Revolte, die sich als Kunstwerk tarnt, oder ein Kunstwerk, das sich als Revolte ausgibt?
7. Bist du an einem sicheren Ort? Benötigst du etwas? Sollte jemand kommen und dich holen? Was ist »Sicherheit«?

Vielen Dank für die Teilnahme am Quiz!! Der nächste persönliche Unterricht wird am kommenden Grüntagmorgen stattfinden. Der Ort wird noch bekannt gegeben.

9

Vor den drei Aufzügen, bei denen sie es probierten, drängten sich die Massen. Nur ein Aufzug, der erste, schien überhaupt zu funktionieren. Seine Wächterin – mit finsterer Miene und einem Schiedsrichter an ihrer Seite – ließ nahezu wahllos Leute einsteigen, dennoch verlängerte sich das Ende der Schlange weitaus schneller, als sie abfahren konnten. Die Leiber quetschten sich so zusammen, dass kein Durchkommen war. Der Wächter des zweiten Fahrstuhls war verschwunden. Der dritte Fahrstuhl war von einer noch größeren Masse blockiert und weiter vorne gab es Geschrei. Aber sie konnten nicht sehen, worum es ging, weil mit dem Feed etwas nicht stimmte.

Zuerst fehlten nur ein paar Informationen – Shria hatte wissen wollen, wo sich sein älteres Geschwisterkind Tusha befand, konnte es aber nicht finden –, die Schuld für so etwas ließ sich sonst immer einem übereifrigen Stück Antiüberwachung zuweisen, das fehlerhaft funktionierte und die Feed-Einspeisungen eines ganzen Blocks ausgeblendet hatte. Doch die weißen Flecken breiteten sich aus, bis schließlich mehr und mehr von der Welt verschluckt war. Mit eigenen Augen konnte Fift den Nebenweg sehen, auf dem sie mit Shria durch das Gewoge der Leute ging. Mit ihren eigenen Augen sah sie den Frühstücksraum, wo ihre Eltern sich stritten. Der Rest war ein zerfetztes Gewebe.

Das war noch schlimmer als das ausgegangene Licht. Beim Campen auf der Oberfläche hatte Fift die Dunkelheit der tiefsten Nacht bereits gesehen. Es war eigenartig, sie jetzt unter Fullbellys Dach zu erleben – aber auch schön und beeindruckend. Doch das hier hatte nichts Unterhaltsames.

Auch das Register war kaputt. Als sie Informationen über einen unbekannten Passanten abfragen wollte, kam nichts – erst Hunderte Herzschläge später, als er längst wieder weg war, wurde ein flackerndes, stockendes Suchergebnis angezeigt. Es war wie in der unbeobachteten Stunde bei Stiffwaddle-Körpermoden, nur auf den Kopf gestellt: Diesmal war nicht Fift vor der Welt verborgen, sondern die Welt vor ihr. Die Massen, die sich vor den Fahrstühlen drängten, die Leute, die über die Nebenstraßen nach Hause stapften oder sich in den Höfen stritten, waren nichtidentifizierte Körper, die ohne Namen blieben und über die sich nichts in Erfahrung bringen ließ.

Sie versuchten, sich von ihren Agenten einen vernünftigen Heimweg zeigen zu lassen, aber die Agenten waren verwirrt und widerspenstig und änderten ständig ihre Meinung. Fift und Shria landeten schließlich auf einer flachen Nebenstrecke, die aus Foo hinausführte, sie aber schließlich zu einer ununterbrochenen Treppenanlage führte, die frei zu sein schien. Fift hielt Shrias Hand.

»Und was hat *das* mit dem Cirque zu tun?«, schaltete sich Vater Frill ein und fiel Vater Smistria ins Wort. Er schlug mit der offenen Hand seitlich auf den Türrahmen, denn bisher hatte er es nicht einmal bis zum Tisch geschafft. »Wie kann man das vergleichen …«

»Es hat jede Menge damit zu tun!«, sagte Vater Smistria und lehnte sich in seinem quietschenden Sitzgeschirr zurück. »Die Cirques sind die überlebenden Bailsuprematisten, der militärische Flügel der …«

»Ach, hör doch auf«, schnarrte Vater Nupolo.

»Bitte, Smi, das ist peinlich! Verschrobene Verschwörungstheorien!«, sagte Frill. »Ich hätte eigentlich gedacht, du …«

»Das ist Geschichte, nichts anderes!«, röhrte Smistria.

»Oh, du und deine Geschichte!«

»Ich hoffe nur«, sagte Vater Squell und rieb nervös seine Daumen aneinander, »dass die Sache ein gutes Ende nimmt, falls es wirklich der Cirque ist. Denn es wäre wirklich schlimm, wenn wir ihn nicht mehr … haben könnten. Wisst ihr, alle lieben den

Cirque. Aber falls sie wirklich den *Feed* abgestellt haben sollten, wird es natürlich … anders kann ich mir das gar nicht vorstellen … *Konsequenzen* haben.«

»Warum sollte der Cirque den Feed ausschalten?«, jammerte Frill. »Meint ihr nicht, sie haben ein Interesse daran, dass über ihre Aufführung diskutiert wird?«

»›Aufführung‹?«, schnaubte Smistria. »Ha! Und wer könnte ihn sonst abgestellt haben?«

»Die Opportunisten! Die könnten es gewesen sein!« Frill schlug noch einmal auf den Türrahmen.

»Ach so«, sagte Smistria mit einem äußerst sarkastischen Unterton, »Leute, die aus dem Konsens ausgeschieden sind, die weltweite *Licht*versorgung zu manipulieren, sind bestimmt die *Letzten*, die wir verdächtigen sollten …«

»Der Lag wird immer größer«, gab Vater Grobbard zu bedenken. Ihre Miene war unbewegt und ihre Arme da, wo sie Fift hielten, entspannt, aber Fift spürte die Spannung unter ihrer perfekten staidischen Zurückhaltung. »Das Transportwesen und die Logistik befinden sich überall in Fullbelly in einem chaotischen Zustand … vielleicht auf der ganzen Welt. Und Fift … ich bekomme überhaupt kein Bild mehr von dir.«

»Mir geht es gut«, sagte Fift aus ihrem anderen Körper in der anderen Ecke des Zimmers. Sie hatte sich Nupolos und Squells Griff entzogen und war losgegangen, um zuzusehen, wie die rollende Miniküche süße gefrorene Suppe zusammenbraute. Sie hatte dasselbe mulmige Gefühl, das sie gelegentlich überkam, wenn sie zweikörperlich in einem Raum stand – als wäre sie noch ein Baby, das es nicht schaffte, seine beiden Perspektiven auf dieselbe Szene zusammenzubringen. Es war die alte, albtraumhafte Angst, sie könnte plötzlich zwei unvereinbare Bilder sehen, die in ihrem Hinterkopf lauerten. »Es geht uns gut.« Sie entzog sich auch Vater Grobbards Armen.

»Du und dieses Bailkind«, fing Squell an. »Wie seid ihr überhaupt auf die Idee gekommen, loszulaufen und nach diesem …«

»Pips Idee«, sagte Vater Nupolo.

In der tosenden Menge schrie jemand – es war ein Bail in einer gefiederten Tunika, der auf einer Rollröhre stand. Sie querten einen Gerichtssaal, wo ein Rudel von sechs hundeartigen Caniden – es konnten echte, umgefüllte Tiere sein, vielleicht aber auch die sehr exotischen Körper von irgendjemandem, wer konnte das wissen, ohne ins Register zu sehen? – vorbeigehetzt kam und dabei Regalreihen umstieß, aus denen sich in alle Richtungen bunte Bälle ergossen. Shria stellte sich schützend vor Fift, doch die Caniden tobten randalierend um sie herum.

»Oh, verflixt! Ich sehe *gar* nichts! Das ist überhaupt nicht in Ordnung«, sagte Squell. »Das ist *gefährlich*. Wenn alle so unsichtbar sind, stellen die Leute … alles Mögliche an.«

Die Bälle hüpften, rollten, sprangen und fielen in Richtung der tiefer gelegenen Wohnstätten, bis sie von klebrigen, unsichtbaren Fäden des Interspace eingefangen wurden. Dort blieben sie mitten in der Luft wie winzige, leuchtende Planeten hängen.

»Komm mit«, sagte Shria und zog sie in den nächsten Nebenweg.

Fifts Aufmerksamkeitsagenten konnten die Welt-der-Ideen nur sporadisch erreichen und dann nur als ein Durcheinander ungeordneter Informationen. Aufgebracht nervten sie sie mit Fakten, die sie gar nicht abgefragt hatte: die Zahl öffentlich lokalisierbarer Caniden in Fullbelly. Die Geschichte der Caniden und ihrer Spucke. Eine Wegbeschreibung zu Fullbellys Spuckmeisterschafts-Vorbereitungsdorf mit dem Sonderangebot für eine Tour mit einem gewissen Bilz Takapo vom Namensverzeichnis Grünes-Zuckerbläschen-Separat-8. Fift stellte sie stumm.

Der Nebenweg vor ihnen war voller Körper, die meisten davon nackt und schlank und auch ohne besondere Merkmale, in kräftigem Blau, Schwarz oder Rot. Ihre Finger waren verschränkt und manche hatten nur flache Einkerbungen für Augen, Mund, Ohren und Genitalien. Einige waren miteinander vernabelschnurt.

Ego-hüpfende Wirtskörper. Fift hatte noch nie mehr als zwei oder drei solcher Anonykörper zusammen an einem Ort gesehen, hier bevölkerten ein paar hundert von ihnen den Nebenweg. Sie drängten sich um einen Bail, der so etwas wie eine historische Rekreationisten-Militäruniform anhatte – ein gefiedertes und glitzerndes, gepolstertes Exoskelett voller Armreifen, Schnörkel, Juwelen und Spiegel. Der Kopf hatte keinen Carapax und sein Gesicht hatte jenen verhärmten, harten, allzu glatten Ausdruck der ganz Alten.

Fift und Shria wurden allmählich langsamer und hielten schließlich an; Shria drückte Fifts Hand.

Widerspenstig erteilte das Register Auskunft: Panaximandra Shebol vom Namensverzeichnis Zentralglorie-2. Ein Körper. Neunhundertundfünfunddreißig Jahre alt.

Fift schluckte. Das Exoskelett war keine Nachbildung. Es war eine echte Rüstung aus dem Zeitalter des Krieges.

»Das Risiko für Fehlverhalten wächst mit Sicherheit«, sagte Vater Grobbard, »je länger das so weitergeht.«

Sie setzte sich wieder in ihr Sitzgeschirr.

Panaximandra hob eine Hand – die Bewegung war so schnell, dass man sie kaum erkennen konnte – und deutete auf Shria und Fift. »Und da sind sie«, sagte er.

Die Menge wandte sich um und sah nach.

»Was stimmt da nicht, Fift?«, fragte Vater Frill. »Was ist da los? Ihr seht aus wie Kumru, als er sein Schicksal erkannte!«

Fift konnte sich nicht bewegen – in keinem ihrer Körper. Sie sah, wie der uralte Krieger grinste.

»*Kinder*«, sagte Panaximandra. »Kinder! Seht genau hin. Schaut ins Register, wenn ihr könnt. Fift Brulio Iraxis vom Namensverzeichnis Gelbe-Halbinsel-Zuckerblase-5. Shria Qualia Fnax vom Namensverzeichnis Digger-Chamäleon-2. Sie sind sechzehn Jahre alt. Sechzehn Jahre alt! Erst vor sechzehn Jahren besuchten Hebammen die Wohnungen ihrer Elternkohorten und vollführten die heiligen Riten. Vor sechzehn Jahren wurden diese neun Individuen, *diese brandneuen Leute* geboren – geboren in Blut und Fruchtwasser. Sie wurden stöhnend und schwitzend durch einen erweiterten Gebärmutterhals in die Welt geschoben. Vor sechzehn Jahren öffneten sie zum ersten Mal ihre Augen und sahen ihre Eltern.«

Die Anonykörper drehten sich zu ihnen um und blickten sie mit leeren, unfertigen Gesichtern an.

»Was bei aller Vergeudung …?«, sagte Shria.

»Und wer waren diese Eltern?«, fragte Panaximandra. »Diese Glücklichen, denen das Recht, Leben zu schaffen, gegeben wurde? *Gegeben.* Achte darauf, dass ich ›gegeben‹ sage. Sie haben sich nicht das Recht genommen, um von ihrem Anrecht Gebrauch zu machen oder ihr Vermächtnis zu sichern, wie es ihr Schicksal als menschliche Wesen vorsieht. Nein. Nein, es wurde ihnen gegeben und sie haben es demütig akzeptiert. Sie fühlten sich geehrt. So geehrt.«

»Fift!«, sagte Vater Frill. Er ging in den Raum hinein.

Fift hielt eine Hand hoch, um ihn zum Schweigen zu bringen.

Panaximandra blickte mit einem höhnischen Blick über die Menge hinweg. »Und wo wart *ihr* vor sechzehn Jahren? Wie sind diese sechzehn Jahre für euch gewesen? Was habt ihr euch zu eigen gemacht? Ehrlich jetzt. Ehrlich. Ihr, die ihr zu mir gekommen und eure wahren Gesichter versteckt habt. Oder sind *das* eure wahren Gesichter? Vielleicht sind ja jene *anderen* Gesichter, die ihr tragt, Verkleidungen.«

In der Menge erhob sich Gemurmel. Zwischen den ausdruckslosen, schattigen Gesichtern in Rot, Blau und Schwarz standen auch ein paar natürliche Körper, die Fift und Shria anstarrten. Sie sahen hungrig oder traurig aus.

»Was zum Teufel ist das?«, flüsterte Shria.

»Ich glaube nicht, dass es der Cirque ist«, sagte Fift, ebenfalls leise. »Was meinst du?«

Shria legte die Stirn in Falten. »Woher soll ich das wissen? Aber wirkt das nicht – ich weiß auch nicht – ernster als der Cirque? Oder irgendwie geschmackloser?«

»Es geht mir gut«, teilte Fift ihren Vätern nachdenklich mit.

»Ihr ist es doch gutgegangen in jenen letzten sechzehn Jahren, oder etwa nicht?«, sagte Panaximandra. »Alles so glatt wie eine Schleuse. Sie haben sich da wie auf einer Schaukel durchgeschwungen. Kein Grund zur Klage.« Eine weitere blitzschnelle Bewegung, dann ein Knall so laut, dass die Menge zusammenzuckte und Fifts Ohren klingelten. Panaximandras Handflächen lagen vor seiner Brust aufeinander. Er klatschte. »Kaum wahrnehmbar. Und jetzt sind sie weg. Ihr habt die Möbel in den Bienenstöcken umgestellt, in denen ihr Insekten lebt, und dann wieder alles neu aufgebaut. Diese sechzehn Jahre sind vorbei, und wie viel von dieser Zeit habt ihr … *gelebt*? Vielleicht ein paar harte Schläge lang. Wahrscheinlich, als ihr etwas getan habt, das ihr nicht hättet tun sollen, vielleicht habt ihr euch auch nur selbst überrascht, weil ihr eine nichtige, kleine Transaktion gewonnen habt, oder vielleicht auch auf einem Oberflächenurlaub, wenn ihr beim Speerwerfen einen Glückstreffer bei einer Lapine landen konntet. Ein paar Herzschläge lang wart ihr wirklich am Leben; ein paar Herzschläge lang fühltet ihr euch wirklich so, als würdet ihr nicht nur eure endlosen Leben aussitzen, sondern *leben*. Als ob alles möglich sei und ihr euch nehmen könntet, was ihr wollt! Als ob das Leben ein wildes Tier sei, das ihr zähmen könntet, und nicht etwa eine Sexpartnerin, die ihr so lange beglücken müsst, bis sie zu schnarchen beginnt.«

Verlegenes Gelächter aus der Menge. Jetzt sahen alle Panaximandra an. Zwei natürliche Körper kämpften sich aus dem Gedränge, verschwanden in entgegengesetzter Richtung auf dem Nebenweg und entfernten sich von Fift und Shria. Panaximandra ignorierte sie.

»Ein paar Herzschläge lang fühlt es sich an, als sei das Leben neu«, sagte Panaximandra. »So wie es war, als *ihr* sechzehn Jahre alt wart.«

»Sollen wir zurückgehen?«, fragte Fift. »Sollen wir hier verschwinden?«

»Den ganzen Weg zurück?«, sagte Shria.

»Fift, wir müssen über deine Angewohnheit sprechen, Informationen zurückzuhalten«, sagte Vater Squell. »Das gehört sich nicht. Es war etwas anderes, als du acht Jahre alt warst …«

»Fift«, knurrte Vater Smistria und zupfte an seinem Bart. »Was ist da unten los?«

»Nein«, sagte Shria. »Ich werde unter keinen Umständen den ganzen Weg zurückgehen! Wir gehen hindurch.«

»Ich weiß nicht«, sagte Fift. »Shria und ich sind in so etwas wie eine Versammlung geraten. Ein alter Veteran spricht zu einer anonymisierten Menge …«

Ihre Väter beugten sich alle gleichzeitig vor. Es war, als wären sie alle Körper derselben Person. »Fift«, sagte Vater Frill. »Verschwinde von da. Dreh dich um und geh weg!«

»Meine Leute sagen, wir sollen von hier verschwinden«, berichtete Fift Shria.

»Vergiss es«, erwiderte Shria. »Hey, ihr Nichtse! Macht Platz … wir wollen durch!« Er ging los und zog vorsichtig an Fifts Hand, doch als sie keinen Vorwärtsschritt machte, ließ er ihre Hand los. Die Ego-Wirte in den umliegenden Abschnitten der blauen, schwarzen und roten Menge wandten sich nach ihm um.

»Aber ihr seid mehr wert als das«, sagte Panaximandra eindringlich. »Ihr seid menschliche Wesen. Ihr braucht keine vorhersehbaren Klumpen hohler Zufriedenheit zu sein, gut regulierte Teile eines Systems, das nur die Homöostase, aber keine Bedeutung kennt, und die euch zugewiesenen Jahrhunderte abzusitzen, *zu tun, was euch gesagt wird,* und im Nachgang zu sterben.«

Shria verlangsamte das Tempo und blieb eine Armlänge von der Menge entfernt stehen. Fift zitterte vor Verzweiflung. Shria würde bei der Transaktion verdrängt werden und hatte keine Chance, diese Masse von Nichtsen einzuschüchtern.

Er wandte sich um und blickte zu Fift zurück; er wirkte unruhig und ohne sich Zeit zum Nachdenken zu geben, ging sie weiter bis zu ihm und nahm ihn bei der Hand.

»Wir können diesem Tod bei lebendigem Leib widerstehen«, sagte Panaximandra, »und der erste Schritt ist es, die Hebammen im Zentrum zu entthronen. Jeder von euch ist ein menschliches Wesen. Jeder von euch kann ein Held … jeder von euch kann eine Mutter sein!«

Um sie herum holten mundlose Körper tief Luft. Shrias Schritt zögerte einen Moment und er sah zurück zu Fift. *Die Hebammen entthronen?*

»Gehörst du zu den Clowns?«, rief jemand.

Panaximandra lächelte. »Schwer zu sagen, wann sich der Cirque einen Spaß erlaubt. Ich fand ihre Aufführungen teilweise ... inspirierend. Teilweise auch verstörend. Diese Scherze über die Vermischung von Bails und Staids – soll man das wirklich ernst nehmen? Um die Krötenclownereien zu ermutigen?

Falls es so wäre, ekelten sie mich an. Ich bin mir auch nicht ganz sicher, ob es die Clowns mit der Revolution wirklich ernst meinen. Aber sie haben sich mit Sicherheit als nützlich erwiesen.« Er schaute auf und ließ seinen Blick über die zahllosen Habitate über ihnen schweifen.

»Fift? Fift? Geh da weg!«, sagte Frill bebend und beklommen. Immer wieder zog er einen der goldenen Zeremonialdolche, die an seine Schärpe geschnallt waren, aus der Scheide und steckte ihn wieder zurück.

»Wir versuchen es«, sagte Fift. Shrias Hand war warm. Er schluckte, dann grinste er sie an schob sich zwischen einen blauen Niemand und einen roten Niemand und murmelte: »Entschuldigung, bitte ...«

Die Nichtse blickten ihn an, gingen beiseite und wandten sich wieder Panaximandra zu.

Panaximandra fing an, Gegenstände in die Menge zu werfen, die er aus den Taschen zog, die zwischen den glitzernden Girlanden an seinem Exoskelett verborgen waren. Dabei bewegte er die Arme so schnell, dass man sie kaum erkennen konnte. Die Nichtse reckten und drängelten sich, um sie aufzufangen – es waren kleine, weiche Fetzen von irgendwas. »Revolution gegen diese Totheit, diese Einengung, das bedeutet, sich lebendig zu fühlen. Es ist ja schön und gut, wenn man sich offiziös so gibt, als würden dieser Kampf und die Verdrängung allen offenstehen und als sei ›nimm dir, was du willst‹ die Basis unserer Gesellschaft. Das ist der *Freiheitsmythos*. Aber die Wahrheit ist, dass ihr euch alleine nichts nehmen könnt.«

Ein Fetzen von dem, was Panaximandra herumwarf, traf Fift ins Gesicht; es war ein weicher, pelziger Stoff, der sich luxuriös anfühlte. Sie hielt ihn einen Moment lang fest, bis ihn ihr ein grüner Niemand mit klaffenden Hohlräumen im Gesicht aus der Hand riss.

»Wenn ihr allein handelt, werden euch die Strukturen der Welt vernichten. Bewertungen und Bankprüfungen, Reaktanz und Schiedsgerichte und der Feed, der jeden eurer Schritte beobachtet, werden dafür sorgen, dass ihr da bleibt, wo ihr seid. Der Konsens wird euch bewegungsunfähig machen. Wie einen Käfer im Bernstein. Vom Moment eurer Geburt an. Von dem Moment an, wenn euch die Hebammen gendern und ins Register eintragen.«

»Willst du ungegenderte Babys?«, rief jemand. Ärgerliches Murren war zu hören. Shria wollte sich tiefer in die Menge hineindrängen, doch der blaue Mietkörper vor ihm schubste ihn beiseite und schloss die Lücke, indem er seine Schulter in den Doppelkörper schob – einen anderen vielleicht derselben Person –, der daneben stand.

Panaximandra lief vor Wut rot an und hörte auf, mit den Pelzschnipseln zu werfen. »Natürlich nicht! Denkt ihr, ich bin ein Monster? Ich habe nur Mitleid für diese entsetzlichen Missgeburten und Verachtung für ihre fehlgeleiteten Eltern. Aber glaubt ihr, *das* sei die Revolution? Denkt ihr, es kümmert die Hebammen, wenn sich einige wenige Radikale dem Register verweigern und ungegenderte Babys auf die Welt bringen? Natürlich nicht! Denn es gelingt den Hebammen fast immer, diese Kohorten aufzubrechen und diese *Kinder zu adoptieren*! So, wie sie die Zurückgewiesenen so vieler gescheiterter Kohorten adoptieren! Und stellt euch das doch bitte einmal vor! *Das* ist es, was wir für die Hebammen übrighaben – spätgegenderte Missgeburten und andere Waisen – und die meisten von ihnen sind *Einzelkinder*! Kein Wunder, dass sie sich so verzweifelt nach Ordnung und Erstarrung sehnen, kein Wunder, dass sie so auf den Mangel fixiert sind. Kein Wunder, dass sie jedes wahre, luxuriöse, grenzenlose und weiterbringende Gefühl abstreiten! Unsere ganze Welt ist dafür geschaffen, das auszugleichen, was *ihnen* vorenthalten wurde – Ordnung und Sicherheit –, und ich mag Mitleid für sie empfinden, aber ich werde ihnen nicht meine Welt zu Füßen legen, um ihre Wunden zu heilen!« Er hielt einen der Stofffetzen hoch, die er vom Podium geworfen hatte. »Spürt das! Spürt das an eurer Haut! Das ist der Stoff der Revolution! Wann immer ihr das spürt, sollt ihr wissen, dass wir bei euch sind!«

»Blockiert den Feed! Tötet die Hebammen!«, schrie einer aus der Menge.

»Halt's Maul!«, schrie ein anderer.

Tötet die Hebammen? Hatte das *wirklich* gerade jemand gesagt? Es war gefährlich, diesen Leuten auch nur *zuzuhören*. Fift schaute sich verzweifelt um. Wo waren die Befriederinnen? Aber der Feed war offline. Niemand kam. Shria zog an ihrer Hand.

Shria versuchte, sich durch die zusammengequetschten Körper vorzuarbeiten, aber die Menge war zu einer tosenden See geworden, die Leute sprangen und griffen nach den Revolutionslumpen. Er wurde zurückgedrängt, dann nach vorne gestoßen und Fift verlor beinahe den Kontakt mit seiner Hand. Sie kämpfte sich weiter und griff seinen Arm mit beiden Händen, dann zog sie sich an ihn heran.

Es war ein Meer von Bails ... und nichts als Bails. Man brauchte kein Register, keine Gesichter, keine Kleider und keinen Schmuck, um festzustellen, dass es in dieser rastlosen Menge, in all diesem Springen und Greifen und Geschrei nichts Staidisches gab und dass für Fift kein Platz war.

Das alles hatte etwas Obszönes an sich. Fift hätte es gar nicht sehen dürfen.

»Und?«, fragte Squell. Sie wandte sich vom Tisch ab und sprach Fifts anderen Körper an. »Habt ihr euch aus der Gegend entfernt, Fift?«

»Grobbard«, sagte Nupolo. »Dieser Quatsch ... Wie lange wird das noch *dauern*? Bei Kumrus Titten, *was ist da los*?«

»Nach allem, was ich mir zusammenreimen kann«, sagte Grobbard, »trägt der Cirque Fantabulös tatsächlich die Schuld an der ursprünglichen Unterbrechung des Feeds ...«

»Aha!«, sagte Smistria. »Seht ihr? Ich wusste es!«

Obwohl sie seine Hand hielt, konnte Fift Shrias Gesicht nicht sehen. Lumpen, Gebrüll, rot-blaue Arme und Schultern.

»Blockiert den Feed!«

»Aber nach ihrem Plan hätte es nur eine vorübergehende Unterbrechung sein sollen«, sagte Grobbard. »Ein Akzent für ihr Stück, eine Pause zum Nachdenken, mehr nicht.«

»Und was für eine Pause!«, fing Smistria an. »Aber jetzt haben sie den Feed kaputt gemacht, oder nicht?«

»Es scheint andere Saboteure zu geben, die sich die Gelegenheit zunutze machen …«

»Moment mal, Grobbard«, sagte Frill. »Fift, wo bist du? Hast du dich von dieser … Gruppe entfernt?«

»Wir versuchen es«, sagte Fift.

Blaue und rote Körper wimmelten um sie herum. Shria zog Fift durch einen Spalt und sie rannte schaudernd hinein.

Shrias feste Armmuskeln, seine weichen Brüste drückten gegen Fift.

»Ich halte das nicht mehr aus«, sagte Smistria und rappelte sich aus seinen Gurten.

»Wo willst du hin?«, jammerte Vater Squell.

»Ich werde jetzt eine Fledermaus anfordern und die *Kinder* einsammeln!«

»Eine Fledermaus?«, fragte Vater Grobbard. »Ich kann mir nicht vorstellen, dass du eine bekommst … die, die jetzt kein Flugverbot haben, sind …«

»Ich werde dich begleiten«, sagte Vater Frill. Seine Nasenlöcher bebten und er drückte den Rücken durch.

Shrias Duft nach Oberflächenwald inmitten des verbrannten Kunststoffes der Anonykörper. Er hielt sie …

»*Wo* kann man eine Fledermaus anfordern?«, fragte Squell und schaute von einem zum anderen. »Ich bekomme überhaupt keine Antwort von einer der üblichen …«

Das Röhren der Bails und über allem Panaximandras kühles Lächeln.

»Na schön«, sagte Smistria und verschränkte die Arme vor der Brust. »Ich weiß zufälligerweise, dass es bei den Darnadis' eine Party gibt. Es werden mehrere Logistik-Administratoren und jede Menge wichtiger Reaktanten da sein. Wir werden einfach das Problem erklären. Fift, du kannst auch mit uns kommen, damit du uns sagen kannst, wo du bist und damit du dort auch bleibst; und hierbleiben …« – er klopfte auf den Tisch – »… damit du deinen anderen Vätern erzählen kannst, was los ist, falls wir keine Nachrichten durchbekommen.«

Fift blinzelte. Sie hatte gerade erst ihre gefrorene Suppe aus dem Verteiler genommen.

Shrias Herzschlag, den sie durch ihre Knochen hindurch spürte, in all dem Krach und Tumult. Das elektrisierende Brummen seiner Haut.

»Jetzt«, sagte Smistria.

Fift reichte sich selbst die Suppe an den Tisch und folgte ihnen zur Tür.

»*Tötet …*«

»Das ergibt doch gar keinen Sinn«, sagte Vater Squell wütend und sprang aus seinem Sitzgurt auf. »Der Feed ist offline! Die Leute treiben … wer weiß was! Unbeobachtet, ungefordert und keiner ist da, der sie zur Verantwortung zieht … jemand hat den Feed sabotiert. Seltsame Gruppen sind da, die sich in Anonykörpern versammeln … Und ihr wollt jetzt *vor die Tür* gehen?«

»*… die Hebammen!*«

»Weil sie euch – *warum noch mal genau* – eine Fledermaus geben? Jetzt ist nicht der geeignete Moment, um Fang-den-Kern zu spielen!«

Hinter ihnen ging die Tür zu. Im Frühstücksraum hingen noch Squells Worte in der Luft, während Fifts anderer Körper die Treppen hinauf hinter Frill und Smistria hereilte.

Vater Nupolo stand langsam auf und legte die Hand auf Squells Schulter.

»*Tötet die Hebammen!*«

»HALTE den Mund!«

»Das sagst du also? TÖTET?«

»Was willst du von uns?«

Fift umarmte Shria und er legte die Arme um sie. Er schob seine Stirn in die Wölbung ihres Nackens. Um sie herum drängelten sich die Nichtse und brüllten herum. Fift bekam einen Ellenbogen in die Wirbelsäule und wurde in die Wade getreten. Sie wäre fast gestürzt, doch Shria zog sie hoch.

Sie war *geschlagen* worden. Ihre Wirbelsäule, ihre Wade – das war bestimmt nicht *absichtlich* geschehen, aber vielleicht war das sogar noch schlimmer. Sie hatten nicht einmal *gemerkt*, dass sie eine Staid geschlagen hatten.

Shria fing an zu weinen. »O Kumru«, röchelte er, »was geschieht hier nur?«

Fift blickte ängstlich auf. Panaximandra hielt eine Hand hoch. »Ist das Wort so furchtbar? ›Töten‹?« Er schüttelte den Kopf, Tränen der Wut füllten auch seine Augen, die stumm überliefen. Er leckte beim Reden daran. »Oh, lange Lebenszeiten machen Feiglinge! Leute der Welt, das Verlangen nach euren jetzt *800 Jahren* Lebenserwartung hat euch gezähmt – diese Überfülle hat euch zaghaft gemacht! Gebt mir eine Million Barbaren mit *achtzig Jahren* Lebenszeit, mit Keulen bewaffnet – dann könnte ich diese Welt erobern und in Flammen setzen. Ich könnte dieses Gefängnis niederbrennen und einen Garten pflanzen. O meine Welt! O meine Welt!«

Fift bedeckte am Tisch vor ihrer kalten Suppe ihr Gesicht mit den Fäusten.

»Wir werden deine Million sein!«, schrie jemand.

»Du Schludrian«, schrie jemand anderer zurück.

Squell legte die Ellenbogen auf den Tisch, beugte sich vor und brachte seine Stirn neben die Fifts. »Fift«, sagte er sanft und gab sich Mühe, zuversichtlich zu klingen. »Du musst dich konzentrieren. Benutze deine Sprache, Fift, nichts ist so schlimm, dass man nicht darüber reden kann. Aber du musst erklären, was los ist.«

»Sie springen herum und schreien und reden von … so einer Art Krieg, glaube ich? Es ist so etwas wie aus der …« – Fift lief rot an – es war so etwas wie der Zorn der dreißigtausend verschmähten Datenbrüter im achten narrativen Unterabschnitt von Melihors viertem Metakommentar, aber das konnte sie natürlich nicht sagen – »… aus der Geschichte.«

»Aber wir brauchen die Hebammen«, schrie jemand. »Du hast es selbst gesagt: ungegenderte Babys.«

»Oh – *Hebammen* sind wertvoll!«, sagte Panaximandra. »Aber *unsere* Hebammen haben sich übernommen. Sie nennen sich selbst die Eltern der Gesellschaft … aber das ist gelogen. Sie können uns nicht führen. Sie können uns nicht stark machen. Eine Hebamme ist wie eine *Plazenta* – heilig, lebenspendend und ohne sie können wir nicht beginnen. Aber um stark zu werden, darf man sich nicht zu lange von ihnen abhängig machen. Man muss sie wegschneiden.«

»*Krieg?*« Nupolo beugte sich vor. »Wovon redest du da, Fift? Ist das noch so eine Aufführung? Mehr Clowns …?«

»Es sind nicht die Clowns«, sagte Squell mit gepresster Stimme und lehnte sich zurück.

Inmitten der verlassenen Höfe von Langsam-wie-Melasse beeilte sich Fift, um mit Vater Frill und Vater Smistria Schritt zu halten.

»Hört auf zu schubsen!«, schrie jemand aus der Menge hinter Fift und sie wurde in Shria hineingestoßen. Sie stürzten und Fift griff dabei nach etwas, das wie ein Seil aussah. Ihre Hand schloss sich um gummiartiges Fleisch … es war eine Nabelschnur, die zwei der Mietkörper vom Bauch bis zum Uterus miteinander verband. Die Körper – beide rot – schrien und fielen auf Fift und Shria.

Im Frühstücksraum holte sie schaudernd Luft und nahm die Fäuste aus dem Gesicht. Mit zitterndem Löffel rührte sie ihre Suppe um.

Die Blicke ihrer Väter ruhten auf ihr. Sie stellte sich vor, was sie sagen würden, wenn sie nur *sehen* könnten, wo sie sich befand; sie würden *ausrasten*. Sie zwang sich zu einem Lächeln. »Ich frage mich, was Thavé davon hält. Wenn das hier eine der Kulturen ist, die vor Langeweile aussterben, dann möchte ich die aufregenden Kulturen wirklich nicht erleben.«

»Worüber redet ihr?«, fragte Vater Nupolo. Er setzte sich steif und missmutig wieder ans Ende des Tisches. »Kulturen? Thavé? Bei Kumrus Augen, Fift, ich hoffe, du machst vor *unseren* Augen keine von Leere gesegneten Anspielungen aus der *Langen Konversation …*!«

»Nein, nein«, sagte Fift. Das Lächeln verging ihr. »Ich spreche von heute – habt ihr nicht gehört, was Thavé gesagt hat?«

»Was *wer* gesagt hat?«, fragte Vater Squell.

»Die Außerirdische?«, fragte Grobbard und zog eine Braue hoch.

Einer der roten Nichtse lag mit den Knien an der Stirn neben Fift, hielt sich den Bauch und weinte. Der andere Körper war auf den Knien, packte Fift am Unterkleid und schlug ihr einmal fest gegen die Schläfe. Fift schrie in allen ihren Körpern auf. Shria riss den roten Niemand um und schlug ihn zu Boden.

»Was war das?«, fragte Vater Frill. Er stoppte im Korridor, an seiner Schärpe klapperten die Dolche. Als er ihre Miene sah, nahm er Fifts Hand.

Vater Smistria warf ihnen einen bösen Blick zu. »Können wir in Bewegung bleiben?«

»Jemand hat mich geschlagen«, sagte Fift.

Im Frühstücksraum beugte sich Squell wieder vor. »Fift, was ist passiert?«

»Hast du nicht zugehört?«, sagte Fift und hielt sich die Schläfe. »Ich meine, hast du nicht zugesehen, als ich mit Shria im Pavillon war? Als wir mit Thavé geredet haben?«

»Fift, wir verbringen nicht den ganzen, leerlosen Tag damit, dir im Feed zu folgen«, sagte Vater Nupolo.

»Fift, *was ist passiert*?«, fragte Squell. »Warum hältst du deinen Kopf?«

»Wir hatten eine Million Zuschauer!«, erklärte Fift und musste den Blick von Vater Squell lösen. Sie schlürfte ihre gefrorene Suppe. Sie wusste, dass sie sich unmöglich benahm. Sie hatte Shria verloren; er befand sich hinter einer Mauer aus Körpern. Aber nach der konstanten Sorge über das, was sie sagte oder sendete … was ihre Eltern hören oder sich denken können würden … und jetzt stellte sich heraus, dass sie nicht einmal zugesehen und sie einfach *ignoriert* hatten …

Sie kämpfte sich durch die Beine der Nichtse und versuchte,

Shria zu erreichen. Jetzt stolperten und taumelten noch mehr von ihnen und ein Körper fiel vor Fift zu Boden. Sie erschrak und dann schlängelte sie sich darüber, so schnell sie konnte. Jemand trat ihr ans Bein. Von der Höhe der Puffsäule röhrte Panaximandra herunter: »Freiheit! Wert! Eroberung! Babys!«, und die Nichtse stimmten auf eigentümliche Weise in den Gesang ein. Shria hatte einen roten Körper auf den Boden gedrückt, er hielt seine Handgelenke fest. »Shria!«, rief sie. Sie versuchte, ihm über das Senden eine Nachricht zu schicken, aber das Senden ließ sie im Stich. Die Nachricht rotierte und wartete auf eine Verbindung.

»Man hat dich geschlagen?«, jammerte Frill. »Buchstäblich? Das ist keine Metapher? Jemand hat dich *geschlagen*?« Er riss die Augen auf und ballte die Hände zu Fäusten. Smistria nahm ihn am Ärmel und zog ihn den Flur hinunter, doch Frill streckte den Arm vor der Brust aus und schob ihn zurück. »*Wer* hat dich geschlagen? *Wer?*«

»Frill!«, schimpfte Smistria und nahm ihn wieder am Arm. »Jetzt komm, bewegen wir uns, lass uns zu ihr fahren!« Widerstrebend ließ Frill sich weiterziehen.

Im Frühstücksraum sagte Vater Grobbard mit geschlossenen Augen: »Hier ist sie … die Aufzeichnung eurer Unterhaltung mit der Außerirdischen. Ja, ihr habt ganz schön aufgetrumpft, oder?«

»Fift, bitte«, sagte Squell mit zitternder Stimme. Er legte ihr vorsichtig eine Hand auf die Schulter. »Bitte sag mir, was da los ist.«

»Alles in Ordnung«, sagte Fift. »Ich … bin in jemanden hineingelaufen.«

Squells Miene fiel in sich zusammen. Er glaubte ihr nicht. »O Kumru!«, sagte er. »Du machst mir Angst. Wenn wir doch nur sehen könnten … ich kann nicht einmal Frill und Smi… ich sehe *gar nichts*! Und wo ist Pip? Warum antwortet sie mir nicht?«

»Freiheit! Ehre! Eroberung! Babys!«

»Sie war größtenteils auf diesem Bankett in Tränenlos«, sagte Grobbard, deren Augen immer noch geschlossen waren. »Sie wird eine Ewigkeit brauchen, von dort zurückzukommen. Sie ist auch einkörperlich zu Fuß auf dem Weg vom Über und Vorher. Auf meine erste Nachricht hat sie noch geantwortet, seitdem nichts mehr. Aber das Senden ist auch betroffen.«

Shria ließ den roten Körper los und sprang auf die Füße, dann schob er sich in Richtung Fift. Und wieder wurde er von einem blauen Niemand niedergeschlagen. Fift verlor ihn einen Moment aus den Augen.

Hier war sie allein, mitten in diesem Aufstand. Es *war* ein Aufstand – nichts anderes – und nirgends waren die Befriederinnen zu entdecken. Andererseits konnten sie den Aufstand natürlich auch nicht *sehen*, oder? Ein *unsichtbarer* Aufstand. Sie postete eine Dringende Bitte um Beistand, doch selbst für den Fall, dass diese von hundert Millionen anderer bemerkt wurde – wie sollten sich die Befriederinnen ohne den Feed auch nur sammeln können? Niemand konnte sie sehen, niemand konnte ihr helfen.

Sie hatte einen großen Teil des Jahres, in dem sie neun wurde, in einem Kurs für Kampfstaidismus verbracht (man hielt es für das Allerbeste im Hinblick auf die somatische Integration). Sie bat ihre Agenten, das aus ihrer Erinnerung zu holen.

{Du wirst uns … entschuldigen müssen}, sendete ihr Kontext-Erklärungs-Agent. {Es gibt ein Problem.}

{Manche Normen müssen anscheinend neu bewertet werden}, sendete ihr Agent für soziale Feinheiten. {Es haben sich Hindernisse ergeben. Man kann sich zurzeit nicht selbst verorten. Bitte dranbleiben.}

Kumru!

»Freiheit! Wert! Eroberung! Babys!«

Kampfstaidismus. Wie ging das noch mal? Bringe die Füße unter deine Schulter. Lege deinen Masseschwerpunkt nach unten. Alles kommt aus den Oberschenkeln und dem Gesäß. Beweg dich immer langsam.

Im Schildkrötengang presste sie ihren Körper vorsichtig gegen die sich bewegenden, schweifenden Körper. Sie drückte sich gegen sie, gab nach, wenn diese drückten, und drang in den Raum vor, der sich öffnete, wenn sie wieder zurückschwankten.

Vater Frill und Vater Smistria schoben Fift mit sich. Frill zitterte vor Wut, seine Nasenlöcher blähten sich auf, seine Zähne klapperten. »*Wer* hat dich geschlagen, Fift?«, fragte er noch einmal. »*Wer?*«

»Ich weiß es nicht!«, sagte Fift, der ein wenig die Stimme brach. »Wie soll ich das wissen? Es gibt kein Register! Es gibt kein Register!«

»In Ordnung, in Ordnung«, knurrte Smistria. »Einen Fuß vor den anderen.«

Fift bekam einen Ellenbogen ins Gesicht, es war ein harter Schlag, und sie schaffte es nicht, ihren Hals rechtzeitig zu lockern (dumm, dumm, dass sie ihren Nacken so hart wie einen Stein gemacht hatte), doch sie erinnerte sich wieder daran, ihre Knie nachgeben zu lassen, mit dem Schlag zu fallen, wegzusacken, hinunterzufließen, mit der Brust auf die Knie, die Knie wieder hoch und zurück auf die Beine. Ihr dröhnten die Ohren.

Unter Frills Hand erschauderte sie.

»Einen Moment habe ich beinahe eine Verbindung mit Darnadi bekommen«, sagte Frill durch zusammengebissene Zähne. »Vielleicht kannst du einfach mal *anrufen*, Smi?«

»Oh«, blaffte Smistria, »fühlst du dich vermögend genug, einen Logistikadministrator mit einem *Anruf* von deinem Anliegen zu überzeugen? Du solltest mir wirklich einmal die geheimen Quellen deines Selbstvertrauens verraten, Frill. Es müssen sexuelle Eroberungen sein, denn deine *Kochkünste* haben sich mit Sicherheit *nicht* verbessert ...«

Einen Fuß nach dem anderen, langsam, langsam, keine schnellen Bewegungen, wie Wasser fließen. Sie wurde von einem anderen Knie getroffen und diesmal konnte sie ihr Gewicht verlagern und rechtzeitig nachgeben.

Die Welt war verschwunden. Nur drei kleine Nischen waren sichtbar: der Frühstücksraum, der Korridor, der Aufstand. Der Rest blieb verschwunden, wie von der Leere verschluckt.

Vater Frills Körper erschauderte vor Wut. »Kein Grund, gemein zu werden, Smi«, sagte er mit gepresster Stimme. »Wir sollten uns zusammenreißen, um des Kindes willen, und wenn diese Krise vorbei ist, werde ich mich *liebend gern* mit dir auf den Matten messen, *wann immer* dir danach ist.«

Smistria hob die Brauen. »Verstehe«, sagte er. »Ja? Ja, vielleicht sollten wir das tun, Frill. Vielleicht ist es an der Zeit.«

Dumme Väter! Jetzt spreizten sie sich wie Pfauen, verlangsamten das Tempo und sahen einander wütend an. Sie entzog sich ihrem Griff. »Hört auf. Hört auf!«, rief sie, lief voraus und eilte den Korridor hinunter.

Die Nachricht – *Shria, warte auf mich* – kreiste und kreiste und wartete auf eine Verbindung.

»Sehr interessant«, sagte Grobbard mit geschlossenen Augen – anscheinend sah sie sich das Gespräch mit Thavé an.

»Was ist interessant?«, fragte Fift.

»Wirkt das Timing nicht etwas … dramatisch?«, fragte Grobbard. Sie rieb sich die feinen goldenen Fussel auf ihrer Kopfhaut. »Thavé lässt sich darüber aus, wie brüchig oder stagnierend unsere Kultur ist oder was sonst angeblich falsch daran sein soll. Dann deutet sie auf die umliegenden Habitate und just in diesem Moment gehen die Lichter aus und die Clowns betreten mit ihrem Stück über eine Revolution die Bühne …?«

»Oh«, sagte Fift.

Shria krachte zwischen zwei Nichtse, seine Nase war blutig. Zwei der Körper drängelten hinter ihm nach und erwischten ihn am Arm. Er trat einen vors Schienbein.

Squell schloss sich selbst in die Arme. »Wie ist es nur möglich, dass sie einfach so *weggeschaltet* sind? Jetzt sehen wir *überhaupt keinen* mehr! Sie hätten auf mich hören sollen! Ich bin der Einzige hier, der mit solchen Dingen *Erfahrung* hat – wisst ihr, in den Asteroiden haben wir es ständig mit sekundenlangem Bodylag zu tun. Und wenn die Verbindungsqualität schlecht ist, wenn es Sonnenflecken gibt oder sonst etwas … die wichtigste Regel lautet jedenfalls, dass man sich einfach nicht trennen darf!«

Fift sah sich nach hinten um – Frill und Smistria folgten ihr und blickten betont aneinander vorbei. Sie stieg ohne sie in den wässrigen Ball eines Ball-Falls und trat ihn von der Kante.

»Nicht zu glauben, dass ich tatsächlich Kampfstaidismus anwende«, sagte sie laut zu sich selbst. »Das ist so verdammt traurig.«

Niemand konnte sie hören; ohne den Feed verschwanden ihre Worte im Äther und waren für immer verloren.

Doch da schien für einen kurzen Augenblick eine Feed-Verbindung flackernd zum Leben erwacht zu sein, denn die Nachricht verschwand: Jetzt war sie auf dem Weg und erreichte vielleicht Shria.

»Wie meinst du das?«, fragte sie Grobbard. »Meinst du, das gehörte zur Show? Dass Thavé beim Cirque mitspielt und darauf gewartet hat, dass ihr jemand ein Stichwort gibt, damit sie ihre Rede halten kann …?«

»Möglicherweise«, sagte Grobbard. »Oder vielleicht war sie einfach nur vorgewarnt? Wusste sie, was los war? Hatte sie einen Weg gefunden, um vor der Show ihre eigene Botschaft beizusteuern?« Sie zuckte mit den Schultern.

Fift erreichte Shria. Sie schlang einen Arm um seine Taille. Einer der Bails hielt ihn am Arm fest und riss ein anonymisiertes blaues Bein zurück, um ihn zu treten. Fifts Herz hämmerte, doch sie ließ ihr eigenes Bein locker vorfließen und setzte ihren Fuß sanft gegen den Fuß des Bails. Der Bail hielt inne. Shria röhrte. Panaximandra sagte etwas, doch jetzt war es zu laut, um es zu hören.

»FREIHEIT!«

Der Ball prallte vom Grund des Schachts ab und nahm Fift wieder mit hoch. Sie ließ den zweiten, puffernden Aufprall über sich ergehen. Dann fiel sie in die Pampe.

»Wie könnt ihr zwei nur hier sitzen und so ruhig *darüber* reden«, sagte Squell. »Mitten in *dem* hier! Fift, sag diesem Bailkind Shria, dass er dich auf der Stelle herbringen soll!«

»WERT!«

Der andere Bail schlug Shria gegen den Kopf. Er stolperte rückwärts und zog Fift dabei mit. Sie verlor die beruhigende Verbindung mit dem Fuß des ersten Bails, blieb aber an Shria hängen. Mühsam hielt sie den Kopf gesenkt.

Sie bückte sich, stieg aus dem Maul des Balls und sah zu, wie er hochschlürfte und wieder in den Fallschacht zurückgezogen wurde. Sie fing an zu zittern. »Kampfstaidismus«, sagte sie. »Bei Kumru.«

»Hörst du, was ich dir sage?«, fragte Squell. »Hast du dich von dieser Menge entfernt?«

»EROBERUNG!«

Shria verlor den Stand und stürzte. Sein Körper schüttelte sich schluchzend. Fift kroch zu ihm hinüber, bedeckte seinen Kopf und seine Brust und versuchte, Wasser zu sein. Eine Staid würden sie nicht treten, oder? Nicht absichtlich? Shria riss seinen Kopf zur Seite. »Schh, schh, Shria«, sagte sie. »Komm jetzt, roll dich zusammen und tu, als wärst du tot.« Etwas krachte seitlich an ihren Kopf und ihr dröhnten wieder die Ohren. Jemand stürzte auf sie und Fift wurde von dem Gewicht nach unten gedrückt. Shria riss sich von ihr los. Fift versuchte, von unten aus herauszufließen. Sie erwischte seinen Arm.

»Shria«, sagte sie. »Wir ...«

»LASS MICH LOS!«, schrie Shria.

»Fift«, sagte Vater Grobbard. »Bitte antworte deinem Vater Squell.«

Fift lehnte den Kopf gegen die alberne Aktiv-Display-Wand über der Laufetage. Wenn der Feed online wäre, wenn sie sich selbst sehen könnte, hätte es so gewirkt, als lehnte sie den Kopf in die Luft – eine Körperlänge entfernt von einem stacheligen, verdrehten Garnagh-Baum. Hinter sich hörte sie den Ball aufprallen. »Shria«, flüsterte sie, »bitte!«

Shria war wieder auf die Füße gekommen, er tobte und schlug und knuffte die Nichtse mit Ellenbogen und Knien.

»BABYS!«

Vater Grobbard zog ihre Brauen hoch. »Fift?«

»Verdammt noch mal, ich bin wohl gerade ein bisschen abgelenkt, du alte Kröte«, sagte Fift und verspürte sofort Gewissensbisse, obwohl sie es nur in dem Körper gesagt hatte, der am Ball-Fall wartete. Der nicht vorhandene Feed würde ihren Kommentar (hoffentlich) nicht konservieren. Sie drehte sich nach dem zweiten Ball um, der Vater Smistria und Vater Frill trug – er prallte auf, pufferte und landete schließlich in der Pampe.

Blaue und schwarze und rote Füße – ihre Zehen verschränkten sich miteinander – und ein schwarzer Stiefel (aber nicht der Shrias) füllte den Raum vor Fifts Augen. Sie checkte das Register. Immer noch nichts. Sie checkte, ob es im Feed etwas zu sehen gab. Langsam, zitternd und fleckig war da eine Ansicht der Stelle, an der sie sich gerade befand, sie war nicht vor Ort aufgenommen, sondern stammte von einem Fahrstuhl in der Nähe. Der Nebenweg war voller Farben mit ruckenden, zuckenden Körpern. Von diesem Beobachtungspunkt, über den Feed, sah es aus, als würden sie tanzen. Irgendwo in diesem Durcheinander befand sich Shria. Er würde ihr nicht antworten.

Sie lehnte die Stirn auf den Boden. In dem Labor von Stiffwaddle-Körpermoden hatte sie sich gefragt, wo ihre Tränen waren und ob sie sie wohl jemals wiederbekäme. Jetzt spürte sie sie sehr schwach heraufziehen; es war ein unangenehmes Beben und wenn es ihr nicht gelang, es zu unterdrücken, konnte sich daraus Panik, Schluchzen und unkontrolliertes Zittern entwickeln.

Vater Smistria und Vater Frill hielten einander an den Händen, als sie aus dem Ball-Fall kamen. »Komm mit, Fift«, sagte Frill, dann liefen sie vor ihr her. Sie wirkten ganz seltsam aufgedreht, die kämpferische Spannung ihres Streits ging in etwas anderes über, das sie näher zueinander hinzog. Smistria strich mit dem Daumen über Frills Handgelenk. Väter! Unmöglich! Fift puffte hinter ihnen her.

In dem gestörten, körnigen Bild des Nebenweges war keine Spur von Shria zu erkennen.

»Unsere Zeit ist gekommen!« Im Feed klang Panaximandras Stimme irgendwie besser, sie war klarer, durch den Lag aber auch blechern, kratzig und zitterig. »Das sind unsere Zeichen! Vergesst dieses Gefühl nicht. Diesen Luxusstoff, dieses Freiheitsgefühl! Erinnert euch daran, wer ihr seid! Und wenn ihr in eure kleinen Nischen im Bienenstock zurückkehrt, dann seid unbefriedigt und dürstet! Wir müssen uns freischneiden, bevor wir anfangen können zu leben!«

Uns freischneiden? Vor einem Monat hätte das für Fift vielleicht gut geklungen. Eine Fahrkarte, die sie wegbringen konnte von Mutter Pip, von der Bankhistorikerlehre, von peinlichen Gelüsten und der alternativen Kodifizierung des zwölften erwachenden Zustands der Langen Konversation, von Vätern, die sich aufregten, und von nervtötender Langeweile. Die Flucht aus dem Gefängnis ihres Lebens. Doch jetzt klang alles genau andersherum. Sie war nicht mehr verankert und hatte sich mitten in einem Wirbelsturm verlaufen. Sie wollte in ihr Leben *zurück*. Sie wollte nach Hause.

Tickets … Moment mal. Sie checkte den flackernden Feed nach Ticketbesitzern, und ja: Der Cirque war so populär, dass selbst jetzt, mit zusammenbrechendem Feed, die Liste der Aufenthaltsorte der Ticketbesitzer überall gespiegelt wurde. Also, hier war ihr eigener Standort und hier war (wie lautete sein Namensregistereintrag noch? Digger irgendwas … Digger-Chamäleon … da …) Shria! Das waren circa zwei Körperlängen von ihr weg (in welche Richtung ging es zum Pool?) … nach links … irgendwie. Sie zog die Füße unter sich her.

»Grobby, sie sagt gar nichts«, gab Vater Squell zu bedenken. »Grobby … Ich weiß nicht, wo sie ist.«

»Hmm, ja«, sagte Vater Grobbard. »Geben wir ihr noch einen Moment Zeit, um zu antworten.« Sie schlürfte ihre Suppe. »›Auflösung, eine Revolution‹, das kann man wohl sagen. Oder doch ein Zerfasern: Vielleicht waren wir ein behutsam genähtes Gewebe, über das sich Thavé schon seit über zwanzigtausend Jahren aufregt. Und vielleicht konnte sie einfach der Versuchung nicht widerstehen, an einem losen Faden zu ziehen.«

»O Kumru!« Squell richtete sich stocksteif auf, seine Augen blickten ziellos. Er hatte das Bild des Nebenweges gefunden. »Fift, steckst du da drin?!«

10

Die Party im Haus der Darnadis war bestens besucht. Das Register funktionierte: Dem lokalen Zwischenspeicher war der Wahnsinn erspart geblieben, der die restliche Welt infiziert hatte. Im Hause Darnadi Imsmuth Shelirian-Jerums aus dem Namensverzeichnis Unerschütterliche-Mahnung-26 konnte man Gespräche mithören, die im Nebenzimmer geführt wurden, weil der Feed sie 1:1 aufzeichnete. Wenn man darauf achtete, nicht über Darnadis Wohnungen hinauszusehen, konnte man sich einbilden, dass noch alles so war wie gestern.

Fift stand in einer Ecke, sagte Nein zu hundert verschiedenen Drinks (sie flogen herbei, belästigten sie und schaukelten auf kleinen Luftpolstern) und genoss die Illusion.

Vater Frill und Vater Smistria hatten sich ins Getümmel gestürzt. Fift hörte schon nicht mehr zu, doch auch wenn sie nur gelegentlich hinüberschaute, konnte sie sehen, dass es nicht gut lief. Frill versuchte, sich bei den glitzernden Tief-Reaktanten und Kosmetikern einzuschmeicheln, die sich auf dem Tanzboden zwischen ausladenden, grünen Hängepflanzen und dunkelvioletten Schnickschnacknischen beim Plappertanz vergnügten. Er war wohl wieder einmal am komplizierten Sprachmuster des Plappertanzes gescheitert (der sich jetzt in der sechsten Phase befand, sodass die Anzahl der Silben pro Wort, der Takt, der Körperrhythmus, der Gegenstand, das Motiv und die Tonart allesamt eine Rolle spielten). Nun stand er am Rand, biss sich auf die Lippe und wartete, zur sichtlichen Erleichterung der anderen Tänzer, auf die nächste Runde.

Vater Smistria hatte es auf direktem Wege versucht. Er war

gleich zu den vorgesetzten Logistikkoordinatoren gegangen, die auf einem kleinen Podest standen, von wo sie Wetten auf die Tänzer abschlossen, und hatte ihre Lage geschildert. Zuerst waren sie noch froh gewesen, ihn zu sehen. Smistria war ein angesehener Schiedsgerichts-Reaktant und seine Aufmerksamkeit war etwas wert. Als jedoch deutlich wurde, dass er partout Angelegenheiten der unangenehmsten und stressigsten Art (insbesondere den fast vollständigen Zusammenbruch genau jener Dienstleistungen, zu deren Pflege die Logistikkoordinatoren verpflichtet waren) bei einer sozialen Zusammenkunft zur Sprache bringen wollte, die, auch wenn sie zunächst nicht darauf abzielte, nun umfunktioniert worden war, um von genau jenem Zusammenbruch abzulenken, schlug die Stimmung um und wurde finster.

Als Smistria seinen Fehler bemerkte, versuchte er, sie zurückzugewinnen. Er machte Komplimente über die Party und erinnerte an die alten Zeiten. Schmeicheleien waren aber nicht seine Stärke, was man schon daran sehen konnte, dass ihm vor lauter Mühe der Kiefer ganz steif wurde.

Fift reckte den Kopf, um an den aufdringlichen Getränken vorbeizusehen, die sie umlagerten, und schlug einige der Gesichter in der Menge im Register nach. Teils aus reiner Neugier, weil sie wissen wollte, wer zu solchen Treffen ging, hauptsächlich aber, weil es einfach erleichternd war, sich an einem Ort aufzuhalten, wo das Register problemlos funktionierte. Es war noch erleichternder, als sie es erwartet hätte: Die Antworten wurden sofort problemlos dargestellt und blendeten eine nach der anderen auf, als sie sich in der Menge umsah. Sie schämte sich ihrer Freude so, dass ihr fast die Tränen kamen. (Da waren sie schon wieder, die Tränen. Also hatte sie sie doch nicht verlernt, sie hatten sich nur tief im Inneren verborgen.)

Vielleicht hätte sie hinsichtlich der Tatsache, dass sie auf einem Nebenweg mit 1000 außer Kontrolle geratenen Bails eingekesselt war, die Shria zusammenschlugen, etwas unternehmen sollen. Aber es war so verführerisch friedlich, einfach nur hier zu stehen und der Registersuche bei der Arbeit zuzusehen.

Tigan Melitox Farina vom Namensverzeichnis Blaues-Huckepack-Zahnen-5, Bail, 221 Jahre alt, Sprecher der Papageiengesellschaft.

Foon Pelix Nathandine vom Namensverzeichnis Gelbes-Optimum-Zuckerblase-6, Staid, 315 Jahre alt, berühmter Textilist.

Pam Thyrup Shevrian vom Namensverzeichnis Unheimliche-Parameter-Schnabeltier-7, Bail, 389 Jahre alt, Schiedsrichter und Meta-Ästhetik-Reaktant.

»Unsere Zeit ist gekommen!«, röhrte Panaximandra noch einmal und die Menge röhrte mit. Die Massen waren lebendig und bewegten sich. Kämpften sie? Tanzten sie? Wussten sie das selbst überhaupt? Grabschen und Greifen, Drehen und Wenden, Mucken und Ducken, das war nicht nur bailischer Überschwang. Da war etwas auf Flaschen gezogen und verkorkt worden, man hatte es weggedrückt, versteckt und abgewürgt, aber jetzt, in Abwesenheit von Feed und Registersuche, brach es aus diesen anonymisierten Mietkörpern heraus und drängte ins Freie.

»FREIHEIT!«

Vater Squell tigerte durch den Frühstücksraum und umrundete den Tisch. Silberstacheln zitterten auf seiner bleichen Kopfhaut. »Ich verstehe das einfach nicht«, sagte er. »Ich verstehe einfach nicht, wie du *mitten* in diesen Aufstand hineingeraten konntest. Du hast doch gesagt, ihr geht weg. Du hast gesagt, ihr wolltet euch von dem Tumult *entfernen*.« An seinen Wangen liefen die Tränen nur so herunter.

»Wie läuft es auf der Party?«, fragte Grobbard.

»Na ja, sie reden mit den Leuten«, antwortete Fift und rieb sich die Augen. Unterm Tisch zitterten ihre Beine von der Erschöpfung, die von ihrem Körper auf dem Nebenweg abfärbte.

Pom Filigrous Tyrox vom Namensverzeichnis Blaues-Huckepack-Zahnen-18, Staid, 580 Jahre alt, angesehener Polypenfarmer.

Mmondi Tenak Peridity-Chandrus vom Namensverzeichnis Gelbe-Halbinsel-Zuckerblase-8 (eine Namensvetterin), Bail, 177 Jahre alt, liberale kumrische Offiziantin und Mutter.

Vvonda Tenak Peridity-Chandrus vom Namensverzeichnis Peridot-Unwahrscheinliches-Klebgummi-12, Bail, 16 Jahre alt, Student …

Vvonda!

Fift blinzelte. Das war also Vvonda. Sie waren sich ja noch nie begegnet, doch sie war sicher, seine große Gestalt bereits gesehen zu haben, als sie Shria im Feed nachspioniert hatte (nie sehr oft und nie sehr lange). Und wie viele sechzehnjährige Bails namens Vvonda konnte es in Foo geben? Falls sich Shrias andere Körper noch mit Bluey und Vvonda die Zeit vertrieben …

Er stand an einem Regal mit Essen, kaute auf einem Zellwurzelstengel und lachte laut über etwas, das Foon Pelix Nathandine sagte. Vvonda war kräftig: breite Schultern und ein weicher, runder Bauch; er war zwei Köpfe größer als Fift, einen Kopf größer als Shria und hatte überdies eine Mähne aus leuchtend blauem Haar, das zu einem komplizierten Gebilde hochtoupiert war und sich infernalisch in den Himmel schraubte. Er trug eine offene Jacke und eine geschlossene Hose aus gelb glänzendem, wasserfestem Material, das wie für den Kampf gemacht schien; seine großen, prallen Brüste (taufrische grüne Nippel ragten aus ihren Mitten) waren nackt, darüber quer ein Bandelier voller Dolche, Stifte und winziger Gartengeräte. Seine Haut hatte einen Farbverlauf, der an seinem Schädel lilafarben begann und an seinen Händen und seinem Bauch orange wurde. Kurzum, er sah blendend, dominant und markerschütternd modisch aus. Seine Bereitschaft, einen auf die eine oder andere Weise flachzulegen, stand ihm deutlich im Gesicht geschrieben und er behauptete sich hervorragend unter den Erwachsenen auf der Party. Auch wenn er erst sechzehn war, haftete ihm nichts von jener »Ich übe noch, aber in ein paar Jahrzehnten bin ich auch so weit«-Attitüde an, die Fift zu eigen war. Wenn er kein Letztgeborener war, dann wäre Fift eine sechskörperliche Hebamme.

Ob sie ihm einfach eine Nachricht schicken konnte? Sie seufzte, dann fiel ihr wieder ein, dass Smistria (der soeben gestikulierend den Logistikkoordinatoren, die sich abwandten, einen Witz zu erzählen versuchte) sich auf dem Weg zur anderen Seite über Frill (der gerade Spaß zu haben schien, weil der Plappertanz wieder auf die erste oder zweite Phase zurückgeschaltet hatte), amüsiert hatte. Wer war sie schon, diesen Bail dazu zu bringen, ihren Anruf anzunehmen? Das musste sie schon persönlich erledigen.

Als sie sich nun durch zwei Massen gleichzeitig arbeitete, wurde sie von aufblitzenden Schwindelgefühlen und Körperflackern heimgesucht. Ein roter Niemand wurde von seinen Gefährten durch die Luft gewuchtet und im selben Augenblick kam ein fliegendes Tablett mit dampfenden Teigtaschen auf ihren Kopf zu. Fast wäre sie zusammengebrochen und in den falschen Körper gerollt. Aber vielleicht wäre das ja das Beste gewesen – gar nicht erst Angstgefühle zu entwickeln, sondern sich gleich kläglich demütigen zu lassen.

Sie hielt sich am Rand des Tabletts fest, um nicht hinzufallen, und Squell bemerkte es. Er hörte auf, herumzulaufen, atmete tief durch und legte ihr eine Hand auf die Schulter. »Schon gut, Fift«, sagte er. »Ich … ich mache dir keine Vorwürfe. Es ist nicht deine Schuld. Selbst wenn du nicht … du hättest auf uns hören sollen, du hättest … aber ich weiß, du wärest nicht auf die Idee gekommen … es tut mir einfach nur so leid für dich. Es tut mir so leid, dass du … so etwas … durchmachen musst.« Seine Hand auf Fifts Schulter zitterte.

Grobbards Augen waren noch geschlossen. Nupolo ging zur Tür. Er warf einen letzten Blick zurück, schnitt eine Grimasse und verließ das Zimmer.

Fift hätte sich in mindestens einem Körper am liebsten auf den Boden geworfen und zum Schlafen zusammengerollt. So hätte sie zumindest eines ihrer drei Fenster zur Welt verschließen können. Mehr noch: Am liebsten hätte sie die Verbindung zwischen ihren Körpern gelockert. Es war das alte Bedürfnis, sich an einem Ort davor zurückzuziehen, was ihr an einem anderen Ort gerade zustieß.

Sie hätte ihre Übungen aufmerksamer machen und den polysomatischen Sport fortsetzen sollen, um den Prozess der Einswerdung abzuschließen, ein Ganzes schließlich, eine reale Person, anstatt nur zu lernen, wie sie verbergen konnte, dass sie aus drei unbeholfenen Teilen bestand wie eine gesprungene Vase. Erstaunlicherweise stiegen ihr jetzt Tränen in die Augen – in die falschen, die Augen auf der Party. Eine weinende, sechzehnjährige Staid, das war einfach das Letzte, lächerlich. Wenn sie sie jetzt mit den Händen abgewischt hätte, hätte sie sich verraten. Deshalb tat sie, als würde sie in die Falten ihres Kleides husten.

Vater Squell hatte sich näher an sie herangesetzt und blickte sie besorgt an. Wenn sie in *diesem* Körper weinen könnte, wäre Squell vielleicht nicht einmal geschockt. Vielleicht würde er sie trösten und umarmen. Wie früher, als sie noch klein war und ihre Väter eine Quelle des Lachens, des Weinens und des Kämpfens waren, glitzernde Schönheiten, so stark wie große, wilde Tiere, ein zuverlässiger, endloser Ozean der Umarmungen.

Noch vor einer Stunde, als die Lichter ausgingen und Foo stoppte, hatten sie alle zusammengehalten. Aber jetzt: Grobbards Miene war passiv, zurückgenommen und kalt, Squell lag misstrauisch auf der Lauer und ließ sie nicht mehr aus den Augen und Vvonda kehrte ihr den Rücken zu und beugte sich vor, um Foon Pelix Nathandine zuzuhören. Fifts Arme und Beine waren so müde, sie versuchte zu fließen … doch sie schaffte es nicht, sie konnte sich nicht wie ein krötenclownisches Baby benehmen. Ganz sicher nicht vor Vater Grobbard. Und nein, auch nicht vor Vater Squell – diesem Vater Squell, der von seinem eigenen Körper in den Asteroiden geprahlt hatte, der Fift mit Babynamen nannte und sich jedes Mal Sorgen machte, wenn sie über Foo hinauswanderte.

Dumme, arrogante Väter, verblödet durch die fixen Ideen des Erwachsenseins! *Sie* hatten es – mit Geduld und Spucke – geschafft, dem wilden Sumpf der Kindheit zu entkommen. Jeder von ihnen hatte seine kleine, sichere Kante gefunden oder einen Stumpf, auf den man sich kauern konnte und trocken blieb. Von da aus konnten sie kritisieren, beurteilen, ermahnen … oder *mitfühlen*. Jeder von ihnen war überzeugt, dass sein Stumpf perfekt sei, der Stumpf, den alle Kinder suchen sollten, obwohl es keinen Platz mehr darauf gab.

Deshalb setzte Fift sich gerade und ruhig mit trockenen Augen hin wie eine coole Staid und imitierte eine Erwachsene – eine verschlossene Oberfläche ohne Öffnungen. Sie machte ihre Augen auch zu, genau wie Vater Grobbard.

Foon Pelix, der Textilist, der zwei Jahrhunderte älter als Fift und Vvonda war, sagte: »Und dann kommen sie also, ja? Diese Ungefühl-Adepten mit ihren zusammengeketteten Körpern und ein Kumrupriester in vollem Ornat. Und der Priester hat eine Parrotine auf der Schulter und ich frage mich die ganze Zeit: ›Soll das ein Witz sein?‹ Denn ihr wisst ja: ›Eine Adeptin, ein Priester und eine Parrotine kommen in einen textuellen Visualisierungsraum …‹ Also, mal ehrlich jetzt! Aber sie waren beleidigt, weil sie die Situationskomik nicht begriffen haben. Na ja, dann habe ich …«

Fift fragte sich, wie sie wohl den Mut aufbringen könnte, ihn zu unterbrechen. Reflexhaft – und dämlicherweise – checkte sie ihr unbereinigtes emotionales Gleichgewicht. Es war total im Keller. Vvonda blickte auf und sah sie.

»Du da«, zischte er.

»Wie … wie bitte?«, sagte Fift verdattert.

Vvonda warf ihr böse Blicke zu.

»Ah«, sagte Foon Pelix, »du bist Pips Kind, ja? Gelbe-Halbinsel-Zuckerblase, ein schönes Namensverzeichnis. Ich habe eine Cousine da … dann kennt ihr euch?«

»Wir haben einen gemeinsamen … Freund«, sagte Vvonda frostig.

»Äh, äh … deswegen«, sagte Fift. Was hatte sie getan? Warum war er sauer? »Er ist, Shria ist nicht, ich kann ihn nicht erreichen, ich dachte, du könntest vielleicht …«

»Du kannst ihn nicht *erreichen*?«, fragte Vvonda. »Was willst du damit *sagen*?«

»Shria, hmm?«, fragte Foon Pelix. »Ich glaube, den kenne ich nicht. Dann ist er also auch ein Kind von Foo?«

»Ich meine auf dem Nebenweg, auf dem wir uns befinden«,

sagte Fift. »Ich komme nicht zu ihm durch, körperlich, und er antwortet nicht auf meine … ich meine, ich habe angerufen und …«

Die Temperatur von Vvondas bösem Blick war von der gefrorenen Wassers auf die von gefrorenem Stickstoff gefallen. »Du dürftest nicht dort sein, Staidkind«, sagte er. »Du hättest ihm nicht folgen dürfen dorthin. Du solltest da der luftlosen, alles aufsaugenden Leere halber verschwinden. Da hast du nichts zu suchen.«

»Ich interessiere mich für die Kinder von Foo«, sagte Foon Pelix. »Kinder sind so wichtig und alle sind für sie verantwortlich, finde ich. Die ganze Gemeinschaft – zuallererst natürlich die Elternkohorte, aber …«

»Er …« Fift kam es vor, als würde ihr die Luft ausgehen. »Wir waren … *zusammen.*«

Vvonda schniefte, richtete sein Bandelier, wo es seine erschreckend großen, grün genippelten Brüste kreuzte (wenn Fift sich Brüste wachsen lassen würde, wären es kleine, weiche, kissenartige, staidische Brüste, die sich leicht verbergen ließen, nicht solche abscheulichen Monster – doch selbst solch kleine Veränderungen wirkten immer viel zu riskant, viel zu dramatisch …), er wandte sich wieder Foon Pelix zu (… wenn Fift sich Brüste wachsen lassen würde, sähe es aus, als bettele sie um Aufmerksamkeit und riskiere ihr emotionales Gleichgewicht für einen Showeffekt …) und sagte trocken: »Also, was hast du zu ihnen gesagt?«

(… es könnte Jahre, Jahrzehnte dauern, dachte Fift, bevor sie sich körperliche Ausschweifungen wie *Brüste* leisten konnte …)

»Wem habe ich was gesagt?«, fragte Foon Pelix.

»Der Adeptin, dem Priester und der Parrotine.«

(… und dieser Gedanke, so trivial er auch war, schien einen verborgenen Zornesnerv in Fifts Einzelkind-Charakter zu reizen.)

Der Hausfeed schaltete sich mal ein und mal aus, aber dank seiner Perspektive konnte Fift sehen, wie Vater Squell die Hand nach ihrer Schulter ausstreckte, seufzte … und sie dann wieder fortnahm. Sie selbst wirkte mit geschlossenen Augen teilnahmslos.

Ganz leise – nicht lauter als ein Flüstern – hörte Fift von irgendwoher einen rumpelnden, quietschenden rollenden Rhythmus:

> Baaa-RUMP, ba-chiggity-chiggity-whuppity-
> chiggity-chiggity-BOOM!
> Baaa-RUMP, ba-chiggity-chiggity-whuppity-
> chiggity-chiggity-BOOM!

Einen Moment lang (noch ein Fall somatischer Verwirrung) wusste sie nicht, in welchem Körper sie es hörte.

»Vvonda«, sagte sie. Ihr Herz schlug schneller und in ihren Ohren begann es zu dröhnen. Er wandte sich ihr wieder zu und sah sie ungläubig an. Foon Pelix unterbrach ihre Geschichte. Fift schluckte. Ein Teil von ihr war auf eine losgelöste Weise davon fasziniert, eine heraufziehende Bifurkation ihrer rohen Emotionalbalance wahrzunehmen: Einige automatisierte Agenten rechneten jetzt mit ihrem Zusammenbruch, während andere neue Mutproben für wahrscheinlicher hielten. Sie fühlte den leichten Kitzel professioneller Bankhistoriker-Neugierde (zum ersten Mal kam ihr der Gedanke, dass dies eine sehr interessante Geschichte für einen Abgleich wäre), gemischt mit plötzlich aufkommender Hoffnung. Sie lächelte und Vvondas böser Blick flackerte, schwächte sich für einen Augenblick vielleicht sogar ab.

»Vvonda«, sagte sie. »Hör mal. Kannst du mir erklären, was ich falsch gemacht habe?«

»Du hast tatsächlich keine Ahnung«, sagte Vvonda, was mehr eine ungläubige Feststellung als eine Frage war.

»Nein«, sagte Fift, »habe ich nicht.«

Sie hörte den Rhythmus (chiggity-chiggity-BOOM!) auf dem Nebenweg – kaum hörbar wegen des Skandierens und dem Gebrüll der Straßenschlacht.

Vvonda atmete aus und für einen kurzen Moment verließ ihn sein wichtigtuerisches, provozierendes und stylisches Gehabe. Nicht, dass er unsicher oder besorgt wirkte – nicht Vvonda.

Doch er schwankte. Er biss sich auf die Lippe und starrte wie gebannt auf Fift, als wäre sie ein Puzzle, das er zu lösen versuchte. Seine Großspurigkeit war plötzlich wie weggewischt und Fift wurde klar, dass alles nur Mache gewesen war. Vvonda musste sich zwischen diesen ganzen Schickimickis und Bürohengsten, die alle so taten, als unterhielten sie sich bestens und seien keineswegs verängstigt, genauso fehl am Platz gefühlt haben wie sie selbst. Aber wenn er schon hier sein musste, kündete sein entschlossener Gesichtsausdruck, dann wollte er sich – bei Kumrus fruchtbarer Gebärmutter – der Transaktion auch als wahres Geschwisterkind stellen, anstatt sich aufgrund seines jugendlichen Alters davon befreien zu lassen.

Vvonda stöhnte. »Wenn du uns bitte entschuldigen würdest«, sagte er, an Foon Felix gewandt.

»Oh, oh, in Ordnung«, antwortete Foon Felix, »aber falls es etwas gibt, bei dem ich behilflich sein kann, wie schon gesagt ...«

»Nein, wir kommen schon klar«, sagte Vvonda. »Viel Spaß noch auf der Party.«

Jenseits der Sprechchöre, die Freiheit, Wert, Eroberung und Babys einforderten, jenseits des Geschiebes der Körper war flüsterleise ein ferner Rhythmus zu hören:

> Baaa-RUMP, ba-chiggity-chiggity-whuppity-
> chiggity-chiggity-BOOM!

Vvonda zog Fift unter einen der Geheimhaltungskegel. Die zinnenbewehrte, dunkelviolette Röhre schob sich wie ein labyrinthinischer Dolch nach oben. Fift konnte die Antiüberwachung *riechen*, es gab sogar Schwaden eines feinen violetten Nebels, der sie für Lippenleser unkenntlich machen sollte.

Vvonda durchbohrte Fift mit ihren Blicken. »Du geschwisterlose Raumverschwendung ... Shria mag dich *wirklich*!«

Fift musste schlucken. »Und ich ... ich meine, das beruht auf Gegenseitigkeit ...«

»Wie konntest du ihm *das* antun? Wie konntest du nur versuchen ... ja was denn eigentlich – ihn zu *schützen*? Was glaubst du eigentlich, wie das für einen Bail ist? Er ist völlig aus dem Häuschen und er *kämpft*! Jenseits der Matten, ohne Lizenz und absolut in der Minderheit. Und *du* hast es auf ihn abgesehen? Das ist weitaus mehr, als er bewältigen kann, er sollte nicht dort sein und *du* schon gar nicht!«

»Aber ich versuche doch, ihn dazu zu bringen, dass er weggeht!«, jammerte Fift.

»Denkst du denn, er könnte sich einfach umdrehen und davonlaufen? Fift, der Feed mag zwar meistens offline sein, aber glaubst du wirklich, die Leute würden es nicht merken? Und *er* wüsste es auf jeden Fall, ist dir das denn nicht klar?«

»Aber da drin könnte er verletzt werden! Er könnte sogar schon einen Körper verlieren, wenn er nur ...«

Vvonda lief jetzt noch stärker lila an und seine Hände zuckten, ohne dass er es wollte – sie fragte sich, ob sie ihn geschubst hätte, wenn sie eine Bail wäre. »Er ist schon verletzt«, zischte Vvonda. »Aber bei dieser Art von Kampf riskiert er nicht, einen Körper zu verlieren. Er riskiert, etwas ganz anderes zu verlieren, aber ich erwarte nicht, dass *du* das *kapierst*!«

»Was willst du denn jetzt tun?«, fragte Fift. »Du bist ein Bail. Du bist sein Freund, warum hilfst du ihm denn nicht?«

»Das tue ich ja, du dumme ... Nacktschnecke!«, erwiderte Vvonda mit magentafarbenem Gesicht. »Bluey und ich und Stogma und der Rest von Shria, insgesamt acht Körper – wir versuchen, dorthin zu kommen! Wir haben uns mit Gewalt durch die erste Schleuse gearbeitet, aber die zweite werden wir umgehen müssen. Wir werden ab Bittersting die Rutschrinne benutzen. Wenn wir dort ankommen, wird es diesen geschwisterlosen, mietkörpertragenden Scheißetrinkern leidtun. Außerdem sind meine Mom und ich zu dieser Party gekommen, weil wir versuchen wollten, eine Fledermaus zu bekommen, und jetzt störst du. Sieh mal, niemand wird eine Staid schlagen, also verzieh dich aus diesem Gedränge, Herrschaftszeiten noch mal, und geh nach Hause!«

»Aber, aber ... wir haben ja *versucht*, nach Hause zu kommen, bevor diese ...«

Vvonda ließ ein verächtliches Geräusch aus seiner Kehle steigen. »Kriegst du denn noch nicht mal *das* alleine geregelt? Dann geh doch einfach bis ans Ende des Nebenweges und warte dort auf uns.«

Aber ich habe Angst, hätte Fift gerne gesagt, konnte es aber nicht. Ihr schwante allmählich, dass sie die ganze Sache völlig falsch anging. Sie kämpfte gegen die falsche Transaktion, klang wütend, besorgt oder zu fordernd – wie eine Vierjährige, die noch nicht genug Selbstkontrolle gelernt hatte, um auch nur ihre erste Lange Konversation absitzen zu können. Wie ein Baby. Es bestätigte nur seine Meinung, dass sie nichts als eine nutzlose, hilflose Last war.

Selbstverständlich durfte *er* fluchen, sich beschweren und fordern – das war etwas anderes. Bei ihm war es Leidenschaft, bei ihr nichts als Schwäche.

Sie wusste, was Vater Grobbard tun würde. Unerschütterlich und emotionslos wie die Leere, immun gegen Vvondas Beleidigungen und Hasstiraden, würde sie ihn in aller Ruhe ins Kreuzverhör nehmen, gelassen seine Meinungsäußerungen und unbedachten Anschuldigungen parieren und ihm seine Argumentationsschwächen aufzeigen. Dann würde Vvonda nach und nach immer lächerlicher wirken, bis er sich schließlich aufgebracht und bockig ihren Argumenten beugen würde (und wenn sie sich selbst in dieser Rolle sah und sich vorstellte, wie Vvonda schließlich verdrängt wurde und sich ihrem kühlen, effizienten Intellekt unterwarf, spürte sie einen absurden, kleinen erotischen Kitzel. Sie erinnerte sich an ihre Hand und wie sie sich in Shrias blauem Wald behauptet hatte …).

Doch sie wusste nicht, welche Argumente dazu nötig waren oder wie sie es formulieren sollte.

Allerdings war sie sich sicher, dass Vvondas Großspurigkeit von Neuem schwinden würde, wenn es ihr nur gelänge, Vater Grobbards klinisch-leidenschaftslosen, überzeugten *Tonfall* hervorzubringen (oder in diesem Fall auch den von Mutter Pip, jene Gewissheit gemischt mit Charm und Bombast). Wenn man ihn zwang, sich in der Domäne der Staids zu behaupten, wäre er ungelenk, ausweichend und schuldbewusst …

Aber das vermochte Fift nicht.

Der Rhythmus wurde lauter:

Baaa-RUMP, ba-chiggity-chiggity-whuppity-
chiggity-chiggity-BOOM!

Eine Pause breitete sich in dem Aufstand aus wie eine Infektion und befiel einen Körper nach dem anderen. Das Gerangel verlangsamte sich. Köpfe sackten herunter und lehnten einen Moment lang an den Schultern jener, gegen die sie zuvor noch anzugehen versucht hatten. Dann erhoben sich die Köpfe wieder und lauschten.

Vater Squell weinte leise. Das Geräusch vermischte sich in Fifts erschöpfter Wahrnehmung mit dem chiggity-whuppity-Rhythmus …

»Unsere gemeinsame Zeit«, sagte Panaximandra, »nähert sich dem Ende, meine Geschwister. Fürs Erste. Euch steht Arbeit bevor: schwierige, gefährliche Arbeit. Das Schwerste daran wird die Mühe sein, die es kostet, sich daran zu erinnern, warum all das zählt – und nicht zu vergessen, dass ihr frei sein könnt.«

Vvonda blickte Fift angestrengt an, so als ob er noch mehr erwartete. Dann nickte er einmal und drehte sich um.

Am Tisch öffnete Fift die Augen. Vater Grobbard, deren Augen noch geschlossen waren, wirkte müde, friedlich, ruhig und abwesend: eine Vorahnung des Todes.

Es war jetzt so laut wie ein abgestuftes Flüstern am anderen Ende des Esstisches:

Baaa-RUMP, ba-chiggity-chiggity-whuppity-
chiggity-chiggity-BOOM!

»Sie werden versuchen, euch zu beschämen«, sagte Panaximandra. »Sie werden euch erzählen, dass ihr euch wie Kinder benehmt. Sie werden euch erklären, weshalb das hier bereits …«

»Vvonda«, sagte Fift.

»… die beste aller möglichen Welten ist. Sie werden weder euch noch eure Nöte wahrnehmen. Sie werden so tun, als gäbe es diese Nöte überhaupt nicht. Und wenn ihr sie zwingt, sie anzuerkennen, werden sie tun, als fänden sie euch lächerlich. Und falls das scheitert …«

Vvonda drehte sich wieder zu ihr um und schwenkte eine Hand mit einer frustrierten »Was ist denn jetzt noch«-Geste.

»... werden sie so tun, als fänden sie euch beschämend. Wenn auch das nicht gelingt, werden sie euch böse nennen ...«

Fift sagte: »Dir macht das alles Spaß, oder?«

»... und falls das nicht gelingt, werden sie euch verrückt nennen. Sie werden behaupten, euch *helfen* zu wollen, um euch damit zum Schweigen zu bringen. Und falls es ihnen nicht gelingt, euch durch Spott von eurem Ziel abzubringen, und falls sie es nicht schaffen, euch zu verschrecken oder hinters Licht zu führen ...«

»Was dann?«, fragte Vvonda mit einem gefährlich harten Blick.

»... dann werden sie so tun, als würden sie vernünftig werden. Sie werden euch ein paar Krümel von ihrem Tisch geben und behaupten, es sei gefährlich und außergewöhnlich und ein Grund zum Feiern, dass sie euch diese Krümel gaben ...«

In der Pause, dem nachlassenden Druck roter, schwarzer und blauer Körper, war es leichter, sich zu bewegen. Fift kroch, rutschte und bückte sich unter Armen hindurch und quetschte sich zwischen die Körper. Keiner schlug sie.

»Dass ... jetzt alles auseinanderfällt«, sagte Fift zu Vvonda. »Diese Revolution, diese Auflösung. Es gefällt dir. Es ist wie für dich gemacht.«

»... und sie werden euch ermahnen, dass ihr euch mit ihnen zufriedengeben müsst. Gebt euch nicht zufrieden, meine Geschwisterkinder. Ihr seid menschliche Wesen. Sie haben euch aus euren eigenen Köpfen verdrängt ...«

Vvonda hielt inne. Er verzog das Gesicht. Fift konnte sehen, wie er seine spontane, ungläubige und ärgerliche Reaktion unterdrückte und über ihre Frage nachdachte.

»... sie sorgen dafür, dass ihr dankbar seid, versklavt zu sein, sie werden euch einreden, dass ihr ihnen euer Leben verdankt. Aber das tut ihr nicht.«

Die Lautstärke des Rhythmus', mit dem Panaximandras Worte hinterlegt waren, war jetzt so laut wie Schritte in einem

Flur hinter einer verschlossenen Tür (die anonymisierten Bails rings um Fift wandten sich um und suchten nach seinem Ursprung …).

Baaa-RUMP, ba-chiggity-chiggity-whuppity-
chiggity-chiggity-BOOM!
BOOM-ba-de-chiggity, BOOM-ba-de-chiggity,
BOOM-ba-de-chiggity, BOOM!

»Mit einer Sache hast du recht«, sagte Vvonda, »ich stehe auf Herausforderungen. An Herausforderungen hat es uns gefehlt, Fift, ist dir das nicht aufgefallen?«

»Ihr schuldet ihnen nichts«, sagte Panaximandra.

Und da war Shria. Fünf Mietkörper – drei rot, zwei blau – umkreisten ihn. Einer der blauen überragte die anderen und er hatte – anstelle der üblichen flachen Einkerbungen für Augen, Mund und Ohren – ein richtiges Gesicht: Furcht einflößende, weiße Augäpfel mit orangefarbener Iris und langen Wimpern, orangefarbene Lippen und Fleischwirbel von Ohren – schockierend unvereinbar mit der nichtssagenden Hautgewebefläche.

Die Bails hatten von Shria abgelassen und sich dem lauter werdenden Rhythmus zugewandt:

BOOM-ba-de-chiggity, BOOM-ba-de-chiggity,
BOOM-ba-de-chiggity,
BOOM-ba-de-chiggity, BOOM-ba-de-chiggity,
BOOM-ba-de-chiggity, BOOM!
Baaa-RUMP, ba-chiggity-chiggity-whuppity-
chiggity-chiggity-BOOM!

Shria lag mit dem Gesicht nach unten auf dem Boden. Seine Kleider waren aufgerissen, durch die Risse im roten und blauen Stoff sah man seine zerrissene Lavendelhaut, die allmählich den tieferen Violettton von Blutergüssen annahm.

Sie hatten ihn getreten.

»Ich sehe ihn«, teilte sie Vvonda keuchend mit.

»Ich sehe Shria«, berichtete sie Vater Grobbard, deren Augen sich öffneten.

»Bist du *immer noch* da?«, sagte Vvonda. »Du hast mir überhaupt nicht zugehört, oder?«

Fift versuchte, Vater Grobbards Ausdruck genau zu imitieren. »Du hast mir doch kein einziges, klares Argument genannt«, sagte sie zu Vvonda. »Du hast einfach nur behauptet, dass dort kein Ort für mich sei, und mich ansonsten nur beleidigt. Der Informationsgehalt war nur gering und etwas Neues war nicht dabei.« Sie hatte eine trockene Kehle, sie räusperte sich zweimal und hoffte, dass ihr das nicht die Wirkung ruinierte.

Shria wuchtete sich auf die Knie und verharrte so. Sein Hals bog sich nach unten und sein rotes Haar verdeckte sein Gesicht.

»Er *sagt* dir, dass du *weggehen* sollst«, zischte Vvonda. »Das ist die neue Information. Er will, dass du *gehst.*«

»Lebt wohl, meine Freunde, meine Geschwisterkinder, meine Lieben«, sagte Panaximandra. »Und bis wir uns wiedersehen, denkt daran: Hört nicht auf ihre Lügen. Vergesst nicht, wer ihr seid!«

Fift machte einen Schritt nach vorn. Zwei Schritte. Der blaue Körper mit den erschreckend realen Augen und Ohren sah sie an und blickte dann zu Panaximandra.

»Stimmt«, sagte Fift zu Vvonda. »Das ist eine neue Information. Ich danke dir dafür.«

Baaa-RUMP, ba-chiggity-chiggity-whuppity-
chiggity-chiggity-BOOM!

Vvonda schnaubte: »Klar, Kleines, wofür auch immer.« Doch in seiner Stimme verbarg sich eine Spur von Unsicherheit.

Fift schlüpfte in den Ring der Mietkörper und setzte sich ein Stück weit von Shria entfernt im Schneidersitz hin.

»Viel Spaß beim Spielen«, sagte Fift mit ausdrucksloser Miene.

Eine Anwandlung von Zorn huschte über Vvondas breites Gesicht.

Grobbards Lippen entspannten sich ein wenig; das war ihre Art zu lächeln. »So«, sagte sie. »Jetzt kommen endlich die Clowns, aber die befehlshabenden Eltern der Welt lassen sich noch immer nirgendwo sehen.«

Shria öffnete die Augen. Und riss sie noch weiter auf, als er Fift entdeckte.

Jetzt war es so laut, als würde es ganz in der Nähe donnern …

Baaa-RUMP, ba-chiggity-chiggity-whuppity-
chiggity-chiggity-BOOM!
BOOM-ba-de-chiggity, BOOM-ba-de-chiggity,
BOOM-ba-de-chiggity, BOOM!

… und zu dem Trommeln konnte sie jetzt das Pfeifen hören, die eindringlichen, jaulenden, süß-disharmonischen Flötentöne:

hhrang, hhrang, de-da-de hhrang, hhrang woodledy
woodledy-de,
hhrang woodledy woodledy-de, hhrang, hhrang …

Shria war blutig und angeschlagen, seine Augen geschwollen und er hatte Blut auf den Lippen. Er zitterte.

Fift zwang ihre Gesichtsmuskulatur dazu, sich zu entspannen. Sie hatte einen Plan. Sie wollte ganz formell und ruhig sagen: »Sei gegrüßt, Shria. Darf ich beobachten?«, oder etwas in der Art. Etwas, um ihm zu versichern, dass sie nicht versuchte, ihn zu retten. Etwas Staidisches, Erwachsenes, das nicht albern war. Und dann wollte sie einfach mitten im Aufstand sitzen, als handele es sich dabei um die Lange Konversation, und dann würde er ihr vergeben.

Aber er konnte sie nicht hören. Sie wollte ihm eine neue Nachricht senden, doch die kam vielleicht nicht durch und sie wollte jetzt nicht innehalten und sie verfassen, solange er ihre Miene so intensiv musterte. Sie nickte ihm zu und versuchte ihm zu zeigen: Ich werde mich jetzt nicht mehr einmischen. Ich bin hier für dich da, aber ich werde es dich selbst erledigen lassen, diese Sache, die du tun musst, ganz gleich, worum es sich handelt. Ich vertraue dir, Shria.

Fift sah hinter dem Gedränge der Mietkörper Farben und Bewegungen flackern. Sie checkte den Feed – und ja, jetzt flackerten weitere Ansichten des Nebenweges auf – und da waren sie jetzt in Marschreihen zu fünfzig Körpern: die Clowns.

11

Die erste Reihe hatte enorme Knollenköpfe, Kugelaugen von der Größe kleiner Caniden, jedes Auge reflektierte wie ein Zerrspiegel eine andere, nichtexistente Welt: die Stürme von Gasgiganten, modisch ausgestattete Inneneinrichtungen, Strände, Schlachtszenen. Alles war lebendig und korrelierte mit dem Schwenken der deformierten Köpfe. Die Reihe, in der sich Bails und Staids mischten, breitete sich über den gesamten Nebenweg aus. Große spitze Nasen, mächtige gummiartige Lippen, kleine runde Bäuche, die Blechtrommeln stützten; und darauf die Krallenhände der Clowns mit langen, langen Knochen:

Baaa-RUMP, ba-chiggity-chiggity-whuppity-
chiggity-chiggity-BOOM!

Die in der zweiten Reihe trugen Bäume als Köpfe mit Trommeln in allen Zweigen, anstelle von Füßen hatten sie Räder, die kunterbunte Funken sprühten.

Die dritte Reihe bildeten Tänzer ohne Köpfe – jeder Tänzer war eine Zusammenballung von Armen und Beinen, die in einem zentralen Knoten verbunden waren, und die Tänzer sprangen, rauften und hüpften in hypnotischen Windungen, die zugleich ungestüm und äußerst beherrscht waren. Die vierte Reihe hatte Modelle weitmaschiger Siedlungsstrukturen, winzige Schleusen und Schwungräder und Babyschaukelsitze sowie geometrische Mosaike und Anedralen, wo ihre Körper hätten sein sollen, Hüte obendrauf, dazu plumpe, an den Seiten befestigte Arme und Beine und sie trommelten dieselben Trommelwirbel.

Dann kamen die Flötisten, eine Reihe auf den ersten Blick

ziemlich gewöhnlich aussehender Staids in Weiß, bis man dann merkte, dass sie alle fünfzig identisch waren und sich im Gleichschritt bewegten, so als ob es sich um eine fünfzigkörperliche Person handelte, was diese Reihe zum atemberaubendsten Wunder von allen machte.

Und die Flötisten spielten:

Woodle-deedly-deedly-dee, woodle-deedly-dee
Woodle-doodly-deedly-dee, deedly-doodly-doo

Ihnen folgten die Dudelsackspieler, es waren alles Bails, ihre nackten Körper waren in blendenden Gold- und Orangetönen bemalt und mit glitzernden Reifen bedeckt, ihre kraftvollen Arme quetschten die ächzenden Luftsäcke, die die Pfeifen versorgten:

hhrang, hhrang, de-da-de hhrang, hhrang dada-dooda-dee,
hhrang dada-dooda-dee, hhrang, hhrang

Und nach ihnen kamen noch mehr Clowns und noch mehr Clowns, höhlenbewohnende Aasvögel und schwebende Lichtschwärme, bestialische Strampler, stelzengroße Feuertänzer. Und hinter *diesen* folgte eine Menge Partyvolk, Abhänger und Möchtegerne, Straßenhändler, die Karren mit Essbarem vor sich herschoben, Wetteinnehmer und freischaffende Serendipitäts-Koordinatoren und Ehestifter und Ballonverkäufer und Porträtmaler und Gedenkkörpergartenarchitekten und Rowdys und Reaktanten sowie spontane Schulausflüge mit Lehrern im Schlepptau.

BOOM-ba-de-chiggity, BOOM-ba-de-chiggity,
BOOM-ba-de-chiggity, BOOM!

Fift hörte all dies mit ihren eigenen Ohren auf dem Nebenweg, doch sie sah es durch den (abgehackten, immer wieder aussetzenden) Feed. Ihr Blick war auf Shria gerichtet, der sein blutiges Gesicht hob, um die Clowns zu sehen.

Doch dies war nicht die einzige dieser Paraden, der Klang hier auf dem Nebenweg war ohrenbetäubend, aber im flackernden Feed, in der Stille des Frühstücksraumes ihrer Elternkohorte in Foo hörte sie das dissonante Klimpern und Poltern in ganz Fullbelly. Das Getöse war so laut, dass es die Geräuschunterdrücker übertönte, die überall im unsichtbar vernetzten Interspace verteilt waren.

»Ich finde es so seltsam«, sagte Tigan Melitox Farina vom Namensverzeichnis Blaues-Huckepack-Zahnen-18 an Fifts Ellenbogen, »dass man nicht sagen kann, was die Leute *denken*. Ich meine, es ist doch *paradox* – das größte Ding seit Ewigkeiten und keine öffentliche Meinung, um darauf zu reagieren!«

Sein Namensvetter Pom Filigrous Tyrox schniefte: »Ich könnte dir meine Meinung dazu sagen …«

Shria richtete sich auf und stürzte sich auf den riesigen blauen Mietkörper mit den seltsam realen Augen. Fift zuckte, doch sie kontrollierte ihre Atmung. Auf der Party keuchte sie: »Nein …«, und die beiden Namensvettern von Blaues-Huckepack-Zahnen blickten besorgt zu ihr hinüber.

Grobbard hatte die Augen geschlossen und in der Wohnung herrschte tödliche Stille; der Kontrast zur Kakofonie auf dem Nebenweg …

hhrang, hhrang
BOOM-ba-de-chiggity, BOOM-ba-de-chiggity,
deedly-doodly-doo

… war gespenstisch.

Shria stieß einen Ellenbogen in den Unterleib des blauen Mietkörpers, als die Clowns den Rand des Tumultes erreichten. Der Mietkörper ging zu Boden.

Nach einem weiteren vorsichtigen Blick auf Fift wandte sich Tigan Melitox Farina wieder an Pom Filigrous Tyrox: »Du kannst mir erzählen, was du *willst*, aber diese Worte wirst du morgen nicht finden, oder? Keine Erinnerung, kein Austarieren, kein Filtern und unsere Agenten schlafen … Das ist keine *öffentliche Meinung*, oder …?«

Die Aufständischen, die zum Gaffen das Kämpfen eingestellt hatten, schoben sich jetzt aus dem Weg der herannahenden Clownskolonnen. Shria taumelte rückwärts. Der andere Mietkörper-Bail mit den realistischen Augen kämpfte sich wieder auf die Knie. Ein knollenköpfiger Trommelclown (riesig und hässlich und trittsicher, dessen Trommelschlegelknochen über die Stahltrommel huschten) marschierte zwischen ihnen hindurch. Ihm folgte der nächste. Der Mietkörper-Bail blieb stehen. Er und Shria sahen sich quer über den Zwischenraum an. Das Getrommel war ein unerträgliches Getöse, das ihnen durch Mark und Bein ging.

Fift musste sehen, dass sie auf die Füße kam und sich bewegte, wenn die trommelbaumköpfigen Clowns hier durchkamen und Funken sprühten. Sie machte ein paar Schritte auf Shria zu. Die Mietkörper rings um sie herum halfen einander auf.

»Das ist schon erschreckend, oder nicht?«, fragte Pom Filigrous Tyrox.

»Ja«, antwortete ihr Namensvetter. »Das ist es und falls du irgendetwas Skandalöses vorhast, solltest du es wahrscheinlich jetzt tun, solange das noch so weitergeht.«

»Guter Gedanke«, sagte Pom Filigrous Tyrox. Dann verloren sie sich in der Menge.

Shria starrte den Niemand mit den echten orangefarbenen Augen an. Die Tänzer mit den vielen Gliedmaßen sprangen zwischen ihnen herum, die Architekturmodell-Clowns trommelten sich durch und dann war der Niemand verschwunden.

Shria sackte zusammen und spuckte auf den Nebenweg. Fift ging zu ihm.

Er nahm sie in die Arme. Sie presste ihre Wange in die Mulde zwischen seinen beiden mittleren Brüsten. Die Trommeln waren zu laut, sodass sie ihn nicht weinen hören konnte, doch sie spürte unter seinem Brustbein die kleinen Erschütterungen beim Schluchzen.

»Ein guter Tag für ein Festival«, bemerkte Grobbard trocken.

Die gespenstisch identischen Flötisten (oder der Flötist? Doch das musste ein Trick sein, denn niemand schaffte es, mit fünfzig Körpern zurechtzukommen! Wo war das Register?) zogen vorüber. Die Dudelsackspieler zogen vorüber.

Hinter Fift räusperte sich jemand. Sie brauchte einen Moment, bis sie merkte, wo es geschah. Es war auf der Party; Fift blickte angestrengt auf die Schnickschnack-Pyramiden, wo Vater Frill nicht mehr tanzte.

Sie drehte sich um.

Es war Mutter Pip, die grimmig und amüsiert zugleich aussah. Frill und Smistria standen einen Schritt hinter ihr. *Sie* wirkten bedrückt.

»Wir haben eine Fledermaus«, sagte Pip. »Wir werden deinen Körper aus dem Nebenweg herausholen. Bleib, wo du bist.«

»Die Clowns …«, fing Fift an.

»Bleib einfach dort«, knurrte Pip. »An Ort und Stelle.«

Die höhlenbewohnenden Aasvögel kamen an ihnen vorbei und dann die schwebenden Lichtschwärme, die bestialischen Strampler, die stelzengroßen Feuertänzer, das Partyvolk und dann die Abhänger und die Möchtegerns, ihnen folgten die Wetteinnehmer und die freischaffenden Serendipitäts-Koordinatoren und Ehestifter und Ballonverkäufer und Porträtmaler und Gedenkkörpergartenarchitekten und Rowdys und Reaktanten sowie spontane Schulausflüge mit Lehrern im Schlepptau und blaue, rote und schwarze Mietkörper – die mit den Mündern – hielten sich an den Händen und aßen sauergesponnene Fluffigkeit von einem Händlerkarren.

Baaa-RUMP, ba-chiggity-chiggity-whuppity-
chiggity-chiggity-BOOM!
Baaa-RUMP, ba-chiggity-chiggity-whuppity-
chiggity-chiggity-BOOM!
Hhrang, hhrang, de-da-de hhrang, hhrang dada-
dooda-de,
woodle-deedly, woodle-deedly, woodle-deedle,
hhrang!

12

Insider-Marktreport

HALLO und willkommen bei ZANGO JANGOS kleiner Ecke in der Welt der Ideen! Danke, dass du vorbeischaust, denn das tun nicht viele, möge Flith es bedauern! Aber das ist IHR PROBLEM und DEIN VORTEIL, weil – sprecht es mit mir zusammen, meine Welpen – DER BESTE TRATSCH IST DER, VON DEM MAN AM WENIGSTEN HÖRT!

Denn so ist es, meine Kätzchen, mit ZANGO JANGOS MARKTEMPFEHLUNGEN seid ihr ganz vorne dabei und macht die Einsätze eures Lebens, damit verbuddele ich euch so TIEF IN DEN ERFOLG, wie ihr ihn NIE IN EUCH VERMUTET HÄTTET!

Also gut … das sage ich jede Woche. Und zwar deshalb, weil es immer stimmt. Woche für Woche bringt euch JANGO den Gegenbiss am Rande der Schleichwege. Aber diese Woche … diese Woche, meine Welpen … wie soll ich sagen … diese Woche … ist anders.

Was ich heute für euch habe, ist so groß, dass meine Vorhersageagenten behaupten, die Hälfte von euch würde dem alten ZANGO den Rücken kehren, noch bevor ich fertig bin, und niemals wiederkommen. Aber ich flehe euch an: HÖRT ERST MAL, WAS ICH ZU SAGEN HABE! Falls ihr jetzt eure Ohren vor dem alten Vatergeschwisterkind Jango verschließt, werdet ihr es später bereuen, möge Flith es beklagen!

Also, was ist die GROSSE WETTE?

… Lasst mich eines vorausschicken, ihr Schildkröten.

Falls ihr diese Woche eine Kleinigkeit namens DIE AUFLÖSUNG verpasst habt, müsst ihr bei der Einsiedler-Weltmeisterschaft mitmachen – und ZANGO wird auf euch setzen. Zugegeben, der Rummel, den die Clowns veranstaltet haben, war nicht mein Ding, aber ob ihr es nun super oder scheußlich gefunden habt, es bleibt die Frage, die sich uns WETTVERRÜCKTEN stellt: Welches POTENZIAL steckt darin?

Jeder weiß, dass die Märkte reagieren werden, und die VERTROTTELTEN SPEKULANTEN, die wir so gerne zwicken, wetten auf das Naheliegende – sie setzen ihre Chips auf den Zusammenbruch einiger weiterer strauchelnder Kohorten oder auf Ausverkäufe im Feed-Gärtner-Vertrauen. Manche denken vielleicht ein bisschen weiter und machen sich Gedanken über die POLITISCHE NEUORDNUNG. Werden die Clowns als politische Macht völlig zurücktreten? Oder werden die Hebammen *en contraire* so dumm dastehen, dass die Clowns an ihnen vorbeiziehen? Oder – und das ist das Äußerste, was die VERTROTTELTEN SPEKULANTEN sich noch eingestehen können – werden gar BEIDE Seiten der SPASS-/SICHERHEITS-Achse ins Hintertreffen geraten und eine langersehnte DRITTE KRAFT wird sich aus dem Blümchentee des Zeitalters tiefschürfender Politik erheben? Vielleicht wird sie sich aus jenen verärgerten staidophobischen Bails und ihren knarrenden, herumstolzierenden altsoldatischen Helden zusammensetzen …?

Aber, meine Welpen, das ist alles ARMENTORTE.

Wenn der Konsens darauf setzt, dass es »DRUNTER UND DRÜBER GEHT« und der Gegen-Konsens behauptet: »WIRD ES NICHT«, was sagt dann ZANGO JANGO?

ZANGO JANGO SAGT: »Das ist erst der ANFANG.«

Werft mal einen Blick auf die Charts weiter unten (Daten zum Knabbern für eure Agenten finden sich wie immer auf der Rückseite). Diese rote Linie ist der Frustrationsindex bei unverkohorteten Bails in der Altersgruppe zwischen 150 und 350 Jahren, aufgeschlüsselt nach Geburtsreihenfolge im Vergleich (siehe blaue Linie) zu dem Kehrwert, der sich aus Ambitionen multipliziert mit Verlangen derselben Gruppe ergibt, im Verlaufe der letzten 2000 Jahre. Der Ausschlag dieser Woche ist beeindruckend, aber so weit, so durchschnittlich.

Aber ZANGO, fragt ihr, was hat denn die gelbe Linie da zu bedeuten? Nun, ihr Welpen – das ist der Index der bewussten Verleugnung letztgenannter Staideltern derselben Altersgruppe. Genauer gesagt: Es ist *die Anzahl der täglichen Herzschläge, die sie für den Versuch aufbringen, nicht über das nachzudenken, worüber sie nachdenken.* Diese Woche: SPROIING! Vergebt mir meine Direktheit, aber es sieht aus, als wäre eine Menge »Löffelreichen« des »stillen Zentrums« nötig, um »den Kopf frei zu kriegen«.

Aber jetzt werft einen Blick auf die KORRELATION (siehe die grünen Anmerkungen).

Es gibt einen Grund, warum ich in diesem Diagramm 2000 Jahre erfasst habe, denn wann haben wir diese beiden Faktoren zum letzten Mal synchronisiert gesehen? Das war im Zeitalter des Krieges, kurz bevor größere Feindseligkeiten zwischen den Geschlechtern ausbrachen.

Ihr Welpen, was wir hier sehen, ist ein *Frühindikator für Chaos.*

Also, was ist die GROSSE WETTE?

Nun, an dieser Stelle wird die Hälfte von euch Schnappkuchen das Abo kündigen … weil ZANGO im Begriff ist, die älteste Geschäftsregel auf den Kopf zu stellen. *Wette nie gegen deine eigene, geistige Gesundheit*, so lautet die erste Maxime des frisch gewachsten Baby-Wettanfängers.

Oh, glaubt mir, JANGO kennt die Argumente für die Regel. *Ja:* Falls ihr vermutlich am Rad drehen werdet, ist sie in eure Bew. schon eingepreist. *Ja:* Die Leute sind offenkundig schlecht darin, ihren eigenen Bankrott vorhersehen zu können. *Ja:* Man kann nur gewinnen, wenn man verliert, weil die emotionalen Umwälzungen des Wahnsinns alle unbedeutenden Gewinne überschwemmen werden, die ihr vielleicht aus einer erfolgreichen Spekulation herausquetschen könnt. Das ist alles richtig: *unter normalen Umständen.*

Aber DAS IST SCHNEE VON GESTERN, meine Welpen. Was jetzt die Schleuse runterkommt, ist ein so wilder Ritt, dass jeder, der euch erzählt, *wer* in einem Monat oben oder unten ist, gebrauchte Glühröhren kaut. Niemand weiß es. Aber ich kann euch das eine sagen, was JANGO weiß.

Ihr mögt so gesetzt und stabil und zentriert sein wie die selbstzufriedensten Lange-Konversationalisten, die jemals einen Löffel weitergereicht haben.

Ihr mögt so gloriengekrönt und belobpreist und frohherzig sein wie der eingebildetste Reifenpapi, der jemals einen Gegner auf die Matten geknallt hat.

Ihr mögt noch so gemütlich in einem Schwarm geliebter Personen eingebettet sein, die sich vor purem Glück, euch zu kennen, jede Nacht in den Schlaf heulen.

Ihr könntet, will ich damit sagen, die LETZTE Person der Flith-beklagten Welt sein, von der JEDER erwarten würde, dass sie den Boden unter den Füßen verliert, dass sie in der Lage ist, ihren Stolz zu bescheiden, ihren Ruhm fahren zu lassen und dem süßen Ausbruch des Wahnsinns entgegenzutaumeln.

Wenn *ihr* diese Person seid: Dann macht diese Wette auf jeden Fall.

Denn jetzt kommt, was ZANGO JANGOS Charts flüstern: Die nächsten zehn Tage werden euch reichlich Gelegenheit dazu bieten.

13

Fift und Shria ließen die Beine über den Rand des Nebenweges baumeln und sahen sich die weiteren Paraden an. Die Parade, die ihren Tumult zerstreut hatte, war jetzt weit weg, der Großteil davon erklomm eine gewölbte Klebwand der Trübe-Häschen-Habitation, andere strömten in nahegelegene Treppenaufgänge. Die Kakofonie der Paraden war zu einem flüsterleisen Gebimmel verebbt, das durch die Schalldämpfung verzerrt wurde, Fullbelly aber trotzdem noch erfüllte. Unten leuchteten die Glühröhren im zarten Gold des ersten Abends.

Fift taten die Beine und der Rücken weh. Sie mochte Shria kaum ansehen: die fahlen, violetten Prellungen in seinem geschwollenen Gesicht und die ruinierte Kleidung.

Sie waren als Einzige auf dem Nebenweg zurückgeblieben. Kleine Müllarbeitsratten wuselten durch den Abfall, den die Parade hinterlassen hatte – die kleineren Teile mümmelten sie meditativ weg und die größeren schleiften sie zu den Kompostschleusen.

Der Feed kam nur stoßweise online, war 500 Herzschläge lang drin, 1000 draußen, 700 drin und 2000 draußen. Die meisten Nachrichten gingen unterwegs noch verloren, es gab aber auch recht merkwürdige, die durchkamen: Dinge, die Fifts Aufmerksamkeitsagenten sie wahrscheinlich nicht hätten sehen lassen, wenn sie noch bei Trost gewesen wären. Die angebliche Reproduktion des bailfeindlichen Traktats von Mulami, das noch vor der Geburt von Pip und Grobbard aus der Langen Konversation herausgeschnitten worden war. Verschiedene Passagen waren neu unterstrichen worden. Es gab Nachrichten von

Staids, mit denen Fift überhaupt keine Verbindung hatte. {Wir wissen, was du, die Clowns und diese flow-hemmende Außerirdische wirklich im Schilde führt!}, hieß es in einer. Eine andere fragte: {Wer hat dich großgezogen? Ein gutes Staidkind hätte sich nicht mal auf 1000 Körperlängen einer solchen Gewaltorgie genähert! Ich werde deine Eltern abwerten, sobald der Feed es wieder zulässt!} Eine andere: {Ich mag dich sehr vielleicht könnte ich kommen und in deiner Wohnung wohnen ich wäre auch ganz ruhig und wir könnten uns Löffel reichen und die Schultern so zusammenlehnen dass wir uns fast berühren.}

Sie fragte sich, ob Shria auch solche Nachrichten bekam und was wohl darin stand. Seine waren wahrscheinlich schlimmer. Er war wieder in einen nichtlizenzierten Kampf verwickelt gewesen, jenseits der Matten wie damals als Kind. Aber jetzt war es viel ernster.

»Vvonda ist sauer«, knurrte Shria.

»Auf mich?«, fragte Fift.

Er schnaubte. »Auf *dich*?«

Er griff sich eine vorbeilaufende Müllratte und ließ sie über die Kante fallen. Sie fiel ungefähr eine Körperlänge tief, dann verfing sie sich in unsichtbaren, hauchdünnen Fäden. Sie hüpfte, wackelte und zappelte, dann richtete sie sich auf und huschte durch die Luft davon, wobei sie bei jedem Schritt zwitscherte und die Beine von dem unsichtbaren, gummiartigen Netz losriss. »Nein, nicht auf dich. Weil wir den Kampf verpasst haben. Dass diese Mietkörper-Missgeburten abgehauen sind, bevor wir hier ankamen.«

»Er kämpft gerne.« Es kroch Fift kalt den Rücken herauf. Das tosende Meer von Bails, das Blut auf der glatten Haut der Nichtse.

Shria zuckte mit den Schultern. »Ach, weißt du … Sportkämpfe, Spielplatzkram. Er war noch nie auf den Matten. Er sagt zwar immer, dass er es will, aber …« Er zuckte mit den Achseln. »In unserem Alter ist das irgendwie kompliziert. Man wirkt einfach wie ein Trottel und schadet sich selbst, wenn man herumläuft und grundlos provoziert. Es ist ein hartes Stück Arbeit, bis man das richtige …« Er schwenkte vage den Arm, dann hustete er. Er sah müde aus. »Du weißt schon.«

»Hast du schon mal …?«

Er schüttelte den Kopf. »Ich finde so was dumm.«

»Aber …« Sie hielt inne, als sie sah, wie er die Zähne aufeinanderbiss.

Sein Anblick, wie er sich in die Menge stürzte und den roten Niemand zu Boden rang. Wie er in der Menge verschwand und sie alleinließ.

Die Stille zwischen ihnen veränderte sich, ihre unhörbare Tonlage kroch eine Oktave höher. Eben noch hatte die Stille sie beide in ihre unsichtbare Decke eingehüllt, jetzt türmte sie sich zwischen ihnen auf, war ein brüchiges, steifes und verknäultes Laken, und Fift wusste nicht, wie sie es beiseiteschieben konnte. Sie hätte gerne gewusst, was sie sagen sollte, um dort wieder herauszufinden.

{Es ist meine Schuld, oder nicht?}, fragte sie ihren Kontext-Erklärungs-Agenten. {Ich war es, die ihn überhaupt erst in die Menge hineingehen ließ, ich bin ihm sogar noch gefolgt. Ich hätte mich durchsetzen sollen. Ich hätte die Gesittete sein müssen, das stille Zentrum. Warum habt ihr nichts gesagt?}

Aber ihre Agenten waren noch durcheinander. {Die normative Evaluation wird durch Defizite der Synthese, des Telos und der Ontologie kompromittiert}, sendete ihr Kontext-Erklärungs-Agent. {Erbitte deine Vergebung.}

Die Hebammen konnten ihn einkassieren. Er kämpfte mit sechzehn Jahren jenseits der Matten. Es wäre ihnen egal, wer angefangen hatte. Schließlich befanden sie sich mitten in einer Krise. Durch den beschädigten Feed sickerten bereits Berichte über Ausgangssperren, Beschlagnahmungen, Vertreibungen, eingeschränkte Registersuchen, Kohortenauflösungen und verschwundene Personen.

Sie würden Shria zum Pool bringen und alles wäre Fifts Schuld.

Sie schluckte. »Wir hätten einfach weggehen sollen.«

Shria sah mit einem flammenden Blick zu Fift hinüber – war er wütend? Beschämt?

»Denn du hast recht. Es ist dumm. Kämpfen ist dumm.« Wenn Shria es laut sagte, sodass alle Welt es hören konnte – wenn er sich jetzt entschuldigte und seinen Anteil an dem Aufstand widerrief –, dann würden sie ihn vielleicht nicht wegschaffen. Sie hatten wechselnde Zuschauerzahlen: Mal waren es ein Dutzend, mal ein paar hundert. Man begaffte zwei Kinder, die in Angst und Schrecken versetzt worden waren, als der wachsame Feed der Welt erblindete.

»Fift, hör auf damit«, sagte Shria.

»Aber du hast doch gerade …«

»Spare es dir.«

»Aber ich habe doch nur gedacht …«

»Fürs Denken ist es ein bisschen zu spät.«

Fift spürte, wie sie rot anlief. Sie hätte diejenige sein sollen, die nachdachte. Sie hätte Nein sagen sollen. Aber sie war nicht die Vorsichtige gewesen. Sie hatte sich hinreißen lassen und sie beide wussten das. Sie hatte in das weiche, blaue Gewirr von Shrias …

»Na ja, du hättest bei mir bleiben sollen«, sagte sie.

Es war ganz furchtbar, das zu sagen.

Doch das hätte er wirklich.

Shria senkte den Blick. Er zog die Schultern hoch. Seine Miene verlor jeden Ausdruck, sie wurde schlaff, bleich und leer.

Er war neun Jahre alt und umklammerte auf der Oberfläche sein Bündel bemooster Stöcke.

Fift blickte aus dem Bullauge der Robotfledermaus und sah weit unten zwei Gestalten, die am Rand eines leeren Nebenweges hockten. Eine Mauer des Schweigens trennte sie: einsam, verlassen, verzweifelt und jeder für sich allein …

… dann hob sie den Blick vom Rand des Nebenweges und suchte die Schatzkammer von Fullbelly.

Da war die Fledermaus; und da war auch schon wieder das kalte Gefühl (an das sie sich nie im Leben gewöhnen würde), sich selbst und sich selbst aus großer Entfernung zu sehen.

Fift beobachtete, wie Fift näher kam.

14

»Ist es überhaupt richtig, dass Fift Brulio hier ist?«, fragte Arevio. In einem Körper pulte er sich den Dreck unter den Fingernägeln hervor, im anderen warf er einen verstohlenen Seitenblick auf Fift.

»Um Kumrus willen.« Frill setzte sich auf den eigenen Schoß. »Sie ist sechzehn Jahre alt, meinst du nicht, dass sie auf einem Familientreffen etwas zu sagen hat?«

»Nun ja, das ist die Frage, nicht wahr?«, sagte Arevio und sein anderer Körper nickte entschieden. »Ist das hier ein *Familientreffen* oder eine *Zusammenkunft der Elternkohorte*? Ich glaube nicht …«

»Oh, bitte«, blaffte Vater Thurm. »Können wir weitermachen?« Leuchtende Kringel einer obskuren Datenvisualisierung wölbten sich über die Haut seiner schwarzen, kahlen Kopfhaut.

Es hatte etwas von einem schlechten Omen, dachte Fift, dass Thurm wirklich in einem Körper hier war. Seine Karriere – als agrochemischer Ferntheoriemanager und halbwegs berühmter Amateurnahtheoretiker desselben Fachgebietes – war zu der Zeit von Fifts Geburt aufgeblüht und soweit Fift sich zurückerinnerte, hatte er sich bei der Kohorte immer nur für das Minimum der einen, allmonatlichen Übernachtung blicken lassen, die das Familiengelübde verlangte. Aber es war nicht so wie mit Miskisk. Thurm schickte Fift fast jeden Tag eine Nachricht mit irgendeinem Witz oder einem freundlichen Vorschlag und es gelang ihm immer noch, mit den meisten anderen zurechtzukommen. Aber er kam *nie* zu den Treffen. Dass Pip und Thurm sich im selben Raum befanden, war ein Ereignis.

»*Will* sie überhaupt hier sein?«, fragte Smistria und wandte sich halb zu Fift um.

»Sie muss hier sein«, knurrte Pip, deren Hände auf ihrem Bauch gefaltet lagen.

Fift war da, schon in Ordnung. Sie war in allen drei Körpern anwesend, auch wenn sie versuchte, jeden einzelnen ihrer Körper dem Blick ihrer anderen Körper zu entziehen. Sie wollte sich selbst nicht sehen, schon gar nicht hier und auch deshalb nicht – warum um Kumrus fruchtbarer Gebärmutter willen hatte sie sich nur darauf eingelassen? –, weil ihre Neuraldaten zurzeit von ihren Eltern eingesehen werden konnten.

»Können wir bitte über das reden, was auf dem Nebenweg geschehen ist?«, bat Vater Squell. »Denn …«

»Ja! Pip Mirtumil, Smistria Ishteni, Grobbard Erevulios, ich frage euch – was bedeutet das für uns?«, fragte Arevio. In seinem anderen Körper kaute er auf dem Daumennagel. »Schließlich haben wir Fift erlaubt, loszumarschieren und in das alles hineinzugeraten. Meint ihr nicht, dass das unsere elterlichen Verantwortlichkeitsgefühls-Bewertungen beeinflussen könnte?«

»Oh, *bitte*«, wiederholte Thurm.

»Du hast leicht reden, Thurm!« An einem Ende des Tisches stand Nupolo einkörperlich auf. Er hatte sich zu diesem Anlass in einen antiken kobaltblauen Militäroverall mit glitzernden Armreifen geworfen. Sein Gesicht – dessen Haut von so vielen Jahrzehnten gewohnheitsmäßiger Körperarbeit weich wie alter Samt geworden war – wirkte grimmig. »Auf *deinen* Ruf wird es sich nicht allzu gravierend auswirken. Und du bist auch nicht gerade darauf angewiesen, in *dieser Wohnung* zu leben, oder?«

Thurm verschränkte die Arme. Es war, als würde es im Raum um einige Grade kälter werden.

»Es gibt fünf neue Wetten bei den Nachbarschafts-Buchmachern über diese Kohorte, ihre elterliche Kompetenz und ihre Einhaltung des Konsenses«, sagte Vater Grobbard. Seltsamerweise war sie in allen ihren vier Körpern anwesend, sie saßen in einer Reihe nebeneinander. Über jede ihrer vier ausdruckslosen Mienen huschte ein Anflug von Schiefheit. »Die

Wetten stehen tendenziell zu unseren Gunsten. Bis jetzt setzt noch keiner darauf, dass es zu einer erzwungenen Auflösung kommt.« Die anderen Väter erstarrten und Fift hatte ein äußerst mulmiges Gefühl im Bauch, als sie diese Worte vernahm, doch Grobbard redete weiter, als bemerkte sie es nicht. »Aber die Buchmacher haben schon die Wahrscheinlichkeit solcher Wetten geschätzt. Die Chancen stehen schlecht, so viel steht fest. Es fällt allerdings auf, dass es solche Schätzungen schon gibt, insbesondere weil wir es bisher vermieden haben, offiziell getadelt oder sanktioniert zu werden. Die präzisen Wahrscheinlichkeitstopologien werde ich denjenigen unter euch überlassen, die sich mit solchen Dingen besser auskennen, aber ich weise auf Folgendes hin: Es gibt hinreichende Anhaltspunkte dafür, dass ein solches Muster neuer Wettaktivitäten größeren Veränderungen in den aggregierten Bewertungen vorauszugehen pflegt …«

»Moment mal«, sagte Frill ungeduldig. Er war heute mit winzigen, glitzernden, goldenen Glöckchen überzogen, die klimperten, wenn er sich regte. Ein zweiter Körper – unter den ersten – hing träge in den Sitzgruppen. »Wir reden hier, als sei das alles bloß eine Ungeschicklichkeit, die uns ans Messer liefert. Aber es gibt hier auch Potenzial für einen Vorteil, meint ihr nicht? Was ist hinsichtlich der Konversation mit dem Artefakt?«

»Mit dem was?«, fragte Arevio und schob die Brauen zusammen.

»Mit diesem Thavé-Dingens«, sagte Frill. »Das ist ein Artefakt der Zeiten vor den Zeiten, stimmt doch, oder?«

»*Sie* hält sich selbst gern für eine *Person*«, sagte Thurm (er benutzte das vertraute Pronomen für Staids und bestätigte damit implizit, dass er persönlich mit Thavé zu tun gehabt hatte).

»Wie auch immer – das ist doch gar nicht der Punkt«, sagte Frill und wedelte mit einer Hand in der Luft herum. »Der *Punkt* ist doch der Ausschlag bei den Bekanntheitswerten, den Fift sich damit eingehandelt hat, und wie wir damit umgehen. Ich meine, das ist doch eine Chance für sie, oder nicht?«

»Eine Chance wofür?«, fragte Smistria. »Wenn sie Bankhistorikerin wird, verstehe ich nicht, weshalb sie Follower braucht, die sie für eine Exo-Archäologin halten.«

»Etwas Ruhm hat noch keinem geschadet«, schnurrte Thurm mit einem leicht ironischen Lächeln. Fift wusste nicht, ob er scherzte.

»Das *hat* er aber durchaus schon!«, jammerte Smistria.

»Ja, verstehst du denn nicht«, sagte Squell, »das macht es doch nur schlimmer! Es bedeutet, dass es deshalb sogar *noch* mehr Zuschauer beim Fiasko am Nebenweg gab!«

»Und noch mehr Filmaufzeichnungen mit dem kumrugesegneten Bailkind«, fügte Nupolo hinzu.

Fift schluckte und es gab gesteigerte Aktivitäten in ihren allzu sichtbaren Gehirnen. Auf dem Display wurde das Magenta flackernd pfirsichfarben und kanariengelb.

Nur zu gern hätte sie ihnen jetzt ihre neuronalen Observationsprivilegien entzogen. Was hatte sie sich nur dabei gedacht, als sie ihren Vätern erlaubt hatte, in ihren Hirndaten herumzufummeln, selbst auf einem ungenauen makroskopischen Level? Doch es war anscheinend die einzige Möglichkeit gewesen, Squell dazu zu bewegen, sie jemals wieder aus dem Haus zu lassen. Und wenn sie ganz ehrlich war, *wollte* sie sich vielleicht auch wieder in jenen behüteten Zustand zurückversetzen, als ihre Eltern alle ihre emotionalen Spitzen- und Tiefstwerte sehen konnten, und wieder zum Kleinkind werden.

Squell verengte die Augen zu Schlitzen.

»Wir alle *mögen* Shria Qualia Fnax«, sagte Arevio, »aber mit *sechzehn* außerhalb der Matten zu kämpfen …«

»Bei Kumrus Eiern«, sagte Frill, »was hast du denn von ihm *erwartet*? Was hättet ihr getan, wenn eure Staidfreundin …«

»Ich finde, Frill hat recht«, sagte Smistria.

»Das ist nicht der *Punkt*«, gab Nupolo nachdrücklich zu bedenken.

»Er war anscheinend dabei, ein Rudel Freunde zusammenzurufen, um sich einzuschalten …«, fing Arevio an.

Fifts Herzen sprangen ihr in den Brustkörben. Wenn sie doch nur aufhören würden, über *Shria* zu reden – dann könnte sie auch alles andere ertragen. Sie wollte nicht an ihn denken und auch nicht an das, was sie ihm auf dem Nebenweg erzählt hatte. Und sie *schaffte* es, nicht an ihn zu denken, nichts Besonderes für ihn zu empfinden und sich nicht zu fragen, was er wohl gerade denken mochte, deshalb war es schrecklich unfair vom Scanner, jedes Mal, wenn sie ihn erwähnten, diesen unsäglichen Farbensturm in ihren Gehirnen anzuzeigen.

»Und wenn wir geprüft und neu bewertet werden?«, fragte Nupolo. »Meinst du, diese leer gespülten Schiedsrichter und Hebammen könnten es sich erlauben, *nachsichtig* zu sein? Die Clowns erklären so eine Art Revolution, der Feed wird in die Knie gezwungen, Straßenschlachten auf den Nebenwegen …«

»Der Cirque hat die Tumulte *beendet*«, sagte Frill erhitzt, dessen ruhender Körper sich jetzt aufrichtete.

»Er hat nicht gesagt, dass sie es nicht getan haben!«, blaffte Smistria. »Wird das jetzt eine Diskussion über deine naive Verehrung von allem, was mit dem Cirque zu tun hat, ganz gleich, welches Chaos …«

»Hört auf, ihr alle!«, jammerte Squell. »Hört einfach auf!«

»Na schön, na schön«, sagte Arevio und winkte ab. »Squell Urizus hat recht, wir sollten … könnten wir nicht einfach … Wenn mir eine Frage erlaubt ist? *Externe* Bewertungen der Elternschaft dieser Kohorte sind das eine, aber was ist mit unserem eigenen, *internen* Konsens? Macht es einem von *euch* etwas aus, dass Fift Brulio im Unten und Dahinter herumspaziert und *versucht*, sich das Clownsspektakel zu Gemüte zu führen, und zwar, um Kumrus willen, mit einem *Ticket* in der Hand?«

Alle bemühten sich betont, nicht zu Pip zu schauen.

»Das macht mir keine Sorgen«, sagte Thurm. »Man kann kein Kind sein ganzes Leben lang beschmusen und beschützen. Irgendwann muss Fift so weit sein, dass sie ihren eigenen Claim abstecken kann.«

»Okay … aber Thurm«, sagte Squell befangen, »ihr *ganzes Leben lang*? Sie hat doch nicht mal die Erste Kindheit hinter sich gebracht, sie ist keine dieser achtzigjährigen Bailkind-Abenteurerinnen auf der Suche nach einem Duell. Und um ganz ehrlich zu sein … bisher habe ich ja nichts dazu gesagt, aber eigentlich verstehe ich wirklich nicht, warum es zur Ausbildung einer *Bankhistorikerin* dazugehören soll, sich mitten in einen Aufstand zu begeben. Ist doch eher *traumatisierend* denn *beflügelnd*.«

»Das ist etwas extrem«, sagte Frill und lehnte sich wieder in seine Gurte. »Sie ist aufgewühlt, das ist ja kein Wunder, aber seht euch doch nur ihre Gehirne an. Da könnt ihr …« – er kniff die Augen zusammen – »… ganz genau sehen, dass sie nicht *traumatisiert* ist …«

»Frill«, sagte Squell, »sie hat weiterhin, wann immer wir über die Straßenschlacht sprechen, erhöhte amygdalische Reaktionen zweiter Ordnung, ganz zu schweigen …«

»Nur in dem Körper, der tatsächlich in die Ausschreitungen verwickelt war!«, sagte Frill.

»Sind wir wirklich *absolut* sicher, dass wir Fift Brulio dabeihaben wollen, wenn wir …?«, fragte Arevio.

»Nun ja, aber das ist doch kein gutes Zeichen, oder?«, wollte Squell wissen. »Ihre intrasomatische Integration ist auf einem Allzeittief und ihr wisst, dass uns die Spezialisten angewiesen haben, darauf zu achten. Du musst *wirklich* mehr Zeit mit dir selbst verbringen, Fift.«

»Squell Urizus …«, sagte Arevio.

»Wenn ich allem aus dem Weg gegangen wäre«, knurrte Pip, »bei dem ich eine erhöhte amygdalische Reaktion gezeigt habe, würde ich mich immer noch um die Konten geschwisterloser Schleusenwächter in Unterschnurz kümmern.«

Eine ganze Reihe von Vätern warf Pip böse Blicke zu, vermutlich wegen des Epithets »geschwisterlos«; Fift tat, als würde sie es nicht merken.

»Dieses Meeting geht hoffnungslos am Thema vorbei«, sagte Smistria und schaukelte auf seinem Hocker nach vorn. »Falls es überhaupt jemals ein Thema hatte. Wie ich früher bereits gesagt habe, verstehe ich nicht, warum wir unsere Meetings nicht irgendwie strukturieren und Pip und Grobbard …«

»O nein, nicht schon wieder diese Nummer«, sagte Frill und bedeckte eines seiner Gesichter mit den Händen.

»Ich weiß nicht, Frill«, sagte Squell. »Ich meine, tut mir leid, aber wenn es eins gibt, womit Staids sich auskennen …«

Thurm hob eine Hand. Er schloss die Augen und schüttelte den Kopf, dann öffnete er sie wieder.

Sein Lächeln war fröhlich, langmütig und wie immer etwas gequält. »Okay«, sagte er. »Stopp. Stopp. Sofort.« Er wandte sich an Pip: »Wenn ich das einmal zusammenfassen darf.« Keiner sprach ein Wort. Eine von Pips Brauen ruckte etwas höher in ihrem ernsten, plumpen Gesicht. »Wir haben ein Kind, das wir alle lieben. Unser Kind hat ein Abenteuer erlebt … nein, zwei Abenteuer. Sie hat eine Außerirdische kennengelernt, sie hat ordentlich Publikum bekommen und dann ist sie in einen Tumult hineinmarschiert und ein paar atavistische Freizeitkrieger in Mietkörpern, die zu viel Adrenalin intus hatten, haben sie eingeschüchtert. Ja?«

»Sie wurde *geschlagen*«, stellte Squell klar. »Sie war nicht einfach nur ›eingeschüchtert‹. Diese geschwister… diese von Kumru verlassenen Körpermieter haben ein wehrloses sechzehnjähriges Staidkind geschlagen, das weit weg von zu Hause war, und …«

»Sie wurde geschlagen?«, schrie Arevio und erstarrte.

»Ach, das hast du gar nicht mitbekommen«, fragte Frill, dessen beide Körper jetzt eine gemütliche Position eingenommen hatten.

»Wenn ihr euch bitte alle mal die Darstellung ansehen wollt, die ich in die geteilte Ansicht gegeben habe«, sagte Grobbard, »und die aus einer Vielzahl von Quellen rekonstruiert wurde – wozu auch ferntheoretische Extrapolationsmodelle sichtbarer Anteile des intimen intersomatischen Datenverkehrs an verschieden verteilten relevanten Datenknoten gehören (Modelle, für die ich übrigens unserem lieben Thurm zu Dank verpflichtet bin). Ihr werdet bemerken, dass es sechsundvierzigmal zu Körperkontakten gekommen ist, die nicht von Fift ausgingen, von denen vier intensiv genug waren, um die Bezeichnung ›geschlagen‹ zu rechtfertigen. Einen dieser Schläge konnte Fift durch den vernünftigen Einsatz von Kampfstaidismus neutralisieren, wofür wir sie – wenn ich mir diese kurze Abschweifung einmal erlauben darf – loben sollten, da sie tatsächlich nur ein Jahr lang Unterricht hatte und das schon einige Zeit her ist …«

»Ja, gut gemacht, Fift«, sagte Squell, während alle unisono nickten und applaudierend schnippten, was aber wieder nachließ, als sich ihre Verlegenheit unübersehbar und peinlich im neuronalen Display abzuzeichnen begann.

»Die drei anderen Vorfälle«, sagte Grobbard, die auch weiterhin im selben Körper sprach, während die anderen passiv herumsaßen (einer schien sogar eingeschlafen zu sein), »geschahen bei 5342, 18 504 und 36 881 in der Sequenz, die ich markiert habe. Dieser Schlag, der mit Gewissheit bewusst ausgeführt wurde, nachdem Fift die Nabelschnur angepackt hatte; dieser Schlag mit dem Ellenbogen ins Gesicht, der mit 79-prozentiger Wahrscheinlichkeit absichtlich erfolgte; und dieser Tritt an den Kopf, dessen Absichtlichkeit eine 84-prozentige Wahrscheinlichkeit hat. Die intersomatische Verkehrsmodellierung hat es uns auch bei unzugänglichem Register möglich gemacht, plausible Mutmaßungen über die Identität der anonymisierten Verantwortlichen zu machen, und zwar …«

»Du *weißt*, wer diese Schnaken *sind*?«, rief Smistria. »Grobbard, mein Schatz, du bist ein Genie.«

»So, das wäre dann das!«, sagte Frill, dessen beide Körper sich jetzt wieder nach vorne beugten. Er klopfte auf den Tisch, die Glöckchen schellten und seine Augen strahlten. »Wir fordern sie heraus. *Ich* werde sie herausfordern, oder …«

»Wie bitte!?« Nupolo schlug mit beiden Händen auf den Tisch und richtete sich auf. »Diesen fransenklammernden *Schmutzfinken* die Ehre erweisen und sie auf der *Matte* treffen? Das ist deine …? *O Kumru!* Und unsere *Reputation*?!«

»Absurd«, sagte Smistria.

»Und was hast du vor?«, blaffte Frill. »Ein formelles Schiedsgericht bestellen? Das wäre noch schlimmer. Eine Kohorte von – entschuldigt, wenn ich das so sage – sieben gesunden, erwachsenen Bails, die sich kleinlaut beim Schiedsgericht anstellen, weil unser Kind von ein paar fransenklammernden …«

»Schiedsgerichte«, sagte Smistria und richtete sich sehr gerade auf, »sind nichts als eine formalisierte …«

»Oh, ich will keine deiner Theorien hören!«, schrie Frill.

»Frill«, sagte Squell und schob die Brauen zusammen.

»Ich frage mich«, sagte Arevio, »falls – ich meine, bevor wir irgendwelche dramatischen Schritte unternehmen – sollten wir uns da nicht mit den Cousins absprechen? Mit den Eltern des kleinen Chalia Rigorosa? Denn alles, was sich auf unsere Reputation auswirkt, wird auch auf ihn zurückfallen.«

»Ganz genau! Vielen Dank, Arevio!«, sagte Nupolo.

Pip stand auf. Alle hörten auf zu reden.

»Ihr Lieben«, sagte Pip. »Das Feuer eurer Leidenschaft erwärmt mich.« Sie trommelte leise mit den Fingern auf den Tisch. »Unsere liebe Fift hat ein wenig Ärger gehabt. Wir machen uns alle Sorgen. Wir regen uns über die möglichen Entwicklungen auf. Ich frage mich, ob ich möglicherweise …«

»Pip«, sagte Thurm, »jetzt komm mal auf den Punkt.«

Pip lächelte sparsam und nachsichtig. »Mit Vergnügen. Unser geliebter Thurm hatte recht, als er sagte, dass wir Fift nicht bekuscheln können. Fift kann nicht wieder in die Gebärmutter zurücksteigen. Sie muss selbst ihr Glück finden. Aber es stimmt auch, dass wir die Schlussfolgerungen, die sich aus dem Straßenkampf ergeben, ernst nehmen müssen – um der Reputation dieser Kohorte willen, aber auch für Fifts eigene emotionale Gesundheit und ihr Wohlergehen.

Wir dürfen das Geschehene nicht gutheißen. Wir dürfen nicht zulassen, dass wir in den Verdacht geraten, uns an destabilisierenden Aktivitäten beteiligt zu haben. Wir müssen reagieren und entschlossen zeigen, wo wir stehen und dass wir Fift gut erzogen haben.

Es kann aber auch nicht sein, dass ihre Eltern zu ihrer Rettung anrauschen und die fransenklammernden Verschwender, die sie angegriffen haben, durch Schiedsgerichte oder die Matten aufwerten. Nein – wenn ich das als bescheidene Bankhistorikerin einmal sagen darf: Es war Fift, die sie, wenn auch ungewollt, bei einer Transaktion angegangen hat. Es ist Fift, die aus der Sache als jüngeres Geschwisterkind hervorgehen muss.«

Sie sah Fift mit hochgezogener Braue an und ihr Lächeln wurde ein bis zwei Grad wärmer. Fift spürte und sah auf dem Display, dass ihre Amygdala erschreckt aufloderte.

»Wir werden sie aufsuchen, Fift, du wirst sie zur Rede stellen und dann werden sie sich entschuldigen. Öffentlich. Ein Schiedsgericht ist nicht vonnöten. Und dann wird der Welt und dir, liebe Fift, deutlich, dass sich in der Iraxis-Kohorte nichts ändern wird. Es wird klar, dass das Kind dieser Kohorte imstande ist, diese feigen Übeltäter, diese erbärmlichen Enthusiasten veralteter Ideologien, ganz einfach nur mit Willenskraft zu besiegen.«

Im Raum wurden Blicke gewechselt. Thurm lächelte, Grobbard nickte, Frill lehnte sich zurück, Smistria kaute seinen Bart und Squells Miene schwankte zwischen Sorge und Erleichterung.

Das Konsenssystem des Hauses sagte eine 92-prozentige Chance für eine völlige Übereinstimmung innerhalb der nächsten 300 Herzschläge voraus.

Fift widerrief die neuronalen Zugangsrechte und ihr Hirn wurde dankenswerterweise wieder undurchsichtig. Einmal tief einatmen! Und noch ein zweites Mal.

Anstatt zu protestieren, wandten ihre Eltern sich ab und ließen ihr die Privatsphäre. Sie räusperten sich, blickten einander an und das Momentum dieser Bewegung trieb sie voran, sie standen auf und gingen in dem einen oder anderen Körper zu den Erfrischungen, begannen Unterhaltungen über die Feed-Stabilität und das Schicksal des Cirque oder checkten eingehende Pufferinhalte.

So wurde allmählich klar, dass das Meeting vertagt war.

15

Neue persönliche Nachrichten in Fifts Eingangsfeed:

(Shria) Schau mal, Fift, ich weiß, dass du es gut meinst. Und gut gemeint hast. Ich glaube, ich habe vielleicht ...

(Vater Frill) Fift, deine Mutter ist manchmal zu ambitioniert. Ich wollte dir nur sagen ...

(Dobroc P.) Legitimste und elegante Fift: Hab dich im Feed m. Außerirdischer gesehen. Sup...

(Yddyd M. N.) Leg. Fift: Ich vertraue auf Kumru, dass du mir meine Kühn...

(Vater Grobbard) Innigste Grüße usw. beiliegend Referenzmaterial für unsere ...

(Melindus X. D.) Hey, F., weiß nicht, wie gut du dich noch an mich erinnerst, aber ich hab gesehen, wie du ...

(CIRQUE FANTABULÖS) TICKETBESITZER: Der Spaß fängt gerade erst an: Mor...

(22 weitere ...)

(146 Freundschaftsanfragen von Fremden im Kontaktlevel 2)

(5786 Freundschaftsanfragen von Fremden im Kontaktlevel 3)

(789 786 Freundschaftsanfragen von Fremden im Kontaktlevel 4)

(2 343 242 Freundschaftsanfragen von Fremden im Kontaktlevel 5)

Öffentliche Unterhaltungen, die von Fifts Aufmerksamkeitsagenten in ihren Eingangsfeed weitergeleitet wurden:

PELZFETZEN, seid ihr bei der Revolution dabei? Die Clowns sind nicht die einzigen …

ZEITALTER DER POESIE: Das neueste Oberflächenrätsel-Poetikspiel fegt …

THAVÉ-BEOBACHTER EINLADUNG: Es ist ziemlich überraschend, dass grob geschätzt eine Bill…

LANGE KONV. ERRATA: Diskussion unterdrückter und abgeschaffter Stanzen abg…

WAS WIRD ENTWIRRT? Was sind die wahren Motive des Cirque? Falls sie wirklich v…

Hausaufgaben im Eingangsfeed, die von den Scholastikagenten aus Fifts Schule generiert wurden:

Arbeite die Stanzen 3409 bis 6731 der vierten didaktischen Sektion des ersten Mittlerkommentars durch …

Diskutiere schweigend, dritter Übermorg: Verweise auf zeitgenössische Poeten in Polidanis …

Mithilfe des Agenten: bewährte mikrotheoretische Einflüsse auf die Statiken in Fullbellys Taus…

Optional: aktuelle Ereignisse: Setze und begründe eine Wette auf Cirque Fantabulöses …

Persönlich/zielgerichtet: Wiederholung des Verhaltens bei Instant-Ruhm (Abschnitte 5 bis 18 in …)

Neue persönliche Nachrichten in Shrias Eingangsfeed:

(Intyzmirg) Großartig m/dies. Thavé, bist so mutig. Üb. D. Aufstand weiß nicht was i. dazu soll, aber …

(Mutter Sangh) Mein Minzchen, bist du noch sauer wegen dem, was ich gesagt habe, als du…

(Bluey) Shria, ich komme einfach nicht dazu, herauszufinden, was du eigentlich üb. Pana…

(P Politigus) Shria, fantastisch, Schätzchen, brauche heute zwei, wenn nicht drei Körper auf der Arbeit, es gibt …

(Vater Polidar) Teuerster Shria: Vielleicht kennst du dieses staidische Sprichwort nicht …

(Mmpont F) Hey, S., re: Aufstand. Das nächste Mal trittst du den Egohoppern in den Arsch, ich bin dabei, wenn du mich …

(Stogma) Leute, können wir aus der Sache irgendwie Action für die MATTEN herausschlagen??

(CIRQUE FANTABULÖS) TICKETBESITZER: Der Spaß fängt gerade erst an: Mor…

(358 weitere …)

(1459 Freundschaftsanfragen von Fremden im Kontaktlevel 2)

(18 456 Freundschaftsanfragen von Fremden im Kontaktlevel 3)

(820 822 Freundschaftsanfragen von Fremden im Kontaktlevel 4)

(1 730 188 Freundschaftsanfragen von Fremden im Kontaktlevel 5)

Öffentliche Unterhaltungen, die von Shrias Aufmerksamkeitsagenten in seinen Eingangsfeed weitergeleitet wurden:

GEN DES FORUM: Aktuell: Zu Shrias Frage, was wir überhaupt mit »Gef…«

SPEKULATIONEN ÜBER EINE »REVOLUTION«: Wo hört Theater auf und wo beginnen soziale Unr…

THAVÉ-BEOBACHTER EINLADUNG: Es ist ziemlich überraschend, dass grob geschätzt eine Bill…

FOO-STADTTEILRAT: Aktuell: Foo angehalten und was ich wissen woll…

Hausaufgaben im Eingangsfeed, die von Shrias stochastischen Bildungsagenten generiert wurden:

Mechanik der Babyschaukeln: In dieser Unterrichtseinheit wirst du lernen, wie man eine einfache …

Politische Instabilität und der Winzpunkt-Aufstand: Suche im Originalmaterial …

Komparative religiöse Kampfsakramente, experimentelle Einheit: Für beide unfi…

Aktuelle Ereignisse: Konstruiere und zeichne eine diakritische emotive Reaktion auf den Cirque Fanta…

Persönlich/zielgerichtet: Wiederholung des Verhaltens bei Instant-Ruhm (Abschnitte 7 bis 16 in …)

16

Eine seltsam heiße Brise war das, die aus den Agrogrotten unter Wallacomp heraufzog und einen Duft von Fäulnis, adstringierenden Reinigern und weichen, blühenden Dingen mit sich brachte. Pip, die sich zehn Schritte über Fift auf der Treppe befand, keuchte vor Anstrengung, mäßigte ihr Tempo aber nicht. Fift schwitzte in ihrem förmlichen, weißen Kittel.

Im Licht der Glühröhren unter ihnen schnitzte das strahlend weiße Licht des ersten Nachmittags Myriaden scharfer Schatten von Fullbellys Habitationen ins Dach, während ganz weit im Osten, da, wo die Welt sich zu runden begann, die violette Linie des zweiten Nachmittags die entfernt gelegenen Gebäude durchschnitt.

Es gab drei perfekt funktionierende Aufzüge, einen Rutschfaden und eine Aufwärtsfontäne im Umkreis eines 1000-Herzschläge-Spaziergangs. Weshalb stapften sie also diese Stufen hinauf? Falls es darum ging, ein Publikum für die bevorstehende Konfrontation zu gewinnen, funktionierte es nicht. Ein Viertel von Fullbelly hatte die Treppe direkt vor Augen, aber es war ein Bereich, der kaum genauer beobachtet wurde. Niemand – von ihren Eltern und ein paar zufälligen Bekannten abgesehen – beobachtete sie im Feed. Wollte Pip dem Bail, den sie zu treffen beabsichtigten, viel Zeit lassen, um nervös zu werden? Oder wollte sie Fift damit etwas Gutes tun? Vielleicht ging es ihr darum, der emotionalen Quälerei einen passenden körperlichen Zustand hinzuzufügen?

Ganz oben auf der Liste eingegangener Nachrichten fand Fift etwas von Shria. Zuerst freute sie sich, dass er ihr so schnell wieder geschrieben hatte, aber dann fühlte sie sich plötzlich unbehaglich, sogar ohne die Voranzeige gelesen zu haben. Seit er ihren Eltern höflich fürs Mitnehmen in der Robotfledermaus gedankt hatte, hatte sie nichts mehr von ihm gehört.

Fift setzte sich im Bett auf und sah sich selbst zu, wie sie da auf der Baumwollmatte auf dem Boden saß und rezitierte. Ranhulos Metakommentar über das achte Werk des zehnten Zyklus, der zunächst noch geradlinig, elegisch, feierlich und etwas pompös gewesen war, begann nach den ersten paar tausend Stanzen Untertöne zu entwickeln: subtile Spitzen einer mürrischen Feindseligkeit, die eine tieferliegende Wut verbargen. Wenn man der vierten didaktischen Sektion gerecht werden wollte, musste man seine weitläufige, positive und vorausschauende Bejahung der Darstellung des achten Werks vom ursprünglichen Löffelkompromiss (das schließlich den Weg zum Permissiven Pakt und der zeitweiligen Hinnahme der Anwesenheit von Bails als stille Beobachter während der langen Konversation geebnet hatte) mit der säuerlichen Note von Bitterkeit, Bedauern und Ablehnung ausbalancieren, die hier hinterlegt war. Das Genie Ranhulos bestand darin, beides überlagern zu lassen und so zu verhindern, dass die Ambivalenz des Metakommentars jemals ins Polemische kippte.

Fift verhunzte es.

Pip war ihr jetzt zwölf Schritte voraus.

Sie öffnete die Nachricht von Shria.

{Sieh mal, Fift, ich weiß, dass du es gut meinst}, stand da. {Und gut gemeint hast. Aber ich glaube, vielleicht sollte ich … schau, ich kann nicht glauben, dass ich dich in … diese Situation gebracht habe. Oder dass du mir hineingefolgt bist. Das hättest du nicht mit ansehen dürfen, Fift, du hättest nicht dabei sein dürfen – und es ist meine Schuld. Ich habe dich nicht beschützt. Du verdienst es, beschützt zu werden, Fift, und nicht … bloßgestellt zu werden. Aber Fift … ich glaube nicht, dass ich dich beschützen kann. Es gibt Dinge, von denen ich mich nicht abwenden kann.}

{Ich habe einfach das Gefühl, dass es für mich nicht sicher ist mit dir. Das klingt vielleicht seltsam, aber ich habe bei dieser Straßenschlacht körperlich genug abbekommen, Fift, da war es nicht nötig, dass mich deine … Worte noch mehr verletzten. Ich behaupte nicht, es ist deine Schuld, Fift. Das ist es nicht. Du weißt es nicht besser. Ich glaube einfach, dass ich jetzt mit Vvonda, Bluey und Stogma zusammen sein muss. Es ist nicht etwa so, dass ich glaubte, du und ich könnten keine Freunde sein. Auf eine Art könnten wir wahrere Freunde sein als … soll heißen, ich kann dir zum Beispiel Dinge sagen, die ich ihnen nicht erzählen kann. Aber ich weiß nicht einmal, ob das dir gegenüber fair ist.}

{Manchmal bin ich zu schnell, Fift. Dann lasse ich mich einfach hinreißen. Ich tue dumme Dinge.}

{Ich finde das furchtbar, es fühlt sich an, als würde ich aufgeben; vielleicht gebe ich auch auf. Aber sieh mal, wenn ich mit ihnen zusammen bin, dann weiß ich wenigstens, was ich tue. Dann habe ich Unterstützung und … oh, Fift, ich hasse mich selbst dafür, diese Nachricht zu schreiben. Wir sollten einander einfach eine Zeit lang aus dem Weg gehen, denn ich bin sehr erschöpft. Vielleicht werde ich noch verrückt, ich weiß nicht, vielleicht würde das ja helfen. Auf jeden Fall glaube ich immer noch, dass du eine großartige Person bist. Ich umarme dich, Shria.}

Fift ging nicht mehr weiter.

Dreizehn Stufen.

Vierzehn.

Pip drehte sich um. »Fift?«

»Was tun wir hier?«, fragte Fift.

Sie gab es jetzt auf, so zu tun, als würde sie den Ranhulo zu Ende lesen, dessen Feindseligkeit so schwer zu ertragen war. Wie konnte jemand wie er, ein jugendlicher Visionär, der voller Hoffnung und Freude den Löffelkompromiss verkündet hatte, ein Jahrhundert später von den Bails wie von gefährlichen Krankheitsüberträgern reden? *Ein Waldbrand, der in den stillen Tiefen wütet … ein Sturm umkreist eure Stille …*

War es das, was Erwachsenwerden bedeutete? Man wurde müde, man gab sich geschlagen?

Sie stieg mit sich selbst ins Bett, kuschelte die beiden Körper zusammen und schloss die Augen. Aber es fühlte sich nicht an, als hielte sie jemand anderen am Arm. Es waren einfach nur zwei Rücken, vier Arme, vier Beine, zwei Bäuche – und trotzdem allein sein.

Pip drehte sich geziert um und kam die vierzehn Stufen herunter, bis sie neben Fift stand. Sie kratzte leicht die dicke, weiche Schwellung ihres Halses und senkte die Hand dann langsam auf Fifts Schulter. »Und wie soll ich diese hinterlistige, rhetorische Frage beantworten, Fift?«

Fift lief rot an und biss die Zähne zusammen. »Ich will das nicht tun.«

Pip nickte. »Das willst du wirklich nicht. Und jetzt, Fift: Setz dich in Bewegung.«

Vvonda hatte recht gehabt und Fift lag daneben: Sie hätte Shria einfach in der Straßenschlacht zurücklassen und verschwinden sollen, um seine Schande nicht noch zu vergrößern. Und ganz sicher hätte sie hinterher auf dem Nebenweg auch nicht diese Dinge sagen sollen … aber was genau *hatte* sie eigentlich gesagt? War es so schlimm? Die Erinnerungen ihrer Agenten über den Vorfall waren bruchstückhaft, zu jenem Zeitpunkt war der Feed noch gestört gewesen … aber vielleicht konnte sie jenen Moment in einer Aufzeichnung aus der Umgebung wiederfinden und sie sich ansehen … Dann könnte sie sehen, ob es wirklich so …

… dass es für mich nicht sicher ist mit dir.

Meinte Shria damit nur die Straßenschlacht? Vielleicht hatte es etwas mit dem zu tun, was bei Stiffwaddle-Körpermoden geschehen war.

Mit dem, was Fift dort getan hatte.

»Fift«, sagte Pip. »Es war der Konsens eines Familienmeetings. Des ersten, zu dem du eingeladen warst, wenn ich das hinzufügen darf. Ich verstehe, dass du nervös bist. Aber du und ich stehen hier an einer Schleusengabelung. Wenn du dich wie eine Staid benimmst, eine Staid dieser Familie, dann wirst du die feigen Randfiguren besiegen, die dich geschlagen und gedemütigt haben – und deinen Freund verletzt haben. Und dann wirst du für alle Zeit wissen, dass du kein Opfer bist. Aber wenn du dich wie ein Kind benimmst …« Pip kniff die Augen zusammen und betrachtete Fifts Miene. »Ja, das sind die, die deinen Freund verletzt haben. Und ja, so kannst du ihn rächen – *du* kannst ihn rächen, Fift. Aber nicht, indem du mitten in einer Schlacht wie ein Kind herumspringst, das die Rüstung seines Bailgeschwisterkindes aus der Schublade gezogen hat und Verkleiden spielt. Und auch nicht, indem du deine Väter seine Kämpfe auf den Matten austragen lässt.«

Fift schluckte. Aber Shria wollte nicht verteidigt werden. Shria wollte auch nicht gerächt werden. Damit konnte sie ihm also nicht gerecht werden. Oder doch? Sie wollte widersprechen, doch sie traute Mutter Pip nicht. Mutter Pip sammelte und verarbeitete Informationen mit methodischer Unerschrockenheit. Fift fürchtete, dass sie es bedauern würde, wenn sie Pip etwas erzählte.

»Es ist an der Zeit, Fift«, sagte Pip, »das zu sein, was du bist.«

Plötzlich fühlte Fift Angst in sich aufsteigen, ihr Herz zog sich zusammen, vielleicht war es auch die Welt, die sich um ihr Herz zusammenzog und sie wie eine Handvoll Gelee um sie herum erdrückte. Sie zwang sich zu einer versteinerten Miene. *Die zu sein, die du bist.* Mutter Pip konnte von dem, was geschehen war, nichts wissen. Doch konnte sie Fifts unstaidische Gefühle erahnen?

»Das ist deine Aufgabe in der Welt, Fift. Es geht nicht darum, Krach zu schlagen, auszuschmücken oder zu streiten, es geht nicht ums Fordern oder Zerschlagen und auch nicht darum, deine Ängste, deinen Zorn und deine Bedürfnisse über die der anderen zu stellen.« Pip setzte unvermittelt ein kleines, verwegenes Grinsen auf. »Nun, es wird Möglichkeiten geben, dass du dir deine Wünsche erfüllst. Wenn du Geduld hast, dann kommt die Zeit! Aber nicht, indem du etwas einforderst und hinausposaunst. Nein, Fift. Deine Aufgabe ist es, nachzudenken, zu planen und zu befehlen. Deine Aufgabe ist es, das stille Zentrum zu sein, das Fundament, der innerste Kern.« Sie verzog ihr Gesicht.

»Natürlich glauben manche Staids, das ›stille Zentrum‹ zu sein bedeute, niemals entschlossen oder schnell handeln zu können. Doch das kannst du, weißt du … im richtigen Moment kannst du so schnell wie der Blitz reagieren. Du kennst mich, Fift. Du weißt, dass ich keine Angst vor dem Vorwurf habe, überstürzt zu handeln.«

Pip ließ Fifts Schulter los, nahm deren Unterlippe zwischen Daumen und Zeigefinger und inspizierte Fift sorgfältig.

{Lieber Shria}, schrieb Fift, {ich verstehe nicht, was ich falsch gemacht habe. Ich kann nicht …}

Aber er hatte doch schon gesagt, dass es nicht ihre Schuld war. Zumindest hatte er behauptet, er behaupte nicht, dass sie es sei.

Fift fing noch einmal von vorn an. {Lieber Shria, ich möchte dich wirklich gern sehen …}

Doch jetzt benahm sie sich wieder wie ein Kind. So wie bei Vvonda auf der Party, so verhielt sie sich auch jetzt: bedürftig und emotional. Selbst wenn sie es gekonnt hätte, wollte sie Shria nicht mit kalter, leidenschaftsloser Logik übertrumpfen, sie wollte sich ihm gegenüber nicht wie Mutter Pip oder Vater Grobbard verhalten. Aber sie wollte auch nicht von ihm verachtet werden. Sie hätte sich damit zufriedengegeben, von ihm übertrumpft zu werden, und wäre gern sein älteres Geschwisterkind geworden, nur um überhaupt sein Geschwisterkind zu sein.

Pip ließ ihre Lippe los. »Du könntest natürlich auch verrückt werden.« Der verächtliche Unterton, mit dem sie normalerweise über Staids sprach, die verrückt wurden, fehlte (vielleicht aus Rücksichtnahme?). »Vielleicht wäre das ein Ausweg aus deiner Zwangslage. Wir müssten deine Verrücktheit respektieren, glaube ich, und du hättest einen angenehmen Aufenthalt in irgendeinem Hain auf der Oberfläche oder in der Doppelten Gebärmutter und dann müssten wir uns eine andere Lösung für das Problem mit der Straßenschlacht ausdenken. Alles in allem glaube ich, das wäre jedoch besser, als einfach zurück ins Haus zu gehen und sich dort feige ein paar Jahre zu verstecken.«

Fift schluckte. Sie wollte ihrem Blick ausweichen, doch das

schien ihr nicht zu gelingen. Pips Augen hatten heute ein kaltes, undurchlässiges Blau in den samtigen, blattgrünen Falten ihres Gesichts. Sie schien sie damit so zu durchschauen, als lägen ihre neuronalen Daten immer noch offen.

{Teuerster Shria, ich lese mit Interesse …} Nein, das war ungeschleuster Kompost. Die vorgetäuschte Darstellung eines erwachsenen Staid. Falls er sie nicht auslachte, würde ihn ihre Kälte verletzen. Sie wollte ihm nicht wehtun. Sie wollte nur … Sie wollte wieder dahin zurück, als sie Hand in Hand im Unteren und Hinteren gewandert und auf alles Mögliche gefasst gewesen waren. {Falls ich mit dem, was ich getan habe, irgendwie …} Nein. {Shria, ich respektiere deinen Wunsch, Zeit mit … Ich möchte wirklich nicht dazwischenfunken, wenn … Es macht mir nichts aus, falls wir … Normalerweise sehen wir uns doch sowieso nicht allzu oft. Aber ich frage mich einfach, was …}

Mit ihren Körpern im Bett sah sie im Feed ihr eigenes, teilnahmsloses Gesicht, wie sie auf den Treppenfluchten in Pips blaue Augen starrte. Ihr Publikum wuchs im Schneckentempo – sie hatten jetzt ein paar hundert sporadisch aktive Zuschauer; hinzu kamen Zehntausende automatisierter Agenten, die ihr seit ihrer Unterhaltung mit Thavé passiv folgten.

Zwei von Shrias Körpern waren an einem öffentlichen Ort gelistet, in seinem dritten Körper arbeitete er vermutlich hart für Pom Politigus. Er war doppelkörperlich in einer Abandonage in Temereen und schlenderte herum: dieser lockere, muskulöse Gang! Vvonda war auch da, einzelkörperlich, und der aquamarinblaue, doppelkörperliche Bail mit den Dornen am Kinn musste – ja, das war Bluey. (»Aber es muss doch irgendeinen Weg geben«, sagte Bluey eindringlich, »eine Herausforderung daraus zu machen …«) Vvonda nahm Shria in den Schwitzkasten, Shrias anderer Körper grinste und er blickte mit entspannten Schultern auf und in die Ferne, in Richtung Foo.

»Falls du versuchst, verrückt zu werden«, knurrte Pip, »wäre das nicht die schlechteste Art, auf einer öffentlichen Treppenlandschaft in Wallacomp vor den Augen eines Viertels von Fullbelly damit anzufangen und in einem katatonen Zustand zu erstarren. Du könntest etwas Coaching gebrauchen, aber es ist ein Anfang. Ich werde mir schon mal eine neue Assistentin suchen, glaube ich. Wenn du die Fesseln der geistigen Gesundheit eine Zeit lang ablegst, hilft dir das vielleicht dabei, ein paar neue Ideen für deine berufliche Zukunft zu entwickeln.«

Als sie sich vorstellte, sie könnte Pip als Bankhistorikerausbilderin verlieren, spürte Fift, wie Angst und Erleichterung in ihrem Inneren einen kleinen Krieg miteinander ausfochten. Dann mochte sie ja vielleicht in einer Alles-unter-einem-Dach-Bankhistoriker/Wettbüro/Clown/Logiker-Bude enden … aber möglicherweise viele Überstunden, Armut und Misshandlungen durch höhnische und hochrangigere Klienten ertragen zu müssen, nur um nicht mehr mit Pip zusammenzuarbeiten … war es das wert?

Dann beugte Pip sich vor, um ihr den finalen Schlag zu versetzen. »Aber das würde für Shria natürlich alles noch schlimmer machen, oder nicht? Für einen Bail ist es das eine, in Begleitung einer jungen Staid, die gut auf sich selbst aufpassen kann und die Fassung behält, bei einer Straßenschlacht übermannt zu werden, wenn sie hinterher das Richtige tut und ihre Angreifer dazu zwingt, sich zu entschuldigen. Sie stellt ihre Ehre auf ihre Weise wieder her und er tut dasselbe für sich. Das ist etwas, worüber man hinterher lachen kann. So etwas verbindet Freunde miteinander. Wenn es einem jungen, gesunden Bail aber misslingt, seine Staidfreundin zu beschützen, wenn diese überwältigt und als Folge davon schließlich verrückt wird? Wer weiß, für wie lange? Und die bei dieser Gelegenheit ihre Chancen für eine berufliche Entwicklung verliert? Damit ist nicht zu spaßen. Das wäre für ihn eine richtige Schmach … aber wenn du das möchtest.«

Ihre Publikumszahl stieg allmählich auf über 3000.

Fift verwarf alle unvollendeten Entwürfe für Nachrichten an Shria.

Sie stieg weiter die Treppen hinauf.

Pip folgte zwei Stufen hinter ihr. Fift schaute nicht zurück. Im Feed sah sie Pips teilnahmslose Miene und die Falten in ihren

Augenwinkeln, die bei einem ihrer Bailväter amüsiertes Grinsen über einen Triumph bedeutet hätten.

Sie redeten erst etwa eine Stunde später wieder miteinander, in dem letzten Aufzug, der sie nach oben zur Habitation des Bails brachte, den sie treffen wollten. Es war ein dicht verdschungelter Fahrstuhl, Ranken und riesige Blumen streiften ihre Gesichter und kleine Arbeitstiere wuselten in den Blättern. Die Zahl der aktiven Zuschauer war zurückgegangen, aber es gab immer mehr heiße Bookmarks – 30 000 Menschen waren jederzeit bereit, zu ihnen umzuschalten und ihnen aktiv zuzusehen, sobald sie etwas Interessantes unternehmen würden. Shria und seine Freunde waren in einem Ludatorium mit Übungsmatten verschwunden.

Pip kicherte. Dann schüttelte sie den Kopf. Und dann lachte sie, ein leises ruckelndes Lachen, das sich in Wellen über ihren ganzen Körper zog, und sie schloss die Augen. {O mein liebes Kind}, sendete sie privat. {Ich fürchte, deine Vorlieben sind meinen zu ähnlich. Das eine kannst du mir glauben, es ist ein schwerer Weg, als Staid die Bails zu lieben!}

Fift erwiderte nichts und versuchte, keine Reaktion zu zeigen, doch sie zitterte trotzdem.

17

Der Bail, der einkörperlich den Rutschfaden herunterkam, war der Bail, den sie treffen wollten: Potrun Videx Spilteritrine vom Namensverzeichnis Rutschiges-Braunes-Rhinozeros-6, 135 Jahre alt, fernhistorischer Indexdesigntechniker, vierkörperlich, Erstgeborener von sechs. Er hatte schwache Zustimmungsraten von einer Reihe loser und zu vernachlässigender Historien-Index-Gesellschaften und starke Misstrauensstimmen von vier großen Reputationsverschmelzungsmaschinen – einmal wurde ihm Betrug vorgeworfen und einmal Feigheit. Er gehörte zu einer kinderlosen Wohnkohorte, die aus fünfzehn Personen bestand. Die öffentlichen Quoten der Buchmacher darauf, dass Potrun einen unehrenhaften Zusammenbruch erleben würde, waren im Laufe der letzten 2000 Herzschläge von zwei zu eins dagegen auf zwei zu eins dafür gestiegen.

Potrun hatte ihnen von der höheren Station aus zugewinkt, war momentan aber vollauf damit beschäftigt, seine Geschwindigkeit zu verlangsamen, und dehnte vorsichtig den Rutschfaden mit seinen Füßen, während er auf die Plattform vor ihnen glitt. Auf beiden Seiten des Weges blubberten leuchtend rosafarbene Pampfelder bis hinunter zum Rand der Schüssel von Zaghafter Schöpfeimer. Hier war es ruhiger, das Lärmen von Perilax wurde gedämpft und vom leisen Rülpsen und Blubbern der Pampe übertönt. Außerdem war es schattig. Über Wallacomp zog die Sisterine-Habitation hinüber, die ein bisschen vom Nachmittagslicht spiegelte.

Das Publikum von Fift und Pip schaltete allmählich von passiv auf aktiv; sie hatten jetzt wieder um die 1000 aktive Zuschauer.

Potrun sprang eine Körperlänge über der Plattform vom Faden ab, landete mit einem leichten Stolpern, bückte sich ruckartig und eilte auf sie zu, den Kopf hatte er leicht nach unten gebeugt. Pip hatte einen Halt eingelegt und Fift hatte mit ihr zusammen angehalten.

»Hochgeschätzte … Besucher«, fing Potrun an und keuchte ein wenig vor Anstrengung. »Es ist mir ein Vergnügen. Ich meine nur … dahinten auf der nächsten Plattform gibt es übrigens eine sehr gute Antiüberwachung, ich glaube nicht …«

Pip sendete Fift über einen privaten Kanal, was sie als Erstes sagen sollte: {Wir haben kein Interesse an Antiüberwachung, wie du dir sicher vorstellen kannst.}

»Wir interessieren uns eigentlich nicht für Antiüberwachung«, sagte Fift, »wie du dir sicher … vorstellen kannst.« Es klang mitfühlend und vielleicht auch ein wenig verwirrt – nicht so streng, ironisch und unerschütterlich, wie Pip es gesagt hätte.

»Nein«, sagte Potrun und schluckte. Er war mager und glatt, hatte ein perfekt symmetrisches Gesicht, kleine feste Brüste und leuchtend rotes und blaues Haar, das wie steife Federn von seinem Kopf und seinen Wangen abstand. Jedes Detail war auf klassische Weise attraktiv, aber der Gesamteffekt war generisch, so als ob er sich selbst aus Paketen zusammengesetzt hätte, was wahrscheinlich auch der Fall war … ängstlich und einsam. »Nein, das kann ich nachvollziehen. Also …«

Von Pip: {Du hast mich vor zwei Tagen mit dem Ellenbogen eines egohüpfenden Wirtskörpers ins Gesicht geschlagen.}

»Du … äh …«, sagte Fift, »… warst derjenige, der …« – es machte ihr zu schaffen, so rüde grußlos und ohne es in Watte zu verpacken gleich mit Vorwürfen zu beginnen – »… äh, der mich ins Gesicht geschlagen hat während der Straßenschlacht vor zwei Tagen?«

»Oh«, sagte Potrun. »Oh. Ja. Das muss ich wohl gewesen sein. Ich meine, ich weiß, dass ich es war – ich habe mir die Aufzeichnungen angesehen. Es tut mir so leid. Ist ziemlich bemerkenswert, dass ihr herausgefunden habt, dass ich es war! Aber andererseits …«, er lachte einmal kurz und unsicher auf, »… scheint deine Familie überhaupt ziemlich bewundernswert zu sein. Also. Es tut mir schrecklich leid. Ich kann dir versichern, dass es ein Unfall war. Ich werde in Zukunft vorsichtiger sein.«

Beim Wort »Unfall« drückte Pip den Rücken durch und blickte unauffällig zu Fift. {Ich fürchte, es war kein Unfall}, sendete sie.

»Ein … Unfall«, sagte Fift.

Potrun fing an, die Hände zu kneten und seine Knöchel erst in die eine und dann in die andere Richtung zu biegen. »Ja, ja, mit Sicherheit ein Unfall«, sagte er kleinlaut. »Ich meine, du glaubst doch nicht, ich würde ein … Staidkind … absichtlich … schlagen … schlagen! Also wirklich!«

Pip räusperte sich, ein hohles Rumpeln. {Wir könnten uns das Material doch gemeinsam ansehen?}, sendete sie.

»Lass uns«, sagte Fift – und ihr Körper, der vor Potrun stand, fühlte sich schwer und betäubt an, so als würde er gar nicht zu ihr gehören, so als wäre sie nur eine von 1000 Feed-Beobachtern, die dabei zusahen, wie sie diesen armen, zerbrechlichen und auseinanderfallenden Bail ungespitzt in den Boden nagelte. »Lass uns das Material doch gemeinsam ansehen … okay?«

Potrun sackte noch ein paar Fingerlängen tiefer und presste die Augen zusammen. »Nein, ich weiß, wie es aussieht, ich weiß, dass ich … Ich behaupte nicht, dass es so eine Art von Unfall war, wie zum Beispiel, wenn man in jemanden hineinläuft, den man auf dem Nebenweg nicht gesehen hat. Ich behaupte nicht, dass ich nicht … wisst ihr …«, seine Stimme wurde noch leiser, jetzt war es nur noch ein krächzendes Flüstern, »… gezielt habe.«

Bei den Buchmachern standen die Wetten jetzt fünf zu zwei darauf, dass Potrun im Laufe der nächsten drei Monate unehrenhaft zusammenbrach.

{Ist das jetzt nicht genug?}, sendete Fift über den privaten Kanal an Pip. {Ich meine, er hat sich doch entschuldigt, er sagt, dass er gezielt hat … ist das nicht klar? Ist die Ehre damit nicht wiederhergestellt? Ich habe keine Angst mehr vor ihm. Falls ich die jemals hatte.}

{Er hat sich nicht für den vorsätzlichen Angriff entschuldigt}, sendete Pip. {Frag ihn, ob er das getan hat. Frag ihn, ob er sich dafür entschuldigt, absichtlich eine minderjährige Staid angegriffen zu haben. Er wird Ja sagen und dann können wir gehen. Das machst du sehr gut.}

{Er wird zusammenbrechen}, sendete Fift.

{Gut}, sendete Pip. {Ich bin überzeugt, dass ihm etwas Zeit im Irrenhaus guttun wird.}

Potrun öffnete die Augen und dann den Mund, um etwas zu sagen und sich weiter zu entschuldigen. Er sah, dass Pip und Fift einander böse ansahen, und verlor die Sprache. Er zog die Schultern hoch, als ob er einen Schlag erwartete.

{Was ist denn, wenn er nicht eindeutig verrückt geworden ist?}, sendete Fift. {Was ist denn, wenn die Sache chaotischer ist?}

{Gut}, sendete Pip. {Dann erfährt die Welt, dass es nicht ratsam ist, im Schutz scheinbarer Anonymität Kinder körperlich anzugreifen. Und dass die Iraxis-Kohorte ihre Verantwortung ernst nimmt. Fift, erfülle deine Pflicht.}

Fift biss die Zähne zusammen und widersetzte sich Pip. Sie wünschte, Shria wäre hier. Was würde Shria von dieser Sache halten? (Sah er zu? Sie checkte es: Er stand auf der Liste! Er *sah* zu, aber sie konnte ihn nicht sehen – keiner seiner Körper war sichtbar. Sie konnte nicht sehen, wie er reagierte. Und sie hatte keine Möglichkeit, ihn zu fragen.)

Vielleicht wäre Shria auf Pips Seite: wütend auf Potrun, auf der Suche nach Gerechtigkeit und bereit … sich mit Rache zufriedenzugeben. Sie erinnerte sich an seine stammelnde Entschuldigung im geheimen Gebärmutterlabor von Stiffwaddle-Körpermoden. *Ich bin derjenige, der … ich hätte …*

Hätte Fift schützen sollen. Hätte Fift von der schmuddeligen bail'schen Leidenschaft fernhalten müssen.

In Potruns Augen glänzten Tränen. Er stand in Gefahr, seine Kohorte zu verlieren, seine spärliche Kundschaft. Er war ein Teil jener furchterregenden Menge gesichtsloser Körper gewesen. Jetzt hat sich ihre Position umgekehrt und Fift war es, die ihm Angst einjagte. Furchterregend zu sein war eine Verkleidung, die man wie ein Clown in einer Vorstellung an- und wieder ausziehen konnte.

Ich habe dich nicht beschützt. Du verdienst es, beschützt zu werden, Fift, und nicht … bloßgestellt.

Hast du ein wehrloses Kind geschlagen, Potrun? Denn ich bin ein wehrloses Kind, nichts anderes, weißt du? Eine zerbrechliche Staid, die sich nur nach Frieden sehnt. Und jetzt verweisen wir dich in deine Schranken und mich in meine, dann können Shria und Pip und alle anderen wieder aufatmen, weil es nichts Wildes und Unordentliches ist, nach dem ich mich sehne, nichts von Vvonda, nichts Handfestes in der Abandonage, kein Prahlen und kein Aufschneiden, kein heißer Atem in meinem Nacken, keine weichen festen Fransen, die um meine Finger gleiten. Es gibt nichts in eurer Welt, das ich verstehen muss.

Pip warf Fift finstere Blicke zu, um sie zu zwingen, ihre Pflicht zu erfüllen.

Leck mich, dachte Fift.

»Warum warst du da?«, fragte Fift.

»W-wie bitte?«, stammelte Potrun Videx Spilteritrine.

Pip drückte den Rücken durch.

»Warum warst du da?«, fragte Fift noch einmal. »Woher hattest du den Mietkörper? Wieso wusstest du, dass es zu einer Straßenschlacht kommen würde? Warum … warum hast du dich für das, was Panaximandra sagte, interessiert?«

»Fift«, sagte Pip streng.

»Wie bitte?«, wiederholte Potrun und blinzelte die Tränen weg. Schließlich flackerte in seinen traurigen, braunen Augen ein bisschen Wut auf. »Was willst du … das geht dich gar nichts … was soll das, spielst du hier Bürgerpolizei?«

»Beantworte meine Fragen.«

Pip schnitt eine Grimasse und hob die Hand noch etwas höher.

»Ich brauche eure Fragen nicht zu beantworten. Sieh mal, ich bin ja bereit, mich zu entschuldigen, okay? Ich bin sogar bereit, ja, ich meine, ich weiß, dass es ein Fehler war, dich zu …« Er versuchte das Gespräch wieder auf die vorgegebenen Bahnen zu lenken, von Verwirrung und Verärgerung zurück zu tränenreicher Reue oder mürrischer Renitenz.

»Deine Entschuldigung ist mir so egal wie die verstopfte Bauchhöhle einer kranken Kanalratte«, sagte Fift, der die Sache langsam Spaß zu machen begann. »Und ich versuche nicht, dich in Schwierigkeiten zu bringen. Hör zu, eigentlich stelle ich doch nur eine Frage – weißt du, ich bin von dieser Straßenschlacht überrascht worden und das war alles andere als angenehm.« Sie fühlte ein leichtes Würgen in ihrer Kehle, als sie das sagte – es waren wieder die erhöhten amygdalischen Reaktionswerte, vermutete sie. »Mir ist egal, dass du mich geschlagen hast. Mir ist auch egal, ob du dich deshalb unwohl fühlst. Aber was ich *verstehen* muss: Was in Kumrus Namen hatte das alles zu *bedeuten*?«

Pips Augen waren schmal, aber sie ging nicht dazwischen.

Fift verzichtete jetzt in ihren beiden anderen Körpern darauf, so zu tun, als würde sie schlafen oder ihre Hausaufgaben machen. Sie saß nur da und beobachtete sich selbst im Feed. Sie kratzte ihren anderen Körpern die Nase und betrachtete sich selbst. Die schlaffen, klein geratenen, schlammfarbenen Körper, das zerzauste, kurze weiße Haar. Sie stand vom Bett auf und ging, um sich etwas anzuziehen.

Potrun machte ein verkniffenes Gesicht. »Ich wollte mich nur ein bisschen amüsieren. Ich habe gehört, dass da etwas los sein sollte … Wir hatten alle vom Cirque gehört und dass überall die Ticketbesitzer herumliefen … Ich hatte einen Freund, der mir einen Mietkörper verschaffen konnte, und da habe ich … einfach mal vorbeigeschaut.«

»Hunderte von Mietkörpern und ihr seid alle rein zufällig zu Panaximandra gegangen und habt rein zufällig diese Straßenschlacht gestartet?«, fragte Fift.

{Deine Vorgehensweise ist sehr seltsam, Fift}, sendete Pip. Sie musterte Potruns Miene. {Aber mach nur weiter mit deinem Experiment, wenn es dir Spaß macht.} Wie sah es Pip mal wieder ähnlich, schließlich doch noch gutzuheißen, was sie nicht aufhalten konnte!

»Na ja, da waren ebendiese ganzen Mietkörper. Als wir uns dazugestellt haben, ich meine, das war schon ein sehr … eigenartiges Gefühl. Und als *er* dann …« – Potrun schluckte – »Er kam und sah aus wie einem Epos entsprungen, so … viel Power.« Potrun räusperte sich, seine Augen waren wieder tränenfeucht. »Und es war alles … wahr. Was er gesagt hat.« Er blinzelte und eine Träne löste sich und ergoss sich auf die sanfte Neigung unter seinem Auge. Sie glitt tiefer und verschwand zwischen den braunen Federn auf seiner Wange. Unter seinem flehenden Blick lag eine Spur von Hass.

So sah man keine zerbrechliche, schutzbedürftige Person an, die man vor lauter Wildheit bedauerlicherweise verletzt hatte. So sah man jemanden an, der einen kontrollierte, dem man ausgeliefert war und der einen bei jeder Bewegung steuerte, der einen ständig übervorteilte.

Es war Vater Miskisk, der Mutter Pip ansah.

»Du hast mich geschlagen … *weil* ich eine Staid war«, sagte Fift erstaunt.

»Dummes Zeug«, blaffte Potrun. »Wir schlagen keine Staids, oder? Wir reden sogar nie grob mit euch, weil wir euer perfektes Gleichgewicht nicht mit unseren unmöglichen Gefühlen belasten wollen. Nein, wir lassen uns nur von euch erklären, weshalb wir überhaupt nichts fühlen sollten, und befolgen eure exzellenten Ratschläge. Wir kaspern nur herum, um euch zu amüsieren, wir dienen euch in sexueller Hinsicht und bauen euch eure …« – er richtete den Arm in einer heftigen Geste auf Fullbelly – »… sicheren, sauberen, durchdachten … Hasenställe … Mausoleumsbibliotheken … diesen Parkplatz, wo wir alle nur mit leisen Stimmen sprechen, uns in die Schlange einreihen und unsere … Arbeit machen. Und manchmal wird es uns vielleicht sogar erlaubt, ein *Kind* zu sehen …« – seine Stimme überschlug sich – »… oh, sieh mal, ein Kind! Geht vorbei … und natürlich können wir sie uns auch einfach im Feed ansehen. Aber zu einer interaktiven Simulation reicht es natürlich nicht, das wäre zu altmodisch und gefährlich und unvernünftig. Nein, aber wir können uns ja einfach an den Feed setzen und uns die öffentlichen Nebenwege ansehen. Oh, sieh mal, ein *Kind*! – Ja, natürlich, denn irgendwo muss es ja einen Platz für Bails geben, das muss es doch einfach, das ist ja nur *vernünftig*; zu kämpfen ist natürlich lächerlich, aber Bails haben Bedürfnisse, also lasst uns ihnen ein Plätzchen zuweisen, da können sie dann hingehen und dabei keinem auf die Nerven gehen – soll heißen: den Staids –, aber natürlich müssen sie schon vorher alles ganz vorsichtig arrangieren – eine Parodie der von Kumru verlassenen Langen Konversation –, denn nichts anderes sind die Matten doch!«

Fift stand auf dem Schlauch. Die Publikumszahlen erreichten Spitzenwerte; zehntausend Livezuschauer, von denen die meisten erst in den letzten paar Sekunden dazugekommen waren. Ein Dutzend davon waren akkreditierte Reaktanten und zwei Unterhaltungsaggregationsagenturen hatten ihre Bewertungen für diesen Teil des Feeds aufgewertet, seit Potrun redete.

Es gab eine Reihe von Empfehlungen seitens Fast-Fremder (aus unterschiedlichen Kontaktleveln), die Fifts Nachrichteneingang überfluteten. Vorschläge, was sie fragen sollte, Beschwerden, Theorien, Gerüchte …

Pip räusperte sich vernehmlich.

Potruns Augen wurden schmal und er setzte ein schiefes Grinsen auf. »Weißt du, vielleicht solltest du nicht nach Dingen fragen, die du nicht hören willst. Das war jedenfalls der Grund, warum wir dort waren. In Ordnung? Ich bin nur so aus Jux in einem Mietkörper aufgekreuzt, landete in einer Menge … und Panaximandra hat uns die Wahrheit über unser Leben erzählt. Dann habe ich mich hinreißen lassen. Ich bin von dem Pfad *abgewichen* …« – er betonte das Wort sarkastisch – »… den ihr wunderbaren Klardenker, die wunderbaren Hebammen und Schiedsrichter und die Reaktantenaggregatoren für uns bestimmt haben. Ich war durcheinander und verwirrt. Alles klar? Aber vergiss nicht, dass ich nur ein armer kleiner Bail bin. Wir leben durch Emotionen und Aktionen und deshalb ist es in einer verwirrenden Situation wie dieser schwer für uns, uns nicht hinreißen zu lassen, verstehst du? Deshalb tut es mir leid. Sind wir jetzt fertig?«

Pip sah genervt aus. Es war nicht nötig, Fift etwas zu senden, damit diese wusste, was sie dachte. Der Fisch war aus dem Netz geflüchtet, sagte ihre Miene. Wir werden uns mit einer nicht ernst gemeinten, formellen Entschuldigung zufriedengeben müssen und wie Narren dastehen.

Fift räusperte sich. »Diese Sache mit den Bails und den Staids scheint dir wirklich sehr zu schaffen zu machen.«

Potrun hätte sich fast verschluckt. »Wie bitte? Wie meinst du das denn?«

»Anscheinend glaubst du, dass die Staids an allem schuld sind, was in deinem Leben schiefläuft, stimmt doch?«

»Oh, bitte«, sagte Potrun voller Verachtung. »Zuerst Bürgerpolizei und jetzt Irrenhauswächter. Wenn du von dem, was ich gesagt habe, nichts kapiert hast, begreifst du es einfach nicht. Und jetzt lass uns die Sache beenden.«

»Aber«, insistierte Fift, »du bist ein fernhistorischer Indexdesign-Techniker …«

»Was soll das denn damit zu tun haben? Weißt du überhaupt, was das ist?«

»Ich weiß, was Ferngeschichte ist«, sagte Fift, obwohl ihre Vorstellung davon ziemlich vage war. Das Zeitalter vor den Zeitaltern … unbegreifliche Unterschiede im Denken, teilweise überbrückt durch unbegreiflich komplizierte, automatische Prozesse … Dann fiel ihr wieder ein, was Thavé gesagt hatte – *so seid ihr hier alle überhaupt erst hergekommen.* »Das war … bevor die Leute zu dieser Welt gekommen sind … das Leben der Leute aus den früheren Welten.«

»Ja, ja«, sagte Potrun und entspannte sich ein bisschen. »Das, was wir von ihnen wissen – was wir über sie wissen *können*. Das meiste, was wir von ihnen haben, sind einfach nur Daten, die es kaum verdienen, ›Informationen‹ genannt zu werden und ›Wissen‹ schon gar nicht. Und der Großteil des vermuteten Wissens wird von ferntheoretischen Maschinen generiert, die an sich schon fast unbegreiflich seltsam sind. Und das ist der Punkt, wo das Indexieren ansetzt …« Er verkniff es sich, zu einem Vortrag auszuholen, und presste die Lippen zu einem dünnen Lächeln zusammen. »Aber das interessiert sowieso niemanden mehr.«

{Fift, das reicht}, sendete Pip. {Diese Art eines Verhörs ist unangemessen.}

»Aber Bails und Staids ...« Fift spürte, dass ihr Gesicht rot anlief. Sie vermied es, Pip anzusehen. Es war dumm gewesen, nachzuhaken, sie hatte den Faden verloren und wusste nicht recht, worauf sie eigentlich hinauswollte. Aber eine der Nachrichten in ihrem Nachrichteneingang stammte von einem ihrer staidischen Verehrer, die ihr kurzer Anflug von Ruhm generiert hatte. Es war ein gewisser Dobroc P., dessen Freundschaftsanfrage Fift akzeptiert hatte, weil Dobroc irgendetwas mit Vater Thurm zu tun hatte. Dobroc hatte eine Frage gestellt, die Fift erschüttert hatte. Es war eine gewagte Frage, das stimmte, und unvermeidlich auch das, was Fift wissen wollte. Obwohl ihr das Blut durch die Ohren dröhnte, stellte sie sie: »... ich meine, damals gab es doch keine Bails und Staids, in der Ferngeschichte, meine ich. Wie kann es dann also überhaupt ... wie kann dann alles damit verknüpft sein?«

Pip drückte den Rücken durch.

Potrun grinste. »Es gab schon immer Bails und Staids, in dem Sinne, dass es immer die Schnellen und die Langsamen gab. Neu ist das ganze Brimborium, das wir darum machen. Und dieses Brimborium, mein liebes Kind, all die Theorien der Hebammen über Harmonie und Balance und die beiden grundlegenden Pole menschlichen Daseins? Das dient alles nur dem Zweck, die Lahmen zu *schützen*. Aber das bringen sie euch wohl nicht in der Schule bei.« Er entspannte seine Schultern und strich sich mit den Fingern durch die irisierenden Federn hinter seinen Ohren. Einen kurzen Moment lang drang etwas anderes durch die glatte Oberfläche seines Körperdesigns – etwas Hageres, Knochiges, Schönes. Die Spekulanten versuchten jetzt, ihre Wetten loszuwerden; bei den Buchmachern standen die Quoten für den Zusammenbruch wieder auf zwei zu eins dagegen. »Eigentlich sind wir alle lahm und schwach, wir sind Ameisen und Termiten verglichen mit den Leuten, die sich in der Ferngeschichte selbst geschaffen haben. Wir haben uns absichtlich so *schwach* gemacht. Weil jemand es für *vernünftig* hielt.«

Fift bekam in einem der Körper auf dem Bett Hunger, stand auf, stapfte den Flur hinunter und ging ins Esszimmer. Dort traf sie auf Pip, die einen förmlichen, gewebten, cremefarbenen Sarong-Anzug trug. Sie blickte zu Fift auf. Ein Fremder hätte denken mögen, dass sie unbeteiligt aussah, doch Fift konnte ihren Ausdruck deuten – es war kalte Wut.

Die Zuschauerzahl im Pampfeld war jetzt auf 30 000 angewachsen und stieg weiter an.

»Bemerkenswert«, sagte Mutter Pip zu Potrun. Ihr Tonfall war perfekt neutral.

»Wie bitte?«, fragte Potrun und kniff schon wieder die Augenwinkel zusammen.

»Eine bemerkenswert bequeme Fantasie«, sagte Pip. »Elegant gestaltet. Ich möchte meine Bewunderung ausdrücken. Es erlaubt dir, zugleich total mächtig zu sein – weil du in Wahrheit der letzte Überlebende der mächtigen Helden aus den Zeitaltern vor den Zeitaltern bist –, zugleich ist es aber auch die Rechtfertigung für dein jämmerliches Scheitern als Person in dieser Welt. Eine Verschwörung des Mittelmaßes hat dermaßen über die Herrlichkeit triumphiert, dass einem die Herrlichen nur leidtun können. Es beantwortet aber nicht die Frage, wie die Mittelmäßigen das zustande gebracht haben.«

Im Esszimmer senkte Pip den Blick wieder auf ihre Suppe und hob sich die Schüssel an die Lippen.

Potrun machte ein Gesicht, als hätte er in eine faule Mangareme gebissen. »Das würdest du nicht …«

»Das würde ich nicht verstehen«, sagte Pip. »Versteht sich. Schon aus Prinzip. Viel zu lahm. Und ich bin mir sicher, wenn du jetzt im Zeitalter vor den Zeitaltern wärest, dann würden das alle mühelos verstehen und dich zum Mithelden ernennen – ganz im Gegensatz zu jetzt, wo du nur ein kinderloser, bekannter Feigling bist, der gerade so eben von seiner eigenen Kohorte toleriert wird und es nicht einmal fertigbringt, anonym Kinder zu schlagen und sich effektiv der Entdeckung zu entziehen.«

Potruns Mundwinkel hoben sich wieder. »Du hast Glück, dass dich dein Staidsein schützt …«

»Ach ja, der Schutz, den wir den Lahmen so freundlich zubilligen. Na ja, vielleicht hast du ja Lust, eine nicht lizenzierte Schlägerei mit den *erwachsenen Bails* aus meiner Kohorte vom Zaun zu brechen. Damit würdest du bequem um die Tatsache herumkommen, dass du es nicht wert bist, dich auf die Matten zu begleiten. Sie könnten dich gleich auf dem Hof bewusstlos schlagen. Das könnte richtig gut für deine Bewertungen sein. Und jetzt müssen wir gehen. Richte den antiken Helden der Legenden meine Grüße aus. Fift?« Ohne Potrun eines weiteren Blickes zu würdigen, drehte Pip sich um und ging wieder Richtung Fahrstuhl.

Sie schlürfte einmal lange und ausführlich von der kalten dicken Suppe.

Fift folgte ihr und zwang sich dazu, sich in ihrem Körper nicht umzusehen. Im Feed stand Potrun mitten im Pampfeld und zitterte. Seine Federn hatten sich zu spitzen Häufchen aufgerichtet. Aber er hing nicht durch, sondern wirkte wach und gepeinigt.

Die Buchmacherquoten auf seinen Zusammenbruch innerhalb der nächsten drei Monate standen fifty-fifty.

Die Zuschauerzahlen hatten einen Spitzenwert von 50 000 erreicht, sanken jetzt aber nach und nach wieder.

Pip ließ die Suppenschale fallen. Sie fiel auf den Tisch und rollte sich zu einem Ball zusammen, damit ihr Inhalt nicht ausgeschüttet wurde. Sie starrte zu Fift hinüber.

Fift schluckte. »Also, äh. Danke, schätze ich. Sieht aus, als hättest du die Sache in den Griff gekriegt.«

»Ist dir nicht klar«, sagte Pip, »dass das eine Katastrophe war?«

»Na ja …« Fift hustete. »Aber ich finde, am Ende hast du ihn ganz deutlich übertrumpft.«

»Ja«, sagte Pip, als spreche sie mit einem Kleinkind. »Ich war es, der ihn übertrumpft hat. Bestand daran ein Zweifel? Stand es infrage, ob ich einen schwachsinnigen, kinderlosen, erstgeborenen Feigling in den Griff kriege? Nein, das tat es nicht. Und darum ging es doch auch überhaupt nicht, oder, Fift? Du hättest ihn in den Griff kriegen müssen. Meine Aufgabe war es, das Ganze mit mütterlichem Stolz gnädig zu beobachten. Eigentlich war meine Anwesenheit alles andere als ideal, aber sie schien nötig zu sein. Doch jetzt, Fift, wurde ich von *50 000 Zuschauern* dabei beobachtet, wie ich mich mit dieser Kreatur, diesem mietkörpernutzenden Schnorrer angelegt habe, als wäre er mir ebenbürtig. Er schlägt mein Staidkind bei einer Straßenschlacht und ich bin genötigt, seine exzentrischen Machtfantasien zu kritisieren und ihm – wenn auch sarkastisch – zu drohen! –, dass er sich außer der Reihe mit deinen Vätern messen soll! Und weshalb, Fift? Warum hat sich diese Kohorte jetzt auf einen Kampf unter Erwachsenen mit einer kinderlosen Wohnkohorte von fünfzehn Transienten im kumruverlassenen Zaghaften Schöpfeimer eingelassen *und ist dafür durch das Hinaus und Hinüber gereist*, um das zu tun?«

»Weil ich nicht auf euch gehört habe«, sagte Fift mürrisch.

»Ist das der Grund? Du sollst mir nicht das sagen, von dem du glaubst, dass ich es hören will, Fift. Denk mal selber nach. Ich bin bereit, dir zuzuhören.«

Der Fahrstuhl roch nach seinen merkwürdigen, üppigen Blumen. Im Bett, mit geschlossenen Augen schlief Fift (zu ihrer großen Überraschung) ein und träumte düstere Träume, wie sie Shria durch ein Unterwasserriff folgte, trübes Wasser, helle Fische, sie selbst ein Fisch und Shria auch.

Im Esszimmer taten ihr die Augen weh. Sie war müde, setzte sich hin; quietschendes Gurtzeug schwenkte herbei, wickelte sich um sie und trug ihr Gesicht. »Ja«, sagte Fift. »Das ist der Grund. Ich habe nicht getan, was ihr gesagt habt.«

»Es gab nur eine Frage, Fift. Er brauchte nur eine einzige, direkte Frage zu hören: Entschuldigst du dich dafür, mich absichtlich geschlagen zu haben? Er wäre auseinandergeplatzt wie eine reife Nuss.« Pip faltete ihren Ärmel und reinigte sich damit vorsichtig die Mundwinkel.

»Aber stattdessen haben wir uns noch größerer Gefahr ausgesetzt und das Risiko, gemaßregelt zu werden, vergrößert. Wir dürfen nicht dabei beobachtet werden, dass wir uns auf das Spiel dieser Missgestalten einlassen.«

»Ich weiß«, sagte Fift.

Sie blieben ein paar Augenblicke lang stumm sitzen (und standen schweigend im Fahrstuhl).

Der leuchtend bunte Fisch, der Shria war – rot, blau und gelb –, schlug mit dem Schwanz, drehte sich um und war Potrun – braun, spindeldürr, tiefschürfend und bedrohlich – in dickflüssiger, trüber See.

»Na schön«, sagte Pip schließlich und schüttelte im Esszimmer den Kopf. »Einer ist erledigt, fehlen noch zwei.«

18

Ein Klopfen am Türrahmen. Und dann gleich noch mal.

Vater Squells Stimme: »Wach auf, kleiner Struwwelkopf.«

Fift schlug die Augen eines Körpers auf. Sie hatte in zwei Körpern gleichzeitig geschlafen – was sie normalerweise nicht tat – und es war mühsam, wach zu werden. Auf dem Treppenabgang nach Unterschnurz strauchelte sie kurz, stützte sich am Geländer ab und fühlte sich einen kurzen Moment benommen. Schwer lag ihr Arm auf der anderen Brust, ein Bein auf den anderen beiden Schienbeinen.

Sie rollte zur Seite und schuf mit Decken und abgestandener Luft Abstand zwischen ihren Körpern.

Direkt vor ihr stieg Pip ungerührt in die Tiefe.

Squell streckte einen Kopf in den Raum. »Hallo, liebe Fift. Tut mir leid, dass ich dich wecke. Du schläfst schon seit … okay … du musst ganz schön erschöpft sein.«

Sie hatte der Versuchung widerstanden, im Feed nach Shria zu suchen. Wenn er eine Pause brauchte, in der sie sich voneinander fernhielten, war das in Ordnung. Sie war ihrer schweigenden Mutter die leuchtend weißen Flüstermarmortreppen nach unten gefolgt und hatte sich zusammengerissen, obwohl Shria jetzt seine Aufenthaltsorte auflistete. Er und seine Freunde hatten das Ludatorium verlassen. Außerdem brauchte sie nicht zu wissen, wo er war, also auch nicht nachzusehen.

Aber sie tat es doch. Es war anders, jetzt in den beiden anderen Körpern wach dazuliegen … bequem und verletzlich, ganz gerötet vom allzu warmen Schlaf. Sie spürte noch den Druck ihrer eigenen Glieder auf ihrem Körper nachwirken. Und sie erinnerte sich, wie Shria sie mitten in der Straßenschlacht umarmt hatte. Seine festen Arme, die sie hielten, seine weichen Brüste an ihrem Körper. Und seine Herzschläge.

»Ich wollte mit dir über etwas reden«, sagte Squell. »Ich *weiß* nicht recht, ob ich der Richtige dafür bin. Aber … na ja … Grobbard kann so … *förmlich* sein und Pip … nun, ich glaube, für heute hat Pip dich schon genug ausgeschimpft.« Er streckte einen weiteren Kopf durch die Tür, legte das Kinn auf die Schulter seines ersten Körpers und lehnte sich an sich selbst. Kupferstacheln, Silberstacheln. Er war klein – inzwischen sogar kleiner als sie, erkannte Fift –, hatte eine rosige Haut, sanfte Kurven und war in glitzernd blauen Stoff gehüllt. »Außerdem bin ich wohl derjenige, der es *gemerkt* hat.« Er sah sich im Raum um. »Wenn du willst, Sanftlein, können wir den Hausfeed in deinem Zimmer ausblenden, damit nur wir beide und nicht deine restlichen Eltern … ich meine …«

Fift bekam eine trockene Kehle. »Wie bitte? Warum …«

»Ich möchte dich einfach nicht in Verlegenheit bringen. Aber … Jetzt bin ich albern. Denk dir nichts dabei. In diesem Augenblick will wohl keiner von uns, dass es schon wieder Blackouts im Feed gibt!« Er lächelte über seinen eigenen Schwachsinn und zog die Brauen hoch. Dann schlüpfte er in den Raum (Kupferstacheln) und blieb an den Türrahmen gelehnt stehen (Silberstacheln).

Da waren sie: Shria, Bluey, Stogma und Vvonda – sechs Körper, die mit der Leichtigkeit von Letztgeborenen den Hang nach Wallacomp hinunterschlenderten. Sie mussten nach dem Ludatorium an einem Badehaus haltgemacht haben, denn sie waren gewaschen, poliert und geölt und trugen farblich abgestimmte gold glitzernde Fäden, die ins Haar geflochten waren.

Squell stand neben dem Bett und hätte sich anscheinend gerne hingesetzt. Fift setzte sich in beiden Körpern auf, rutschte auf eine Seite und strich verlegen die Decken glatt.

»Fift«, sagte Squell. »Du weißt, dass deine anderen Eltern und ich Shria Qualia Fnax vom Namensverzeichnis Digger-Chamäleon-2 gernhaben.«

»Okay«, sagte Fift.

Aber wenn man genauer hinsah, dann war es mit der badehausfrischen Letztgeborenenleichtigkeit doch nicht so weit her. Shria ließ die ganze Zeit seine Knöchel knacken und Vvonda machte sich eine Nummer zu gerade. {Sie wirken nervös, oder nicht?}, fragte sie ihren Agenten für soziale Feinheiten.

{Mit Sicherheit}, antwortete ihr Agent für soziale Feinheiten.

»Aber«, sagte Squell, »dein Freund ist gerade in einer schwierigen Lage. Die Bewertungen der Sozial-Reaktanten für seine Elternkohorte haben sich ... verschlechtert. Und das bis zu einem Punkt, an dem ... tut mir leid, Sanftling, weißt du ... die Unterstützung durch den Konsens entzogen werden könnte. Gerade zum *jetzigen* Zeitpunkt! Noch vor einer Woche hätte es Beschwerden und Herabstufungen gegeben, aber nicht viel mehr. Doch heute ... nach dieser Geschichte mit der Auflösung ... geben die Hebammen und die Tiefen-Schiedsrichter ziemlich *deutlich* zu verstehen, dass sie der Meinung sind, rücksichtsloses Benehmen könne nicht mehr toleriert werden. Womöglich wird die Fnax-Kohorte aufgelöst.«

»Aber es war doch nicht Shrias Fehler«, sagte Fift. »Er hat nicht damit angefangen!«

»Gut, das vielleicht nicht«, sagte Squell und räusperte sich. »Es war eine schwierige Situation. Aber ...«

»Wie wären die Bewertungen denn, wenn er nicht gekämpft hätte? Wären sie dann besser?«

»Vielleicht nicht«, räumte Squell ein. »In dem Fall hätte man ihn vielleicht wegen Feigheit getadelt. Die Leute hätten vielleicht behauptet, dass er nur unzureichend genderte. Obwohl die Sache so aussah, als ob ... also, natürlich hätte niemand von ihm erwartet, unter solchen Umständen einen Kampf jenseits der Matten zu *gewinnen*. Aber es ist auch nicht gerade vorteilhaft für die Bewertungen eines jungen Bails, wenn er wie ein *Opfer* wirkt. Wenn ein junger Bail erst in einen Kampf jenseits der Matten verwickelt ist, *kann* die Sache bewertungstechnisch eigentlich nur noch schiefgehen. Und deshalb ist es auch die Aufgabe der *Eltern* ...« Er seufzte. »Aber wie auch immer, ich bin nicht unbedingt hier, um mit dir darüber zu reden, wie Shria gendert.«

»Oh …« Fift gefiel die Richtung nicht, die ihre Unterhaltung nahm. »Vater Squell, ich werde Shria jetzt nicht abservieren, nur weil er in Schwierigkeiten steckt. Er ist ein Freund. Ich kann nicht …«

Squell hielt eine Hand hoch. »Struwwelkopf – das kann ich verstehen. Das ist alles sehr lobenswert. Und wenn es hier nur um die Bewertungen und dein Bedürfnis ginge, loyal zu deinem Freund zu sein, würde ich dir – vielleicht – sogar *recht* geben. Unsere Position ist ein *bisschen* günstiger als die der Fnax-Kohorte, aber das heißt nicht, dass wir uns extravagante Gesten erlauben können. Das ist allerdings *nicht* das Einzige, worum es hier geht.«

Fift spürte, wie ihre Gesichter dunkel anliefen, und sie strengte sich an, ihre Lippen in einer geraden Linie zu halten. »Wie meinst du das?«

Pip schaute sich einmal nach ihr um, wandte sich aber sogleich wieder zurück und stapfte weiter.

»Ich meine damit, Fift: Während des Familientreffens konnte man ziemlich deutlich in deinem *Gehirn* sehen, dass es nicht *nur* ein unbefangener Gerechtigkeitssinn ist, der dich bei dieser Sache motiviert.« Er seufzte und knetete die Finger. »Das braucht dir nicht peinlich zu sein, Schatz. Es ist *ganz natürlich* für Staids deines Alters, starke Gefühlsbande zu entwickeln und sich zu … *verlieben*. Das ist das Natürlichste auf der Welt! Du kannst Grobbard fragen … Ich bin mir sicher, dass sie in ihrer Ersten Kindheit auch jede Menge glühender Sehnsüchte hegte. Und es ist gar nicht *so* ungewöhnlich, dass es einen kleinen … Augenblick … der Verwirrung über ein passendes Objekt deiner Zuneigung gibt und du dich hinreißen lässt. Es ist nur, also …«

Fifts Haut war eiskalt, ihre Stirn brannte. Sie blickte auf ihre Hände. In einem Körper stand sie auf und marschierte an ihrem Vater vorbei. In seinem Körper mit den Kupferstacheln ignorierte Squell, dass sie aufgestanden war, in seinem Körper mit den Silberstacheln zog er eine Braue hoch und sah ihr zu, wie sie in den Korridor ging, folgte ihr aber nicht.

»Ich bin nicht …« Im Körper auf dem Bett blickte Fift auf ihre Hände. Sie wünschte, sie *hätte* Squell den Raum für den Hausfeed undurchsichtig machen lassen. Aber wenn sie erst *jetzt* damit käme, wäre es praktisch ein Eingeständnis, dass ihr Interesse an Shria … Sie versuchte tief durchzuatmen und ihre Herzfrequenzen zu verlangsamen (210 % des Normalpulses im Schlafzimmer, 185 % im Flur und 120 % auf der Treppe hinter Pip …).

»Ich möchte dich wirklich nicht in Verlegenheit bringen«, sagte Squell noch einmal. Er hob unentschlossen eine Hand, so als wollte er sie versuchsweise beruhigend auf Fifts Schulter legen. Schließlich zupfte er nur am schimmernden Stoff seiner eigenen Kleidung.

Er hat *keine* Ahnung, dachte Fift. Er weiß nichts von dem, was ich … getan habe. Er denkt, ich bin verliebt, so wie Minth in Abador verliebt war, im achten lyrischen Unterabschnitt des vierten Responsums des zehnten zusätzlichen Corpus. Vielleicht glaubt er, ich hätte es mir nicht einmal selbst eingestanden?

Sie konnte ihren Agenten für soziale Feinheiten nicht fragen, denn sie bewegte sich in gefährlichen Gefilden und die Agenten würden wahrscheinlich alles ihren Eltern melden. Ihre Hände waren schlüpfrig vom Schweiß. Sogar ohne neuronale Daten konnte der Hausfeed möglicherweise wissen, falls sie log.

Der Gedanke an eine *glatte Lüge* verursachte ohnehin einen Schwindel in ihr – es war, als würden Teile von ihr auseinandergerissen, als würden sich Schichten eines zusammengepressten Stoffes voneinander lösen. War es ihr Wunsch gewesen, wie ein Kleinkind getröstet zu werden, als sie ihnen erlaubt hatte, in ihr Hirn zu sehen? Wollte sie sich ankuscheln und ihre Väter ins Bild setzen und entscheiden lassen? Was für ein Witz: Sie hatte genau das Gegenteil erreicht. Jetzt hatte Squell fast die Wahrheit in Fifts Gehirn zu fassen bekommen und sie war gezwungen, ihr vertrauensvolles Kinder-Ich für immer aus sich herauszureißen.

Sie stieg die Stufen hinter Mutter Pip hinunter: in jenem Körper schleppend und zögerlich – und auch die Stufen in der Wohnung: in diesem Körper rastlos und aufgeregt.

Frill, Grobbard und Smistria waren im Frühstücksraum – alle mucksmäuschenstill und bemüht, so zu tun, als würden sie nicht auf die Unterhaltung zwischen Squell und Fift achten. *Dort* hineinzugehen war das Letzte, worauf Fift Lust hatte; sie steuerte stattdessen auf den leeren Vorraum zu. An der Eingangstür checkte sie ihre eingegangenen Nachrichten.

Shria und seine Freunde waren jetzt in Wallacomp und bewegten sich durch das geschäftige Perilax. Entschlossen schritten sie voran und streckten die Köpfe hoch. Inzwischen mussten sie mehrere Schleusenwächter passiert haben. Sie mussten etwas im Schilde führen, wenn sie sich so weit von zu Hause entfernten.

Squell warf ihr einen durchdringenden Blick zu.

Sie schluckte. »Was soll ich jetzt sagen?«

»Nichts, lieber Struwwelkopf. Du brauchst jetzt meinetwegen gar nichts zu sagen, aber geh bitte etwas auf *Abstand*. Ich möchte nicht, dass du weiter mit Shria kommunizierst. Ich will nicht, dass du dich auf das einlässt, was … als Nächstes kommt. Nur eine Zeit lang. Und wenn der kleine Ausflug mit Mutter Pip vorbei ist und diese Anonykörper-Feiglinge gehörig verwarnt wurden, möchte ich, dass du … also, dass du erst mal für eine Weile zu Hause bleibst.«

»Dann soll ich Shria *überhaupt nichts* mehr senden? Vater Squell, das kann ich nicht machen!« Auch wenn Shria praktisch das Gleiche gesagt hatte. Aber …

»Struwwelkopf. Ich versuche mit ganz viel Fingerspitzengefühl an diese Sache heranzugehen, aber weißt du … ich glaube, dir ist gar nicht klar, wie gefährlich diese Situation ist. Zum einen stehen unsere *Bewertungen* auf der Kippe und was du jetzt mit Sicherheit nicht brauchen könntest, wäre ein Vorwurf … na ja, unpassender *Neigungen*.«

Das wollte Fift sich nicht anhören. Im Vorraum knetete sie die Hände. Sie ging ihren Nachrichteneingang durch, das Hausaufgabengenerve ihrer Agenten, das Gelaber ihrer Eltern und den langweiligen Klatsch ihrer Klassenkameraden … Ihre Aufmerksamkeitsagenten hatten sich inzwischen so weit erholt, dass sie die meisten bizarren Nachrichten von Fremden herausfilterten. Aber es gab eine neue Nachricht von Dobroc Pengasius Um aus dem Namensverzeichnis Hopplahopp-Fenchel-Trance-3 – der Staid, die vorgeschlagen hatte, Potrun nach der Ferngeschichte und der Zeit vor den Bails und den Staids zu fragen. Offenbar stand sie in irgendeiner Verbindung mit Vater Thurm.

Fift beauftragte ihre Agenten mit einem Suchlauf über diese Dobroc Pengasius Um. Wer war sie? Was für Bewertungen hatte sie? Wie war die Geschichte ihrer öffentlichen emotionalen Transaktionen? Und weshalb meldete sie sich eigentlich immer wieder bei Fift? Die Nachricht hing ungeöffnet in der Warteschlange.

»Vater Squell, ich habe nichts Falsches getan …« Auf ihrer Stirn bildeten sich Schweißperlen; wusste das Haus, dass sie log? Würden sie jetzt anfangen, die Feed-Archive zurückzuverfolgen und sich über die verlorene Stunde Gedanken zu machen? »… und Shria auch nicht. Als ob die Leute nicht genug echte Probleme hätten, über die sie sich Sorgen machen sollten, anstatt …«

»Fift, hör mir zu: Es geht hier nicht nur um das, was die anderen denken. Es geht hier nicht nur um unsere Bewertungen als Eltern, um unser Gefühlskapital oder um die Wetten in den Buchmacherläden. Es geht hier nicht nur um deine Zukunftsaussichten. Es geht nicht einmal nur um die sehr reale Bedrohung des Fortbestehens dieser Kohorte – möglicherweise bis hin zu einer erzwungenen Auflösung! Das sind alles nur … Äußerlichkeiten, Folgerungen daraus. Nein, was wirklich wichtig ist, bist *du*, Fift.« Er biss sich auf die Lippe. »Ich glaube, du weißt, dass ich nie ein Gender-Konservativer war. Ich habe oft genug die Staids verteidigt, wenn sie etwas … also, wenn sie verrückt geworden sind, zum Beispiel! Und wir waren nie übermäßig *streng*, was … was das Zeigen von Gefühlen anbetrifft, zum Beispiel! Ich kenne ein paar Familien, die *sehr* klare Vorstellungen über Staidkinder haben, die sich nicht ruhig verhalten, und die kennst du auch. Manche benutzen sogar neuronale Erziehungsmaßnahmen … Erinnerst du dich noch an die Kohorte, die wir in Stolzierpapa kennengelernt haben, mit den Staidkindern, die den Rundkragen hatten? Wie hieß diese Kohorte noch … Kydena? Kydara?«

Er verharrte und schnitt ein Gesicht, als suchte er im Register, aber dann sagte er: »Und ich halte das wirklich für falsch, ich glaube, Kumru würde sich der Magen umdrehen. Ich wollte immer, dass du eine ganzheitliche Person wirst und dass du die Freiheit hast, deine eigenen Entscheidungen zu treffen …«

Rundkragen? Bei Kumrus Augäpfeln, jetzt wurde es hässlich. »Hör mal, Vater Squell, es tut mir leid, ganz egal, was ich deiner Meinung nach getan habe. Ich meine, ich habe kein Problem damit, zu Hause zu bleiben, vielleicht könnte ich einfach hierher zurückkehren und ein paar Tage bleiben – bis die Welt wieder in Ordnung ist …«

Squell schien sie nicht zu beachten. Er starrte in die mittlere Entfernung, als spulte er Erinnerungen durch. »Schon bevor du gezeugt wurdest, haben sich einige von uns gewisse Sorgen gemacht.« Er lächelte matt. »Sieben Bails und zwei Staids – besaßen wir wirklich alles, was nötig war, falls ein Staidkind aus dir würde? Aber siehst du, wir dachten ja, wir haben *Pip* und *Grobbard*. Pip ist so dominant und so voll bei der Sache! Und Grobbard ist so … ein anständiger Staid, wenn du verstehst, was ich meine. In den Klassikern bewandert und so weiter, obwohl Pip natürlich, wie du weißt, äh …« – er räusperte sich – »… sehr *Bail-orientiert* ist. Das hat uns allen, glaube ich, sehr *geschmeichelt* – und es hat uns auch *amüsiert*. Wir haben nicht darüber nachgedacht, ob das schon irgendwelche … Folgen …«

Dobroc Pengasius Um vom Namensverzeichnis Hoppla-hopp-Fenchel-Trance-3: Sie war siebzehn Jahre alt, eine zuletzt geborene, dreikörperliche Staid aus der Dimmin-Habitation am anderen Ende von Foo und deshalb wie Fift ein Kind Foos. Aber im Gegensatz zu Fift – wie die Agenten zurückmeldeten – mit exzellenten Bewertungen. Eine absolut solide Elternkohorte: achtzig Eltern! Und sie war eine Art Wunderkind der Langen Konversation – zwar noch in der Ersten Kindheit, aber schon mit einem Rang in dialektischer Unterströmungs-Initiation (an der sich Fift bisher nicht einmal versucht hatte, wenn sie ganz allein war). Was wollte sie von Fift?

»Aber vielleicht hatte das Folgen«, sagte Squell. Er drehte sich zur Wand und strich über eine grobe Narbe in der Wandhaut, wo die Wohnung zu schnell gewachsen und aufgeplatzt war. »Vielleicht hat das dafür gesorgt, dass es dir leichter fiel … vom Weg abzukommen. Und vielleicht haben wir dich auch nicht richtig angeleitet, vielleicht haben wir dich falsch behandelt …«

»Sag das nicht«, sagte Fift und fand es schrecklich, dass ihre Stimme zitterte. »Natürlich habt ihr das nicht …«

(»… müssen sie akzeptieren«, sagte Bluey gerade, als sie einen Nebenweg von Perilax zu den blubbernden Pampefeldern von Zaghafter-Schöpfeimer überquerten. Er strich mit dem Finger über die Dornen, die sein aquamarinblaues Gesicht einfassten. »Er kann sich gerade jetzt nicht auf Anonymität verlassen, wenn …«

Shria griff in Blueys dunkles Haar, entwirrte es und flocht die Goldglitzerfäden neu. Bluey grinste, schloss die Augen und lehnte sich in Shrias Hände zurück. Shrias anderer Körper, der einen Schritt zurückgefallen war, musterte Vvondas Profil …)

»Fift, bitte!« Squell kaute auf einem seiner Daumen. »Es ist doch völlig offensichtlich! Wir nehmen nicht mal an den religiösen Riten teil … als Familie, meine ich. Wir leisten Lippenbekenntnisse an die Idee, du weißt schon, von der Balance – zwischen dem Schnellen und dem Stabilen, dem Zentrum und dem, was das Zentrum beschützt, aber … wir nehmen uns nie die *Zeit*, um …«

(»Und dann werden wir …«, fing Bluey mit immer noch geschlossenen Augen wieder an.

»Bluey, halt die Klappe«, sagte Vvonda und richtete die Blicke auf die Pampefelder ringsum. »Wir haben Publikum und du wirst noch die Lapinen aufscheuchen.«)

»… und, und es ist schwer, ein Elternteil zu sein, wenn man über 300 … *wie auch immer* … und ich bin 360! Wenn die eigene Kindheit lange her ist, vergisst man leicht, wie es war, dann setzt man einfach voraus, dass die eigenen Werte völlig *klar* sind, und vergisst dabei, dass man sie *kommunizieren* muss …«

Dobrocs emotionale Geschichte war in Ordnung. {Geistig gesund, stabil und anständig}, kommentierte Fifts Kontext-Erklärungs-Agent. {Als Kontakt absolut empfehlenswert.} Fift, die die Transaktionen mit dem Auge einer Bankprüfer-Auszubildenden betrachtete, fand, dass Dobroc vielleicht etwas … fanatisch aussah. Doch sie öffnete die Nachricht.

{Werteste Fift}, fing sie an. {Lass mich noch einmal meine sehnlichsten Wünsche dafür ausdrücken, dass deine Familie auch weiterhin erfolgreich und vorwärtsstrebend sein wird. Ich fände es großartig, wenn sich einmal die Möglichkeit ergäbe, uns persönlich kennenzulernen. Hast du zufälligerweise die siebte lyrische Untersektion des vierten Responsums auf den zehnten zusätzlichen Korpus studiert?}

»Vater Squell«, sagte Fift, »falls wir nur über ein paar Tage, vielleicht auch ein, zwei Wochen reden, dann kann …«

»Fift! Du bist in größerer Gefahr, als du glaubst. Es ist so *gefährlich* … aus der *Bahn* zu geraten. Fift, du bist ein *Kind* …« Squell schnürte es die Kehle zu und in seinen Augen glänzten Tränen … »Ein ganz *besonderes* Kind. Was aus dir wird, *spielt* eine Rolle – die *Balance* spielt eine Rolle!

Ich weiß, es ist nicht immer leicht, den Weg zu gehen, der einem bestimmt ist. Denkst du etwa, es sei immer leicht, ein Bail zu sein?« Eine Träne löste sich aus seinem überfließenden Augenwinkel und kroch an seiner Wange herunter. »Ich habe drei jüngere Staidgeschwister, Fift, meinst du nicht, es wirkte wie eine geheimnisvolle Zauberei und total unfair, dass sie stundenlang dasitzen und nachdenken, dass sie die Löffel weiterreichen durften und über die …« – seine Stimme wurde heiser und leise – »… Konversation reden?«, hauchte er.

{Wenn ich könnte, werteste Fift}, fuhr Dobroc in ihrer Nachricht fort, {würde ich dir eine Singende Frucht geben, genau wie die, die Abador in dieser Textstelle Minth gibt.}

»Dass man denen so viel *Ruhe* gelassen hat und dass die Erwachsenen sie so ernst genommen haben. Denen hat man nicht einfach einen Klaps gegeben, man hat nicht mit ihnen herumgerangelt und ihnen gesagt, dass sie spielen gehen sollen. Nein, sie bekamen eine wichtige Aufgabe und eine hinreißende, riesige und üppige Welt des Lernens und der Kultur – und *selbstverständlich* fühlte ich mich davon ausgeschlossen …«

(Vvonda erstarrte und Shria, Bluey und Stogma schauten auf und folgten seinem Blick.)

»… ich habe immer durch den Riss in der Wand zugehört, wenn sie ihren Unterricht hatten und all das!«

(Potrun ließ sich zweikörperlich von einem Rutschfaden fallen und fünf andere Bails mit ihm – neun Körper insgesamt.)

{Wie dumm von mir}, hatte Dobroc gesendet, {dass ich dir das überhaupt schreibe! Doch anscheinend kriege ich es … dich … nicht mehr aus dem Kopf.}

»Aber Fift«, sagte Squell, beugte sich hinüber und nahm ihre Hand, »ich *bin* ein Bail. Ich bin dazu bestimmt, herumzuziehen, zu beschützen und zu beleben, zu toben und zu erfreuen, zu kämpfen und zu fühlen – und das Zentrum zu umkreisen, das hält und ist!«

Fift sah woanders hin.

(Vvonda stand aufgerichtet und überragte Potrun. Falls es ihn überraschte, dass Potrun schon da war und mit Freunden auf ihn wartete, schaffte er es jedenfalls, sich dies nicht anmerken zu lassen. »Wir sind hier«, fing er – zu laut – an und ballte zuerst die eine und dann die andere Faust, »um dich offiziell zu fordern …«)

»Und ein Staid oder ein Bail zu sein«, sagte Squell, »das heißt, etwas *Reales* zu sein, Fift. Etwas, das eine Bedeutung hat und … eine Fülle. Wenn man sich dort zwischen die Stühle setzt, bedeutet es, sich zu verlieren. Das glaube ich wirklich!« Jetzt flossen die Tränen und hinterließen glänzende Spuren auf seinem Gesicht.

{Und jetzt werde ich wahrscheinlich die nächsten ein, zwei Stunden …}, hatte Dobroc geschrieben, {… nur dasitzen und an dich, Abador und Minth denken! Wie albern!}

Sie ertrug es nicht mehr, passiv neben Squells erniedrigender Ernsthaftigkeit zu hocken, die Unterstellung, dass sie … und ihre anderen Väter starrten im Frühstücksraum in ihre Suppe … und sie folgte ihrer Mutter wie betäubt durch die Massen von Unterschnurz … Sie konnte jetzt nicht aus dem Bett springen, ihre Beine waren schwer, die Füße wie auf den Boden geleimt; aber sie musste etwas tun. Der Körper im Vorraum war ihre einzige Möglichkeit. Sie verließ die Wohnung durch die Eingangstür und schlug den Weg ein, der sie auf die Oberfläche Foos brachte.

Irgendwas an Dobrocs Nachricht war eigenartig gewesen, etwas, das nicht richtig passte … etwas, das nicht laut ausgesprochen wurde. Abador und Minth? Gerade erst hatte sie an genau diese Untersektion gedacht …

Dobroc ging auf der anderen Seite Foos. Sie war eine dunkle, wettergegerbte Staid mit dichtem, widerspenstigem Haarschopf und ziemlich komplexer Hautkunst. Sie wirkte selbstbewusst, aber geistesabwesend; sie schaute auf, kniff die Augen zusammen, nickte versonnen und verschwand in einem jener Zugangstunnel, die hinunter ins Herz von Foo führten.

Natürlich konnte sie sehen, dass Fift sich unter ihr Publikum gemischt hatte, was ihr plötzlich peinlich war; Fift lenkte sie ab.

(»… ich hab dich!«, schrie Vvonda. »Du kannst uns nicht abweisen! Sag es ihnen, Shria!«

Shria hüpfte mit vorgestreckten Händen von einem Fuß auf den anderen. »Wir bringen das auf die Matten, da, wo es *hingehört*, Potrun. Wir haben …« – er lief vor Stolz rot an – »… wir haben eine vorläufige Bewilligung von einem Mattenraum in Izist bekommen, sie halten den Streitanlass für *gerechtfertigt*! Solange es …«

Bluey hatte die Lippen aufeinandergepresst, die opalisierenden Augen blickten intensiv, er nickte und sah Potrun böse an.

Stogma grinste: weiße Zähne im breiten, angenehm dunkelblauen Gesicht …)

»Du musst dich einfach davon lösen, Fift«, sagte Squell. »Es ist noch nicht zu spät! Bisher gibt es keine irreparablen Schäden. Aber du musst diese gefährlichen Versuchungen hinter dir lassen!«

Squells Tränen, sein angelaufenes, rosafarbenes Gesicht und der Umstand, dass er Fifts Zimmer mit seinen heiklen, emotionalen, bailischen Übertreibungen füllte – das war zu viel. »Ich weiß nicht, wovon du redest, Vater Squell«, sagte sie. (Das Haus würde vielleicht behaupten, dass sie log, aber das war ihr egal.) »Du bist einfach unfair. Shria ist mein Freund und es ist nicht seine Schuld – er tut, was er kann, um die Dinge ins Reine zu bringen. Seine Bewertungen, also wirklich.« Potrun musste akzeptieren, dann verlagerte sich ihr Konflikt auf die Matten, wo er hingehörte. Shria würde siegen und es wäre für ihn eine tolle Sache, in so jungem Alter einen offiziellen Kampf zu gewinnen – außerdem würde es die Schande des Straßenkampfes auslöschen und seine Kohorte retten. »Schau mal, vielleicht könnte ich … eine Pause einlegen und für ein paar Wochen zu Hause bleiben, okay? Aber …«

Sie war noch nicht weit von der Wohnung entfernt auf einer Bahn, die durch Gärten und Pavillons bis an den Rand Foos mäanderte.

Dobrocs Nachricht war seltsam, das stand fest. Aber ihre Spontaneität war auf eine verschrobene Art auch charmant. Abador und Minth? Abador gab Minth die Singende Frucht vor ihrer Schicksalsstunde, als er auf einer schallschluckenden Couch mitten in einem Mahlstrom saß. Es war eine berühmte und mitreißende Geschichte. Aber Abador war ein Bail, was die ganze Anspielung ziemlich merkwürdig werden ließ!

Obwohl sie selbst noch nie einen bekommen hatte, wusste Fift, dass Staids ihres Alters einander ständig blumige Briefe voller klassischer Zitate und subtiler Anspielungen auf gegenseitige Hingabe schickten. Aber die Versuchung von Minth? Falls Dobroc auf eine kultivierte Art flirtete, warum berief sie sich dann nicht auf ein hingebungsvolles Staidpaar? Warum nahm sie nicht Sprioli und Funarn, Ranim und Pugari oder gar Imim und Balranti?

Am Rand eines Schrottgartens verlangsamte sie ihr Tempo. War es eigentlich eine *Beleidigung*? Oder ein Vorwurf? Oder unterstellte ihr sogar *Dobroc* etwas mit Shria? Nein, das war bestimmt paranoid …

»Mit ein paar Wochen ist es *vielleicht* getan«, sagte Squell. »Hauptsache, du bekommst nicht noch mehr *Publikum*! Wenn wir es nur schaffen, die ganze Sache hinter geschlossenen Türen abzuhandeln, bis alles sich wieder stabilisiert! Oh, ich bin so sauer auf die Clowns!«

Nein, das ergab keinen Sinn. Eine eher unbedeutende Staid auszuwählen, nur um sich über sie lustig zu machen, das passte nicht zu Dobrocs Profil; sie war keine Umlish. Aber es war auch sehr merkwürdig, dass ausgerechnet Dobroc – ein Staidkind, das es im Alter von siebzehn zu einem angesehenen dialektischen Unterstrom-Initiator gebracht hatte – eine unpassende Textstelle aussuchte!

Natürlich wusste Dobroc auch ganz genau, dass Fifts Eltern alles lesen würden, was sie Fift schickte. Vielleicht war sie ja absichtlich so unklar? Vielleicht versuchte sie, zwischen den Zeilen irgendwelche geheimen Botschaften an ihnen *vorbeizubekommen*?

(Potrun sah die anderen Mitglieder seiner Kohorte an, die alle, genau wie er, ein bisschen zu perfekt, ein bisschen zu gleichartig diese spezielle Frisch-aus-dem-Karton-Attraktivität aufwiesen. Sie hatten die gleichen gewöhnlichen Armreifen, die gleichen gewöhnlichen Federn, die gleichen etwas speziellen Halstücher und trotzdem sahen sie wie ein bunter Haufen Fremder aus, die eigentlich gar nichts miteinander verband.)

»Es tut mir so leid, dass ich das *sage*«, sagte Squell und knetete seine Hände, »du weißt ja, dass ich die Clowns eigentlich *liebe*! Das tut jeder, von deinem Vater Smistria einmal abgesehen. Aber warum mussten sie am *Feed* herumfummeln? Der Feed ist … er ist so etwas wie unser Immunsystem und ihn zu *gefährden …!* Also jedenfalls ist es kein Wunder, wenn es überall zu *Infektionen* kommt!«

Fift suchte wieder nach Dobroc. Sie würde sehen, dass Fift unter ihrem Publikum war, aber was spielte das für eine Rolle? Sie hatte ihr gerade erst eine Nachricht geschickt: Selbstverständlich würde Fift im Register nach ihr suchen – das machte jeder, wenn er eine Nachricht bekam, und das war auch nichts, dessen man sich schämen musste.

Von ihrer gegenwärtigen Position gab es nur einen körnigen Clip, dann war sie außerhalb der Reichweite visueller Aufzeichnungsgeräte und man hörte nur noch Schritte in einem hallenden Raum, ein dumpfes Dröhnen und ersticktes Röhren.

»Es hat noch *mehr* Aufstände gegeben«, berichtete Squell. »Wusstest du das? Seit der Feed wieder online ist! Lila-schwenkende *Hooligans* und Randfiguren, die nichts zu verlieren haben …!« Er erschauerte. »Es tut mir leid, Sanftling, ich sollte dich mit alldem nicht belasten.« Er atmete tief durch. »Es ist nämlich so, dass jeder sein Bestes gibt, damit sich alles wieder beruhigt. Wenn du dafür sorgst, dass du nicht noch mehr *Publikum* bekommst, wenn sich die Dinge wieder *stabilisieren*, wenn du den Kontakt mit Shria abbrichst, wenn du nicht in der Welt der Ideen *kommentierst*, wenn du ein paar Wochen in der *Wohnung* bleibst …« Er seufzte einmal vernehmlich und versuchte zu lächeln.

(Potrun und seine Freunde wechselten einen elektrisierten Blick. Es sah aus, als würden sie ihren ganzen Mut zusammennehmen; sie wirkten gleichzeitig grimmig, aufgeregt und ängstlich, hinzu kam eine Spur aufsteigender Euphorie. Es wirkte wie eine überzogene Reaktion auf eine Mattenforderung von ein paar Bailkindern – falls sie jedoch wirklich solche Randfiguren waren, konnte es für sie vielleicht ebenso einen Durchbruch wie für ihre Herausforderer bedeuten? Potrun befühlte den seltsamen Schal, der ihm um den Hals hing …)

Dobroc war nicht zu sehen, ihr einziger öffentlicher Aufenthaltsort war jedoch deutlich genug – sie befand sich in den Zugangstunneln, die sich bis zur Achse Foos fortsetzten. Es war auch der Grund, weshalb sie nicht zu sehen war – dort gab es nur wenige Aufzeichnungsgeräte für den Feed und die waren mehr auf die Wartung ausgerichtet als auf Leute.

Jeder konnte an die Achse gelangen, doch kaum jemand tat es: Fift erschauerte, sie erinnerte sich an einen Klassenausflug ins Herz von Foo. An der Achse war das Mahlen, Knirschen und Knacksen der Muskelmaschinen, die ihre Habitation um ihre Achse drehten, so laut, dass nicht einmal die Aufzeichnungsgeräte etwas hören konnten. Fifts Ohren, ihr ganzer Körper hatten von dem markerschütternden Krach gedröhnt. Es war furchtbar gewesen, bis die Klasse schließlich eine schallschluckende Couch erreichte, die dort aufgestellt war, um denen etwas Erholung zu bieten, die es der Arbeit wegen dorthin verschlagen hatte …

»… dann wird alles wieder gut!«, sagte Squell mit gespielter Munterkeit. »Und ich möchte so gerne, dass für dich alles wieder gut wird, Struwwelkopf.« Er streckte vorsichtig die Hand aus und nahm Fifts Schulter.

(Potrun betastete den Schal an seinem Hals. Er streichelte ihn, als wäre er etwas Weiches, Luxuriöses und Sinnliches … so als ob … als ob es *Samt* sei …)

Eine schallschluckende Couch.

So wie die, auf der Abador Minth die Singende Frucht gab …

Fift drehte sich abrupt um und steuerte auf den Rand Foos zu. An der Außenseite der Habitation war eine Treppe zu einem Tunnel angebracht, der bis zur Achse führte.

Die Achse: wo man praktisch unsichtbar war und wo eine solche Lautstärke herrschte, dass man miteinander reden konnte, *ohne dass ein anderer mithörte*, wenn man inmitten des Mahlstroms von Krach auf einer schallschluckenden Couch saß.

»Also«, sagte Squell, »kannst du das für mich tun, mein Kind?«

Shria nichts mehr zu senden? Darauf konnte sie sich auf keinen Fall einlassen. Einmal davon abgesehen, dass es genau das war, worum Shria sie gebeten hatte. »Lass mich darüber nachdenken«, sagte sie. Sie blickte nicht auf, um ihrem Vater in die

Augen zu sehen, sondern legte sich hin und schloss die Augen, als ob sie müde sei.

(Potrun nahm die Hand vom Schal. Er ging durch die verlassene Landschaft der Abandonage direkt auf Shria zu. Stogma und Bluey machten sich gerade, aber Vvonda gab sich betont lässig und Shria zog nur eine seiner leuchtend roten Brauen hoch und setzte sein lavendelfarbenes Grinsen auf. Potrun legte einen Finger auf Shrias Schlüsselbein und streichelte sinnlich darüber. »Du willst wohl eine Antwort auf deine offizielle Herausforderung, was, Jüngling?«, fragte er.

Shria blähte die Nasenlöcher.)

»In Ordnung, Struwwelkopf«, sagte Squell. Er stand vom Bett auf. »Ruhe dich ein bisschen aus. Wir unterhalten uns bald wieder.«

(Potrun boxte Shria in den Bauch.)

19

Es war nicht dasselbe wie die Straßenschlacht.

Es waren nicht Hunderte und auch keine gesichtslosen roten und blauen Anonykörper. Es war nicht das schreckliche Geschrei, das ihr in die Knochen fuhr, das sie umgab und sie auflöste, wie sich ein Brühwürfel in der Suppe löst. Es waren nur sechzehn Körper – Shrias Freunde, Potruns Kohorte …

Im Feed wurden das Schieben und Treten, die Angriffe, das Gerangel und die Tiefschläge entschärft, die Aggressionen waren nicht spürbar und das Ganze wirkte irreal. Fast schon komisch.

Aber es war kein Spaß.

An der Art, wie ihre Väter, die um den Tisch im Frühstücksraum saßen, erstarrten, einander verstohlen anblickten und die Brauen hochzogen, erkannte Fift, dass sie es auch gesehen hatten.

Fifts Kehlen wurden trocken, alle drei.

Potrun, der etwas zu greifen suchte, klammerte sich in Shrias leuchtend orangefarbenes Haar, Vvonda krachte mit der Schulter gegen die beiden und brachte sie zu Fall; jemand wich zurück und wurde geworfen; das Knirschen, als einem die Finger brachen; ein Fußgelenk, das ein Bein wegschlug, jemanden aus dem Gleichgewicht brachte und Potruns gertenschlanker Kohortenpartner, den es zerlegte wie Keramikscheiben, die auf den Fußboden krachten; Blueys Hand schloss sich um einen Arm und jemand anders krachte in ihn hinein, riss ihn weg; ein Körper, der zappelte wie ein verzweifelter, gefangener Lapine unter dem Ansturm anderer Körper; der Geruch von Schweiß,

Schweiß, der auf der violetten Haut glänzte, die sich an weicher, knochenweißer Haut rieb …

Sie drückte alles weg und verdeckte diesen Teil des Feeds. Sie spürte in der Stille ihres leeren Zimmers, wie ihr Herz hämmerte.

Auf halber Höhe der Treppe, die in den Zugangstunnel führte, stützte sie sich auf das Geländer und lehnte sich in die Brise, die unter der Habitation herauskam.

Sie holte tief Luft.

Was tat sie da nur?

Und warum wollte sie sich mit dieser Dobroc treffen?

Sie hatte keine Lust auf eine fromme, trübsinnige Pedantin in Sachen langer Konversation. Oder auf irgendwelchen schadenfrohen, affektierten Zickenklatsch mit geheucheltem Mitleid für Shria. Und schon gar nicht auf ein perfektes, verantwortungsbewusstes und letztgeborenes Staidkind, dem leidtat, welches Chaos sie und Shria aus ihren jeweiligen Leben gemacht hatten …

Dass ihre Publikumszahlen immer größer wurden, verunsicherte sie. Ein paar hundert Leute sahen ihr zu, wie sie nichts weiter tat, als auf der Treppe zu stehen und nach Temereen hinüberzublicken.

(In Unterschnurz, wo sie zusammen mit ihrer Mutter in einer langen Schlange vor einer Schleuse wartete, hatten sich ein paar tausend Beobachter eingeschaltet, um zu sehen, ob sie den zweiten Angreifer schon gefunden hatte.)

Auf Shria musste die Art der Problemlösung sehr verlockend gewirkt haben: den Gegner direkt herauszufordern und die Sache auf den Matten auszutragen, wo es der eigenen Reputation dienen und die Zustimmungsraten vergrößern konnte. Wer hätte ahnen können, dass Potrun und seine Kohorte sich so unglaublich verantwortungslos und gefährlich verhalten würden …

{Fift!}, sendete Vater Smistria. {Was treibst du da? Warum treibst du dich am Rand von Foo herum? Hast du nicht schon genug Ärger verursacht?}

Fift knirschte mit den Zähnen. »Ich mache einen Spaziergang«, sagte sie laut in ihrem Schlafzimmer, wo sie von allen ihren Eltern gehört werden konnte. »Einen Spaziergang. Ich muss nachdenken.« Sie trug ihren Agenten auf, das Murren ihrer Eltern zu blockieren. Falls sie vorhatten, ihr auch weiterhin auf die Nerven zu gehen, sollten sie wieder jemanden persönlich in ihr Zimmer hochschicken.

Das Licht des zweiten Nachmittags, golden und blau-weiß, lag auf den Habitationen unter ihr.

Sie ging die Stufen hinunter.

Der Tunneleingang wurde von zwei Befriederinnen mit Klebstoppschläuchen flankiert.

Fift schlug das Herz bis zum Hals. Ob sie sie stoppen würden? *Was hast du hier draußen zu suchen, Staidkind? Weißt du denn nicht, dass es Aufstände gegeben hat? Geh nach Hause!*

Eine der Befriederinnen nickte Fift ruhig zu. Der andere schien sie nicht einmal zu bemerken.

Sie hielten Ausschau nach Bails in samtiger Kleidung, aber nicht nach einem plumpen, kleinen Staidkind in einem einfachen weißen Gewand.

Fift ging in den großen dunklen Tunnel, vorbei an den vibrierenden Schläuchen mit strömender Flüssigkeit.

Vorbei an den abstrakten Tafeln, die – in abgestuften, grauen Flächen mitten in der Luft hängend – an Unsere-Mütter-die-Fullbelly-ausschachteten erinnerten, und vorbei auch an den mattglühenden Schimmelgraffiti an den Wänden (»Eure Verbrechen sind unsichtbar«, »Stanze 1345 4-ter Abschn. 2-ter zwischen 8-es Mandat«, »Unsere-Väter-die-Dullbilly-auslachten«, »Wenn du Spaß willst, rufe Kumru«). Sie ging durch Pfützen mit Kondenswasser, an denen die Müllratten vorbeihuschten und zum Trinken haltmachten. Das Licht war ein düsteres Gelborange. Abwechselnd fegte Luft aus den Lüftungsschächten der Wände über sie hinweg und zog ihre Kleidung mal in diese und mal in jene Richtung.

Sie hielt nicht Ausschau nach Shria im Feed. Sie wollte es nicht sehen. Das nicht. Nicht schon wieder.

Sie schickte ihm auch keine Nachricht. Er hatte von ihr verlangt, ihn nicht zu behelligen.

Sie würde Vater Squell gehorchen.

Also sah sie nicht nach, doch sie spürte ihn trotzdem in ihrer Erinnerung. Seine seidige, lavendelfarbene Haut, sein üppiger, süßer Duft; der Druck seiner Stirn an ihrer Schulter und wie sein Körper durch die Luft flog und in den roten Niemand krachte.

Der Lärm der aktiven Muskelmaschinen war zunächst noch flüsterleise, dann unüberhörbar, dann überwältigend, dann betäubend und schließlich schmerzhaft. Und zu guter Letzt war da die Couch.

Dobroc stand auf.

Fift schlug ihre Augen nieder, sie konnte Dobroc nicht ansehen. Sie machte einen Fehler. Aber der orkanartige Lärm, der ihre Zähne klappern ließ, trieb sie voran.

Als Fift sich der Couch näherte, wandelte sich der monströse Krach, der sie umgab, erst in weißes Rauschen, dann wurde es immer leiser und schließlich ganz ruhig. Ihre Ohren klingelten in der beruhigenden Stille.

Sie nahm Platz.

Dobroc setzte sich ans andere Ende der Couch. Zwischen die beiden hätten noch ein oder zwei Körper gepasst, obwohl jede von ihnen nur einen Körper mitgebracht hatte. Sie hatten sich nicht verneigt, die Hände an die Ohren gelegt oder Floskeln ausgetauscht. Fift richtete den Blick auf den Saum von Dobrocs Gewand.

Die Couch roch nach kreidigem Industriestaub mit einer leicht säuerlichen, fast menschlichen Note von Foos großartigen Muskelmaschinen.

Im Feed konnte sie Dobroc aber nicht sehen; sie waren außerhalb der Reichweite jeglicher Aufzeichnungsgeräte. Stattdessen checkte sie das jüngste Material, diesmal in Vergrößerung. Dobroc schlenderte mit konzentriertem Blick und freundlich lächelnd über die Zwischendecks am Rand einer Gruppe älterer Staids. Unter ihrem üppigen, wirren, schwarzen Haarschopf war ihre beigefarbene Haut zu einer komplizierten Landschaft von Verwerfungen, Rillen, Graten, Grotten, Kanälen, Strudeln, gefälligen und labyrinthischen Falten umgestaltet worden.

Es war ein einzigartiges, kunstvolles Beispiel für Körperdesign. So etwas hatte Fift nie zuvor gesehen. Es hatte etwas Dramatisches, wirkte aber auch erlesen und ließ sie wie ein Labyrinth erscheinen, das man betrat und in dem man sich verlieren konnte. Fift fragte sich unwillkürlich, wie es wohl sein mochte, diese Haut zu berühren.

Hatte Dobroc selbst für diesen Look gesorgt? Gerade bei einer, die so jung war, schien eine solch dramatische Gestaltung von einem gewissen Selbstbewusstsein und Durchsetzungsvermögen zu zeugen. Sofern ihre Eltern es nicht für sie ausgesucht hatten.

Dobroc saß so stumm und zurückhaltend wie Fift auf ihrem Ende der Couch.

Oben auf der Schleuse nach Unterschnurz trottete Fift inmitten einer durcheinandergewürfelten Menge hinter Pip her. Wer *war* der zweite Angreifer? Ob Pip es ihr sagen würde, wenn sie sie jetzt fragte?

Mutter Pip hatte über Shria kein Wort verloren, nur in die mittlere Entfernung hinausgestarrt und dabei vermutlich die Konten einiger Klienten bearbeitet. Ganz so, als sei Fifts bester Freund nicht gerade im Begriff, sich in den Pampefeldern von Dunpuddle das Leben zu ruinieren. Als ob nichts real und alles egal sei. Dieser Trott über Treppen, Nebenwege und Schleusen war wie die endlose Zeitschleifentortur des heiligen Kumru im Schnee. »Bis alles bedeutungslos geworden war und die Versöhnung die längst vergessene Sache, die gesühnt für …«

In ihrem Zimmer saß sie allein und blickte auf die Wand, auf die winzige Narbe, wo das Haus zu schnell gewachsen war und sich zu sehr gestreckt hatte. Es war wohl besser, wenn sie ein paar Hausaufgaben erledigte, falls es hier gelang, sich zu konzentrieren. Den Ranhulo hatte sie abgehakt, aber es flatterten immer neue Aufgaben von ihren Scholastik-Agenten herein. Sie hatte das Verhalten bei Instant-Ruhm wiederholt, wie es ihr aufgetragen worden war, und dort jede Menge vernünftige Ratschläge gefunden. Sie hoffte aber, dass die praktische Umsetzung nicht in die Bewertung mit einfloss, denn sich in einem uneinsehbaren Bereich allein mit einem Instant-Fan zu treffen – falls es sich bei Dobroc um so jemanden handelte –, der mit ihr nur sehr schwache Vorverbindungen hatte, verstieß mit Sicherheit gegen die Regeln.

Dobroc räusperte sich. »Danke, dass du dich mit mir triffst«, sagte sie. Ihre Stimme war sanft und klar mit einer Spur von Rauheit – wie Finger, die durch warmen Sand strichen. Diese Stimme musste zu ihrem Ranking beigetragen haben, denn man konnte sich hineinfallen lassen und dann brachte sie einen in das Zeitalter vor den Zeitaltern zurück.

»Oh«, sagte Fift, »klar, selbstverständlich.« Sie blickte auf ihre Hände und legte die Finger über die Knöchel.

Was willst du?, dachte sie, sprach es aber natürlich nicht aus. Die Stille der Couch war überwältigend; ihr Herz hämmerte so laut, dass sie es fast gehört hätte. Was hatte sich Fift nur dabei gedacht, hierherzukommen? War sie so einsam? War es Dobrocs Zuspruch gewesen? Der Reiz, von jemandem *bewundert* zu werden? Vielleicht war es auch einfach nur Dobrocs Höflichkeit.

Am liebsten hätte sie Shria über den Feed beobachtet, doch sie tat es nicht. Falls sie noch kämpften, wollte sie es nicht sehen. Oder waren die Befriederinnen inzwischen da, um den Aufstand zu ersticken? Wahrscheinlich nicht: In der Welt-der-Ideen hieß es, dass die Befriederinnen seit Ausbruch der Auflösung von der Masse scheiternder und zwangszerlegter Kohorten überlastet waren, außerdem mussten all die erst kürzlich verrückt Gewordenen zu den Irrenhäusern eskortiert werden. Daher waren die Befriederinnen vermutlich bis jetzt noch nicht eingetroffen. Aber das war womöglich sogar schlimmer.

Wusste Dobroc von Shria?

Fifts Agenten waren untätig. Vielleicht hatte die Stille sie eingelullt, vielleicht hatten das Chaos und die Bewegung der Achse sie abgelenkt oder vielleicht beanspruchte auch etwas anderes ihre Aufmerksamkeit – etwas, das sich jenseits der Welt befand, die Fift sehen konnte. Doch sie beobachteten ganz bestimmt Fift mit Dobroc. Wie sicher konnte sie sich darauf verlassen, dass sie ihre Privatsphäre respektierten? Ob sie ihren Eltern melden würden, was sie hier sagte?

»Ich … freue mich, dass du gekommen bist«, sagte Dobroc.

»Okay«, antwortete Fift. Bei Kumru, war das beklemmend!

»Ich gehörte in letzter Zeit … zu deinem Publikum«, sagte Dobroc. »Vielleicht hast du es ja bemerkt.«

»Ja«, sagte Fift. »Du hast die Frage geschickt. Ob ich Potrun gefragt habe. Über die Bails und die Staids.«

Dobroc räusperte sich wieder. »Ja, es tut mir leid, dass … Also, ich fürchte, dass es dir nicht geholfen hat. Es hat anscheinend nur deine Mutter verärgert.«

Fift blickte auf; Dobroc betrachtete ihre eigenen Hände, die sie vor sich gefaltet hatte.

»Schon okay«, sagte Fift. »Es war eine gute Frage.«

Dobroc setzte ein kleines, erleichtertes Lächeln auf. »Ja, das glaube ich auch. Ich frage mich oft … na ja. Ich war in deinem Publikum, weißt du, seit du mit Thavé gesprochen hast.« Ihre Augen weiteten sich ein bisschen.

»Oh …«, sagte Fift.

»Ich bin das, was man eine …« – sie zuckte mit den Schultern – »… eine Thavé-Beobachterin nennen könnte. Es ist ein … ein Hobby, weißt du? Es gibt gar nicht viele wie uns … ich, äh, ich erzähle das auch nicht jedem. Meine Eltern sind davon nicht gerade erbaut.«

»Oh.« Fift versuchte sich vorzustellen, Letztgeborene in einer Kohorte mit achtzig Eltern zu sein. Da hatte man eine enorme Macht hinter sich stehen, die einem Sicherheit gab … Aber wenn die mit dem, was einem wichtig war, nicht einverstanden waren, konnte man sich den Druck vorstellen …

»Sie glauben, dass es mich von dem, was wirklich ist, ablenkt«, sagte Dobroc finster. »Von der Konversation.«

»Willst du denn … willst du dich denn nicht in der Langen

Konversation messen? Du bist doch so eine … Ich meine, du bist so gut … Sie müssen doch stolz auf dich sein, oder?«

Dobroc schnitt eine Grimasse, weiß strahlten die Zähne in ihrem wettergegerbten, zerfurchten und verkümmerten Gesicht. »Ich weiß nicht, ob ich so weit gehen und es … Stolz nennen würde. Du weißt, dass es eine Spezialistenkohorte ist, nicht wahr? Alle meine achtzig Eltern sind Staids. Alle achtzig bekleiden Ränge in unterschiedlichen Aspekten der Langen Konversation. Das ganze Ding ist ein Projekt mit dem Ziel, den nächsten Ranhulo oder was auch immer heranzuzüchten.«

»Bei Kumru!«, sagte Fift. »Das wusste ich nicht! Was würde passieren, wenn sie Bailkinder hätten?«

»Zwei meiner älteren Geschwisterkinder sind Bails«, sagte Dobroc und seufzte. »Ihre Leben sind … also, es ist nicht gerade toll für sie, sagen wir es einmal so. Ist wohl so, wenn man an den Rand gedrängt wird. Für meine älteren Staidgeschwister ist es auch nicht besser. Für die, die nicht gut genug sind. Das sind die ›Enttäuschungen‹.« Sie zuckte mit den Schultern. »Und dann gibt es noch mich, die Letztgeborene. Solange ich einen Rang bekleide, solange mein Ruf als großartige Konversationalistin wächst, gelte ich nicht als Enttäuschung. Aber wenn ich den Anschluss verlöre …« – sie zuckte wieder mit den Schultern – »… dann bekämen sie wieder ein Kind und ich würde verdrängt.«

»Bei Kumru!«, sagte Fift.

Dobroc sah schüchtern auf und senkte den Blick dann wieder. »Ich will mich nicht bei dir über mein Leben beschweren. So schlecht ist es nicht. Ich habe viele Privilegien, die ich mir nicht verdient habe.«

»Aber dieser ganze Druck … macht dich das nicht …« Sie atmete tief durch. Durfte sie wirklich nachfragen? Aber sie hatte die kontrollierte, zurückgenommene Art satt, in der die Staidkinder redeten und die sie zur Genüge kannte, hatte es satt, nie zu sagen, was sie empfand. Außerdem war sie jetzt schließlich hier, an diesem Ort: im dröhnenden, unsichtbaren Herzen Foos, in dieser kleinen Nische der Stille mit Dobrocs seidiger

Stimme. »Kriegst du deshalb einen Hass auf die Lange Konversation?«

Dobroc schaute auf und sah Fift in die Augen. Ihre Augen hatten dieselbe Farbe wie ihre Haut. Im Bildmaterial des Feeds hatten sie leer und matt ausgesehen, aber so vis-à-vis wirkten sie gütig und warm. »O nein! Ich liebe die Lange Konversation! Das heißt … ich liebe sie für das, wofür sie gedacht war, für das, was sie sein könnte. Aber ich hasse sie für das, was wir daraus gemacht haben – die Regeln und Strukturen und Bewertungen und Geheimnisse –, es gehört zu unserer Methode, die Welt zu überwachen und alles in kleine Schubladen zu stecken. Alle schämen sich ihrer Leistung, sind raffgierig und wollen besser sein als die anderen! All diese Staids mit dem engen, kleinen Vorstellungsvermögen, die sich an diese steifen Rezitationen klammern, um daraus ihre Bestätigung abzuleiten und zu beweisen, dass sie wenigstens besser als die Bails sind! So als ob man die Konversation horten und sich damit brüsten könnte. Sie ist zu einem Gefängnis geworden, dabei sollte sie doch einst ausschließlich Freiheit bedeuten, ausschließlich Freiheit! ›Wie Flügel einer Quelle der Schwerkraft bedürfen und die Sprache der Trennung der Seelen, so sind meine Worte nur zur Befreiung Wächter des Kerkers …‹«

Das waren Mouns Worte aus der diskursiven Einführung in das zweite Werk des fünften Zyklus. Aus Dobrocs Mund klangen sie nicht aufgeblasen, sondern elektrisierend. Fift kribbelte die Haut im Nacken.

Fift erreichte das Ende der Schlange vor der Schleuse und sah hinüber zu Pip, die sich mit einem plötzlichen Zucken aufrichtete, Fift mit hochgezogener Braue anschaute und eine Geste machte, dass sie nach vorne kommen sollte. Fift stürzte sich in die Schleuse, ein bisschen schneller, als es sich schickte, und sie spürte den Wind im Gesicht.

Sie rückte auf der Couch etwas näher an Dobroc heran.

»Dann hast du Thavé also schon einmal getroffen?«, fragte Fift sie.

»O nein!«, antwortete Dobroc. »Nein, ich habe es nicht einmal versucht. Sie wurde nur sehr selten so nahe bei Foo gesehen wie bei dem einen Mal, als sie dir im Pavillon begegnet ist. Und außerdem – ich glaube, ich hätte nicht so weit hinausreisen dürfen.«

Fift erreichte die Bremspampe, pflügte eine Körperlänge weit hinein und kletterte hinaus. Dann blieb sie stehen und wartete auf ihre Mutter.

»Das hätten wir auch nicht gedurft«, sagte Fift. »Ich meine, ohne Tickets …« Ihr wurde schlagartig klar, dass sie ihr Ticket – das tatsächlich greifbare Objekt – in einer Tasche ihres Gewandes hier auf dieser schallschluckenden Couch dabeihatte … was bedeutete, dass ihr jetziger Aufenthaltsort an der Achse von den Beobachtern des Cirque gespeichert und publiziert wurde …

»Und da habe ich natürlich angefangen, dich … zu bewundern«, sagte Dobroc. »Dich und Shria Qualia Fnax vom Namensverzeichnis Digger-Chamäleon-2. Mit eurer Direktheit und eurer Aufrichtigkeit habt ihr Thavé aus der Reserve gelockt! Ich glaube, seit mindestens 200 Jahren hat niemand, der nicht in den tiefsten Tiefen der Weltlandwirtschaft steckt, Thavé so offen, oder sagen wir *emotional*, reden hören …«

»Aber glaubst du nicht …«, sagte Fift, »weißt du, mein Vater Grobbard glaubt anscheinend, dass es so geplant war. Dass sie diese Dinge schon sagen wollte, bevor die Vorstellung begann. Dass es vielleicht sogar … zur Vorstellung *dazugehört* hat?«

Dobroc legte die Stirn in Falten. »Tja, wer weiß? Ich habe gehört, dass in den Thavé-Beobachter-Polylogs genau diese Theorie aufgekommen ist. Aber … nein, ich glaube nicht, dass diese Unterhaltung geplant war. Vielleicht befürchtete Thavé, dass kriminelle Feedgärtner während der Vorstellung des Cirque zuschlagen und den Feed offline nehmen konnten. Das ist schließlich ihr Job. Katastrophenwarnung. Vielleicht hat sie sich Sorgen um die Konsequenzen gemacht und vorgeplant? Aber möglicherweise hätte sie zu niemandem gesprochen, wenn du und Shria nicht vorbeigekommen wärt. Ich glaube, Thavé zieht ihre Schlüsse aus der Welt. Ich glaube, wenn sie jemals etwas Bestimmtes mit uns vorgehabt hätte, dann wären wir schon vor

10 000 Jahren von der Spur abgekommen. So sehe ich das jedenfalls …« Sie hielt inne und senkte den Blick.

Am Ende des Pampefeldes stand ein riesiges Gebäude, das sich wie ein weißer Stoßzahn in leichter Neigung 500 Körperlängen in den Himmel über ihnen erhob. In das Fundament war eine Tür eingelassen. Pip kletterte aus der Pampe, schüttelte sich den Schmutz aus dem Gewand, ging zur Tür und öffnete sie.

»Oh«, sagte Fift. »Dann … dann wolltest du also mit mir über Thavé sprechen?«

»Ja, nein. Beziehungsweise ja. Oder … nein, eigentlich nicht«, sagte Dobroc. Sie presste die Lippen aufeinander.

Da saß Fift also und unterhielt sich friedlich über Außerirdische mit dieser Person … mit diesem merkwürdigen, freundlichen Staidkind, dessen Stimme einem wie Finger den Rücken hinunterstrich. Fift lag im Bett und starrte gegen die Wand. Sie folgte ihrer Mutter in den Reaktantensaal – ein hallender Raum in schummrigem, weißem Licht mit unzähligen Reihen kniehoher Fabrikatoren, die sich stufenweise bis nach oben zogen und vor denen Zehntausende von Bails und Staids kauerten.

Währenddessen kämpfte Shria in den Straßen von Wallacomp.

Im Reaktantensaal: flüsterndes Gemurmel, ein überwältigender, arhythmischer Puls von Pings, ringsumher überall Pings. Wenn der Fabrikator eines Reaktanten mit seinem aktuellen Zyklus fertig war, stieß er ein kleines, helles Geräusch aus und dann zog der Reaktant etwas daraus hervor – ein Gewand, eine Spange, eine Puppe, einen Löffel, eine Schlagkeule, eine Singende Frucht, eine Narrenratte, eine Flöte, einen Liederstab, ein Prisma, eine Taube …

Man würde Shrias Kohorte auflösen und ihn schließlich doch zum Pol schicken – genau wie Fift es an jenem längst vergangenen Tag im Wald befürchtet hatte. Nach jedem Ping nahmen die Reaktanten heraus, was ihr Fabrikator hergestellt hatte, und kosteten es, legten es zusammen, streichelten es, bespielten es oder zogen es an. Sie ließen es baumeln oder tätschelten und inspizierten das fabrizierte Produkt. Dann setzten sie sich mit schlaffen Mienen hin, schlossen die Augen und speisten ihre Reaktion in den Feed.

Danach warfen sie das Produkt in die Kompostierschleuse oder stellten es in den Fabrikator oder sie ließen es los, damit es in die Dachsparren fliegen konnte. Danach begann der Fabrikator mit dem nächsten Durchlauf.

{Suchen wir nach einem Industrie-Reaktanten?}, fragte Fift.

Mutter Pip zog eine Braue hoch. Sie hielt an, packte Fifts Schulter und stoppte sie. {Soll ich diese unglaublich scharfsinnige Beschreibung des Offensichtlichen als Ausdruck des Unwillens verstehen? Machst du dir nicht gerade Sorgen über den sozialen Status unserer Kohorte? Und falls dem so ist, meinst du, du könntest es diesmal aus eigener Kraft bewältigen und dich an meine Anweisungen halten?}

Fift machte sich von ihr los. {Okay, okay}, sendete sie.

»Einerseits wollte ich dich kennenlernen«, sagte Dobroc. Sie blickte auf den Saum von Fifts Gewand. Zwischen ihnen wäre auf der Couch noch Platz genug für einen anderen Körper gewesen. Das Labyrinth auf Dobrocs Haut zog den Blick an. Musterlos schien es jeden Moment ein Muster bilden zu wollen, sodass Fift auf der Suche danach den Blick über ihre Wange, das Gesicht und ihren Hals gleiten ließ.

»Okay«, sagte Fift, »… und andererseits?«

»Ich wollte dir etwas zeigen«, sagte Dobroc. »Etwas, das ich gemacht habe.«

Als sie im Reaktantensaal höherkletterten, hatten Fift und Pip 50 000 Zuschauer; das waren unangenehm viele, aber nach Potrun war es nachvollziehbar – sie mussten davon überzeugt sein, dass eine zweite Konfrontation im Anmarsch war.

»Du musst nämlich wissen«, sagte Dobroc, »dass es Leute gibt, die glauben, du gehörst zur Show. Zur Show des Cirque, zur Auflösung. Du, äh …« – sie blickte Fift in die Augen – »… du arbeitest doch nicht absichtlich für den Cirque, oder?«

»Nein!«

Dobroc nickte und schlug die Augen nieder. »Ich glaube das auch nicht. Aber es könnte doch sein … dass du es gar nicht weißt, oder? Auch der Cirque selbst weiß es vielleicht nicht, falls es ein stochastisches Stück ist. Und die Algorithmus-Agenten – die verweisen darauf, dass es sich bei dir und Shria mit großer Wahrscheinlichkeit um theatralische Elemente handelt. Sie halten euch für Bestandteile des Spektakels.«

»Was? Wirklich? Du meinst – mehr als ganz normale Ticketbesitzer? Uns speziell?«

Dobroc nickte wieder. Fift und sie sahen einander kurz in die Augen, dann lösten sie die Blicke wieder, so wie Fische in die Schatten eines flachen, dunklen Teiches fliehen. »Thavé und Panaximandra haben sich bereits als dramaturgische Schlüsselfiguren herauskristallisiert und bei der Ersten Kindheit …« – sie setzte ein schiefes Grinsen auf – »… bilden sich die Erwachsenen natürlich immer viel zu viel ein. Es gibt ja auch nicht gerade viele sechzehnjährige Ticketbesitzer, das steht fest. Sechzehnjährige Ticketbesitzer, die im Verlauf eines Nachmittags Thavé und dann Panaximandra kennengelernt haben?« Sie zog eine Braue hoch. »Ein Letztgeborener, die andere ein Einzelkind und beide aus Kohorten, die jeweils auf ihre eigene Weise in Bedrängnis sind? Eine sehr hohe Themendichte.«

»Oha«, sagte Fift. »Die Dramaturgie heraufziehender Ereignisse gehört anscheinend auch zu deinen Hobbys?«

Dobroc senkte den Blick und betrachtete ihre Hände, die ineinander verschlungen in ihrem Schoß lagen und aussahen wie zusammengekuschelt schlafende Körper. Sie schluckte. »Ich wollte nur … etwas tun. Irgendetwas bewirken. Der Welt auf die Sprünge helfen.« Sie zuckte mit den Schultern. »Irgendwie ist es auch dasselbe Hobby. Wenn man sich in das Zentrum dessen, was Thavé tut, vorarbeitet, stellt man fest, dass sie es wirklich tut, wie sie das Schicksal der Welten beeinflusst.«

Damit hatte Fift nicht gerechnet. Keine zickige, abwertende und stocksteife Spezialistin der Langen Konversation, keine überspannte, oberflächliche und sentimentale Schwärmerei als Folge ihres Instant-Ruhms. Dobroc hatte … eigenartige Ambitionen. Fift rückte auf der Couch näher an sie heran, bis sich die losen und hängenden Teile ihrer Gewänder weiß an weiß berührten. Dobrocs Haut setzte sich aus Graten, Wirbeln und Furchen zusammen, wurde aber ganz glatt an den Handgelenken und Knöcheln, wo ihre Hand sich tatsächlich beugen musste. Und wieder fragte sich Fift, wie es sich wohl anfühlen würde, wenn man sie dort berührte. »Dobroc«, sagte sie. »Das war alles nur ein Versehen. Wir haben nichts getan … Wir sind ihnen nur zufällig über den Weg gelaufen. Das hat nichts zu bedeuten.«

»Klar. Diese Zufälle waren nur die Grundlage … auf der sich etwas aufbauen ließ. Aber darum geht es eigentlich gar nicht. Es geht darum … wer du *bist*, Fift. Ich weiß nicht, ob ich das erklären kann, vielleicht klingt es auch blöd.« Sie atmete tief durch.

»Ich bin nichts Besonderes, Dobroc.«

»Für dich selbst bist du das nicht. Und vor den Augen der Welt, objektiv gesehen, auch nicht, ich weiß. Aber ich habe … ich bin … ich bin so von Falschheit und Enge umgeben. Alles dreht sich immer nur ums Rezitieren und darum, das zu tun, was einem gesagt wird. Wir sitzen auf Holzfußböden, reichen Löffel herum und rezitieren die Worte der großen Weisen, die einstmals frei und wirklich lebendig waren. Das ist wie eine groteske Parodie. Ich habe jetzt schon so lange das getan, was mir gesagt wurde …«

»Das habe ich auch, Dobroc! Ich tue immer das, was man mir sagt. Ich bin keine Rebellin …«

»Vielleicht keine große Rebellin. Vielleicht sehe ich es nur, weil ich dich so intensiv studiert habe. Vielleicht ließe es sich in jedem finden, wenn man nur genau genug hinschauen würde. Aber in dir steckt diese großartige, widerspenstige Ruhelosigkeit, ganz dicht unter der Oberfläche …«

»Ganz ehrlich, Dobroc, es kommt mir so vor, als würdest du eher von dir als von mir sprechen.«

»Na schön«, sagte Dobroc, »vielleicht sollte ich es dir einfach zeigen.« Sie zog ein Display aus dem Gewand und rollte es auf. »Das wollte ich dir schicken, aber ich hatte geplant, es anonym zu veröffentlichen. Ich meine, wenn du damit einverstanden bist. Und für dich ist es besser, wenn es nicht in deinen Chat-Logs auftaucht. Aber okay, sieh dir das erst mal an.«

Fift nahm das Display. Ihre Hände berührten sich nicht.

Sie sah eine Kakofonie aus Farbe und Bewegung, wild, gestreckt, hingeschleudert und über den steifen Stoff gekräuselt. Es schien tiefer zu sein, als es sein durfte, und irgendwie den Blick hineinzuziehen, ein verwickelter Strang von Dimensionen, der die Welt verlangsamte und verzerrte.

»Okay«, sagte Dobroc. »Das müsste deine Agenten eine Zeit lang verwirren.«

»Wie jetzt – ernsthaft?« Fift stockte der Atem. {Beobachtet ihr mich gerade?}, fragte sie ihre Agenten.

{Kontext enthält zu viele Parameter}, antwortete der Kontext-Erklärungs-Agent. {Rekursive Exegese bietet keinen Ansatz für eine zusammenfassende Stellungnahme. Alle Einschätzungen sind nur vorübergehender Natur. Bitte berücksichtigen, dass weitere Analysen in Arbeit sind.}

{Das könnte die heißeste Sache aller Zeiten sein, aber auch die schlimmste oder ein Mittelding}, meldete der Agent für soziale Feinheiten. {Bitte verhalte dich entsprechend.}

»Du hast recht, die sind schon wieder nicht zu gebrauchen«, sagte Fift. »Bei Kumru! Woher wusstest du das?«

»Das ist eine Sache, die im Umlauf war«, sagte Dobroc. »Man muss wissen, wo man so etwas findet. Und denen geht es bald wieder gut, aber erst mal hören sie nicht mehr zu. Okay – hier ist mein Stück.« Sie räusperte sich und ballte beide Hände in den Gewandfalten. »Ich hoffe, es gefällt dir … und es ist … na ja, egal.«

Jetzt änderte sich das Bild auf dem Display:

Die vierjährige Fift – mollig und kahl, nun in einem steifen, neuen Gewand auf der Oberfläche Foos:

»Aber was ist mit Vater Miskisk? Vater Miskisk ist traurig …«

Eine Spur von Unbehagen in Squells Mienen, dazu der Ärger in den Gesichtern Smistrias, bevor sie sich wieder für den Feed zurechtmachten.

Grobbards sanfte Hand auf Fifts Schulter. »Die holen uns noch ein, Fift. Jetzt mach bitte deinen Kopf frei und bereite dich vor.«

Fift nimmt Squells Hände und gibt sich Mühe, ihre Körper so weit wie möglich voneinander entfernt zu halten, während sie durch die Gärten und Aussichtsplattformen ziehen. In einem Körper schaut sie sich auf die Füße, der andere staunt mit offenem Mund über die schiere Größe Fullbellys. Wie von selbst verengt sich der Blick und richtet sich auf Fifts drittes Gesicht: Sie streckt den kleinen Kiefer entschlossen vor, blickt nach vorn und stellt sich das Erste Tor der Logik vor.

Das Bild auf dem Display blieb unverändert und flach. Es reagierte nicht auf Fifts Aufmerksamkeit, es gab nichts, was man im Register nachschlagen konnte, nirgendwo konnte man tiefer gehen und nirgendwo einhaken. Sie konnte auch nicht schwenken oder den Blickwinkel ändern, nicht einmal eine Pause machen. Es ging einfach immer weiter und erzählte nur mit Bild und Ton seine eigene Geschichte – so als sei der Feed schon wieder offline. Und irgendwie war er das auch – Dobroc hatte diese Klänge und Bilder aus dem Feed herausgelöst und in ihr eigenes, kleines, isoliertes Universum gebracht.

Es war eine vernünftige Vorsichtsmaßnahme: Wenn Fift damit nicht interagierte, konnte niemand feststellen, dass sie es überhaupt gesehen hatte.

Shria mit vier, ein herumtobender, bunter Farbklecks in irgendeinem Prallgarten weit entfernt von Foo, wie er hinunterläuft, von einem ausgebuchteten Prallpilz abprallt, vor Freude quietscht, die Augen schließt und Arme und Beine von sich streckt …

Das Bild verblasste zu einer grauen Fläche und auf dem Display erschienen Worte in einer archaischen, statischen Schrift. Die stehenden Lettern schwebten wie in die Luft gemalt:

Fift und Shria

»Wow«, sagte Fift. »Das ist ja …«

In Dobrocs nervöse Miene mischte sich Vergnügen. Aber man konnte nicht anhalten, die Bilder gingen immer weiter und deshalb musste Fift den Blick wieder auf das Display richten …

Shria mit neun, lavendelfarbene Haut und leuchtend rotes Haar, orangefarbene Augenbrauen, die sich wie Flammen locken. Knochige, bloße Knie und Ellenbogen, die unter den rot-blauen Streifen seines schlechtsitzenden Anzugs hervorstechen. Winzige

Wassertropfen vom Morgentau der Oberfläche glitzern in seinem Haar.

Er bückt sich und greift nach einem bemoosten Stock.

Eine Kakofonie – fast zu schnell, um etwas zu begreifen – der Tumult des Aufstands, brüllende Anonykörper, Shria, jetzt sechzehn, kämpft sich aus den roten und blauen Händen, die nach seinen Armen greifen; sein Haar …

Stille. So plötzlich, dass sie betäubend wirkt. Das Moos auf der Oberfläche tropfnass, Licht sickert durch den Nebel.

Fifts Stimme, zusammenhangslos, aus dem Off zum Bild des leeren Waldes: »Glaubst du, es gibt überhaupt eine Show? Oder ist das so etwas wie … eine Metasache? Ist die Suche nach der Show schon die Show?«

Ein ziellos flatternder Kardinalsvogel landet auf einem Ast. Dann Shrias Stimme mit der Antwort: »Könnte sein. Aber das bezweifle ich. Ich glaube, sie wird wirklich stattfinden.«

Stiefel, die im tiefen Schnee knirschen und bis auf halbe Wadenhöhe einsinken.

Thavés Gesicht füllt den Monitor, sie hat den Kopf auf die Seite gelegt und denkt nach. Shria fragt: »Was hältst du von uns? Von uns allen?«

Thavé hält inne. »Was für eine gute Frage.«

Fift und Shria, wie sie Thavé am Tisch im Pavillon gegenübersitzen. Sie wirken intelligent und beflissen, herzzerreißend jung.

Unschuldige, denen noch nie ein Leid geschehen ist.

»Ihr haltet schon seit Langem meistens Frieden«, sagt Thavé.

Der Aufstand: das Gebrüll und Herumspringen, das Chaos. Ein Ellenbogen kracht an Fifts Schläfe und sie fällt hin …

»Eure Wirtschaft ist recht leistungsfähig – die ökonomische Klasse ist an die Geburtsreihenfolge gebunden …«

Der Wald auf der Oberfläche. Shrias rotgeweinte Augen.

Schneewirbel, die tanzend hochgeweht werden und über die Kruste gleiten, während die Stiefel durchbrechen …

»Jetzt bist du also wieder ein Letztgeborener«, sagt Umlish mit einem schiefen Grinsen. »Wir sollten dir wohl gratulieren.« Sie kommt einen Schritt näher. Shria – neunjährig, ausgemergelt und

vor Kälte zitternd. »Deine Eltern wirken sehr abgelenkt. Ich frage mich, ob sie vielleicht immer noch etwas überlastet sind.«

Panaximandra auf seiner Säule im schimmernden, glitzernden Exoskelett. »Wer waren diese Eltern? Diese glücklichen Leute, denen man das Recht gegeben hat, Leben zu schöpfen? Achtet darauf, dass ich ›gegeben‹ sage! Sie haben sich das Recht nicht genommen, weil sie es als ihre Pflicht ansehen, als ihr Vermächtnis, als ihr Schicksal als menschliche Wesen …«

Shria steht auf und lässt einen bemoosten Stock fallen. Er beißt fest die Zähne zusammen und unterdrückt das Zittern. Dann blickt er quer über die Lichtung zu Perjes und Tomlest und seine Augen lodern. Sie sollten es nur einmal wagen, laut zu lachen.

»… kaum egalitär«, sagt Thavé, »aber wenigstens ist es eine moderat antiakkumulative …«

Umlishs Augen sind etwas schmaler und voller Verachtung. »Shria will keine jüngeren Geschwister. Er war froh, das kleine Baby loszuwerden …«

Shria, neunjährig, im Schatten lilafarbener Liedwedel und stolz strahlend, als ihm die Eltern sein kleines Geschwisterkind in die Arme legen. Das winzige, gefleckte, rote Gesicht, die Äuglein zusammengepresst und sein winziger Kopf liegt im Winkel von Shrias Ellenbogen …

»… bist du das etwa nicht gewesen, Shria?«

»… ihr habt es bemerkenswert gut verstanden«, sagt Thavé und stochert in ihrem Essen herum, »euch neue Methoden auszudenken, um es komplizierter zu machen, ein Baby zu haben, auch ohne dass ich dabei helfen musste …«

Grölende Anonykörper. Panaximandra im schimmernden Exoskelett: »Jeder von euch kann ein Held sein … Jeder von euch kann eine Mutter sein!«

»Freiheit! Wert! Eroberung! Babys!«

Ein Schwenk, der an den Stiefeln beginnt: Zahllose Gestalten stapfen jetzt in warme Kleidung gehüllt durch den tiefen Schnee …

»Vielleicht erlaubt man uns«, blafft Potrun durch die zusammengebissenen Zähne in seinem allzu symmetrischen Gesicht,

»ein Kind zu sehen.« Seine Stimme überschlägt sich: »Oh, sieh mal, ein Kind! Geht vorbei …«

»Aber wenn eine Kultur wie die eure reift«, sagt Thavé und starrt auf ihre Esszinken, »wird die Angst immer größer …«

Panaximandra kneift voller Verachtung die Augen zusammen. »Ihr habt die Möbel in dem Bienenstock umgestellt, in dem ihr Insekten lebt, und dann wieder alles umgeräumt.«

Fift macht große Augen. »Du hast mich geschlagen … weil *ich eine Staid war.«*

»Dummes Zeug«, blafft Potrun.

Ein Ellenbogen kracht gegen Fifts Schläfe und sie bricht zusammen. …

Fift schüttelte sich unwillkürlich. Sie sah so jämmerlich aus, ein kleines Häuflein in Beige und Weiß in einem blau-roten Tumult, dahingesunken wie ein weggeworfener Kleiderfetzen …

Zusammengewürfelte Gestalten, die durch den Schnee stapfen, und hinter ihnen: glitzernde Luftschiffe, der offene Himmel, die kalte, blaue Morgendämmerung auf der Oberfläche. Es sind persönliche Aufzeichnungen, Aufnahmen durch die Augen eines einzelnen Individuums. Heimliche Aufnahmen eines verwaisten Deportierten; Filmmaterial, das vom Pol geschmuggelt wurde?

*Potrun. »*Wir *schlagen keine Staids! Wir kaspern nur herum, um euch zu amüsieren, wir dienen euch in sexueller Hinsicht …«*

Panaximandra. »Als ob das Leben ein wildes Tier sei, das ihr zähmen könntet …«

»Eines Tages«, sagt Thavé bedrückt, »wird es einen Fehler geben, den ich nicht vorhergesehen habe …«

»Sie haben euch in euren eigenen Gehirnen unterdrückt«, röhrt Panaximandra und Tränen laufen an seinen Wangen herunter. »Sie haben dafür gesorgt, dass ihr für euer Sklavendasein dankbar seid! Ihr schuldet ihnen nichts, *absolut nichts! Gebt mir eine Million Barbaren mit achtzig Jahren Lebenszeit …«*

Thavé lässt den Blick nach draußen vor den Pavillon schweifen. »Etwas, das schnell um sich greift …«

Eine Hand in silberner Rüstung, die einen Fetzen Samt umklammert. »Bewaffnet mit Keulen …«

»… das sich durch die Kultur verbreitet und sie zu Fall bringt …«

»… dann könnte ich diese Welt erobern und in Brand setzen!«

Der Aufstand, die Straßenschlacht und Fift zusammengerollt auf dem Boden …

… Vvondas Stimme zu dem Bild: »Da hast du nichts zu suchen, Staidkind. Dahin hättest du ihm nicht folgen dürfen.«

… mit der Stirn auf den Nebenweg. Die Arme zum Schutz über den Kopf gezogen. Shria weg.

»Ihr seid widerlich«, schnarrt Umlish.

Vvondas eisiger Blick, sein lilafarben angelaufenes Gesicht. »Du solltest um der luftlosen, alles aufsaugenden Leere willen da verschwinden.«

Ein Ellenbogen kracht ihr gegen die Schläfe und Fift geht zu Boden …

»Da hast du nichts zu suchen.«

Aber sie war da gewesen. Mittendrin. Sie war nicht weggelaufen.

… zusammensacken, Brust an die Knie, Knie wieder hoch, wieder auf die Füße …

»Verspritz heute nicht dein ganzes Gift, Umlish«, sagt Shria. »Sonst geht es dir noch aus und was willst du dann morgen tun?«

»Vvonda«, sagt Fift und tritt unter einem lilafarbenen, gezinnten Privatsphärentrichter hervor. Sie hat einen kleinen, dunklen Bluterguss seitlich am Kopf, wo sie der Ellenbogen getroffen hat. Vvonda arbeitet sich bereits hochaufragend und elegant durch die Menge der Partygäste. Er dreht sich um und streckt ihr gereizt die Hand entgegen.

Im wogenden, tosenden Schlachtengetümmel reißt einer der Bails, der Shrias Arme hält, ein anonymisiertes blaues Bein nach hinten, um ihn zu treten. Fifts Bein fließt nach vorn, leicht und sanft platziert sie den Fuß am Fuß des Bails. Der Bail hält inne. Shria brüllt.

»Deine Aufgabe ist es«, sagt Pip, »nachzudenken, zu planen

und zu befehlen. Deine Aufgabe ist es, das stille Zentrum zu sein, die Basis, der Kern.«

»Das macht dir Spaß, nicht wahr?«, fragt Fift und Vvonda bekommt einen gefährlich harten Blick.

Fift war dort gewesen. Ringsherum hatte sich die Welt aufgelöst und sie hatte es ertragen.

»Dieser Überfluss«, sagt Panaximandra, »hat Gelüste in euch geweckt! Aber was habt ihr euch angeeignet? Seid unbefriedigt! Seid durstig!«

»Diese Revolution, diese Auflösung. Es gefällt dir. Es ist wie für dich gemacht.«

Die Stimme des Cirque, die über die Habitationen hinwegdonnert: »Habt ihr euch gefragt, ob dies die Welt für euch ist?«

»Hebammen, Feedgärtner und Schiedsrichter mögen ja die Dinge zusammenhalten …«, sagt Pom Politigus, während Vvonda eine Grimasse schneidet, nachdenkt und eine spontane, ungläubige und wütende Reaktion unterdrückt. »Aber an wen wenden wir uns …«

»Ihr müsst damit anfangen, euch aus den Fesseln des Konsens zu befreien«, sagt Thavé.

Die Welt war noch immer in Auflösung begriffen, der Aufstand breitete sich aus und der Käfig, der Fift sicher an Ort und Stelle verwahren sollte, war verschwunden. Aber in jenem Augenblick – als der kleine Fetzen in Beige und Weiß stürzte und floss und plötzlich inmitten des rot-blauen Getümmels auferstand …

»Ich könnte dieses Gefängnis niederbrennen und einen Garten pflanzen!«, brüllt Panaximandra.

»Ich habe nicht vor, wieder eine Welt zu verlieren«, sagt Thavé.

… es hallte durch Fifts Erinnerung.

Fift und Shria halten sich inmitten der Straßenschlacht fest in den Armen. Fift presst ihre Stirn in die Neigung von Shrias Hals, als Shria zu schluchzen beginnt …

»Revolution«, sagt Panaximandra, »gegen diese Totheit …«

Fift schaut von ihren Mangaremeflocken auf und lacht mit geschlossenen Augen, Shria sieht sie freundlich an, seine gelockten, knalligen Brauen hochgezogen, und nimmt einen Schluck von seinem Getränk …

Panaximandra: »… diese Einengung …«

Weiße Nebelschwaden, grobe, silbrige, tauglitzernde Rinde, der Kardinalsvogel erhebt sich in den kalten Waldhimmel. »Leichenmampfend?«, fragt Fift.

Damals hatte Umlish so furchterregend gewirkt. Fifts neunjähriges Herz raste, als sie das sagte.

Shria kichert. Sein schmales, lavendelfarbenes Gesicht ist mit Rinde und Erde beschmiert. »Das ist gut! Wo kommt das her? Ja, nenn mich einen ›leichenmampfenden Schwesternverlierer‹, Umlish …«

Panaximandra: »… das bedeutet, sich lebendig zu fühlen …«

»Wenn eine Kultur wie die eure ins Fallen gerät«, sagt Thavé, »wird es ein verheerender Absturz. Ihr müsst damit anfangen …«

Shria, sechzehnjährig, verlangsamt das Tempo und bleibt eine Armeslänge vor der Masse der Anonykörper stehen. Dann blickt er sich nervös nach Fift um …

»… euch aus den Fesseln …«

… und Fift kommt nach vorn …

»… des Konsens zu befreien.«

»Es ist an der Zeit, Fift«, sagt Pip, »die zu sein, die du bist.«

… und nimmt seine Hand.

Der vierjährige Shria prallt hoch und quietscht vor Vergnügen …

»Sie haben Mangaremeflocken«, sagt Shria und grinst. Dann nimmt er Fifts Hand. »Los, komm.«

Das Display zeigte nichts mehr.

20

Fift blinzelte. »Das ist … das ist großartig.«

»Ist doch nur eine Clip-Oper, nichts …«, sagte Dobroc und verstummte, als Fift ihre Hand nahm. Sie fühlte sich genauso rau und glatt und schwielig und weich und wettergegerbt und kühl und warm an, wie sie es sich vorgestellt hatte.

Nach einer Weile atmete Fift wieder aus.

In ihrem Händedruck war so etwas wie das stille Zentrum – eine erwartungsvolle, aber entspannte Ruhe. In dieser Ruhe konnte man loslassen, man konnte ankommen. »Im tosend steigenden Strudel, der alle Formen zerreißt, den Ruhepunkt finden« – so beginnt der allererste Diskurs des ersten Werks des verbindlichen ersten Zyklus, Brenems Meditation, die Uriz an diese Stelle gesetzt hatte, um sie zum Einstieg der Langen Konversation zu machen.

Eine Hand schloss sich um Fifts Schulter, sie taumelte und blieb stehen. Es war Pips Hand im Reaktantensaal …

Ein bailischer Reaktant beugte sich über seinen Fabrikator. Man konnte sehen, wie groß er war – sein Körper war unproportional und absurd muskulös. Fift war keine Expertin in Körperdesign, doch selbst sie sah, dass es sich um die geschmacklose Pfuscharbeit eines Untalentierten handelte. Die wundgescheuerten, roten Ekzeme an den Armen und am Hals sowie die willkürlich verteilten schwarzen Haarbüschel in seinem Gesicht, auf seiner Brust und seinem Rücken – all das sah nach Nebenwirkungen unzureichender Hormontechnik aus.

Sein Gesicht: erschreckend weiße Augäpfel mit orangefarbener Iris und langen Wimpern, orangefarbene Lippen und die Ohren fleischige Wirbel …

Fift schluckte mühsam.

Es waren die Augen, die Lippen und die Ohren jenes eigenartigen Anonykörpers beim Aufstand, die ihm im glatten, blauen Kopf gestanden hatten.

Es sah aus, als ob dieser Bail (laut Register Predoria Ithigast vom Namensverzeichnis Verschmutzte-Butterlunge-14–233 Jahre alt) den Körper absichtlich so konfiguriert hatte, um erwischt zu werden.

{*Der* hier}, sendete Pip, {hat dich an den Kopf getreten. Erkläre es einfach, klar und deutlich. Lass dich nicht von Gefühlen oder Unentschlossenheit ablenken. Stelle die Fakten in aller Öffentlichkeit richtig, dann wird sich dieser Bail entschuldigen müssen oder entehrt werden. Mehr braucht hier nicht getan zu werden.}

Fift erinnerte sich nicht daran, dass Predoria sie getreten hatte, doch sie wusste noch, wie er Shria in die Rippen traf, als dieser auf dem Nebenweg kauerte. Von den Bails, die Shria angegriffen hatten, ließ er als Letzter wieder von ihm ab. Sie war froh, dass er auf der Liste stand: Sie fühlte nicht die leiseste Versuchung, *ihn* zu bedauern.

Predoria blickte ausdruckslos von seinem Fabrikator hoch.

»Du hast mir vor zwei Tagen bei einer Straßenschlacht in einem egohüpfenden Wirt gegen den Kopf getreten«, sagte Fift.

Predoria grinste. »Das habe ich getan«, erwiderte er.

Mit dieser Reaktion hatte Fift nicht gerechnet.

»So«, sagte Dobroc. »Ich dachte, ich könnte es vielleicht teilen. Mit anderen. Es veröffentlichen. Anonym. Wenn du nichts dagegen hast …«

»Klar«, sagte Fift, »aber …«

»O nein«, erwiderte Dobroc und zog ihre Hand ein Stück von Fifts Hand weg. Das kleine bisschen Luftraum zwischen ihren Handflächen war wie eine Wunde.

»Was?«

»Du hast ›klar, aber‹ gesagt«, sagte Dobroc.

»Was … habe ich?« Am liebsten hätte Fift wieder nach Dobrocs Hand gegriffen und sie festgehalten, doch sie traute sich nicht.

»Gerade eben. Zuerst hast du gesagt: ›klar‹. Und ich … ich dachte, dass es ›ja‹ bedeutet, und habe es deshalb freigegeben. Ich habe es einfach … veröffentlicht. Aber dann hast du gesagt: ›aber‹. Also wolltest du vielleicht doch nicht, dass ich es teile?« Sie ließ Fifts Hand ganz los, strich sich mit beiden Händen durchs Haar und schob es sich nach hinten. »Es tut mir so leid. Ich war einfach so aufgeregt, dass … ich meine, ich kann versuchen, es zu unterdrücken …? Vielleicht, wenn …«

»Nein, nein«, sagte Fift und hatte ein ganz mulmiges Gefühl, »es ist okay …« Sie legte sich die eigenen Hände in den Schoß, ineinander verschränkt wie schlafende Körper …

Dem Register zufolge hatte Predoria nur wenige Verbindungen. Keine Kohorte – es hatte auch trotz seines Alters bisher nicht einmal für eine Übungskohorte gereicht. Dafür hatte er von den allgemeinsten Bewertungsagenturen ein paar Tadel für Faulheit und fehlgeleitete Aggressionen kassiert. Im Großen und Ganzen hatte er sein Leben aber in der Peripherie verbracht und war dabei von kaum jemandem wahrgenommen worden. Er war mehrfach kurzfristig Kampf-Reaktant auf den Matten gewesen, aber dort zu schwach bewertet worden. Deshalb landete er hier, wo er sich auf duftende Lotionen spezialisiert hatte – anscheinend war sein Geruchssinn gut entwickelt und der Geruchssinn war am schwersten zu simulieren. Er hatte ungeklärte Herausforderungen für Mattenkämpfe an über hundert völlig unpassende Bails gerichtet, was offenbar keinem von ihnen auch nur die Mühe einer Antwort wert gewesen war.

Es gab keine Buchmacher, die individuelle Wetten auf Predoria anboten; gelistet war er nur in verschiedenen Paketen breit angelegter, kollektiver Indizes ungebundener und sozial randständiger Bails und anderer marginal bewerteter Industrie-Reaktanten.

Die Frage war nicht, *ob* solche Leute zusammenbrachen, sondern nur, wie viele davon bis zu welchem Zeitpunkt.

Die Publikumszahlen kletterten steil nach oben: Zuerst waren es 80 000 und dann 90 000 Leute, die sich ansahen, wie Fift im Reaktantensaal mit offenem Mund Predoria anstarrte.

»Und … und entschuldigst du dich dafür?«, fragte Fift Predoria.

»Nein«, erwiderte Predoria und grinste vielsagend. »Nein, hat doch Spaß gemacht.« Sein Fabrikator machte Ping, er sah hinunter, griff hinein, zog ein kleines Fläschchen mit einer Lotion heraus und schmierte sich etwas davon auf den Handrücken.

»Du machst dir bestimmt große Sorgen seinetwegen«, sagte Dobroc.

Fift schreckte zusammen. Einen kurzen Moment dachte sie, Dobroc meinte Predoria und dass sie sich wegen der Konfrontation sorgte, aber sie meinte natürlich Shria. »Ich … ich kann ihm nicht zusehen. Was ist passiert? Sind die Befriederinnen gekommen?«

Dobroc kniff die Brauen zusammen. »Siehst du dir das wirklich nicht an?«

Fift schluckte und spürte, wie ihr kalt wurde. Dobroc war bestimmt enttäuscht von ihr; sie hätte Fift gern als noble, heldenhafte Freundin gesehen, die sich um Shrias willen gegen Umlish und Vvonda stellte, und nicht als solche Memme, die es nicht fertigbrachte, zuzusehen. »Ich bin … ich kann nicht … er hat mir verboten … Dobroc, ich habe alles falsch gemacht. Es ist überhaupt nicht so wie in deinem wunderbaren …« Sie deutete auf das Display, das auf der Couch lag, »… äh, Kunstwerk. Ich meine, ich habe ihm Schande gebracht oder so etwas. Vvonda hat von mir verlangt, mich nicht einzumischen, und ich war zu dickköpfig …«

»Während der Straßenschlacht? Nein – du hast auf Vvonda gehört!«, sagte Dobroc. »Du hast Shria gefunden, bist zu ihm gegangen und hast dich hingesetzt wie Mundarn beim Fest – erfüllt von Freude und Furcht hast du es geschehen lassen und ihm nur ›Raum gegeben, um vor den Augen einer Herzensfreundin zu stürzen‹ – es war perfekt, Fift!«

Fift musste blinzeln, so seltsam hartnäckig brannten die Tränen hinter ihren Augen, und am liebsten hätte sie jetzt auch geweint – was Dobroc nicht entgangen war. Fift spürte das körperliche Verlangen, sie näher heranziehen und sich in ihre Arme zu kuscheln, damit sich ihr Herzschlag im Rhythmus Dobrocs beruhigte.

Aber konnte sie ihr trauen? War es wirklich *Fift*, die Dobroc sah, oder nur ein idealisierter Schatten: das Staidkind, das mit Thavé gesprochen hatte und dem sie in ihrer Clip-Oper die Heldenrolle zuweisen konnte – als neue Mundarn eines Zeitalters der Auflösung?

{Frag ihn}, sendete Pip, {ob er verrückt wird.}

»Wirst du verrückt?«, fragte Fift Predoria.

Predoria schloss die Augen und schnupperte mit langen, tiefen Zügen an der Lotion auf seinem Handrücken. Dann öffnete er die Augen. »Und wenn es so wäre?«

»Es war *nicht* perfekt«, erklärte Fift Dobroc. »In dem Moment war vielleicht alles richtig, ich weiß nicht … Aber hinterher auf der Brücke … habe ich etwas *gesagt* und einen Fehler begangen – ›Wie die Weide den Wind nicht hält, hielt auch ich das stille Zentrum nicht!‹« Es war ein Hochgenuss, im Gespräch mit Dobroc auf Vergleiche aus der Langen Konversation zurückgreifen zu können, denn bei Shria oder ihren Bailvätern durfte Fift das natürlich nicht tun – Pip verabscheute es und Grobbard nahm alles zu ernst. Eigentlich hatte sie nie zuvor diese Leichtigkeit, diese Natürlichkeit empfunden, wenn sie in alter Staidmanier gesprochen hatte. Bei Dobroc aber kam es ihr vor, als sei die Konversation über die Säle und die Aufseher hinausgeströmt und tanze in der Welt. »Und jetzt, na ja, hat er geschrieben … ach, ich werde es dir einfach weiterleiten!«

{Falls er verrückt ist}, sendete Pip, {sollte er sich im Irrenhaus melden, bevor er auch die letzten Fetzen, die ihn noch an seine soziale Identität binden, herauspisst.}

»Wenn du verrückt bist«, sagte Fift, »solltest du ins Irrenhaus gehen … bevor du auch noch die letzten Fetzen deiner … sozialen Identität herauspisst.«

»Meine soziale Identität«, wiederholte Predoria. »Meine soziale Identität.«

Dobroc schloss die Augen, als sie Shrias Brief bekam.

{Was ist mit diesem Bail los?}, sendete Fift an Pip. {Er benimmt sich, als hätte er überhaupt keinen Stolz mehr.}

Pip soufflierte Fift ihre Reaktion: {Deine Stellung hier im Reaktantensaal. Wie formal du Fremden gegenüber sein kannst. Dass du durch Fullbelly reisen darfst.} Pips Miene war teilnahmslos; sie blickte den langen Korridor hinunter und zu den Reihen der Reaktanten hinauf, durch den hallenden Raum voller Pings, so als ob sie selbst ein Reaktant sei – ein Architektur- oder Sozial-Reaktant vielleicht, der seine Gefühle über den Raum in den Feed speiste.

Dobroc suchte wieder ihre Hand; ihre Rillen und Wirbel pressten sich gegen Fifts Haut. Die Hand lag ruhig und unbeweglich, war weder schwer noch leicht. Sie öffnete die Augen. »Verstehe«, sagte sie.

Predorias Blick bohrte sich in Fifts Augen: diese blassorangefarbenen Iriden in den weißen Augäpfeln. Er wirkte nicht wie jemand, der kaum noch Selbstbewusstsein hatte, sondern eher so, als verfügte er über grenzenlose Reserven. Einen Moment lang fragte sich Fift, ob das alles arrangiert war, etwas mit dem Cirque zu tun hatte und zur Show gehörte.

»Und nach dieser Nachricht«, sagte Dobroc, »siehst du ihm also nicht einmal mehr zu? Genau wie die Visualisierungsdesignerin im blauen Kleid.« Das war eine Passage, die jedes zehnjährige Staidkind auswendig kannte, und Fift war erschüttert, weil sie so gut passte (denn die Visualisierungsdesignerin im blauen Kleid isolierte sich aus Angst, beim Beobachten beobachtet zu werden) und unausgesprochen eine heraufziehende Tragödie prophezeite.

Dobroc schüttelte den Kopf.

»Deine, deine Stellung hier im Reaktantensaal. Wie formal du Fremden gegenüber sein kannst. Dass du durch Fullbelly reisen darfst …«

Im Reaktantensaal wuchsen die Zuschauerzahlen beständig.

Dabei hätte sich das Wachstum allmählich verlangsamen sollen, nachdem der erste Schwung wieder abgewandert war – denn wer wollte schon Fifts langweilige Drohungen gegen einen absurd großspurigen, randständigen Bail hören? 300 000 aktive Zuschauer wollten es offenbar. 300 000!

{Das kann dir alles genommen werden}, sendete Pip geduldig. {Du prahlst öffentlich damit, wehrlose Staidkinder zu schlagen. Erwartest du etwa, dass dich Fremde auf den Nebenwegen anlächeln? Erwartest du, dass dich Schleusenwächter willkommen heißen?}

Fift wünschte sich, alle ihre Körper wären unter Privatsphärentrichtern oder in der Wohnung – Kumrus heiligen Eierstöcken und Hoden sei Dank, dass niemand sie in der Gesellschaft Dobrocs beobachtete.

»Das kann dir alles … genommen werden«, sagte Fift. »Du prahlst öffentlich damit, wehrlose Staidkinder zu schlagen …«

»Kann es das?«, fragte Predoria. Er wirkte amüsiert und angriffslustig. »Bist du sicher?«

Sein Fabrikator brummte wieder.

»Fift, hör zu«, sagte Dobroc. »Shria hat dich nicht für alle Ewigkeit aus seinem Leben verbannt. Und er wusste nicht, dass dies geschehen würde.«

Fift atmete tief durch. Kreidiger Industriestaub, der säuerliche, fast menschliche Geruch der Muskelmaschinen, frisch gewaschene Wäsche … und ganz fein auch Dobroc: ein bisschen wie frisch geschlagenes Holz, ein bisschen wie die Gewürzmücken im Abendmahlgarten und der Pflanzensaft der Ranken.

»Erwartest du …« – Fift räusperte sich und starrte in Predorias markante, orangefarbene Augen – »… erwartest du etwa, dass dich Fremde auf den Nebenwegen anlächeln?«

Fift schaute zu Dobroc auf. Sie entdeckte keinen Tadel in ihrem sanften Blick aus braunen Augen und auch kein Mitleid – nur konzentrierten Ernst. Es war weiterhin kaum auszuhalten. »Ist es … vorbei?«, fragte sie und blickte zur Seite. »Der Kampf? Ist Shria … sind die Befriederinnen gekommen? Die müssen doch inzwischen angekommen sein …«

»Nein«, sagte Dobroc, »oder ja, na ja … irgendwie.« Ihre Miene wirkte grimmig.

»*Irgendwie?*«

»Müssen sie das?«, fragte Predoria und setzte ein schiefes Grinsen auf, als er sah, dass Fift verwirrt zusammenschreckte. »Mich anlächeln?«

»Sieh ihn doch mal an, Fift«, forderte Dobroc sie auf. Sie drückte Fifts Hand. »Er würde sich das wünschen. Ich weiß, du fühlst dich hilflos. Aber ›unter Myriaden gibt ein wahrer Zeuge den Dingen ihre Form …‹«

{Schleusenwächter}, sendete Pip.

{Wie? Oh …} Fift sah wieder zu Predoria. »Erwartest du … dass Schleusenwächter … dich willkommen heißen?«, brachte sie heraus.

»Ich schätze mal, das hängt vom Schleusenwächter ab«, sagte Predoria nachdenklich.

Fift entdeckte Shria im Feed.

Jetzt waren da noch mehr Körper. Nicht nur Shria, Vvonda, Stogma, Bluey, Potrun und seine fünf Freunde – sondern auch andere. Bails in Arbeitskleidung, Ausgehkleidung, Kampfanzügen – zwanzig bis dreißig weitere Körper zwischen den ziegelroten Kringelhügeln und den Abzugskanälen der Abandonage am Pampefeld. Manche kämpften, stießen, schlugen, manche standen abseits und brüllten, manche wirkten verblüfft, einer weinte, das Gesicht zur Decke gerichtet.

Und fünf Schritte von Shria entfernt war eine Befriederin auf die Knie gesunken; ihr Bopperstab lag neben ihr in einer Rinne. Sie hatte Blut im Haar, das ihr in einem dünnen Rinnsal von der gebeugten Stirn tropfte.

»Was … was …«

Fift begriff nicht, was sie sah. Das Gedränge der Körper wirkte wie ein Tanz, eine Zirkusnummer, ein unbegreifliches Ritual. Eine *Befriederin* war da – und das Kämpfen jenseits der Matten *hörte nicht auf* – die Befriederin war – irgendetwas stimmte nicht mit ihr, sie war blutüberströmt, sie war geschlagen worden – man konnte den Blick nicht von ihr lösen, es war obszön.

Fift wurde ganz flau im Magen. Shria bestimmt nicht. Er würde so etwas nie tun …

Eine Befriederin war verwundet aus dem Kampfgeschehen getaumelt und zu Boden gegangen –

(Fift sank wieder aufs Bett und klammerte sich in die seidenen Bettbezüge. Ihr standen die Haare zu Berge. Die Blicke aus Predorias engstehenden, orangefarbenen Augen durchbohrten sie.)

Hier war etwas Neues im Werden beziehungsweise schon entstanden.

Sie wandte sich nach Mutter Pip um, die Predoria beobachtete.

Pip kaute auf ihrer Lippe herum und sendete nichts.

Drei weitere, kalte Fäuste der Furcht ballten sich in Fifts Mägen. Warum reagierte Pip nicht? Es konnte doch nicht wahr sein, dass dieser marginale, verstoßene, bizarre und kohortenlose Industrie-Reaktant verdrängen konnte, dass …

Fift wandte sich wieder Dobroc zu. Ihre Hände waren ineinander verschlungen, jetzt berührten sich ihre Unterarme durch den weißen Stoff. »Was ist hier los, Dobroc? Sind die alle verrückt geworden? Nicht mal ein Verrückter würde eine Befriederin schlagen, oder? Und Predoria … warum ist er so …«

Predorias Blick veränderte sich, blieb nicht mehr so markant provozierend, sondern wurde zuerst amüsiert und dann gelangweilt. Er wandte sich wieder seinem Fabrikator zu.

Das aufflackernde Zögern in Pips Blick: Fift fragte sich, ob Pips Arroganz schließlich doch an ihre Grenzen gestoßen war. Vielleicht fühlte sie sich jetzt genauso … erniedrigt und missachtet, wie Fift sich gefühlt hatte.

Fift hätte *diese* Vorstellung gern mit einem Triumphgefühl verknüpft oder Genugtuung empfunden. Doch es gelang nicht: Ihr war kalt. Sie wollte nicht, dass die unerbittliche und übermächtige Kompetenz ihrer Mutter gewaltsam demaskiert wurde.

Pips Blick wurde wieder hart.

Die Befriederin richtete sich mühsam auf und einen Moment lang zögerten die Kämpfer. Sie wichen einen Schritt zurück. Plötzlich kreischte Potrun. Und griff sie an.

Fift fuhr zusammen und presste Dobrocs Hand. Sie streckte die Hand unter ihrer Decke hervor und spürte die Zimmerwand, die raue Narbe unter ihren Fingern …

{Sag ihm}, sendete Pip, {er soll seine megalomanischen Fantasien genießen, solange er noch kann. Sag ihm, er soll nur so weitermachen …}

Shria stürzte sich drei Schritte von der Befriederin entfernt auf Potrun und brachte ihn zu Fall.

{… und in seiner einsamen Filterblase der Realitätsverleugnung leben, während sein Sozialleben immer weiter zusammenschrumpft …}

Shria richtete sich auf, setzte sich rittlings auf Potrun und schlug ihn mitten ins Gesicht, bevor ihn zwei andere Bails – in drei Körpern – wegrissen.

{… so lange, bis nichts mehr übrig ist – nicht einmal die Ehre eines genehmigten Selbstmords. Wenn es das ist, was er will, verdient er weder unser Mitleid noch unseren Zorn.}

Die Befriederin ignorierte die Bails und wankte auf ihren Bopperstab zu.

»Was … ist da los?«, fragte Fift Dobroc.

»Äh«, sagte Fift zu Predoria, »genieße deine megalomanischen Fantasien, solange du noch kannst.«

Predoria sah sie scharf an.

»Mit Shria?« Dobroc runzelte die Stirn. Jetzt kämpften Vvonda und Stogma mit den Bails, die Shria festhielten. Es war ein Gewirr von Händen und Beinen – und Potrun wand sich zwischen ihnen hervor und rollte sich wieder auf die Füße. – »Er versucht, Potrun aufzuhalten. Bevor er ihnen noch mehr Ärger einhandelt.«

Die Fabrikatoren im Reaktantensaal waren nahezu verstummt, weiter hinten hallten sporadisch noch ein paar Pings.

»Mach nur so weiter und lebe in deiner einsamen Filterblase …« – sie spürte, wie ihr auf der rot angelaufenen Kopfhaut der Schweiß ausbrach – »… der Realitätsverleugnung …« – sie hatte eine ganz trockene Kehle. Das ging schief – »… während dein Sozialleben immer weiter zusammenschrumpft …«

Potrun tänzelte von Stogma weg, während sich die Befriederin das Blut von der Stirn wischte (grellrote Schmiere an ihrem weißen Ärmel) und weiter auf ihren Bopperstab zuwankte …

»Fift«, sagte Dobroc, »was Predoria anbetrifft …«

»Was denn?«

»Weißt du, bei vierzig Prozent der Reaktanten im Saal«, erklärte Dobroc, »wurden die Kohorten gewaltsam aufgebrochen. Bei vielen beschlagnahmten Hebammen die Kinder. Der Rest hat sich mehrheitlich nie für die Kohorten qualifiziert. Siebzig Prozent von ihnen hatten es mit einem anderen Beruf versucht, aber dann fehlten ihnen Unterstützerstimmen. Von fünf Prozent weiß man, dass sie ein Regendering beantragt haben, das bis in alle Ewigkeit vertagt wurde …«

Predoria beugte sich vor. »Anscheinend …«, sagte er.

Potrun legte einen Sprint ein.

»… passt du …«

Im Getümmel der Körper bekam Shria eine Faust in den Magen. Sein anderes Gesicht – mit verzerrtem Mund und hervortretenden Augen – war völlig außer sich.

»… nicht auf.«

»… es ist ein Müllabladeplatz«, sagte Dobroc.

»Okay, aber …«, sagte Fift. »Wenn die hier alle so wenig Emotionalkapital haben, ist diese … Renitenz … dann nicht sogar noch ungewöhnlicher?«

»Bisher wäre sie es gewesen, glaube ich«, erwiderte Dobroc. »Aber die Zeiten … ändern sich.«

Fift räusperte sich. Sie spürte Mutter Pip, die stocksteif hinter ihr stand. »So lange, bis nichts mehr übrig ist«, sagte Fift. »Nicht einmal die Ehre …«

Die Befriederin griff nach ihrem Bopperstab, doch Potrun kam ihr zuvor und trat ihn zur Seite.

»… eines genehmigten …«

500 000 Zuschauer im Reaktantensaal.

Dann traf eine Flut von Pings ein: Jeder Fabrikator im Saal war mehr oder weniger im selben Moment fertig geworden.

Dobrocs Körper lehnte sich an Fifts Körper, Schulter an Schulter, Hüfte an Hüfte, und ja, da war wieder dieser Duft von frisch geschlagenem Holz und Gewürzsaft an ihr, die kalligrafischen Brachlande ihrer ziselierten Handflächen, die sie auf Fifts Handflächen presste, als stünde dort etwas in einer geheimen Sprache geschrieben, als brauchte Fift sich einfach nur umzudrehen, Dobroc ganz und gar mit den Armen umschlingen und das Gesicht an ihren Hals pressen …

Predoria griff in seinen Fabrikator und fing an, eine Menge Stoff herauszuziehen: Er war pelzig, samtig, luxuriös und weich. Er wickelte und wickelte immer mehr davon um seine Hände.

»… ein genehmigter …«

»Fift …«, keuchte Dobroc – (Und was bildete Fift sich nur ein? Warum machten ihre Herzen einen Sprung, warum wollte sie Dobrocs Lippen berühren, mit ihren eigenen Lippen, um ihre Sprache zu schmecken, um sie zu trinken? Hatte sie nicht bereits genug Ärger? Hatte sie es sich nicht schon auf ewig mit Shria verdorben, mit Shria, der jetzt in Wallacomp blutete, Shria, der wie ein wilder Oberflächenwald duftete? Was hatte dieses verrückte, krötenclowneske Verlangen in Fift nur zu bedeuten; alles war Shrias Schuld, zeig mir deine verfickten Genitalien – das konnte man wohl sagen …) – »… sieh dir doch den ganzen Reaktantensaal an …!«

(Wie könnte sie jemals wieder dieselbe sein, nachdem sie Shria so keuchend und zitternd gesehen hatte, seine weiche Haut schweißglänzend, das Gesicht verzerrt, eingekeilt und Fift das stille Zentrum, das den ganzen tosenden Sturm in einer kleinen Hand hielt …)

Im langen, geschwungenen Saal zogen circa 8000 auf alle erdenklichen Weisen gekleidete Staids und Bails denselben, verschwenderisch luxuriösen Stoff aus ihren Fabrikatoren. Die meisten der anderen Sitze waren jetzt leer.

Es war der weiche, üppige Stoff, mit dem Panaximandra geworfen hatte.

(… und was würde Dobroc sagen, wenn sie es wüsste? *Ich bin mit dir nicht sicher.* Dobroc bewunderte ihre Ehrlichkeit; Dobroc sah in ihr Minth vor ihrer Schicksalsstunde. Doch barg Minth jemals solche Geheimnisse? Vater Squell lag richtig. Fift hatte das Gleichgewicht verloren, sie war hinüber, völlig durcheinander und nicht mehr eins mit sich. Mit bailischen Gelüsten infiziert.

An ihre Hüfte und ihre Schulter gepresst, merkte Fift, wie sehnig und geschmeidig Dobrocs Körper war, wenn sie sich bewegte; sie spürte die komplexen Muster ihrer Haut und dass Dobrocs Labyrinth sich bis unter ihre Kleider fortsetzte, wenn man doch diesen Pfaden und Furchen mit den Händen bis unter ihre Ärmel folgen könnte, an ihren Armen hoch, an ihrer Seite herunter und über ihren Bauch, ohne das Labyrinth jemals zu verlassen. Dobroc war genauso groß wie Fift, Shria war größer – wenn sie Nase an Nase lägen und sich umarmten, würden sich ihre Zehen berühren; fest genug gedrückt und Haut an Haut, ohne die Kleidung, konnten sie das Umkehrbild von Dobrocs Landschaft in Fift prägen, während Dobrocs Stimme über sie und durch sie hindurchfloss und Fifts Hände …

… denk nicht mehr daran, hör auf, hör auf, hör auf …)

In den Pampefeldern von Dunpuddle, in Wallacomp, richtete sich die Befriederin auf. Sie stand neben Potrun und Potrun sammelte seine Kräfte, um loszustürzen. Die Befriederin verzog das Gesicht, zwischen ihren Brauen erschien eine kleine Falte. Sie schien mit etwas nicht einverstanden zu sein und schüttelte einmal knapp den Kopf. Dann drückte sie den Rücken durch und schien aufzugeben. Ein winziger Anflug von Furcht war in ihrem Blick zu erkennen, dem zusammengebissenen Kiefer und der live übertragenen emotionalen Verfassung. Sie schloss die Augen und atmete tief durch, als bereitete sie sich auf einen Schlag vor.

Predoria setzte ein breites, lüsternes Grinsen auf. Um ihn herum erhoben sich die Bails und die Staids mit weit aufgerissenen Augen von ihren Plätzen. Manche von ihnen zitterten. In den Händen hielten die Industrie-Reaktanten den kostbaren Stoff.

»Bei Tricksters Füßen!«, fluchte Dobroc. »Verschwinde von dort, Fift. Geh da sofort weg!«

Fift wandte sich von Predoria ab und griff Pip am Ärmel. {Mutter Pip – wir müssen jetzt gehen}, sendete sie. {Das wird schon wieder ein Aufstand … sonst …}

{Wir gehen nirgendwohin}, sendete Pip und sah sie böse an. Sie stand stocksteif und aufrecht mitten im Saal. {Bilde dir nicht ein, nur weil …}

Potrun spannte die Muskeln an, weil er die Befriederin anspringen wollte, aber er kam nicht mehr dazu. Stattdessen schrie er – es war ein Schrei des Schreckens, der Agonie und des Verlustes, wie Fift es nie zuvor gehört hatte –, dann fasste er sich selbst an, griff nach seinen Armen und seinen Beinen, als versuche er, sich selbst zusammenzuhalten.

Auch die Befriederin schrie. Sie ballte die Fäuste an ihren Schläfen, fiel auf die Knie und schüttelte sich so wild, dass es aussah, als würde sie in Stücke gerissen.

Alle schrien sie. Stogma. Bluey. Der gertenschlanke Bail mit der knochenweißen Haut aus Potruns Kohorte. Der blauhäutige Bail im gerüschten, aufgeplusterten roten Kleid und der wettergegerbte braune, der nur mit Werkzeugriemen voller Kellen und Weichnasenflangern behängt war – ihr Kampf war zu einer verzweifelten, brutalen Umarmung geworden – so als ob sie versuchten, einander in die Körper zu wühlen wie tumbe Oberflächentiere, die sich durch die Erde kämpften.

Vvonda lag zusammengerollt mit den Händen über dem Kopf, von Schluchzern geschüttelt.

Shria …

»Was *geschieht* mit ihnen?«, fragte Fift in der Stille der schallschluckenden Couch und roch den Gewürzsaft, das frisch geschlagene Holz, den säuerlichen Schweiß der Muskelmaschine und den Staub.

… Shria schrie auch, und schlimmer noch: Seine beiden Körper waren auf dem Pampefeld wütend ineinander verkeilt, er würgte sich selbst, ein Händepaar um des anderen Körpers Kehle …

{Was geschieht mit Shria?}, sendete Fift an ihren Kontext-Erklärungs-Agenten. {Er hat nichts Falsches getan! Er wollte die Befriederin beschützen und Potrun aufhalten – was tun sie ihm an?}

{In Abwesenheit einer Ontologie}, sendete ihr Kontext-Erklärungs-Agent, {verlieren normative Erwartungen ihren Bezugsrahmen und der Strom möglicher Bedeutungen schwillt an zu einer Flut.}

Im Reaktantensaal platzten die Türen der Fabrikatoren und spuckten dichte, rote Rauchwolken aus. Die Reaktanten taumelten hustend zurück. Fift bekam einen Hauch von dem Rauch ab und plötzlich war alles voller flüchtender Reaktanten, waren sämtliche Bails und Staids im Nu auf den Beinen.

»Fift, du musst jetzt gehen«, sagte Dobroc.

Predoria sprang von seiner Bank und baute sich vor ihnen auf. Er blickte über die Schulter nach hinten, grinste Fift an, dann senkte er den Kopf – das luxuriöse Gewebe steckte in seinem Mund – und stürzte sich in den Qualm.

Es brannte und kratzte in Fifts Kehle; ihre Lungen versuchten, sich zu wehren, sie hustete …

Sie packte Pip an der Schulter.

Lichtblitze im roten Nebel und die Konturen der Befriederinnen, die durch die Türen kamen, während die Reaktanten aus den Fenstern sprangen, an den Befriederinnen vorbeidrängelten oder vor ihnen zu Boden stürzten.

»Verschwinde da, Fift!«, sagte Dobroc. »Die Befriederinnen räumen …«

»Spar dir das!«, sagte Fift und sprang von der Couch hoch. »Hör auf, davon zu reden! Ich sehe es doch selbst! Was stimmt nicht mit *Shria*? Du hast meine Agenten kirre gemacht, ich kann sie nicht fragen …!«

{Kehrt an eure Stationen zurück}, sendete im Reaktantensaal jemand an alle, es ging einem durch und durch und übertönte alles andere. {Stellt sie wieder auf die vorschriftsmäßigen Fabrikationssequenzen ein. Abweichungen sind nicht durch den Konsens autorisiert. Kehrt an eure Stationen …}

Dobroc blickte hoch zu Fift, ihre braun-braun-braunen Augen weit aufgerissen. »Ich glaube, es ist das polysomatische Netzwerk. Sie haben es kurzgeschlossen, abgetrennt – sie haben es für das ganze Pampefeld offline genommen. Damit haben sie die Körper von allen … entzweit.«

»Wie bitte?« Fift raffte ihre Gewänder, nahm den wallenden Stoff in beide Hände und starrte Dobroc an. »Wie bringen die das fertig? Wie können die dafür einen *Konsens* bekommen?«

Fift drückte sich ihre Kleider über Mund und Nase; sie hustete jetzt so heftig und schnell, dass sie kaum noch stehen konnte. Sie spürte Pips Schulter unter ihrem Arm und Pips Arm um ihre Brust, wie sie sie wegzog. Sie ließ sich von Pip fast zum Ausgang tragen.

Dobroc sah ihr tief in die Augen. »Die Leute haben Angst, Fift. Seit der globalen Feed-Unterbrechung gab es eine Unzahl von Kohortenliquidationen … verlassenen Kindern, Zusammenbrüchen der Logistik, Vertreibungen und gesperrten Strecken. Die Irrenhäuser sind brechend voll und die autorisierten temporären Sanitätsvarianzkaufhäuser quellen förmlich über …«

{Es sieht so aus}, sendete Pip, {als müssten wir den Rest unseres Gespräches verschieben.} Ihr Gesicht war im wirbelnden, roten Qualm jetzt ganz nah an Fifts. Sie kniff die Augen zusammen und biss die Zähne aufeinander.

Fift hustete mit wunder Kehle, ihre Augen standen voller Tränen.

»… da könnten die Leute … so einiges autorisieren.« Im Pampefeld schrien die Bails und die Befriederinnen wieder, jetzt alle zusammen. Es war ein durchdringend hoher, herzzerreißender Schrei, der sich gleichzeitig aus allen Kehlen rang, dann brachen alle im selben Moment zusammen und blieben reglos keuchend liegen.

Dobroc stieß die Luft aus. »Möge uns Trickster ignorieren, sie haben es wieder angestellt. Er wird schon wieder, Fift. Die Unterbrechung hat nur ein paar hundert Herzschläge lang gedauert. Er wird sich bestens reintegrieren …«

Auf dem Pampefeld schäumte jetzt im Umkreis der Befriederinnen orangefarbener Klebstoppschleim. Er fing die Körper der Bails, hob sie an, umsumpfte sie und dann verschwanden sie in seinem dichten Fluss, der jede Bewegung unmöglich machte.

»Sie hätten den Schleim gleich zu Beginn einsetzen sollen!«, sagte Fift. »Es wäre nicht nötig gewesen, alle auseinanderzureißen!«

»Vielleicht mussten sie es erst vorbereiten«, sagte Dobroc. »Oder vielleicht … vielleicht wollten sie auch ein Exempel statuieren und zeigen, was in ihrer Macht steht.«

Die Zuschauerzahl im Industriesaal lag bei fünf Millionen, als Fift und Pip inmitten der fliehenden Reaktanten aus der Tür stürmten.

21

DIE-WELT-DER-IDEEN
→ SEMIPERMEABLES GEWEBE
→ STOCHASTISCHE KRISTALLISATION, VON AUFMERKSAMKEITSAGENTEN VORBEREITET

Auszug aus REAKTANZSYNTHESE-AUSSPRACHE:
»Die aktuelle Krise, eine nahhistorische Perspektive«

Burum Apatox Merix, Syntheseartikulator: Es geht hier nicht um ein paar bockige Bails, die sich in eine nicht lizensierte Rauferei gestürzt haben … einige wenige Bails, die man aus orangefarbenem Klebstoppschleim gezogen hat. Das ist für uns nichts Neues. Worum es geht, ist, dass die Befriederinnen paralysierende somatische Interferenzen eingesetzt haben. Seit dem Zeitalter des Krieges …

Moom Parandime Ihu, Textilist: Falls der geschätzte Artikulator von uns erwartet, Mitleid mit diesem perversen Gesindel zu haben, das sich nicht scheut, Blut auf ein weißes Kleid …!

Burum Apatox: Was genau den Vorfall provoziert hat, steht hier nicht zur Debatte. Es geht darum, dass eine Grenze überschritten wurde. Alle von uns, die mehr als einen Körper haben, sind an das polysomatische Netzwerk gebunden. Dass man es zur Waffe macht, ganz gleich, wie extrem die Umstände gewesen …

Tusha Ivetris Fnax, Kind: Versteht ihr nicht, dass mein Geschwisterkind die Befriederinnen *verteidigt* hat? Und diese materiesaugenden Friedensbrecher …

Burum Apatox: Von den vielen Kommentaren in diesem Thread habe ich – nicht ohne eine gewisse Genugtuung – diesen hier hervorgehoben, den das ältere Geschwisterkind Shria Qualia Fnax' vom Namensverzeichnis Digger-Chamäleon-2 hinterlassen hat. Es sei mir erlaubt, zur Erbauung der Kinder und Uninformierten klarzustellen, dass es einen Unterschied macht, ob man bei einem *gewalttätigen Aufstand* vor aller Augen *eine Befriederin misshandelt* oder ob man nur *vor aller Augen an einem gewalttätigen Aufstand teilnimmt*, während *in der Nähe* eine Befriederin misshandelt wird … diesen Unterschied also will ich nicht ganz leugnen, aber …

Moom Parandime: Diese Unverfrorenheit, sich unter respektable Gesprächspartner zu mischen und das Rowdytum seines Geschwisterkindes zu verteidigen! Als ob die Aufrechterhaltung der Harmonie solch obszöne Zurschaustellungen benötigte …

Pedux Mirandum Garabo, Familiartopologie-Reaktant: Ich begreife nicht, weshalb es dieser Fnax-Kohorte überhaupt erlaubt war, die beiden aufzuziehen, nachdem sie bereits zuvor gescheitert und durch Arroganz aufgefallen war, wie jeder sieht, der sich die Mühe macht, ihre Agenten zu befragen. Diese Weichheit, die Nachsicht und Schlampigkeit – genau diese Pflichtvergessenheit unserer Hebammen ist der Grund, weshalb wir in dieses Chaos gestürzt sind …

Tusha: Seht ihr denn nicht ein, dass es ihnen nur darum ging, eine *Herausforderung* auszusprechen? Sie haben alles richtig und so gemacht, wie man es von ihnen erwartet …

Auszug aus den CHAT-LOGS von: Ividity Murnis Eptori
vom Namensverzeichnis Brütender-Fuchs-8, Staidkind

Spensix: Ividity – jetzt atme erst mal tief durch.

Ividity: Aber hast du gesehen, was mein unausstehliches jüngeres Geschwisterkind Stogma getan hat?

Spensix: O nein …

Purbel: Bailische Junggeschwisterkinder sind so schwierig, ich weiß noch, als mein …

Ividity: …

Spensix: …

Purbel: …

Ividity: O Kumru! O Kumru!

Purbel: Wie können sie nur … Gibt es denn gar keine Möglichkeit, Berufung einzulegen?

Ividity: Bei Kumru! Nein! Bitte nicht!

Spensix: Es ist zu spät, Purbel – sobald die Eltern …

Purbel: Aber die Kohorte zu zerlegen, nur weil ein selbstsüchtiger Letztgeborener …

Spensix: Purbel, hör auf! Der Druck, der ihnen gemacht wird …

Purbel: Aber die Eltern sollten doch …

Ividity: *Welche* Eltern? Das sind nicht mehr meine Eltern! Und der Leere saugende *Stogma* ist auch nicht mehr mein Geschwisterkind! Die sind überhaupt nichts mehr! Ich habe keine Familie …

Spensix: Ividity, du musst dich zusammenreißen. Die Schiedsrichter werden deine Chat-Logs beschlagnahmen …

Ividity: Ich soll mich zusammenreißen? Ich pfeife aufs Zusammenreißen! Was hat mir das Zusammenreißen bisher eingebracht?

Purbel: Ividity!

Ividity: Wann habe ich jemals etwas anderes getan, als zu gehorchen und mich zusammenzureißen …

Purbel: Ividity, du musst aus dem Feed rausgehen – sind ihre Eltern da? Ich meine, ihre früheren Eltern – sind die wenigstens …

Spensix: Die können nichts machen, die Zerlegungsregeln schreiben vor, jeglichen Kontakt abzubrechen. Ividity, denk an deine Zukunft …

Ividity: Welche Zukunft? Bildest du dir etwa ein, die Hebammen würden mich zum Pol bringen? Mit dreiundvierzig? Glaubst du, mich würde *jetzt noch* irgendeine philosophische Megakohorte nehmen, schwesternlos wie ich bin und ohne auch nur einen einzigen gutbewerteten Thread in meinem Namen?

Spensix: Purbel, du hast doch einen Körper in ihrer Nähe … Du musst dort sofort körperlich hingehen und sie aus der Feed-Optik herausholen …

Ividity: Alles ist vorbei, Kumruverfluchtnochmal! Ich hasse dich, Stogma. Ich hasse dich, ich hasse dich!

Purbel: Ich bin unterwegs …

Auszüge aus TRANSSKRIPT DER SPONTANAUFFÜHRUNG, Cirque Fantabulös, Bislin-Amphitheater, Izist, Wallacomp

»Panixix«: … mit Keulen bewaffnet! Und dann verbrenne ich diese WEEELT!

»Fifitix«: Kann man mit Keulen wirklich Sachen verbrennen, Schrinix?

»Schrinix«: Na, *auf jeden Fall* kann man Keulen verbrennen, Fifitix!

»Panixix«: Wo sind meine Barbaren?? Gebt mir eine Million Barbaren …

»Fifitix«: Aber nicht, wenn sie Moos angesetzt haben.

»Schrinix«: Moosige Barbaren? Herrje!

[GELÄCHTER]

»Fifitix«: Nein, moosige Keulen, Schrinix! Pass doch auf. Moosige Keulen würden nicht brennen.

»Schrinix«: Oh! He, Panixix, lass mich das Moos von deiner Keule kratzen!

»Panixix«: … und dann verbrenne ich diese … He, lass meine Keule los!

»Schrinix«: Halt einfach still, ich kratze dir deine … UUUPS …

[GELÄCHTER, BUHRUFE]

»Panixix«: Lass mein … aua … aua … aaauuu!

»Schrinix«: Und RUUUNTER …

[GELÄCHTER, BUHRUFE, JOHLEN]

»Panixix«: Auhhh aua! Ich könnte bre-bre-brrrennn …

»Schrinix«: Und HOOOCH …

[Befriederinnen STÜRMEN die Bühne, die Aufführung wird abgebrochen]

Auszug aus dem Chat-Log Meroc Ipithias vom Namensverzeichnis Bellende-Ondulation-12, Staid, 145 Jahre alt, Auszubildender Silagekoordinator.

Zetich: Hast du den Link gesehen, den ich dir geschickt habe?

Meroc: Ist das wichtig, Zetich? Ich muss bis morgen noch diese ganzen Vorräte für die Silage fertig machen.

Zetich: Es geht um Fift und Shria …

Meroc: Oooh! Wirklich? Hmm. Ich sollte es wahrscheinlich lieber nicht tun, aber …

Zetich: Du glaubst nicht, was passiert ist.

Meroc: Ehrlich?

Zetich: Ehrlich. Aber wenn es dich nicht interessiert, zeige ich es einfach Morinti …

Meroc: Morinti! Zet, Morinti weiß erst seit Kurzem von Fift und Shria! Ich folge den beiden schon länger als du … Ich habe *live* gesehen, wie sie mit Thavé geredet haben!

Zetich: Na ja, sei es, wie es sei, aber Morinti interessiert sich jetzt dafür und außerdem ist Morinti dritter Cousin …

Meroc: Ach, hör mir doch mit Perjes auf! Perjes dies und Perjes jenes … Perjes sieht man in dieser Clip-Oper ganze sechs Herzschläge lang, wie er auf der anderen Seite der Lichtung große Augen macht. Das gibt Morinti ja wohl kaum das Recht, ständig davon … aber egal, ich sehe mir an, was … o nein.

Zetich: Ist das nicht einfach …

Meroc: Die armen Kinder!

Zetich: Ich wusste, dass du es verstehst. Alle hier sagen, Shria hat bekommen, was er für den Aufstand verdient hat, aber …

Meroc: Das ist total unfair. Er wollte gar keinen Aufstand anzetteln! Wurde seine Kohorte aufgelöst?

Zetich: Nein! Die haben eine Zwangsräumung bekommen, ihnen wurde die Arbeit gekündigt und man hat sie abgewertet …

Meroc: Aber nicht zerlegt?

Zetich: Nein! Weil Shrias Mutter, Sangh Tenrik Fnax vom Namensverzeichnis Türkisfarbener-Bockshornklee-5 den Reaktanz-Koordinator der Nachbarfamilie zum Duell herausgefordert hat!

Meroc: Ein Duell? Auf den Matten? Aber das allein reicht doch bestimmt noch nicht …

Zetich: Ein Duell um den *Körperverlust.*

Meroc: Um den Körperverlust? Mein lieber Trickster! Ich mag nicht einmal daran denken! Und die Herausforderung wurde angenommen?

Zetich: Der Reaktanz-Koordinator ist anscheinend sehr eitel!

Meroc: Und der Zweikampf wurde erlaubt?

Zetich: Es sieht so aus, als sei einer von diesen Matten-Koordinatoren ganz furchtbar romantisch …

Meroc: Das nennst du romantisch? Sich so lange prügeln … bis einer …

Zetich: Aber er tut es, um sein Kind und seine Kohorte zu retten!

Meroc: Mannomann …

Zetich: Ich weiß!

Meroc: Aber Zetich, es wird nicht funktionieren. Selbst wenn er gewinnt, wird sie das nicht von der Zwangszerlegung abhalten. Die Sache wird höchstens aufgeschoben …

Zetich: Ich weiß. Es ist nicht gerade vernünftig. Aber du musst zugeben, dass es schrecklich bailisch ist. Und weil es so tapfer ist, haben sie sich so viele gute Bewertungen eingehandelt, dass es eine Weile reicht …

Meroc: Oh, das ist so furchtbar traurig!

Zetich: Und? Bist du jetzt nicht froh, dass ich es dir und nicht Morinti gezeigt habe? Ich habe für diese Kinder einfach sehr viel übrig. Vielleicht folge ich ihnen noch nicht so lange wie du, aber … besonders nach dieser Clip-Oper … wenn ich die beiden jetzt zusammen sehe, ist das irgendwie … weißt du, in meiner eigenen Ersten Kindheit hatte ich einen Bailfreund, bis es zu schwierig wurde, miteinander zu reden – du kennst das Alter. Und wenn ich mir die beiden ansehe, habe ich einfach das Gefühl, wenn ich vielleicht nur ein bisschen härter gekämpft hätte, wenn ich mich einfach nicht dem Konsens gefügt und sofort …

Meroc: Zetich, wir sollten etwas unternehmen.

Zetich: Etwas unternehmen? Was denn zum Beispiel?

Meroc: Einfach etwas unternehmen. Mit mehr Leuten reden. Wir dürfen nicht zulassen … Wir dürfen nicht zulassen, dass es so weit kommt.

Zetich: O Meroc. Ich verstehe dich so gut, aber … wer würde auf uns hören? Nicht, dass mir unsere Bewertungen Sorgen machen, aber …

Meroc: Mit deinem Freund Morinti, zum Beispiel.

Zetich: Morinti …!

Meroc: Ich habe da Bemerkungen gehört, ich glaube, es gibt noch mehr. Oder, weißt du, mit Thavé-Beobachtern, Clown-Followern – es kann doch nicht sein, dass wir die Einzigen sind, die so empfinden. Wir sollten einen Verein gründen.

Zetich: Einen Verein?

Meroc: Ja, Zetich. Ich kann hier nicht einfach herumsitzen und nichts tun!

Zetich: Na dann …

22

{Shria …}

Keine Antwort.

{Shria!}

Fift stand am Rand der Couch und hörte das Flüstern des weißen Rauschens, wie es durch das Schallschluckfeld sickerte.

Dobroc beobachtete Fift, die Wirbel ihrer ziselierten Haut vertieften und verhärteten sich rings um ihre Augen.

»Er antwortet nicht«, sagte Fift. »Er ist … was in Kumrus Namen haben sie mit ihm gemacht?«

»Gib ihm ein bisschen Zeit«, sagte Dobroc. »Es wird eine Weile dauern, bis …«

»Nein«, sagte Fift. »Nein, es geht ihm nicht gut. Ich muss zu ihm. Ich muss da hingehen!«

Auf dem Sitzplatz neben Fift starrte Pip ausdruckslos aus dem Bullauge eines Luftwals. Pip war tief im Feed; in ihre automatischen Agenten vertieft, suchte sie nach Erklärungen, Präzedenzfällen und Strategien für die Schiedsgerichte.

{Findest du … irgendetwas?}, fragte Fift.

{Es wird immer enger für uns}, sendete Pip, ohne sich vom Bullauge abzuwenden. Sie saß da wie eine Kreidestatue, wie ein Transportkarton nach dem Auspacken.

Fast wünschte Fift sich, dass Pip ihr den Ausgang der Begegnung mit Predoria ankreiden würde, denn dann hätte sie wenigstens gewusst, woran sie war.

In Dunpuddle wogte die orangefarbene Oberfläche des Klebstopps wie ein unruhiger Ozean und die Köpfe von Bails kamen japsend nacheinander heraus – da war auch Stogma …

»Ich muss zu ihm!«

»Wohin zu ihm?« Dobroc hob die Hände aus dem Schoß und streckte sie halb Fift entgegen. »Nach Dunpuddle? Die werden dich nicht in seine Nähe lassen. In Wallacomp brechen noch mehr Aufstände aus und Sperrgürtel von Befriederinnen wandeln …«

Fift spürte es auf ihrer Haut, in ihren Kehlen – es war eine Enge, so als wäre sie selbst von Klebstopp umhüllt. »Dobroc, ich muss etwas unternehmen. Ich kann nicht einfach …«

Sie hörte, wie ihre eigene Stimme in die Stille gesogen wurde, in das unterdrückte Dröhnen jenseits der Couch.

Zu Hause im Bett pochte es in ihrem Schädel; es war ein Schmerz, als ob ihn jemand zusammenpresste.

Der Luftwal war gerammelt voll – die Leute bevölkerten die Sitzgeschirre, quetschten sich gegen die Wände, saßen auf ihren eigenen Schößen. Viele von ihnen hatten einen leeren Gesichtsausdruck, weil sie wie Pip vom Feed gefangen waren; andere steckten die Köpfe für vertrauliche, leise Gespräche zusammen und nur ab und zu war ein raues Gelächter oder ein zischendes Flüstern zu hören.

Die meisten hatten das Verzeichnis so weit runtergefahren, dass sie nur noch das Minimum an öffentlichen Informationen empfingen. Fift sah vier Sitze weiter eine alte Staid, die erstarrte, als sie im Verzeichnis plötzlich nicht mehr als zu einer »fünfköpfigen Protokohorte« gehörig geführt wurde und der Eintrag auf »keine Kohorte« umschaltete. Sie saß stocksteif da und starrte auf ihre Hände.

Das Gewebe der Welt zerfiel ihnen zwischen den Fingern. In Tränenlos beherrschten gerade erst verrückt Gewordene ganze Habitationen mit Gewalt. Schiedsgerichte scheiterten der Reihe nach, Schiedsrichter und Reaktanten verwandelten sich selbst in Konfliktparteien, woraus, per Schneeballeffekt, Megakonflikte erwuchsen.

Auch im Luftwal hatte Fift noch 20 000 Zuschauer.

{Bitte, Shria, sende irgendwas. Bist du … ist bei dir alles klar?}

Nichts.

»Ich werde ihn an seinem Arbeitsplatz aufsuchen – da müsste

jetzt sein dritter Körper sein. Ich muss einfach mit ihm reden, ich muss wissen, dass es ihm …«

»Fift, ich …« Dobroc verzog das Gesicht. »Hör mal – diese Clip-Oper, die ich dir gezeigt habe … Die ist gerade erst seit 5000 Herzschlägen online und es gibt schon … jede Menge Views. Und nach deiner kürzlichen Begegnung mit Predoria … jedenfalls sind jetzt die Cirque-Beobachter stärker denn je überzeugt, dass ihr ein Themenknoten seid …«

»Dobroc, das ist mir momentan völlig egal!«

»Ich will damit nur sagen, dass … dass es da draußen eine Unmenge von Zuschauern geben wird, Fift.« Sie schluckte und senkte den Blick. Dann griff sie nach dem Daumen ihrer anderen Hand und zupfte nervös daran. »Sieh mal … möchtest du … soll ich vielleicht mitkommen?«

Das wünschte sich Fift, aber es war gegen alle Vernunft, dieses sanfte Staidkind, dies Wunderkind der Langen Konversation, diese heimliche Clip-Op-Künstlerin, diese dramatisch träumende Thavé-Beobachterin hinauszunehmen in die karge Peripherie, wo sie der Untergang erwartete. »Ja, deine Eltern wären bestimmt begeistert.«

Dobroc stand auf. »Aber Fift …« Sie sagte noch mehr, doch das ging in dem Getöse unter, weil Fift sich bewegte – durch das ohrenbetäubende Wühlen der Muskelmaschinen, ihren säuerlichen Schweißgestank, durch die huschenden Müllratten, durch das orangegelbe Licht der düsteren Tunnel, in die der Feed nicht reichte. Weg von der gemütlichen Couch, dem Gewürzsaftduft, dem weich gegerbten Labyrinth von Dobrocs Händen.

{Shria, sprich mit mir}, sendete sie wieder.

Vielleicht hätte sie Dobroc wenigstens umarmen sollen. Vielleicht war es die letzte und einzige Gelegenheit gewesen.

Sie hatte sich nicht einmal verabschiedet. Sie konnte senden, aber dann wäre es in den Logs, auch in denen Dobrocs. Ihre Eltern würden es sehen. Achtzig Eltern! Und weil sie Letztgeborene, Hoffnungsträgerin und ihr Projekt war, gab es bestimmt zwei oder drei unter ihnen, die rund um die Uhr ihre Logs mitlasen.

Das Dröhnen der Muskelmaschinen, der Luftzug der Wandatmung, der beim Laufen in ihren Kleidern flatterte, während sie mit den Füßen in die lauwarmen Kondenswasserpfützen platschte.

Von Shria keine Antwort.

Im Luftwal fing ein 700-jähriger, mittelgeborener Bail zu weinen an – in Federn gekleidet, als käme er von einer Party. Pip schaute genervt zu ihm hinüber und schloss die Augen. Es war, als würde die Luft rings um die Passagiere immer stickiger werden. Bails vergruben ihre Gesichter an den Hälsen der anderen oder zuckten wie Tiere, die in der Falle saßen. Staids erstarrten und blickten wie gebannt aus den Bullaugen.

Vvondas und Blueys Köpfe ragten jetzt aus dem Klebstopp heraus. Vvonda wirkte ausgezehrt und gar nicht ganz bei sich wie ein auslaufendes Ei. Bluey schluchzte. Von Shria noch immer keine Spur.

Flache, graue Streifen, die mitten in der Luft hingen. Mit dem grünlichen Licht von Schimmelgraffiti bemalt (»Rotieren wie Foo-Babys«, »Hier war niemand«, »Widerstand denken« …).

Fift stieg aus dem Bett und ging in den Flur. Er war leer, ihre Väter waren unten im Frühstücksraum. Sie vermied es, im Hausfeed nach ihnen Ausschau zu halten, denn wer konnte schon wissen, was sie gerade sagten? Sie wollte es nicht hören. Doch sie fühlte sich sehr allein.

Vorbei ging es an den wogenden, brummenden Röhren mit Flüssigkeiten, schon lockte der Tunneleingang im orangegelben Licht des ersten Abends.

Als sie in der Diele stand, spürte sie die Versuchung, ihre anderen Körper abzustoßen und die Verbindungen zu drosseln, wie sie es immer getan hatte, als sie klein war – um wenigstens an einem Ort in Sicherheit zu sein, hier in der Stille. Oder um in den Feed einzutauchen, alle ihre anderen Körper zu ignorieren und sich selbst im Weltkaleidoskop aufzulösen.

In einem Maßschneider-Fabrikorium in Ozinth lief ein monumentaler, einzelgefertigter Bail (gegen den Predoria wie ein Hänfling ausgesehen hätte) nackt und blutig Amok und zerschmetterte Glastiegel mit seinen Hörnern. In Tilgun wurde das Finale der Lukeneinladungen abgehalten; maßgebliches Material für Shrias Lieblingsshow »Goopfield Pratfalls mit Perm und Trink« wurde eingespielt, Perm balancierte auf einem wackeligen Gebilde aus Packkisten über ein blubberndes Sinkloch, während Trink ihn mit Rubagofrüchten bombardierte. Thavé war in einer Talkshow und erklärte etwas, in Izist gab es Zusammenstöße zwischen Befriederinnen und Aufrührern; eine Art Cirque-Show ging in einen Aufstand über; in den Archiven von »Mittelborn um Dreihundert warum Mutter warum?!« gab es Millionen von Herzschlägen umspannende Aufnahmen, die Fift noch nicht gesehen hatte … Bei der stärksten Vergrößerung, zu der die Aufzeichnungsgeräte Dunpuddles fähig waren, wirkte der orangefarbene Klebstopp wie eine Menge glatter, verketteter Globuli, die sich dehnte und wieder zusammenzog, um den darin Eingeschlossenen Luft zuzufächeln, als ob die ganze Masse atmete. Und darunter befand sich Shria, verborgen und mehr oder weniger unsichtbar.

Fift blickte die Treppen zum Frühstücksraum hinunter und entdeckte ganz unten Smistria, der wütend zu ihr heraufschaute.

»Was genau«, blaffte Smistria, »hast du jetzt eigentlich vor?«

»Wie meinst du das?«, fragte Fift.

Der Luftzug aus dem Tunnel, der Atem der Muskelmaschinen, ließ ihre Kleider flattern, als sie auf die Plattform hinaustrat.

Die zwei Befriederinnen mit den Klebstoppröhren blickten sich nach ihr um.

»Wie ich das *meine*? Wie ich das *meine*? Ich meine, dass dir dein Vater Squell gerade *lang und breit* erklärt hat, warum sich die ganze Welt in Stücke dreht und dein *unangemessenes Verhalten* unsere Kohorte gefährdet. Du musst *zu Hause* bleiben und *aufhören*, diesem Shria Stromstopfer Fnax vom Namensverzeichnis Willst-du-Leerverlassene-mich-Verarschen Nachrichten zu senden!«

Auf der Plattform färbte sich langsam das Licht, weil das Ende des Ersten Abends nahte. Das Publikum strömte: 10 000, 15 000.

»Es wird spät«, sagte die Befriederin links von Fift. Sie hatte die samtartig weiche Haut der ganz Alten und ihre Augen glitzerten die Glimmerflecken in Granit. Sie sprach jedes Wort aus, als sei es ein ganzer Satz. »Du solltest nach Hause gehen.«

Fift ging gesenkten Blickes an der Befriederin vorbei und zur Treppe. Wie sollte sie jetzt zu Stiffwaddle-Körpermoden kommen? Ob ein öffentlicher Luftwal sie mitnehmen würde? Sie stieg auf die Treppen hinaus, heimwärts und zu den örtlichen Docks von Langsam-wie-Melasse.

»Er steckt in Schwierigkeiten«, sagte Fift zu Smistria. »Ich habe nie gesagt, dass ich ihm nicht mehr sende. Er braucht mich.«

»Er *braucht* dich? Er *braucht* dich? Ach, verstehe. Für deine Fähigkeiten im unbewaffneten Kampf jenseits der Matten? *Braucht* er dich dafür? Damit du ihm dabei hilfst, überall in Fullbelly Aufstände anzustacheln? Nein, das kann es nicht sein, ich sehe, dass dich die Unterstellung verletzt – ganz sicher nicht –, er muss dich wegen deiner Zurückhaltung, deiner Ruhe und deinen *soliden Logikkenntnissen* brauchen … die du ja gerade unter Beweis stellst …« – Smistria warf die Hände in die Luft und lief dunkellila an, seine Flechtbärte flogen in alle Richtungen – »… indem du *die Hooligans im Gewahrsam der Befriederinnen mit Mitteilungen belästigst und dich zur Achse von Foo davonschleichst …*«

Auf der Treppe waren es schon 100 000 Zuschauer und weitere 80 000 im Luftwal.

»Vater Smistria, kannst du dich bitte beruhigen? Ich …«

»Kann ich mich *beruhigen*? Nein, ich kann mich *nicht beruhigen*, wir hatten es hier viel zu ruhig und eigentlich haben wir unsere Pflichten völlig vernachlässigt …«

Hinter Smistria trat Frill hervor und verschränkte die Arme über seinem Bandolier.

»Ist was?«, blaffte Smistria.

»Nein, ich bin sogar voll und ganz deiner Meinung, Smi«, sagte Frill und sah Fift an. »Bitte mach weiter.«

Die Treppe verzweigte sich zu den örtlichen Docks und Fift verlangsamte das Tempo.

Im Luftwal drehte Pip sich langsam nach Fift um und sah zu ihr hinüber.

»Äh …« Smistria zupfte an seinem Bart. »Wo war ich … unsere Pflichten völlig vernachlässigt, das war's!«

»Fift«, sagte Pip. »Ich möchte, dass du in die Wohnung zurückgehst. In *allen* deinen Körpern. Sofort.«

{Ich wollte nur …}, sendete Fift. {Ich wollte nur sehen, ob er okay ist …} Dann atmete sie tief durch und machte sich auf den Weg zu den Docks.

Pips Augen weiteten sich um den Bruchteil einer Fingerspanne und er war geladen wie ein Oberflächengewitter. {Fift. Du wirst dich jetzt wie ein Staidkind aus einer anständigen und zuverlässigen Kohorte benehmen. Hörst du mir zu? Du wirst nicht die Zukunft deiner Familie für irgendwelche … Gefühlsregungen aufs Spiel setzen.}

»Wir haben zugelassen, dass du unangemessene Bekanntschaften pflegst«, schimpfte Smistria, »und diese Selbstbezogenheit zeugt von völliger Gleichgültigkeit für die Auswirkungen auf die, die dir nahestehen …«

Squell kam in den Korridor. »Es ist nicht ihre Schuld«, sagte er. »Sie kann nichts …«

»Ich habe *nicht* behauptet, dass es ihre Schuld ist!«, sagte Smistria. »Ich habe gesagt, dass *wir* versagt haben. Aber es ist keinem geholfen, wenn wir so tun, als sei es nicht *auch* ihre Schuld. Auf jeden Fall ist sie dafür *verantwortlich* …«

»Aber so hör dir doch *selbst* einmal zu.« Squells Unterlippe bebte. »Mangel an Einfühlungsvermögen. Kein Gespür für den Zusammenhalt mit denen, die sie umgeben … Na schön, aber wie hätte sie diese Dinge jemals lernen sollen, wenn wir selbst es nie …« – seine Augen füllten sich mit Tränen – »… wenn wir selbst es nie geschafft haben …«

»Squell«, sagte Frill betont, »lass uns das jetzt nicht hier austragen.«

»Können wir nicht wenigstens in den Frühstücksraum gehen«, fragte Fift, »anstatt hier auf der Treppe herumzustehen …?«

{Mutter Pip, bitte}, sendete Fift. {Sobald ich nach Hause

komme … Du weißt ganz genau, dass mich meine Väter wochenlang nicht mehr vor die Tür lassen werden. Was ist denn, wenn er keine Kraft zum Senden mehr hat? Er soll doch nur wissen, dass …}

»Wie sollte sie solche Fähigkeiten denn *entwickeln* können?«, weinte Squell. »Ohne ein Geschwisterkind! Es wäre unsere Pflicht gewesen – unsere Pflicht! Und wir haben *versagt* …«

{Shria}, sendete sie, {antworte mir doch einfach, bitte … Shria …}

Pip antwortete nicht. Sie drehte sich nun mit dem ganzen Körper zu Fift um und ihr Blick war wie ein Feuerofen. In Pips unerbittlichen Augen war kein Platz für Kompromisse. Fift konnte sich nur beugen, sich wieder einmal unterdrücken, brechen und an den Platz quetschen lassen, den Pip in ihrer Weltordnung für sie bereithielt.

Sie versuchte weiterzugehen, in den Frühstücksraum, wo sie sich hinsetzen und etwas trinken wollte, doch ihre Väter versperrten ihr den Weg. Squell jammerte und nun kam auch noch Arevio herangestürmt, warf Frill böse Blicke zu und umarmte Squell. Frill richtete sich wütend auf und schüttelte Smistria ab. Es war einfach zu viel, zu viele von ihnen bevölkerten den Flur, alle wollten etwas von ihr, alle schlugen Krach und waren aufgebracht – es war zu viel, es waren zu viele, da war kein Platz für Fift …

»Nein«, sagte sie.

Sie hatte es laut ausgesprochen im Luftwal. Mitten in Pips glühend heißen, bösen Blick hinein.

»Nein, ich gehe jetzt nicht sofort nach Hause«, sagte sie laut. »Zuerst … zuerst werde ich nach ihm sehen und mich davon überzeugen, dass es ihm gut geht. Und dann werde ich nach Hause kommen. Das ist absolut vernünftig.« Zu ihrem Verdruss zitterte ihre Stimme dabei leicht. »Er ist mein Freund.«

Squell klagte jetzt noch lauter; er erschauerte und zuckte in Arevios Armen.

»Fift«, sagte Pip ebenfalls laut. »Haben dich die Ereignisse der vergangenen Tage geistig so zersetzt, dass du dir jetzt Potrun und Predoria zu Vorbildern nimmst? Du bist sechzehn Jahre alt und durch und durch unreif. Denk mal gar nicht an das, was mit deinen Eltern geschehen wird, aber was meinst du, was aus dir wird, wenn du mit uns brichst?«

Fift zog es die Herzen in ihren Brustkörben zusammen. »Wovon redest du denn? Ich habe doch nicht vor … die Familie zu verlassen. Ich sage nur, dass ich nicht sofort nach Hause komme.« Sie schluckte. »Ich bin … beschäftigt.«

»Fift!«, sagte Frill und schob sich an Arevio vorbei. »Hör *sofort* mit diesem Unsinn auf!«

»Im Grunde«, sagte Pip, »erklärst du dich gerade für erwachsen.« Ihr Blick verlor jetzt an Intensität und sie löste ihn von Fift. »Falls du dich in einem Moment wie diesem nicht der elterlichen Autorität unterwirfst, sind deine Kindheiten anscheinend beendet. Das wird unsere Kohorte nicht überstehen.«

»Was um des lieben Kumrus …«, platzte Smistria heraus.

Auf der Treppe warf Fift einen Blick nach unten. Eine der Befriederinnen drehte sich gerade um und sah zu ihr herauf.

Die wütende Hitze war verschwunden und Pips Blick so eisig geworden wie die stummen, gewaltigen Polgletscher. »Ich hätte mir an deiner Stelle einen anderen Start ins Erwachsenenleben ausgesucht. Sechzehn Jahre alt, öffentlich der Schande preisgegeben und alle Welt zum Feind. Aber jeder ist seines eigenen Glückes Schmied.«

»Ach du heilige Leere!«, klagte Squell. »Nein, nein …«

»Was in Kumrus Namen«, blaffte Smistria, »*treibt* Pip da bloß?«

»Ich kann nicht, ich kann nicht«, schluchzte Squell. »Ich muss runter, ich muss runter, ich werde verrückt, ich werde verrückt …«

Pips Mund wurde zu einer geraden Linie. Sie schloss die Augen und rieb sich mit einer Hand den Nasenrücken. Dann öffnete sie die Augen wieder und schaute nach vorn, als ob sie nur eine ganz normale Mitreisende im Luftwal sei und Fift, nachdem sie ihre Kindheit für beendet erklärt hatte, gar nicht mehr kannte.

Es zog Fift die Kehle zusammen und ihr Mund wurde trocken.

»Squell, hör auf damit«, sagte Frill. »Du kannst jetzt nicht verrückt werden. In den Irrenhäusern ist kein Platz mehr …«

»Du bluffst«, sagte Fift zu Pip. »Sie blufft«, wiederholte sie ihren Vätern. »Das würdet ihr doch nie erlauben – dass sie mich aus der Familie wirft …«

Auf der Treppe zu den Docks zögerte sie, blickte hinauf zum Kuppeldach Fullbellys und dann hinunter aufs verschattete Toffelwein.

Mutter Pip sah geradeaus und gab sich gletscherkalt. Eine ihrer Brauen zuckte.

»Fift«, sagte Frill, »du bleibst jetzt da, wo du bist, auf der Treppe, und rührst dich nicht von der Stelle. Ich komme und hole dich!«

»Natürlich wirft dich niemand aus der Familie, Fift«, sagte Arevio, »aber du musst dich wieder in den Griff kriegen.«

»Entweder du benimmst dich wie ein Kind«, sagte Pip laut im Luftwal und ihre Nasenlöcher blähten sich leicht auf, »oder du lässt es bleiben. Darauf läuft es hinaus. Wir haben geschworen, jemanden zu beschützen, der sich widersetzt und diesen Schutz nicht haben will, der sich darüber hinwegsetzt und lieber mit fliegenden Fahnen in … Diese Situation ist unerträglich, Fift.«

»Und du glaubst, meine Väter …«

»Was das betrifft, können deine Väter alle möglichen Gefühle ausdrücken, vielleicht betteln sie und flehen dich an, nach Hause zu kommen, vielleicht genießen sie es, wenn du ihnen den Gefallen tust und ab und zu auf sie hörst, vielleicht bringen sie auch die Befriederinnen dazu, dich mit Gewalt nach Hause zu schleppen. Sie können mit allen Tricks und Kniffen versuchen, es so aussehen zu lassen, als wären wir eine Familie, um gute Bewertungen zu sammeln. Aber die Entscheidung liegt bei dir, Fift. Entweder entscheidest du dich für dein Zuhause, deine Kohorte und deine Verantwortung … oder du wirfst alles weg.«

»Das ist …« Fift war bewusst, dass ihnen der ganze Luftwal zusah, ganz zu schweigen von einer Flut neuer Zuschauer: 300 000 im Luftwal, 200 000 auf der Treppe am Rande Foos.

»Du … du konstruierst eine ganze Serie falscher Dichotomien!« Genau wie der verrückte Schiedsrichter aus der Muschel in Marims Tasche, aber das konnte sie nicht sagen. »Ist das deine Vorstellung von Elternschaft? Dass du entweder die totale Kontrolle hast oder … oder dass du mich verlässt?«

Vater Frill streckte den Arm aus, wie um Fift zu packen, doch dann hielt er mit der Hand in der Luft inne und legte sie schließlich ganz langsam und sanft auf ihre Schulter. Fift zuckte zurück. »Du musst damit aufhören«, sagte Frill.

»Aber das ist nicht fair«, erwiderte Fift. Sie klang wie eine Vierjährige, wie eine Bail, wie jemand, der noch nie durch das Erste Tor der Logik geschritten war, doch sie konnte nichts dagegen tun. So hätte sie sich vor den Augen der Welt nicht benehmen dürfen, aber Pip lag so daneben. Wie konnte ihre Mutter sie nur so beschreiben und laut aussprechen, dass sie unreif sei und nutzlos, dass man sie ausstoßen könnte, wenn sie nicht jeden einzelnen, kleinen Befehl …

»Ich bin nicht diejenige«, sagte Pip, »die sich …«

»Hör mir zu!«, sagte Fift im Luftwal. Sie schrie fast, aber dann bekam sie ihre Stimme wieder in den Griff. »Hör mal, ich akzeptiere eure Ratschläge, aber nicht euren Schutz. Nicht euren absoluten Schutz! Ich akzeptiere eure … ich nehme von euch alles an. Okay? Aber nicht als … ich bin doch kein Prozess, den ihr vollständig kontrollieren könnt. Und …«, sie beugte sich zu Pip, »… wer keine Verantwortung übernehmen kann, ohne alles zu kontrollieren, hat sich mit Elternschaft das falsche Betätigungsfeld ausgesucht!«

Frill schlug die Hände vors Gesicht. Squell begann wieder zu wimmern.

»Na, das ist ja herrlich«, schnarrte Vater Smistria. »Genau die Energiespritze, die wir für die Bewertung unserer Elternkompetenz noch gebraucht haben. Mach nur so weiter, Fift.«

»Bildest du dir etwa ein«, erwiderte Pip und zog eine Braue hoch, während sie Fift weiterhin keines Blickes würdigte, »dass ich eine Auszubildende unterstützen kann, die sich schlicht weigert, zu tun, was …«

»Schön«, sagte Fift. »Schön! Dann kündige ich als deine Auszubildende!«

»Bei Kumrus gefrorenen Hoden«, knurrte Smistria.

Fift machte einen Schritt in Richtung Docks. Da unten bewegte sich etwas, es war eine Art Getümmel …

»Aber ich kündige nicht, euer aller Kind zu sein! Denn es geht überhaupt nicht um Kontrolle, Mutter Pip!«

Pips Miene war wie versteinert und ungerührt.

»Ich will nur noch runtergehen«, sagte Squell, »da muss es einen Platz für mich geben. Warum kann ich nicht in Aristis Hain? Ich will in den Hain von Aristi …«

»Squell, um der Leere willen, dafür ist jetzt keine Zeit!«, sagte Frill.

{Wir müssen uns entschuldigen}, sendete Fifts Kontext-Erklärungs-Agent, {für die vorangegangenen Funktionsstörungen. Um zu verifizieren, dass die Rekalibrierung erfolgreich war, beantworte bitte folgende Frage: Hast du gerade während eines erhitzten öffentlichen Streits mit deiner Mutter deine einzige offizielle Anstellung gekündigt, während die Zuschauerzahlen Spitzenwerte erreichten und die Bewertungen abstürzten?}

{Ja}, sendete Fift, {das habe ich. Irgendwelche Vorschläge?}

Im Luftwal versuchten die Passagiere nicht einmal mehr, so zu tun, als würden sie ihnen nicht zusehen. Eine hagere, alte Staid in der Reihe vor ihnen drehte sich in ihrem Sitzgeschirr um.

»Deine Sicherheit …«, fing Pip an.

»Meine Sicherheit? Ich bin keine fünf mehr«, sagte Fift, »und nicht mehr gefährdet … auf der Oberfläche seltsame Pilze zu essen, oder …! Und ich werde auch keinen Körper verlieren, weil …« Fift spürte, wie der Braunton ihrer Haut immer kräftiger wurde. Weil was? Weil sie am liebsten zu Shria gelaufen, sich in seine Arme geworfen und ihr Gesicht an seinen weichen, lavendelfarbenen Hals gepresst hätte …

{Vielleicht}, sendete der Kontext-Erklärungs-Agent, {solltest du in Erwägung ziehen, nach Hause zu gehen?}

»Fift Brulio«, sagte Vater Arevio, »du *musst* nach Hause kommen. Sieh dir deinen armen Vater Squell an! Wir können diese Unterhaltung doch bestimmt zu Hause fortsetzen!«

»Das werde ich nicht«, trampelte Fift im Luftwal weiter ins Fettnäpfchen, »ich werde an meinen Fehlern nicht sterben. Vielleicht habt ihr recht, vielleicht werde ich so wie Predoria, vielleicht werde ich einsam in einem großen Saal voller Fremder arbeiten …« Sie hatte einen dicken Kloß im Hals.

»Oh, um Kumrus willen«, sagte Smistria. »Frill, hast du nicht gesagt, dass du sie *einfängst*? Wieso *brauchst* du so lange?«

»Vielleicht werde ich im Elend landen. Aber vielleicht … vielleicht reicht es auch einfach nicht, wie ein eingepasstes Bauteil im Kästchen mitzuschnurren, Mutter Pip!«

»Es ist nicht ihre Schuld!«, schrie Squell. »Gebt ihr … nicht die *Schuld*. Du darfst dir nicht die *Schuld* an dem geben, Struwwelkopf …« – er drückte sein Gesicht in Arevios Gewand – »… was noch geschehen wird …«

»Ich bin fast da«, sagte Frill. »Geh keinen Schritt weiter, Fift. Ich bin fast da.«

»Nein«, sagte Fift und riss sich von Frills Hand los. »Tu das nicht, Vater Frill … Ich will doch nur …«

Pip presste die Augenlider zusammen.

»Vielleicht ist es besser, im Elend zu landen«, sagte Fift mit brechender Stimme im Luftwal, »vielleicht ist es besser, ein Jahrhundert im Elend zu verbringen, wenn man am Ende … wenn man am Ende wahrhaftiges Glück findet, Mutter Pip, und nicht auf …«

{Ich werde nicht nach Hause gehen}, sendete Fift ihrem Kontext-Erklärungs-Agenten. {Ich werde …} Sie warf über den Feed einen Blick auf die örtlichen Docks von Langsam-wie-Melasse.

An den Docks waren eine Menge Leute zusammengeströmt und Fift dachte kurz, es könnte ein weiterer Aufstand sein, doch in der Menge befanden sich neben Staids auch Bails und die Befriederinnen, die sie flankierten, beobachteten sie stumm. Sie kämpften nicht miteinander, doch sie stiegen auch nicht in die Fledermäuse und Wale. Stattdessen liefen sie durcheinander, setzten sich auf den Boden, lehnten sich gegen Pfeiler und Säulen oder bildeten Grüppchen. Waisen; Emotionalbankrotteure; Flüchtlinge zerbrochener Kohorten und geschlossener Reaktanzien; die abgewiesenen Verrückten, die man nicht ins Irrenhaus gelassen hatte … all jene, deren Bewertungen nicht für Reisen reichten, sammelten sich erschöpft vom erfolglosen Betteln um Passagen wie Treibgut an den Docks.

»Entschuldigt bitte«, sagte die alte Staid in der Reihe vor ihnen (eine 400-jährige pädagogische Agentenarrangeurin), »aber ich habe, ohne es zu wollen, eure faszinierende Unterhaltung mitgehört … und da dachte ich unwillkürlich, dass so etwas ganz oft die Folge unzureichender pädagogischer Agentenarrangements ist! Die Leute machen den Eltern Vorwürfe, obwohl die Eltern womöglich nur *indirekt* schuld daran sind …«

Fift überquerte eine Brücke und sah jetzt die Docks mit eigenen Augen. Dort tummelte sich die Menge und manche blickten sich um und schauten herauf – zu ihr?

»*Meine* tragen einen Rundkragen«, sagte ein Bail in der Reihe hinter ihnen, der seinen dramatisch leuchtend orangenen Haarkranz wie einen Nimbus trug. »Damit ist das ganze Problem gelöst. Ich kann mir nicht *vorstellen*, Staidkinder ohne so etwas großzuziehen. Es geht überhaupt nicht – dazu erwarten wir zu viel von ihnen! Wie soll man sonst ein Kind dazu bringen, all das Gesitze und Gerede mitzumachen, wenn man nicht …«

»Solche extremen Maßnahmen«, sagte die Agentenarrangeurin, »sind nur selten nötig, wenn man einfach …«

»Oh, man *kann* sich natürlich auch selbst verrückt machen und ihre *und* die eigenen Agenten ummodeln«, sagte der Bail mit dem orangefarbenen Haar (er war ein Feed-Thread-Metareaktant und vierfacher Vater), »aber warum sollte man? Wenn sie den Rundkragen tragen, stellt man einfach …«

Über den Docks hielt sich Fift an der Reling fest. In der Wohnung tastete sie hinter sich nach dem Treppengeländer.

Shria ging auf Sendung.

»Kumrus Willen!«, blaffte die alte Staid vier Sitze weiter – es war jene Staid, bei der Fift beobachtet hatte, wie sich in ihrem Verzeichniseintrag der Status von »Protokohorte« zu »keine

Kohorte« geändert hatte. Geplatzte Äderchen zogen gezackte Spuren durch das Weiß ihrer Augen. Sie schwenkte einen knochigen Finger in die Richtung des Bails mit dem orangefarbenen Haar und zu der alten Staid in der Reihe vor ihnen. »Hört auf, euch in dieses Drama einzumischen! Wir wissen alle ganz genau, dass ihr bloß versucht, Zuschauer abzugreifen …«

{Fif}, sendete Shria.

»Jetzt haltet alle mal die Klappe!«, sagte der 700-jährige Bail mit den Federn. »Diese Zuschauermassen kann wohl keiner von uns jetzt gebrauchen! Um Fliths willen …«

{t}

Der Bail mit dem Leuchtkranz aus orangefarbenem Haar stand auf. »*Du* hältst jetzt die Klappe! Glaubst du etwa, solche Beleidigungen machten mir nichts aus?«

{Shria, Shria, ist alles okay mit dir?}

Der gefiederte Bail hievte sich leicht schwankend hoch. »Ach, und denkst du vielleicht, ich hätte noch etwas zu verlieren?«

{geh}, sendete Shria.

Es gab einen kleinen Ruck, als der Luftwal am Dock anlegte. »Hier müssen wir aussteigen«, sagte Pip milde. Sie stand auf und die beiden Bails wichen einen Schritt zurück. Dann blickte sie zu Fift hinüber.

{pf}

Fift öffnete den Mund, um etwas zu sagen. »Ich …«

Pip schüttelte den Kopf und wandte sich ab.

{…eif auf zu Hause}

Eine Hand schloss sich um Fifts Schulter und sie machte einen Satz. Es war Frill auf der Treppe bei den Docks. Er sah mitgenommen aus. Die Silbermücken aus seinem Haar glitzerten und schwärmten ins Purpur des zweiten Abends.

»Na komm, Fift«, sagte er.

Fift stand auf und eilte Pip hinterher, schlängelte sich an den schreienden Bails vorbei und stieg aus dem schaukelnden Luftwal aufs Dock.

Fünf Millionen Zuschauer.

23

Fift bekam kein Auge zu. Sie saß auf dem Rand ihres Bettes, saß im Abendmahlgarten und saß auch im Frühstücksraum inmitten ihrer streitenden Väter am Tisch. Mit ihr redete keiner.

Arevio hatte den Abendmahlgarten wortlos verlassen, sobald Fift hereingekommen war. Er wischte seine Schere ab, hängte sie an den Haken und ging hinaus.

»*Es beruhigt sich wieder?*«, rief Frill am anderen Ende des Frühstückstisches. »*Es beruhigt sich?* Nein, da *beruhigt* sich gar nichts! Wusstet ihr, dass die Befriederinnen in Schleuderwunder jetzt auf unvereidigte Milizen zurückgreifen?«

Fift presste sich die Finger an die Augen.

»Denkst du, ich weiß das nicht?«, fragte Vater Nupolo. »Einer der Väter der kleinen Chalia Rigorosa ist eine Befriederin und in Wallacomp stationiert! Ohne die Hilfe dieser Milizen …«

»Also ich weiß wirklich nicht, was das soll«, sagte Frill. Er wies eine Kugel Reiztee ab und ließ sie in die Küche zurückfliegen. Dabei machte sie einen Bogen um Fifts Kopf. »Wenn sie nicht vereidigt sind, wenn sie nicht trainiert sind, wenn sie nicht mal neuronale Daten herausgeben – wer kann dann garantieren, dass sie ruhig und … überhaupt *friedfertig* bleiben? Damit will ich ganz bestimmt nicht Chalias Vater Ellix kritisieren, sondern eher das ganze System …«

»Ellix …«, sagte Nupolo.

»*Ellix*«, sagte Frill, »wurde jahrelang vorbereitet, vor allem aber *vereidigt*. Wenn sie wütend würde?«

Im großen Familienkonferenzsaal im ersten Stock saßen Arevio und Smistria bereits am Tisch und harrten der Dinge. Niemand sprach ein Wort.

»Wenn jetzt einer der Aufständischen Ellix schlagen würde? Und sie hätte kurzfristig einen Wutausbruch oder verspürte plötzlich Hass, oder wenn sie sich rächen wollte? Dann könnte das jeder sehen, oder nicht? Und dann würde sie sich zurückziehen, um …«

»Ellix hat *noch nie* …« Nupolo zog die samtige Stirn zusammen und es bildeten sich tiefe Zornesfalten.

»Aber darum geht es doch gar nicht, das ist doch nicht der Punkt!« Frill warf die Arme in die Luft, was von Glöckchengebimmel begleitet wurde. »Wenn sie so etwas täte, würde sie sich danach in die *Meditation* zurückziehen, bis es wieder …«

{Bitte}, sendete Fift ihrem Kontext-Erklärungs-Agenten. {Ich habe das Recht zu senden. Ich habe das Recht, meinen eigenen Verstand zu benutzen!}

{In diesem Moment etwas zu senden}, sendete der Agent für soziale Feinheiten, {könnte deinen Instant-Ruhm ernsthaft verschlimmern.}

Es war nur ein einziges Wort gewesen: *{Hey.}* Eine einsilbige Nachricht von Shria, mehr nicht, und das schon vor Stunden. Vielleicht war er zu erschöpft und verletzend gewesen, um mehr zu schicken. Aber das Wort bedeutete, dass er wieder mit Fift redete.

Dobroc hatte weitaus mehr gesendet.

{Das ist völlig ungefährlich! Ich werde nichts öffentlich machen. Niemand wird davon erfahren. Aber ich muss ihnen *zurückschreiben* …}

{Es ist aber gefährlich. Und nicht nur für dich}, sendete der Agent für soziale Feinheiten.

{Außerdem hat das alles etwas mit der lokalen Infrastruktur zu tun}, sendete der Kontext-Erklärungs-Agent. {Dieses Haus wird nach den Konsensregeln der Iraxis-Kohorte geführt, die klare Standpunkte hat, was deinen Nachrichtenaustausch betrifft.}

Nupolo war noch am Protestieren. »Du kannst doch nicht erwarten …«

Smistria tigerte durch den Korridor vor dem Abendmahlgarten. Er blieb vor der Tür stehen, dann wandte er sich in Richtung Frühstücksraum.

»Ich verstehe einfach nicht, wozu das gut sein soll!«, schrie Frill. »Wenn sie nicht vereidigt sind, dann könnte man ebenso gut Bails nehmen! Warum nicht? Nehmt ein paar von diesen Bails – ›erwachende Heerscharen‹ – mit ihren *Fanclubs* … als wäre es ein spontanes Sportereignis! ›[Mütter gegen die Auflösung]‹ oder wen auch immer! Und gebt ihnen Klebstopp und Spinnmaterial …!«

»Das ist jetzt aber wirklich albern«, sagte Nupolo matt.

Als sie auf die Straße vor der Wohnung schaute, sah Fift Vater Grobbard aus einem nahen Tunnel treten, zur Tür eilen und hereinkommen.

»Kumru sei Dank«, sagte Smistria und schlenderte in den Frühstücksraum. »Ich habe Grobbard doch *gesagt*, dass sie nicht weggehen soll! Wenigstens ist sie *jetzt* wieder da. Ob Thurm es schaffen wird?«

»Nicht rechtzeitig«, erwiderte Nupolo.

»Miskisk?«

Frill schnaubte.

»Also, *ausgeschlossen* ist es nicht«, blaffte Smistria. »Ich könnte mir vorstellen, dass in Zeiten wie diesen sogar Miskisk …«

Der Abendmahlgarten roch nach Gewürzbienen und Vernachlässigung. Der Schlamm war rissig und die Triebe der Vestris-Ranken wurden gelb. Fift ging in den Flur hinaus, um Grobbard zu begrüßen.

Grobbards Miene war ausdruckslos. Sie atmete tief durch, dann kam sie vor und umarmte Fift. Fift versteifte sich und konnte ihre Umarmung nicht erwidern, trotzdem wollte sie, dass Grobbard sie nicht losließ und sie festhielt.

Grobbard seufzte, dann klopfte sie Fift einmal auf den Rücken, ließ von ihr ab und trat einen Schritt zurück.

»Vater Grobbard«, sagte Fift, »ich verstehe nicht, warum ich nicht senden kann.«

Vater Grobbard strich ihr mit einer Hand übers Gesicht. Hinter ihr kam sie in einem anderen ihrer Körper durch die Eingangstür. »Fift, mein Kind, wärst du damit einverstanden, dass wir ein andermal darüber diskutieren?«

»Ich werde öffentlich nichts von mir geben, ich will keine weiteren Zuschauer anziehen. Ich möchte nur … mit Shria reden … ganz kurz.«

Grobbard legte Fift den Arm um die Schultern und führte sie zum Konferenzraum. In ihrem anderen Körper, der es jetzt nicht mehr eilig hatte, setzte sie den Weg zum Frühstücksraum fort. »Fift, in ein paar Minuten werden wir die Hebammen, die dich gegendert haben, in unserer Wohnung zu Gast haben.«

»Aber bevor sie hier eintreffen …«

»Das ist ein entscheidender Augenblick für unsere Kohorte. Wenn alles sehr gut läuft, wird es vielleicht keine Einwände geben, die Restriktionen zu lockern. Wenn es schlecht läuft, wirst du uns vielleicht nicht mehr um Erlaubnis zu fragen brauchen … weil uns dann die Verantwortung dafür entzogen wurde, dich aufzuziehen.«

Fift hatte einen großen Kloß im Hals.

Mit hellem Glöckchengebimmel lief Vater Frill an ihnen vorbei in den Konferenzraum. Im Frühstücksraum sagte er: »Um Kumrus willen hoffe ich, dass du dich benimmst, Fift.«

»Vielleicht sollte sie in zwei Körpern kommen?«, meinte Nupolo. »Oder in allen dreien?«

»Wir müssen versuchen, nicht allzu verzweifelt zu wirken, okay?« Smistria bestrich einen Broibel mit Paste. »Oder als ob wir einen Grund hätten, uns Sorgen zu machen.«

Nupolo knurrte.

Im Konferenzraum führte Grobbard Fift zu einem Sitzgeschirr. Arevio, der ihr am Tisch gegenübersaß, wich ihrem Blick aus. Smistria zupfte an seinem Bart und schaukelte vor und zurück.

»Aber Vater Grobbard«, sagte Fift, »wenn sie die Restriktionen jetzt nicht lockern? Wenn sie jetzt noch strengere Restriktionen verlangen? Wäre es dann nicht sinnvoll, jetzt noch schnell, bevor sie herkommen, ganz kurz …«

»Um Kumrus willen, Fift!«, rief Frill im Frühstücksraum und warf ihr von der anderen Seite des Konferenztisches einen bösen Blick zu. »Du sendest gar nichts! Die Türen, die Zugänge und die Kanäle sind versiegelt! Das Haus hat den Befehl, dich hierzubehalten, und zwar so unsichtbar, so still und so versteckt wie nur möglich! Du *sendest* nichts, du gehst nicht *weg* und wenn du jetzt nicht Ruhe gibst, dann weiß ich wirklich nicht, ob man dir überhaupt erlauben sollte, den Rest der Welt zu *sehen*!«

Vater Squell war einkörperlich in den Frühstücksraum gekommen. Er zitterte, war rot angelaufen, hatte rote Augenränder und ging ganz langsam, wobei er seine Hände knetete. Nupolo warf finstere Blicke neben sich. »Sei nicht so streng mit ihr«, flüsterte Squell. »Es ist nicht ihre *Schuld* …«

Frill rollte die Augen.

Danach wurde es still im Frühstücksraum. Die ganze Wohnung verstummte und man hörte nur noch das Knirschen der Sitzgeschirre, das einschläfernde Summen der Gewürzbienen, die leise schwappenden Wellen im Badepool und Frills Glockenklang, wenn er sich bewegte. Im Schlafzimmer schlug Fift die Hände vors Gesicht.

Und dann kamen die Hebammen von Mutter Pip eskortiert.

Umlum Canalepsis vom Namensverzeichnis Strafende-Zärtlichkeit-11 war eine große, verhärmte Staid in weizengelben Gewändern. Miolasia Frin vom Namensverzeichnis Purpur-Endlos-5 war muskulös und hatte eine ziegelrote Haarmähne, über seinen Körper lockte sich kunstvoll ein passender Pelz, in dem Juwelen und winzige Spiegel glitzerten.

Auch ohne einen Blick ins Register hätte Fift ihn erkannt. Schließlich hatte sie sich die Aufzeichnungen von ihrem Gendering oft genug angesehen.

»Ehrenwerte Unerschütterliche Umlum, Ehrenwerter Ausdrucksstarker Miolasia«, sagte Frill, beugte sich über den Konferenztisch und legte die Fingerspitzen aneinander, damit seine Glöckchen möglichst einnehmend klimperten und schellten. »Wir wollen euch einfach nur sagen, wie sehr wir die *Störungen bedauern …«* – seine Blicke sprangen zwischen den beiden hin und her – »die durch Fifts gut gemeintes, aber, äh, *fehlgeleitetes …«*

»Es ist nicht ihre Schuld«, murmelte Squell im Frühstücksraum.

Fift spürte, wie sie erstarrte.

Frill legte Squell eine Hand auf die Schulter. »Das wissen wir, Squelli, aber jetzt sag da drüben bitte nichts mehr, in Ordnung? Überlass es uns, diese Sache zu klären.«

»Selbstverständlich«, sagte Nupolo in aufrechter Sitzhaltung im Konferenzraum, »übernehmen wir als Kohorte die volle Verantwortung.«

»Es sind gerade sehr schwierige *Zeiten*«, sagte Frill. »Deshalb verstehen wir *voll und ganz*, dass momentan auch *kleinere* Vergehen unangenehme *Folgen* haben können.«

Das Schlafzimmer. Der Frühstücksraum. Der Konferenzraum. Fift blickte nicht darüber hinaus, suchte nicht nach Shrias Kopf, wie er aus dem orangefarbenen Klebstopp herauszukommen versuchte. Sie suchte auch nicht nach Dobroc oder Tumulten. Ihre Eltern sahen zu und würden mitbekommen, was sie sich ansah.

Smistria kaute an seinen Bartzipfeln.

»Nimm deine Bärte aus den Mündern, Smi«, sagte Frill im Frühstücksraum. »Um Kumrus willen.«

»Und deshalb«, sagte Pip, »haben wir natürlich einen Plan gemacht. Grobbard, meine Liebe, würdest du bitte etwas darüber erzählen?«

Miolasia seufzte und schnaufte kurz und leicht genervt.

Grobbard sah Umlum an, die sich in ihrem Sitz etwas weiter zurücklehnte.

»Wir glauben«, fing Grobbard an, »dass wir den Fehler gemacht haben, Fift zu viel Auslauf und Freiheit zu gewähren. Wir haben ihr zu viel Verantwortung übertragen. Die Erste Kindheit ist eine Zeit …«

»Glaubt ihr etwa«, sagte Miolasia, »dass wir gekommen sind, um eure Erziehung zu kritisieren?«

Quer durch den Raum wurden Blicke gewechselt. Arevio schluckte. Squell starrte auf den Tisch, als stünde er in Flammen.

Im Konferenzraum ertönten ganz zart Frills zitternde Glöckchen.

»Ehrenwerte … ehrenwerte Gäste«, sagte Nupolo, »wir versichern euch, dass wir …«

»Nur um das klarzustellen – es *gibt* Fragen«, sagte Miolasia im Konferenzraum, zog dabei eine Braue hoch und deutete ein Lächeln an, »was eure *Kompetenz* betrifft.«

Im Frühstücksraum sprang Frill aus seinem Sitzgeschirr. »Bei Kumru! Wie sehr ich das alles hasse! Sie werden sie uns wegnehmen und wir können nichts dagegen tun.«

»Oh, setz dich wieder *hin*!«, donnerte Vater Smistria.

Frill fummelte an seinem Zeremonialdolch herum. »Dieser leergefleckte, aufgeblasene Miolasia – was würde ich nicht dafür geben, ihm einmal auf den *Matten* zu begegnen …«

»Aber deshalb«, sagte Umlum, »sind wir nicht hier.«

Fift schluckte.

»Deshalb … nicht?«, fragte Arevio.

Im Frühstücksraum warf Smistria einen raschen Seitenblick auf Fift, löste ihn aber gleich wieder. »Frill, hab *Vertrauen* in die ordnenden Eltern der Welt! Wir haben uns *nichts* zuschulden kommen lassen …«

Frill schnaubte. »Ordnende Eltern. Gesegnete Gebärmutter!«

Fift hielt den Blick auf die Tische vor sich gerichtet, doch im Hausfeed versuchte sie die Mienen der Hebammen zu lesen. Waren sie hier, um sie mitzunehmen?

Sie durfte sich die wechselnden Quoten nicht ansehen, die die Buchmacher auf das Überleben der Kohorte boten; die Eltern hatten ihren Zugriff auf die Daten im Feed gekappt. Doch sie konnten nichts dagegen einwenden, dass sie Miskisk beobachtete, und Miskisk, der sich in einem Hain in Ebberen befand, erzählte seinen Freunden gerade laut und deutlich, dass die Wetten jetzt gegen sie standen und weshalb Pip an allem schuld sei.

»Wir sind hier«, sagte Miolasia, »weil wir euch um eure *Unterstützung* bitten wollen.«

»Ihr könnt euch sicher sein, Ehrwürdige Eminenzen«, sagte Pip, »dass wir euch auf jede erdenkliche Weise unterstützen werden.«

Im Frühstücksraum zog Frill seinen Zeremonialdolch aus der Scheide, schob ihn wieder hinein und zog ihn wieder hervor. »Worauf läuft das hinaus?«

»Gewisse unverantwortliche Elemente«, sagte Umlum, »benutzen euer Kind als ein Symbol.«

»Oh, *unverantwortliche Elemente*«, sagte Frill im Frühstücksraum. »Verstehe. Denn das polysomatische Netzwerk zu einer Waffe umzufunktionieren, das war natürlich schrecklich verantwortungsvoll.«

»Frill«, knurrte Smistria, »das ist der *letzte* Moment, an dem ich deinen chaotistischen Blödsinn hören will.«

Squell krümmte sich zusammen und klammerte sich mit den Händen an die Tischplatte – wobei er im Frühstücksraum und im Konferenzraum exakt dieselbe Position einnahm.

»In Wallacomp breiten sich Unruhen aus«, fuhr Umlum fort, »und es sind nicht nur Straßenschlachten, sondern auch andere Demonstrationen, die das Ziel haben, die ordnenden Elemente der Gesellschaft zu verspotten und *schlecht zu machen.*«

»Schlendrian und *Respektlosigkeit*«, sagte Miolasia.

»Respektlosigkeit …«, murmelte Frill.

Smistria schlug mit der Faust auf den Frühstückstisch. »Es reicht! Jetzt reicht's mir mit deiner bewussten Ignoranz, Frill Evementis Iraxis vom Namensverzeichnis Unwiderruflicher-Dreh-8! Gerade du solltest den … *historischen* Moment erkennen, in dem wir uns befinden! Aufstände auf den Nebenwegen! Wenn die Hebammen scheitern, wenn die Große Übereinkunft aufgelöst wird, kehren wir ins Zeitalter des Krieges zurück!«

Nupolo blickte hilflos über den Frühstückstisch zu Grobbard, die still und aufmerksam dasaß, als würde sie harmlose Vögel beobachten, die im Wald vergnügt auf irgendeinem Ast saßen.

Wenn sie uns nicht zerlegen, dachte Fift, wenn sie mich nicht mitnehmen, dann ist Hausarrest das Beste, worauf ich hoffen kann – über Monate, vielleicht über Jahre.

Squell drückte sich die Hände auf die Ohren und schüttelte sich.

Sie saß hier fest mit diesen Vätern – mit ihrem Zorn, ihren Sorgen und ihrer heimtückischen Kritik. Immer behielten sie alles *im Blick*. Meine Körper irren durch die Wohnung wie die drei Gasmoleküle, die in Mikrums Würfel gefangen sind – immer im Kreis wie Blätter im Strudel eines Oberflächenflusses – vier Treppen hinauf und herunter, durch fünf Korridore, den Frühstücksraum und den Abendmahlgarten, die Schlafalkoven, die Studiergrube, das kleine Atrium, den Konferenzraum, die Gebärmuttergruft, den kleinen Mattenraum, den Badepool …

Sie setzte sich im Bett auf.

Im Konferenzraum räusperte sich Vater Arevio. »Uns ist bewusst …«

»Ach, ist es das?«, fragte Miolasia und zog die Brauen hoch.

Arevio hielt inne und blickte eingeschüchtert zuerst zu Pip und dann zu Smistria.

»Hört ihr das?«, fragte Frill im Frühstücksraum. »Im Grunde geben sie es zu.«

»Was in Kumrus Namen«, sagte Smistria, »habt ihr denn jetzt schon wieder?«

»Sie manipulieren den Feed!«, sagte Frill. »Die Opferzahlen sind höher, als wir erfahren …«

»Oh, wer verbreitet denn hier obskure Verschwörungstheorien? Grobby, könntest du bitte diesem überdrehten Geisterjäger mitteilen, dass *niemand* den *Feed* manipulieren kann?«

»Ich fürchte«, sagte Grobbard, »dass Frill womöglich nicht ganz unrecht hat. Es gibt Anzeichen dafür, dass zwischen Agenten und Feed-Gärtnern ein Ferntechnologiekrieg ausgefochten wird. Jedenfalls kann man wohl mit Sicherheit sagen, dass sie wissen, wer was gesehen hat, und dass viele Aufmerksamkeitsagenten dazu angehalten wurden, sich um Ablenkungen und Beruhigungen zu kümmern.«

Es zog Fift die Kehle zusammen, als atmete sie geronnene Luft ein.

Smistria warf verächtlich die Hände in die Luft.

Miolasia beugte sich vor, fischte sich einen glitzernden Spiegel aus dem Pelz und steckte ihn sich hinters Ohr. »Unsere Priorität ist es, die Panik in den Griff zu bekommen und die erregbarsten Elemente der Welt zu beruhigen. Und euer *Kind* ist, wie ich bereits sagte, bedauerlicherweise … zu einer Art *Symbol* geworden.«

Der Hausfeed sagte, im Schlafzimmer sei es warm, doch Fift fror. Sie hievte sich aus dem Bett, stand auf und sammelte ihre Kleider zusammen.

»Die Leute sind verwirrt und beunruhigt«, sagte Umlum. »Sie identifizieren sich mit der Geschichte dieser Kinder. Fifts unschuldige, kindliche Fragen inspirieren sie. Und einige dieser sogenannten ›Clip-Opern‹ sind sehr geschickt gemacht. Sie weisen ganz subtil auf die erregende Möglichkeit einer ungehörigen Beziehung hin, stellen sie aber als etwas so Einfaches dar, dass alles ganz rein und hoffnungsvoll wirkt.«

Fift schoss das Blut ins Gesicht. Eine *ungehörige Beziehung*? Hatten sie das gerade *gesagt*? War es etwa das, was sie … Am liebsten hätte sie sich in irgendeinem Versorgungstunnel ohne Zugang zum Feed verkrochen.

Pip verzog das Gesicht. »Aber … höchst Ehrenwerte Eminenzen … Fift ist ein unschuldiges Kind …«

»Exakt«, sagte Miolasia. »Eine Unschuld. Eine *Staid* in der Ersten Kindheit aus einer angesehenen, wenn auch *verletzlichen* Kohorte …«

Sie wollten sie mitnehmen, so viel war klar. Sie wollten sie mitnehmen – und ihre Eltern konnten nichts dagegen tun.

Es würde kalt sein am Pool. Kalt und still. Fift würde einsam sein, verschwunden und vergessen. Ihre Eltern aber wären hier in dieser Wohnung, in der Leere, die Fift hinterlassen hätte. Wenn sie von Glück reden konnten.

»Ich … Ehrwürdiger Expressiv, das verstehe ich nicht«, sagte Nupolo.

Das Schlafzimmer mit seinem weichen Bett, der vernarbten Wand, dem gewölbten Boden und der Stille … unerträglich. Sie ging in den Flur hinaus.

»Ein unschuldiges Staidkind«, sagte Umlum, »ist genau das, was diese kriminellen clownistischen Elemente brauchen.«

»Es ist leicht, den Fanatismus jener Aufrührer zu *entlarven*, die ihre *Schlachten* jenseits der Matten austragen«, sagte Miolasia. »Die Leute erkennen ganz deutlich, womit sie es bei Ideologen wie Panaximandra zu tun haben: perverse Fantasien von Schrankenlosigkeit, ungezügelter Gewalt, Individualismus und entfesselter, unablässiger Intimität – was die Welt nur in die Zerstörung treiben kann.«

Im Frühstücksraum stöhnte Squell auf.

»Aber wir sind uns mit der *Hauptströmung* der clownistischen Bewegung darüber einig«, sagte Miolasia, »dass es gewisse unverrückbare Grenzen gibt.«

Fift ging am Frühstücksraum vorbei. Sie hörte sich selbst, wie sie draußen durch den Flur schlurfte.

»Aber diese kriminellen Elemente, diese unorganisierten Grüppchen, die sich herausbilden …«, sagte Umlum und schüttelte besorgt den Kopf, »… sprechen eine neue Sprache. Ihr Gerede von Befreiung, von Gleichheit und Solidarität ist sehr anziehend und berauschend. Es kann leicht zu Missverständnissen führen. Man kann sich leicht einbilden, dass es sich dabei nicht um die altbekannten, fanatischen Kriegsfantasien hinter einer Clownsmaske handelt.«

Zwei Treppen tiefer, durch den Flur mit den Schlafalkoven, vorbei an einem schlafenden Körper Arevios.

»Und wenn jetzt eine junge *Staid* zum Aushängeschild dieser Leute wird«, erklärte Miolasia, »und sich bereitwillig mit diesem Chaos *verbündet*, wenn sie sich den Anschein gibt, in alldem nicht etwa Knechtschaft und Zerstörung zu sehen, sondern *Befreiung* …«

»Vater Grobbard«, sagte Fift im Frühstücksraum. »Vater Frill, Vater Smistria, Vater Nupolo … Ich habe keine Ahnung, wovon die reden. Ich habe mich mit nichts bereitwillig verbündet!«

»Selbstverständlich hast du das nicht«, bestätigte Vater Frill. »Das ist dummes Zeug. Die versuchen uns Angst zu machen, mehr nicht …« Er schluckte.

»Ich kann euch versichern«, meldete Vater Nupolo sich zu Wort, »dass Fift *nicht* die Absicht hat … dass wir nicht das *leiseste* Bedürfnis haben, zu …«

»Was auch immer wir tun können, um unseren Beitrag zu leisten«, flötete Vater Frill zum Klang klingender Glöckchen, »werden wir *von Herzen gern* …«

»Ich will Miskisk«, flüsterte Squell heiser im Frühstückszimmer. »Ich will, dass Misky wiederkommt! Warum ist er gegangen?«

Kalt. Es würde kalt sein am Pool. Fift zitterte und stieß durch ein Büschel steifen Grases ins Badezimmer.

Nach dem rauen, warmen Gras im Flur bereiteten die Fliesen des Badezimmers Fift an ihren bloßen Füßen ein Gefühl kalter Leere. Sie bestellte Dampf.

»Selbstverständlich werdet ihr das«, sagte Miolasia. »Etwas anderes hätten wir auch gar nicht erwartet. Und eigentlich ist es wirklich einfach. Zu eurem eigenen Schutz – und dem der Welt – möchten wir, dass ihr an den Pool kommt.«

Selbst Mutter Pip wirkte perplex. »An den … den Pool?«

»Wir *alle*?«, fragte Arevio.

Fift saß auf dem Beckenrand. Graue und blaue Fliesen und glatte, weiße Kissenflächen – groß genug, um zwanzig bis fünfundzwanzig planschenden Körpern Platz zu bieten. Fift war sechs Jahre alt gewesen, als sie es zum letzten Mal voll besetzt gesehen hatte.

»Wir haben nicht vor, eure Kohorte aufzulösen«, sagte Umlum. »Das wäre das Letzte, was wir wollen.«

Zum Pool also. Aber nicht allein! Fift atmete ein und füllte ihre Lungen mit Dampf. Sie würde ihre Eltern dabeihaben. Es war noch immer beängstigend, aber …

»Zum Pool – in, äh … allen unseren Körpern?«, fragte Arevio.

Miolasia nickte und lächelte. »Selbstverständlich.«

»Das ist wirklich eine Ehre«, bemerkte Umlum. »Ihr würdet

natürlich eine Auszeit von den Berufen nehmen, die ihr momentan ausübt …«

»Exil«, sagte Frill im Frühstücksraum.

Smistria blickte finster. »Das ist unsere Chance, Frill! Die Chance, unsere Kohorte vor der Zerlegung zu bewahren.«

»Man lässt uns verschwinden, Smi.« Frill tigerte rastlos durch den Frühstücksraum. »Die werden uns erst wieder rauslassen, wenn es ihnen in den Kram passt. Die werden auch unsere Kommunikation nach Belieben unterbinden oder erlauben, wenn es ihnen nützt.«

Fift hob den Blick zur Dachöffnung über dem Zentrum des Pools, wo indirektes Glühröhrenlicht, das aus fünf Körperlängen Entfernung von draußen hereinfiel, eine schwach leuchtende Säule in den Dunst zeichnete.

Am Beckenrand türmte sich Schaum auf und wippte auf den kleinen Wellen.

»Ich sehe kaum Alternativen, Frill«, sagte Nupolo. »Entweder das oder zerlegt werden.« Sein Gesicht war aschfahl und er sah auf seine zitternden Finger. »Hoffentlich werden wir noch eine Gelegenheit bekommen, uns zu *verabschieden* … beim kleinen Chalia Rigorosa und seiner Kohorte …«

Noch immer strömte Dampf: Aus der Wasseroberfläche lösten sich kleine Kügelchen, schwebten aus dem Becken in die Höhe und verkochten mitten in der Luft. Sie hätte es jetzt abschalten können, aber das wollte sie nicht. Der Dampf sollte immer dichter werden, bis er sie ganz umhüllte und gewissermaßen verschwinden ließ.

Frill strich sich durchs struppige, kupferrote Haar. »Oh, wir werden gehen, natürlich, aber machen wir uns nichts vor – Fifts Eskapaden haben uns unsere Existenzen diesseits der Hebammenhöhle gekostet!«

Die kalten Fliesen an Fifts Hintern, das gebärmutterwarme Wasser um ihre Knie, der dichte Dampf in ihren Lungen. Im Hausfeed verschwand ihr Körper, ein grauer Schatten, der sich im wirbelnden Grau verlor.

»Ehrwürdiger Expressiv, Ehrwürdige Stalwart«, sagte Nupolo im Konferenzraum. »Wir fühlen uns natürlich … geehrt und überglücklich.«

»Wohl wahr«, fügte Pip hinzu. Ihre Miene war undurchdringlich. »Falls ich mir die Frage erlauben darf: Gibt es etwas Bestimmtes, das wir … tun sollten … um uns dieser Ehre würdig zu erweisen?«

Squell erhob sich mühsam vom Frühstückstisch und taumelte neben Frill. Seine Stimme, sonst so sanft, war jetzt brüchig wie Reisig und so unsicher wie ein Tier in der Falle. »Es … ist … nicht … ihre …«

Frill drehte sich und seine Glöckchen ließen kurze Crescendi hoher, klarer Töne erklingen. »Ach, selbstverständlich ist es ihre Schuld, Squell! Ich liebe sie, aber es bringt nichts, sich etwas vorzumachen …«

»*Hör auf* damit«, zischte Squell.

»Vater Squell«, sagte Fift, »das ist … das ist schon in Ordnung, lass nur … sieh mal, teilweise … ist es meine Schuld.«

»*Etwas tun?* Ah, so gut wie gar nichts«, sagte Miolasia. »Ganz sicher nichts, was ihr mit eurer loyalen Entschlossenheit, zur Heilung unserer Welt beizutragen, nicht *sowieso* liebend gern tun würdet.«

Fift platschte ins Wasser. Ihre Glieder tauchten ins warme Nass und das weiße Kleid blähte sich unter ihr auf. Das Schaumgebilde ragte undeutlich vor ihr aus dem Nebel. Fift watete darauf zu. Schwärme kochenden Wassers huschten ihr aus dem Weg.

»Ihr werdet dem *Publikum* einfach erklären müssen«, sagte Miolasia, »wie leid es euch tut. So wie ihr es hier schon zum Ausdruck gebracht habt. Und auch Fift soll ihrem Bedauern Ausdruck verleihen …«

»Fift *muss* nicht gehen«, flüsterte Squell, »wenn sie nicht gehen *will*.«

»O glühende Leeren, Squell«, blaffte Frill, »selbstverständlich wird sie das tun!«

»Fift wird kurz erläutern müssen, was überhaupt geschehen ist«, sagte Miolasia, »um die Vorgänge ins *rechte Licht* zu rücken.«

Fift befahl dem Schaumgebilde, sich zu glätten, und rollte unbeholfen darauf zu. Der Dampf war so dicht, dass sie kaum atmen konnte. Dann legte sie sich auf den Rücken und befahl dem Schaum, sich aufzublasen. Er hob sie hoch und auf ein verwaschenes Licht zu – die Hauptabluftsäule.

Im Hausfeed sah der Baderaum wie eine undurchlässige, weiße Wand aus.

»Oder hast du etwas anderes vor? Sag es, Squell«, drängte Frill.

»*Zerlegung.* Und das *Irrenhaus*«, flüsterte Squell.

»Ach *ja*?«, meinte Frill. »Weil dort gerade jede Menge Platz ist und wir selbst ein so *begehrenswerter* Verein sind, buchen wir für Fift einfach eine *geräumige* Unterkunft im *Irrenhaus* …«

Auf ewig zum Pool. Sie würde Shria nie wiedersehen. Oder vielleicht erst viele Jahre später … In einem Jahrhundert vielleicht. Wer wäre Fift dann wohl nach einem Jahrhundert der Kälte?

Der undeutliche Lichtschein über ihr kam immer näher.

»So wird Fift sich zum Beispiel von diesen ungehörigen Clip-Opern distanzieren«, sagte Miolasia.

»Dabei kommt es darauf an«, sagte Umlum, »jene aufreizenden, dunklen Andeutungen ans Tageslicht zu fördern und sie als die widerlich falschen Gerüchte zu entlarven, die sie sind.«

»Und wenn die Irrenhäuser zufälligerweise gerade voll sind, Squelly? Oder von Aufständischen überquellen und von nicht lizenzierten …«

»Hör auf!«, schrie Squell und seine Augen füllten sich mit Tränen.

»Es ist okay, Vater Squell, Vater Frill … ich werde gehen …«, sagte Fift im Frühstücksraum. Doch niemand hörte ihr zu.

»Miskisk wird nicht mehr kommen«, brummelte Nupolo und betastete die kalten Überbleibsel eines Broibels.

»Miskisk ist irrelevant«, sagte Grobbard, umrundete den Tisch und steuerte auf die Küche zu, »und Thurm wird sich entscheiden müssen, wo er steht.«

Falls sie ihn jemals wiedersähe, würde Shria … würde Shria …

Fift wusste, dass es Momente gab, in denen sie Shria etwas bedeutet hatte. Vielleicht nicht jetzt, vielleicht nicht im Labor in Stiffwaddle … oder nicht so, wie sie es gern gehabt hätte. Denn es war *ihre* Sehnsucht gewesen; Shria war nicht gerade vor Sehnsucht nach Fift vergangen, oder? Jedenfalls nicht so, wie er Vvonda begehrte.

Doch er hatte ihr vertraut. Er wollte ihr seine Geheimnisse anvertrauen.

»Dann werden alle einsehen«, sagte Miolasia, »dass Fift eigentlich nichts vorzuwerfen ist. Es war schließlich *Shria Qualia Fnax*, der sie in den Aufruhr hineingezogen hat.«

Er hatte ihr seit jenem Tag im Wald vertraut.

Auf dem Nebenweg, vor der Masse der Anonykörper … da hatte er ihr die Hand hingestreckt.

Dampf zog durch den Abluftschacht nach oben. Die Luft in Fifts Lungen war kochend heiß. Sie lag auf dem aufgeblasenen Schaum und griff in das klumpige Wurzelgeflecht, das die Schachtwände bildete.

{Fift}, sendete ihr Agent für soziale Feinheiten, {was tust du da?}

Als sie mit acht zum ersten Mal in den Abluftschacht geklettert war, hatte sie damit gerechnet, erwischt und gescholten zu werden; die Allwissenheit ihrer Eltern hatte damals für sie außer Frage gestanden.

Sie zog sich in den Schacht, hielt sich weiter oben fest und fand zwischen den Wurzeln Lücken, in die sie die Füße stellen konnte.

{Fift?}, sendete der Kontext-Erklärungs-Agent.

Doch sie war nicht erwischt worden. Der Abluftschacht war ein unsichtbarer Ort, der im Hausfeed nicht vorkam. Aufgrund eines ferntechnologischen Bugs fehlte er in der gesamten Propriozeption des Hauses.

Im Konferenzraum lief Fift der Schweiß von der Stirn und über die Wange.

{Bitte erkläre umgehend deine Motivation}, sendete der Kontext-Erklärungs-Agent, {damit …}

Da Fift nicht mit der Außenwelt kommunizieren konnte, war nicht damit zu rechnen, dass ihre Eltern die Unterhaltungen mit den Agenten beachteten. {Ich dachte, wir könnten uns an einem Ort unterhalten}, sendete Fift, {wo uns das Haus nicht sehen kann.}

»Und dann, lass uns das nicht vergessen, hat Shria sie alleingelassen«, fügte Umlum hinzu. »Er hat sie in eine Straßenschlacht gelockt und dann im Stich gelassen. Fift, du findest doch bestimmt auch, dass das falsch von ihm war?«

Fift blickte vom Konferenztisch auf. »Oh, also, äh ...«

»Es war falsch von Shria«, wiederholte Umlum, »dich in der Straßenschlacht im Stich zu lassen.« Pip beugte sich vor und durchbohrte Fift mit ihrem Blick.

»Du hast es selbst gesagt«, sagte Umlum. »Zu Shria. ›Du hättest bei mir bleiben müssen‹ – erinnerst du dich daran, dass du das gesagt hast?«

»Es kann doch bestimmt *niemandem* wehtun«, sagte Miolasia, »wenn du es *jetzt* zugibst.«

Im Frühstücksraum warf Frill die Arme in die Luft. »Fift – beantworte die leerenverdammte *Frage*. Sag diesen ... diesen ordnenden Eltern der kumruverlassenen Welt, was sie hören wollen ...«

Fift zog sich Stück für Stück heraus. {Ihr habt gesagt, es sei eine Angelegenheit der lokalen Infrastruktur}, sendete sie. {Und dass ihr mich wegen der Hausregeln nichts senden lassen könnt. Bin ich jetzt außerhalb des Hauses?}

{Wenn du dich in dieser Situation auch weiterhin deiner Elternkohorte widersetzt, gehst du damit ein bedeutendes Risiko ein}, sendete der Agent für soziale Feinheiten.

{Eine Nachricht nach draußen würden sie sofort bemerken}, sendete der Kontext-Erklärungs-Agent.

{Sie sind gerade ziemlich beschäftigt}, sendete Fift. {Und es ist meine letzte Gelegenheit. Sie bringen mich zum Pool.}

»Wir waren beide schuld daran«, sagte Fift. »Uns ... es ... es tut uns beiden leid. Wir wissen, dass wir nicht ...«

Umlums Miene wurde düster.

»Ach, wirklich?«, moserte Miolasia. »Es tut *uns* leid? Shria wirkt nicht gerade so, als ob es ihm leidtut, muss ich sagen.«

»Tut es aber«, sagte Fift, »und das würde er euch auch selbst sagen. Ich meine, ihr könntet ihn auch zum Pool bringen und eine andere Perspektive verbreiten lassen. Das wäre vielleicht ... hilfreich ...«

»Fift!«, donnerte Smistria im Frühstücksraum. »Das reicht!«

»*Schrei* sie nicht an, Smi«, sagte Frill. »Sie *versteht* es einfach nicht. Sieh mal, Fift, das haben sie gar nicht verlangt. Nach allem, was er getan hat, können sie es nicht riskieren, einen Helden aus Shria zu machen.«

Fift kletterte immer weiter. Höher und höher den Schaft hinauf, als sie je zuvor gewesen war.

{Es könnte notwendig werden, deinen Eltern deine Position durchzugeben}, sendete der Kontext-Erklärungs-Agent.

{Das habt ihr früher nie gemacht, wenn ich hier hochgeklettert bin}, sendete Fift. {Und jetzt hättet ihr es bereits tun können. Ihr habt es aber nicht.}

{Eine solche Entscheidung ist von vielen Faktoren abhängig}, sendete der Kontext-Erklärungs-Agent.

{Okay, ich weiß aber nicht, welche Faktoren das sind}, sendete Fift. {Ich weiß auch nicht, auf wessen Seite ihr steht. Ihr wart schon mein ganzes Leben lang in meinem Kopf und ich weiß gar nicht genau, ob ihr eigentlich da seid, um mir zu helfen, oder ob ihr mich ausspionieren sollt.}

{Wir sind hier, um uns um dich zu kümmern}, sendete der Agent für soziale Feinheiten.

{Ich weiß nicht, was das bedeutet}, sendete Fift. {Worum kümmern? Um die Bewertungen? Um mein Wohlbefinden? Oder um das, was ... was aus mir wird? Spielt es überhaupt eine Rolle, was *ich* werden will?}

Shrias weiche Wange an ihrer Wange. Der Druck seiner Stirn, als er sie in ihre Schulter presste. Die harten Muskeln unter der Haut seiner Arme, mit denen er Fift umarmte. Sein Haar, das ihm in kupferroten Strähnen über die Schultern fiel.

Unter Myriaden gibt ein wahrer Zeuge ...

»Ich werde ihn nicht verraten«, sagte Fift im Frühstücksraum. »Ich werde zum Pool gehen und keinen Ärger machen. Ich werde alles sagen, was sie von mir verlangen … Aber ich werde Shria nicht vor aller Welt beschuldigen.«

»Fift!«, schrie Frill. »Wir sind nicht in der Position, einen *Handel* zu versuchen.«

Miolasia beugte sich vor. »Wir sind hier, Fift, um deiner Mutter Pip einen Gefallen zu tun. Und weil wir glauben, dass du das Richtige tun willst. Und wir geben dir eine Chance, *eine* Chance. Uns zu vertrauen und das zu tun, was wir dir sagen.«

Beim Klettern strömte dichter Dampf an Fift vorbei. Es wurde immer heller.

{Du bist nur unzureichend über die Gefahren aufgeklärt, denen du dich aussetzt, wenn du weiterhin Aufmerksamkeit auf dich lenkst}, sendete der Kontext-Erklärungs-Agent. {Deine Instant-Ruhm-Rate ist dramatisch gestiegen.}

»Aber *ich*, Fift«, sagte Miolasia, »bin kein unbedeutender Indexierer aus Zaghafter Schöpfeimer. Es ist nichts, worüber ich mit dir *diskutiere*.«

{Eigentlich beantwortet ihr nie meine Fragen}, sendete Fift an ihre Agenten. {Das habe ich nicht gefragt. *Worum kümmert* ihr euch?}

»Fift«, sagte Nupolo im Frühstücksraum, »verstehst du denn nicht? Sie werden unsere Kohorte zerlegen!«

{Was wollt ihr denn, das ich werde?}, sendete Fift ihren Agenten. {Wollt ihr, dass ich jemand werde, der seinen besten Freund im Feed denunziert, um die eigene Kohorte zu retten, ohne … ohne ihm auch nur eine *Nachricht* zu schicken? Ist es das … worum ihr euch kümmert?}

»Ehrwürdiger Expressiv«, sagte Nupolo, »der Entschluss steht fest! Fifts Eltern haben zugestimmt. Sie ist unser Kind. Wir bitten um Verzeihung … für ihre kindischen Fragen. Sie wird auf jeden Fall kooperieren …«

{Es stimmt}, sendete der Kontext-Erklärungs-Agent vorsichtig, {dass die Einschränkung beim Versenden von Nachrichten nach draußen eine relativ extreme Maßnahme darstellt.}

{Die aber für extreme Situationen völlig angemessen ist}, sendete der Agent für soziale Feinheiten.

{Wie Fift bemerkte}, sendete der Kontext-Erklärungs-Agent, {geht es hier um ihr Recht, den eigenen Kopf zu kontrollieren – ihre grundlegende Fähigkeit, mit anderen zu kommunizieren …}

{Ein Recht, das aber nicht höher bewertet werden kann}, sendete ihr Agent für soziale Feinheiten, {als Fifts grundlegende Sicherheit und die Integrität des sozialen Flusses …}

Fift kroch aus dem Schacht; sie befand sich nun in einem hellen, lichtdurchlässigen Pavillon auf der oberen Oberfläche Foos. In den Wänden um sie herum blubberten Tausende kleiner Schlitze und atmeten Dampf und Nebelwölkchen aus. Sie hatte kaum genug Platz, sich neben der Vertiefung auf den Lehmboden des Pavillons zu legen. Arme und Beine taten ihr weh.

»Das ist sehr korrekt von dir, Nupolo Imsmi Iraxis«, sagte Umlum. »Aber du wirst bestimmt eine gewisse Skepsis unsererseits nachsehen, was eure Fähigkeit betrifft, euer Kind unter Kontrolle zu halten.«

Miolasia warf Fift aus zinnoberroten Augen einen durchdringenden Blick zu.

Fifts Nacken waren kalt, ihre Hände glitschig vom Schweiß und ihr Magen in Aufruhr.

{Es gibt gewisse Unstimmigkeiten}, sendete der Kontext-Erklärungs-Agent zögerlich, {unter verschiedenen Agenten, die einander gegenseitig mit der regulatorischen Verantwortung für die Infrastruktur deines Feeds betraut haben. Wir bitten um eine kurze Unterbrechung, während wir versuchen, diese Faktoren in Einklang zu bringen. Wir danken für deine Geduld.}

»Ich werde tun, was ihr sagt«, sagte Fift heiser. »Außer was Shria betrifft.«

»Nun gut«, sagte Miolasia und richtete sich auf. »Ich glaube, wir sind hier fertig. Vielen Dank euch allen für eure Zeit.«

Frill beugte sich über den Frühstückstisch. »Fift!«, schrie er. »Was *tust* du nur?«

»Hör auf zu schreien«, flüsterte Squell. »Hör auf, sie anzuschreien.«

»Was gibt ihnen das Recht?«, fragte Fift und zuckte vor Frill zurück. »Warum sollten die das Recht haben, uns zu zerlegen … wenn wir zusammenbleiben wollen? Warum *hört* ihr auf die Hebammen, die Buchmacher, die Schiedsrichter und die Bewertungen? Warum lasst ihr euch von denen dominieren? Weshalb lasst ihr zu, dass die mich mitnehmen?«

{Lasst mich einfach senden}, sendete Fift ihren Agenten. Sie rollte sich auf Hände und Knie, das klatschnasse Gewand klebte auf ihrer Haut. Sie drückte sich hoch. {Lasst mich ihm senden. Wenn ihr mich beschützen wollt, wenn ihr die Iraxis-Kohorte beschützen wollt, wenn ihr von mir verlangt, klein beizugeben und das zu tun, was sie sagen – dann lasst mich nur zuerst *senden*, lasst mich ihm erklären, weshalb!}

Miolasia sprang geradezu vom Tisch hoch, ohne jemandem in die Augen zu schauen, und klopfte seine Hände ab, als würde etwas Ekelhaftes an ihnen kleben. Umlum erhob sich etwas langsamer.

»Bitte, Ehrwürdiger Expressiv«, sagte Arevio. Arevio, Nupolo, Frill und Smistria waren alle aufgestanden.

»Fift, du bist sechzehn«, sagte Frill im Frühstücksraum. »Das verstehst du nicht! Wir dürfen uns der Realität nicht verschließen! Wir leben in der Welt. Wir sind von Verbindungen und Beziehungen mit *jedem anderen* in dieser Welt abhängig. Wir leben nicht auf irgendeiner … irgendeiner leereverlassenen *Insel* in einem *Oberflächenmeer*!«

Squell erhob sich schwankend mit geschlossenen Augen.

»Hör mal, Fift«, sagte Frill verzweifelt. »Vielleicht sollte eine Kohorte imstande sein, sich die ganze Welt hinzubiegen! Aber du kannst nicht einfach so *tun*, als sei die Welt nicht so, wie sie ist!«

»Du undankbares, *missratenes* Kind!«, greinte Smistria. »Das bedeutet Zerlegung!«

Pip saß noch am Konferenztisch, sie legte die Finger aneinander und wandte sich an Fift: »Steht deine Entscheidung fest,

Fift?«, fragte sie ruhig. »Willst du diese Kohorte wegwerfen, die dich liebevoll aufgezogen hat; willst du uns verlieren und willst du auch, dass *wir* einander verlieren, weil du dir etwas in den Kopf gesetzt hast? Um einem Bailkind zu imponieren, das du vielleicht niemals wiedersehen wirst, das dich vielleicht aus der Kinderzeit in guter Erinnerung hat … mit dem du aber in Wahrheit nur sehr wenig gemein hast?«

Auf der anderen Seite des Tisches war Squell mit glasigen Augen erstarrt. Im Frühstücksraum machte er ein hohes, hartes, ersticktes Geräusch und fing an zu zittern. Die kobaltblauen Stacheln in seiner rosafarbenen Kopfhaut zitterten ebenfalls.

»Das ist das Ende«, sagte Frill, »wir werden alles verlieren – alles! Verstehst du denn nicht?«

Die äußere Membran des Pavillons war hauchdünn, durchscheinend und glatt vom Kondensat. Fift sah die dunklen Silhouetten der Passanten draußen, am Neunten Zapfen von Murinams-Übertriebener-Enthusiasmus-Straße. Sie ging einen Schritt näher, legte die Hand auf die Hülle und spürte, wie die Spalten unter ihren Fingern blubberten und der Dampf hindurchraste.

Im Konferenzraum stand Fift auf. »Ehrwürdige Eminenzen«, sagte sie, »es ist nicht die Schuld meiner Eltern. Es gibt keinen Grund, ihre Kohorte zu zerlegen. Ich …«

Miolasia grinste schief.

»Bei Kumrus frostbeuligem Schwanz!«, rief Frill im Frühstücksraum und Squell, der immer noch jene krächzenden, erstickten Geräusche von sich gab, wirbelte zu ihm herum.

»Ich erkläre mich für erwachsen«, sagte Fift. »Ich habe mich dem Rat meiner Eltern widersetzt …«

»O nein, das tust du doch nicht!«, schrie Arevio.

Squells Hand bewegte sich schnell, er ballte die Finger zur Faust, holte aus und schleuderte sie in die Richtung von Frills Schläfe – es war ein Schlag, der ihn zu Boden gestreckt hätte, wäre Grobbard, langsam den Tisch umrundend, nicht zur Stelle gewesen, um mitten im Schwung ihre Hand sanft um Squells Faust zu legen.

Durch die blubbernden Spalten im Fleisch des Pavillons sah Fift ein flirtendes Staidpaar mit Sonnenschirmen, das Arm in Arm auf dem Weg zum östlichen Hain jenseits der Docksholme war.

Im Frühstücksraum sprang Frill von Squell weg und stolperte über ein Sitzgeschirr. »Was in … Squelly!«

»Geschätzte Gäste«, sagte Pip, die sitzen geblieben war, »meine Freunde … dürften wir uns etwas mehr Zeit nehmen, um diese Angelegenheit zu klären?«

»So wie ich das sehe, ist die Sache *durchaus* geklärt«, sagte Miolasia. »Ich würde der Iraxis-Kohorte *Glück* wünschen, wenn das angesichts des jämmerlichen Scheiterns ihres gemeinsamen Projekts nicht lächerlich optimistisch wäre.«

Im Frühstücksraum schloss Grobbard Squell in die Arme. Er sank zusammen und schlang die eigenen Arme um sich, sie nahm seine enge, zitternde, innere Umarmung in ihre äußere hinein. Er drehte den Kopf zu Grobbards Hals und presste die Augen zu.

»Und was dich betrifft, Fift«, fuhr Miolasia fort, »so ist es zwar überaus freundlich von dir, dass du anbietest, die Bürde deiner Aufzucht selbst und *allein* zu schultern – doch das ist weder für dich noch für uns das Beste.«

»O Kumru!« Frill wandte sich von Squell ab, der in Grobbards Armen wimmerte, und löste den Blick von Fift. Seine Augen füllten sich mit Tränen. »O Kumru! Es ist vorbei …«

Smistria taumelte aus dem Sitzgeschirr und ging zu ihm. Am Frühstückstisch saß Nupolo mit ausdrucksloser Miene allein und erstarrt wie ein aufgespießter Lapine.

{Okay}, sendete Fift ihren Agenten, {letzte Gelegenheit.}

»Trotz der immensen Anforderungen, die zurzeit auf uns lasten«, sagte Miolasia, »scheut unser Orden niemals seine Pflichten. Deine Aufzucht liegt jetzt in unseren Händen und wir haben reichlich Mittel, die *Fehler* deiner vorigen Eltern zu korrigieren. Wir müssen jetzt aufbrechen …« Er steckte sich wieder einen Spiegel hinters Ohr und blickte sich nach Umlum um, die nickend bestätigte, dass sie bereit war. »Ich sehe dich bald. Am *Pol.*«

»Weil es aus einer ganzen Reihe von Gründen unklug wäre, wenn du allein reisen würdest«, sagte Umlum, »haben wir die nächste Herde Befriederinnen angefordert, um dich dorthin zu eskortieren. Sie müssten in etwa einer Stunde eintreffen.« Dann blickte sie der Reihe nach finster in die Gesichter von Pip, Arevio und Grobbard. »Bis es so weit ist ... solltet ihr noch in dieser Wohnung bleiben dürfen.«

Fift riss die Membran des Pavillons auf, presste sich durch den Spalt und befleckte ihr Gewand mit seinem gelben Blut. Dann rannte sie hinaus auf die Oberfläche von Foo.

24

Die Zuschauerzahlen stiegen im Nu von null auf mehrere zehntausend – die erste Welle war von ihren Agenten benachrichtigt worden.

Fift lief an den Pavillons und den Bündelgärten vorbei und überquerte eine kleine Brücke, ihre Füße platschten auf den Knochenwuchsweg. Auf einer nahen Terrasse blickten die Speisenden überrascht auf.

Doch ihre Eltern hatten bisher nichts bemerkt. Sie mussten fürs Meeting die Aufmerksamkeitsfilter hochgezogen haben. Noch waren sie von der Außenwelt abgeschirmt.

Umlum nickte Grobbard zu, wich Pips Blick jedoch aus; sie sah mit ungerührter Miene zu den übrigen Vätern und folgte Miolasia aus dem Konferenzraum.

»Na schön«, sagte Nupolo im Frühstückszimmer. »Okay.«

»Was für ein kumruverlassenes, verflixtes Fiasko«, sagte Frill.

»Na schön, wir werden in die Berufung gehen«, sagte Smistria. »Wir werden nicht einfach so klein beigeben.«

»Unsere Aussichten …« Nupolo schüttelte den Kopf. »Nein. Nein. Nicht sofort in die Berufung. Aber … wenn wir uns für eine Weile trennen … und versuchen, wenigstens Dyaden oder Triaden aufrechtzuerhalten, nur … *vorübergehend* …«

»Oh, Fift Brulio«, sagte Arevio, dessen Augen sich mit Tränen füllten.

Die Speisenden auf der Terrasse standen auf und zeigten mit den Fingern. Fifts Herzen hämmerten. 8 934 190 aktive Zuschauer und es wurden immer mehr. Sie rannte.

Miolasia und Umlum befanden sich im Vorraum bei der Eingangstür. Miolasia strich sich mit seinen scharfen, juwelenbesetzten Klauen durchs karmesinrote Haar. Und dann gingen sie durch die Tür und waren weg.

»Rev … dein Garten …«, sagte Nupolo im Konferenzraum, an Arevio gewandt. Er stand auf und strich mit den Händen verlegen über steifen blauen Stoff. »Gibt es etwas, das du mitnehmen willst … ich könnte … wie wäre es … wenn ich dir helfe?«

»Ich möchte mir nur noch einmal Fift Brulio ansehen«, sagte Arevio. »Solange ich noch kann.« Tränen tropften von seinem Kinn.

Im Frühstücksraum fing Squell in Grobbards Armen an zu schreien. Es war ein raues, verzweifeltes Wehklagen.

»Wir hatten einen guten Lauf, sei's drum«, sagte Frill. Er erhob sich abrupt vom Konferenztisch und steuerte auf die Tür zu, verharrte dort aber und wandte sich halb zurück. »Wir haben sechzehn Jahre geschafft und egal, was *sie* sagen – egal, was sie sagen oder was irgendwer denkt –, *ich* sage, so schlecht haben wir uns dabei gar nicht angestellt.« Er sah zuerst Smistria an, dann Nupolo. »Wir waren nur neun und nur zwei Staids! Und Fift … Fift ist ein wunderbares Kind, auch wenn wir sie zum Schluss …« – er legte die Hände vors Gesicht – »… auch wenn wir sie zum Schluss nicht mehr richtig in den Griff bekommen haben – und ihr eigentlich nicht mehr geben konnten, was sie brauchte …«

»Fift«, murmelte Grobbard, »ich wünschte, ich hätte tröstlichere Worte für dich. Ich kann dir nur sagen: Das Leben ist lang. Deine … Leidenschaft wird sich, wenn sie erst gezügelt ist, im Laufe der Zeit … dann wird sie sich als eine Tugend erweisen, Fift. In deinem …« – sie sah auf den Tisch – »In deinem neuen Leben.«

Frill schluchzte.

Smistria zog sich Frill mit einer Hand an die Brust und zupfte sich mit der anderen den Bart. »Bei Kumrus Blut, Pip, ich hätte gedacht … ich meine, du *kennst* diese Hebammen doch. Ich habe erwartet, dass *du* …«

Doch er sah Pip beim Sprechen nicht an. Niemand – und das konnte Fift im Hausfeed ganz genau sehen, auch wenn sie den eigenen Blick konsequent auf ihre Hände gerichtet hielt – niemand sah Pip an. Pip war jetzt kälter als ein Gletscher; Pip war wie eines jener verlorenen Schiffe aus dem Zeitalter vor den Zeitaltern, von denen Omolo im fünften Werk des dritten Zyklus spricht – so tief und verlassen in der Leere, dass die Welten nichts als eine Ahnung waren –, zerborsten, von der Leere verlassen, der Atem des Lebens zur Eiskruste geworden, an die schartigen Spanten geklammert.

»Wer ist das – kommen die Befriederinnen schon?«, fragte Smistria und blinzelte.

»Es ist Ellix«, flüsterte Nupolo. »Sie ist schnell hergekommen.«

»Um der Liebe Kumrus willen, Squell«, sagte Frill im Frühstücksraum und hielt sich den Kopf. »Hörst du jetzt auf zu schreien?«

Fünfzehn Millionen Zuschauer. Fift versuchte zu senden. Nach wie vor nichts. Ihre Agenten antworteten nicht. Es war Wahnsinn, zu glauben, sie könnte es bis zu den Docks schaffen, von Stiffwaddle-Körpermoden ganz zu schweigen. Mit ihrem Feed-Navigations-Agenten stimmte auch etwas nicht. Sie suchte nach Shria, nach Dobroc, aber der Feed war gewaltig durcheinander und es gab kein Durchkommen.

Sie war wie in einer kleinen, stummen Zeitblase. Dampfgesättigt und schweißgetränkt im wintergrünen Licht des zweiten Morgens; die Kehle trocken, die Füße wund, diese stampften jetzt auf Eilfilz; an Fifts Beinen klebte das Gewand und vor ihr lagen die Docks.

Zwanzig Millionen Zuschauer – und sie spürte, wie die Schlange am Nachrichteneingang von unsichtbaren Mitteilungen immer größer wurde – eine expandierende undurchsichtige Menge, die Fifts Agenten hartnäckig zu verschleiern suchten. Fift erreichte die Treppen über den Docks und hielt inne.

»Sie haben es veröffentlicht«, sagte Nupolo und sackte in sich zusammen. Seine militärische Körperspannung löste sich auf wie Zucker im Regen; er buckelte wie ein hoffnungsloser alter Bail. »Es ist offiziell. Fift gehört ihnen.«

Die Docks waren irgendwie verändert. Die Leute dort – die Waisen, die Bankrotteure und aus ihren Kohorten Verstoßenen, die Möchtegern-Reisenden, die auf irgendwelche Fluktuationen in den Bewertungen hofften oder auf einen Gnadenakt, der ihnen die Passage erlaubte –, sie alle schwärmten nicht mehr einfach nur durcheinander. Auf den Docks herrschte fieberhafte Aktivität wie in einer aufgescheuchten Ameisenkolonie: lebhafte Zusammenballungen, Leute, die sich in der Geräuschkulisse agitierter Stimmen den Weg von einer Gruppe zur nächsten bahnten. Eine Gruppe entfaltete ein riesiges Transparent, vier Körperlängen hoch, und hielt es leer und flatternd in die Luft.

Auf den Stufen gleich unter Fift wandten zwei Staids und ein Bail sich um, sahen sie und ein Staid staunte offenen Mundes.

Frills Kopf erhob sich ruckartig von Smistrias Schulter. »Allessaugende *Leere*!«

Smistria klappte der Unterkiefer herunter. »Fift – was treibst du da oben?«

»Hört das denn nie auf?«, fragte Nupolo im Konferenzraum.

»Es ist wie ein Witz«, sagte Smistria, »ein Witz ohne Pointe.«

»Fift Brulio«, sagte Arevio mit tränenfeuchtem Gesicht. »Warte einfach da oben am Anfang der Treppen. Ich verstehe, wie du dich fühlen musst, aber mach es durch eine Flucht nicht noch schlimmer.«

»Sagt meinen Agenten, dass sie mich senden lassen sollen«, sagte Fift. »Ich muss einfach senden.«

Arevio presste heftig die Lider zusammen, als ob Fift ihn geschlagen hätte, als wäre Squells geplanter Schlag an seiner Schläfe gelandet.

»Fift«, sagte Grobbard sanft. »Warum sollten deine Agenten jetzt auf uns hören? Wir sind nicht …« Ihre Stimme verebbte und sie leckte sich über die Lippen.

Pip stand langsam auf und ging aus dem Raum.

Fifts Haut war wie Eis, ihr Magen eine harte Säurekugel. »Es … es tut mir leid, dass …«

»Hör auf«, sagte Frill mit tränenerstickter Stimme. »Hör einfach auf.«

»Sie ist es«, sagte einer der Staids auf den Treppenstufen. »Sie ist es wirklich.«

»Wie ist sie da überhaupt hinaufgekommen?«, fragte Nupolo.

»Ach, du kannst so viel laufen, wie du willst, Fift!« Smistria warf die Arme in die Luft. »Wie wäre es, wenn wir einfach mitten in Foo ein gigantisches *Jagdtableau* schaffen, wo dich die Befriederinnen in die Enge treiben können wie einen Heckenlapine?«

»Wenn ich mir die Freiheit erlauben darf, mich vorzustellen«, sagte der Bail auf den Stufen, bei dem es sich, dem Verzeichnis zufolge, um den 110-jährigen Bojum Holkitz vom Namensverzeichnis Butterblume-Leere-5 handelte. »Ich bin bei [Fift und Shria Umarmen] der Verantwortliche für Praktiken und Prinzipien in der Arbeitsgruppe ›Manifest‹. Es ist eine große, *große* Ehre …«

Arevio kam vorsichtig um den Tisch herum und nahm Fift in die Arme. Er legte seinen Kopf mit der zerzausten, seidigen Silbermähne auf Fifts Schulter.

Als hätte sie die Wahl, verbrüht oder erstochen zu werden.

»Und, äh, ich bin die Theorie-Verantwortliche!«, sagte eine der Staids – Morinti Pop vom Namensverzeichnis Egoistischer-Truthahn-12, 125 Jahre alt. Sie deutete auf die andere Staid: »Und das hier ist Emim. Sie ist keine Verantwortliche.«

»Ich führe Protokoll«, sagte Emim Potsching vom Namensverzeichnis Unglückliche-Planke-2, 75 Jahre alt. Sie sah ein wenig eingeschüchtert aus. Eine mollige, schüchterne Staid, kahl, in einem schlecht sitzenden, beigefarbenen Gewand.

»Oh«, sagte Fift. »Oh, also ich …«

Arevio, Frill, Squell, Pip, Grobbard, Smistria, Nupolo, Thurm, Miskisk. Alle hatte sie verloren, alle waren weg.

Schwesterlose Waise Fift.

»Bei Kumrus Bart, Fift«, knurrte Smistria. »Du kannst ihr doch nicht immer die Stirn bieten! Du weißt doch gar nicht …«

Er kniff die Augen zu und drückte sich den Nasenrücken. »Du weißt doch gar nicht, wie weit die Hebammen gehen werden.«

»Ich weiß nicht, was du über unseren Fanclub weißt«, sagte Bojum Holkitz vom Namensverzeichnis Butterblume-Leere-5, »Fift Brulio Irax… äh, Fift Brulio.« Er errötete, dann räusperte er sich. »Aber wir meinen es wirklich ernst. Wir sind die Richtigen. Nicht so wie die, äh [Fifts und Shrias Rächer] … oder [Boten der Hingabe Fifts und Shrias]. *Wir* sehen in dir und Shria nicht einfach nur ein willkürliches *Symbol*! Unser Vorgehen besteht in einer genauen Textanalyse der *Aufzeichnungen …*«

»… nicht nur der Clip-Ops«, sagte Emim.

»… und auch nicht nur seit der Straßenschlacht«, fügte Morinti hinzu.

{Wovon reden die?}, fragte Fift ihre Agenten.

{Manche Individuen}, sendete der Kontext-Erklärungs-Agent, {haben die Fanclub-Tools, die für spontane Sportereignisse entwickelt wurden, benutzt, um … Oppositionsgruppen zu bilden.}

{Es ist ein Missbrauch regulärer, konsensbildender Tools}, sendete der Agent für soziale Feinheiten. {Experten warnen, dass die temporäre emotionale Befriedigung, die eine solche Schein-Solidarität gewährt, letzten Endes mit Beklemmungen und Anomie bezahlt wird.}

{Äh, da ihr inzwischen wieder mit mir kommuniziert}, sendete Fift, {kann ich da nicht wenigstens meine Eingangsnachrichten checken?}

{Der Prozess zur Konsensbildung unter den dir zugeteilten Agenten wird zurzeit kritisch hinterfragt}, sendete der Kontext-Erklärungs-Agent. {Bedauerlicherweise.}

»Wir glauben – einfach dasselbe wie du!«, platzte es aus Morinti heraus. »Genau wie du gesagt hast: ›Es reicht einfach nicht, wie ein eingepasstes Bauteil im Kästchen mitzuschnurren‹ …«

»›Vielleicht ist es besser, ein Jahrhundert im Elend zu verbringen, wenn man am Ende wahrhaftiges Glück findet.‹«

»Äh«, sagte Fift.

Tantchen Ellix kam an die Wohnungstür. Sie war in Uniform – trug ein weißes Gewand aus grobem Gewebe und die lockere Haube der Befriederinnen –, ein großer Sack war an eine ihrer Schultern geschnallt. Sie hatte frische gelb-blaue Blutergüsse an ihrer rechten Schläfe.

»Kumru sei Dank«, sagte Nupolo, als er im Flur auf sie traf.

»Ich kam, so schnell ich konnte«, erklärte Ellix.

Squell taumelte aus dem Konferenzraum und Ellix fing ihn mit ihren starken Armen auf. »O Ellix«, schluchzte Squell.

»Hört mal«, sagte Fift auf der Treppe. »Ich kann nicht senden – meine Agenten lassen mich nicht – und … und meine Kohorte wurde zerlegt …«

»Oh, das wissen wir!«, erwiderte Bojum. Emim nickte.

Arevio ließ Fift los. (Die Spannung im Arm, mit dem er sie hielt, löste sich und schwand dann ganz. Gerade noch kitzelte sein silbrig gesträhntes Haar ihren Hals, dann plötzlich nicht mehr.) Er folgte den anderen Vätern. Körper aus dem Konferenzraum, Körper aus dem Frühstücksraum: Sie scharten sich im Vorraum um Ellix wie Gewürzmücken, die an den letzten Ranken der Saison saugten. Fift folgte ihnen zweikörperlich.

»›Wer will hier oben Agenten haben, die einen volltexten?‹«, zitierte Morinti. »›Das wäre kaum der Sinn der Sache, oder?‹«

Fift schluckte. »Ich will damit nur sagen, dass ich in Schwierigkeiten stecke. Sie wollten, dass ich sage, alles sei Shrias Schuld gewesen, und das habe ich nicht getan. Dann wollten sie uns alle an den Pol schaffen und ich habe versucht, mich für erwachsen zu erklären, aber das haben sie nicht akzeptiert und jetzt ist es sogar noch schlimmer geworden …«

»Das ist schrecklich!«, sagte Emim. Sie zupfte nervös an ihren Gewändern. »Es ist so … ungerecht!«

»Alles klar, Leute«, sagte Ellix und hob die Hand. »Ich danke euch, alles klar, danke. Es tut mir sehr leid, dass sich die Sache so entwickelt, das wisst ihr. Aber ab sofort gelten ein paar Dinge, für die ich um eure Aufmerksamkeit bitte.«

»Nimmst du Fift …?«, fragte Grobbard.

»Ja, aber darauf will ich später noch …«

»Ellix«, sagte Smistria, »Fift ist *draußen*, bei den *Docks* …«

»Das ist mir durchaus bewusst«, bemerkte Ellix trocken. »Aber das liegt nicht mehr in meinen Händen. Hier und jetzt müsst ihr euch alle auf eure eigene Lage konzentrieren.«

»Ich muss einfach nur Shria erreichen«, erklärte Fift der Gruppe auf der Treppe.

»Diese Türen halten nicht mehr lange«, sagte Ellix. »Keiner von euch hat die Macht, den Zerlegungsprozess aufzuschieben. In einer Stunde werden sich hier in diesen Räumen dicht an dicht distanzlose Adrenalinjunkies und Abstauber drängen, und so, wie die Dinge stehen, könnte es zu körperlichen Auseinandersetzungen kommen, bis die neuen rechtmäßigen Bewohner feststehen.«

»Körperlich!«, sagte Arevio entsetzt.

»Es geschieht überall. Und wir haben zurzeit zu wenig Leute. Ihr müsst euch jetzt alle verteilen, so weit weg von hier, wie es nur geht, so sicher und abgeschieden wie möglich, und zwar in … okay, es sieht aus, als hätten wir zwischen vierundzwanzig und dreiunddreißig Minuten.«

»Ich muss Shria einfach sagen, was los ist«, sagte Fift auf der Treppe, »und herausfinden, wie es ihm geht.«

Morinti und Bojum wechselten einen Blick. »Nun ja«, sagte Bojum, »ich meine, du *hast* es ihm gerade gesagt. Er *sieht* doch *zu*, weißt du?«

Fift schluckte. Natürlich tat er das – und mit ihm 400 Millionen andere …

»Die Spin-Nupolo-Kohorte«, sagte Ellix, »wird drei von euch aufnehmen. Wir würden natürlich noch mehr nehmen – schließlich gehören wir alle zur Familie.« Ellix reckte ihr Kinn ganz leicht höher, eine winzige Demonstration ihres Widerstands. »Aber wir gehen davon aus, dass wir nicht mehr absorbieren könnten, ohne unser eigenes Besetzrecht wie eine reife Bohne zerplatzen zu lassen. Deshalb muss jeder von euch bei vertrauenswürdigen, lokalen Kontakten für die nächsten dreißig-plus Stunden um Aufnahme bitten – idealerweise Kontakte des zweiten, dritten, vielleicht sogar vierten Levels – es darf niemand sein, der allzu eng mit Iraxis in Verbindung steht.«

»Oh«, sagte Emim, raffte ihre Gewänder vor der Brust zu einem Klumpen zusammen und machte die Augen groß wie Flummis. »Oh, ich bekomme gerade eine Nachricht! Eine Nachricht! Von … von … *ihm*!«

»Von *Shria*?«, staunte Bojum.

»Was steht drin?«, fragte Morinti. »Was steht drin?«

Emim packte Fifts Schulter. »›Lauf zu den Docks‹«, sagte sie. »Los, komm!«

Sie rannten.

»Wenn ihr es schafft, die nächsten zwei, drei Tage heil zu überstehen«, sagte Ellix, »wenn sich niemand erwischen und in der Öffentlichkeit mobben lässt und wenn es keine weiteren Zwischenfälle gibt, dann ist das Schlimmste überstanden, glauben wir, und …«

Emim ließ nicht locker. Bojum an einer, Morinti an der anderen Seite, stürmten sie die Treppe hinunter.

{Laufen sorgt nur für größere Zuschauerzahlen und zusätzliche Schande}, sendete Fifts Agent für soziale Feinheiten.

{Ach, steht ihr jetzt wieder zur Verfügung?}, sendete Fift zur Antwort.

{Es kommen zehn Befriederinnen aus Temereen über die Brücke, um dich zu eskortieren}, sendete der Kontext-Erklärungs-Agent. {Und zwölf weitere docken sich gerade an den Unterplanken ein.}

»Squell … braucht ein Irrenhaus«, sagte Frill.

»Ich weiß«, sagte Ellix. »Aber die sind alle belegt. Es gibt ein Über-den-Himmel-hinaus-Aufnahmezentrum; mehr können wir momentan nicht für ihn tun.«

Am unteren Treppenabsatz drängten sich die Leute.

»Fift Brulio!«, rief jemand. »Falls du dir einbildest, dass ein Konsens deine unverantwortlichen Handlungen gutheißen wird …«

»Wo willst du hin?«, rief ein anderer. »Du bleibst schön hier! Du bleibst schön hier!«

»Lasst sie in Ruhe!« Eine Staid mit weit aufgerissenen Augen versuchte, sich an Emim vorbeizudrängeln. »Fift, nimm meine

Hand, ich will nur in deiner Nähe sein …« Bojum und Emim schirmten sie ab und schoben Fift weiter.

»Thurm ist in Sicherheit«, sagte Grobbard, »stimmt das, Ellix? Er meinte, er könnte einen Platz für mich finden …«

»Das wäre ausreichend«, sagte Ellix und nickte. »Da ist es sicher. Er könnte sogar noch jemanden nehmen.«

»Ach …« Grobbard räusperte sich, »Miskisk ist bereits dort.«

»*Gib* es zu!«, rief jemand, als sie vorbeiliefen. Es war eine alte Bail mit leuchtend violettfarbener Haut und Haaren. »*Gib* zu, dass du mit Andibol Marm zusammenarbeitest. Gib zu, dass es nur die Eröffnung einer Streicheshow ist. Meine Zuschauer haben eine Antwort verdient!«

»Du ungeschleuster Krötenclown! Die Welt *weiß*, was du mit diesem Aufrührer bei der Clownkröte Politigus in der Höhle der Niedertracht getrieben hast …«

»Wie hast du den Feed abstürzen lassen? *Wie*?«

Bojum hakte einen Bail unter, der aus der Menge herausgeschossen kam – im Register wurde er als Honti Pikipo vom Namensverzeichnis Namenlose-Wüste-3 geführt, und ja, wenn man danach suchte, fand man auch den Registereintrag [Fift und Shria Umarmen]. Ein anderer Staid mit demselben Eintrag stellte sich an Morintis Seite.

»›Macht Platz‹«, rief Morinti lauthals jubelnd. »Wie Shria sagte: ›Wir wollen durch!‹«

Sobald man nach ihnen suchte, fand man überall die Namen von Fanclubs: [Lichtschlucker], [Nimmerruh], [Rächer der purzelnden Liebenden], [Mütter gegen die Auflösung], [Panaximandras Million] …

Als Fift in ihrer Wohnung eingesperrt war, hatte sich jeder etwas Neues gesucht, um dazuzugehören, während sie selbst alles verlor, das einst zu ihr gehört hatte.

»Nupolo«, sagte Ellix, »du kommst natürlich mit uns mit …?«

»… Arevio«, sagte Nupolo.

»Wenn das möglich wäre«, sagte Arevio.

»Deine Ex-Eltern sollten über die ganze Welt verstreut werden«, rief eine zerlumpte, alte blaue Bail, die mit [Ordentliche Geburt der Ordnung] getaggt war. »Und man sollte ihnen absolutes Berufsverbot erteilen! Man sollte ihnen ihren Feed-Zugang *entziehen*! Wie kann man nur so eine unverantwortliche …«

»Fift«, rief eine stämmige, kleine, knochenweiße Staid. In ihrem Verzeichnis fanden sich sowohl der Eintrag [Nehmt die Babys] als auch [Prolog zu Fifts wahrhaftigem Glück]. »Probier meine Suppe! Vielleicht fühlst du dich nach dieser Barbitonsuppe besser, sie ist handgemacht und sehr aufbauend! Hey, schubs nicht so, Vidix!«

Fift brannten die Lungen, ihre Füße waren wund und von der Kletterpartie durch den Abluftschacht taten ihr noch die Schultern und Arme weh. Wenigstens konnten sie jetzt nicht mehr sprinten; der Massenansturm war zu groß. Sie drängelten und taumelten hindurch.

Die meisten ließen sie passieren. Ein paar aus der Menge schubsten sie und an einigen Stellen wirkten die Leute, als ob sie sich gleich schlagen wollten. Wenn jetzt ein Aufstand ausbrach oder die Menge ernsthaft beabsichtigte, sie aufzuhalten, säßen sie fest.

»Wo gehen wir hin?«, fragte Fift Morinti, der ihr die Richtung zeigte.

An den Oberplanken leuchtete gerade eine Robotfledermaus auf.

{Personenverkehr}, sendete der Kontext-Erklärungs-Agent, {Privatreservierung für Stiffwaddle-Körpermoden.}

»Ich bin froh, dass du mit dem Kindsein durch bist, Fift!«, rief eine raue, bailische Stimme aus der Menge. »Ich wünschte, *ich* hätte den Mut! Vielleicht können du und ich und Shria eine Triade bilden! Ich weiß, das klingt vielleicht schockierend …«

Weitere Staids und Bails schlossen sich ihnen an, umringten Fift und schoben sie weiter – sieben waren es jetzt mit dem Tag [Fift und Shria Umarmen] und zwei weitere mit dem Tag [Prolog zu Fifts wahrhaftigem Glück]. Fift sah, dass weiter hinten in der Menge die Registervermerke flackerten und sich ausbreiteten. Die Körper in der Menge waren mit den Namen konkurrierender Fanclubs getaggt. [Fift und Shria Umarmen] poppte hier hoch … und dort … und da.

Zuschauerzahl: eine halbe Milliarde.

Zweikörperlich sank Fift auf den Boden des Vorraumes, sank auf den Boden des Vorraumes, saß Schulter an Schulter. Sie vergrub ihre Gesichter in ihren Gewändern. Ihre Eltern ließen sie allein.

Ellix organisierte den Aufbruch: Pip sollte zusammen mit Nupolo und Arevio zur Spin-Nupolo-Kohorte fahren; Frill und Smistria hatten einen Freund von den Matten.

»Fift«, rief jemand aus der Menge, »hast du schon mal über die Bewegung Neuer Aufbruch nachgedacht? Du hattest doch selbst ein Elternteil, das in den Asteroiden beschäftigt war. Warum setzt du dich nicht für …«

Die Befriederinnen, die aus Temereen herübergekommen waren, schwärmten mit gezückten Bopperstäben im Halbkreis aus, blockierten den Weg zu den Oberplanken und rückten langsam vor. Die Menge machte ihnen Platz, einige liefen weg. Die Gruppe um Fift wuchs an.

Fifts Eltern waren in ihren Zimmern und sammelten ihre Habseligkeiten zusammen – nur Vater Squell nicht; er wich Tantchen Ellix nicht von der Seite.

Aber sie war jetzt nicht mehr Tantchen Ellix. »Ich glaube … ich glaube, du denkst, ich habe alles kaputt gemacht«, sagte Fift.

Ellix zuckte mit den Schultern. Ihre Miene war finster, aber nicht schroff. »Darüber steht mir kein Urteil zu.«

Die andere Befriederinnengruppe – die, die an den Unterplanken angedockt hatte – näherte sich von hinter der Gruppe [Fift und Shria umarmen].

Die restlichen Leute, die sich zwischen zwei Reihen von Befriederinnen eingekesselt sahen, stoben auseinander und drängten kreuz und quer wie Oberflächenvögel, die ein Räuber in Aufruhr versetzt hatte.

»Ich wollte nicht, dass es so kommt«, versicherte Fift Ellix. »Ich habe nicht …« Sie blickte beiseite.

Körper an Körper mit sich auf dem Boden des Vorraumes

konnte Fift es kaum ertragen, die eigene Stimme aus der Kehle des einen Körpers mit den Ohren des anderen zu hören. Ihre Atmung, Lunge um Lunge, war nicht synchron. Es hatte ihr noch nie gefallen, so nah mit sich zu sein. »Ich weiß nicht, an welcher Stelle es aus dem Ruder gelaufen ist.«

Der Fanclub [Fift und Shria Umarmen] zog immer mehr Mitglieder; jetzt waren es schon fünfundzwanzig. Sie rührten sich nicht mehr vom Fleck, denn sie konnten nirgendwo hin. Bojum schob, drückte und organisierte, bis ein Ring aus fünfzehn Bails den Befriederinnen gegenüberstand. Sie hielten sich an den Händen und bildeten einen schützenden Kreis um zehn Staids in der Mitte.

»Vielleicht«, sagte Ellix, »als du – sechzehnjährig und durch Instant-Hype nach oben gekommen – den Hebammen und deinen Eltern mitten ins Gesicht sagtest, dass du ihren Rat in die Kompostschleuse geworfen hast?«

Fift zuckte zusammen, doch als sie sich nach Ellix umsah, entdeckte sie in deren Miene nicht die Verachtung, mit der sie eigentlich gerechnet hatte. Ellix' Blick war offen und neugierig. Es war, als würde sie wirklich fragen und auf eine Antwort warten.

Emim nahm Fifts Hand.

»Unter den Docks gibt es keine Klebstoppanschlüsse«, sagte Morinti. »Deshalb wollen sie es uns hier mit Bopperstäben besorgen.«

»Kämpft nicht gegen die Befriederinnen!«, sagte Bojum zu den anderen Bails. »Für diejenigen unter euch, die neu dabei sind: Wir sind keine Chaotisten! ›Kämpfen ist dumm‹, hat Fift gesagt. Und Shria hat ihr recht gegeben!«

Sechs Milliarden Zuschauer.

Über der aufgescheuchten Menge flatterte plötzlich ein riesiges Transparent und die Gruppe, die es hielt – sie waren als [Fifts Reise, Shrias Hand] getaggt –, machte sich daran, den Befriederinnen in den Weg zu treten.

Auf dem Transparent stand: *Wer keine Verantwortung übernehmen kann, ohne alles zu kontrollieren, hat sich mit Elternschaft das falsche Betätigungsfeld ausgesucht!*

Ellix wartete immer noch auf eine Antwort.

»Wie könnte es gerecht sein, Shria die Schuld zu geben?«, fragte Fift. Wäre Squell nicht dabei und sie beide wären allein, dann hätte sie hinzugefügt: Hat Minth Abador im Stich gelassen?

Die Befriederinnen hatten jetzt die Gruppe mit dem Transparent erreicht und schlugen mit abgezirkelten, präzisen Schlägen auf sie ein. Wen die Bopperstäbe berührten, der sank zu Boden wie ein tauber Sack.

Das Transparent wurde schlaff, fiel in sich zusammen, die Stangen schlugen aufs Pflaster und der Stoff legte sich über bewusstlose Körper.

Ellix zuckte mit den Schultern. »Manchmal gibt es keine gerechte Lösung«, sagte sie.

Die Väter kamen in den Vorraum zurück – Frill, Smistria, Arevio und Nupolo hatten kleine Bündel und Taschen dabei, alle waren ganz aufgewühlt mit tränenfeuchten Gesichtern. Sie umarmten Fift der Reihe nach.

»Beeilt euch«, sagte Ellix. »Tut mir leid, wenn ich euch hetzen muss, aber ihr müsst verschwinden. Los, ihr müsst in Gang kommen …«

Manche murmelten etwas, manche sagten ihr Dinge, doch Fift konnte nicht hinhören, sie ertrug es nicht und wäre am liebsten nicht da gewesen. Grobbards Umarmung war die längste und zärtlichste.

Pip ging, ohne noch jemanden eines Wortes zu würdigen.

Das Transparent lag jetzt auf dem Boden wie eine flackernde grüne Schneeverwehung. Die Befriederinnen rückten in aller Ruhe vor. In der kleinen Gruppe von Staids, die bei Fift standen, spielte einer – Meroc Ipithia, dem Register zufolge vom Namensverzeichnis Bellende-Ondulation-2 – nervös an einem Zeremoniallöffel herum, einer von der Art, wie ihn manche Staids als Glücksbringer mitführten.

»›Ein Sturm, der unsere Stille umkreist‹«, sagte Emim kläglich und blickte Fift in die Augen. Einen kurzen Moment lang dachte sie nach, ob das auch etwas war, das diese seltsame, kleine Gruppe übereifriger Fans sie oder Shria hatte sagen hören.

Aber es stammte natürlich von Ranhulo, und zwar aus ihrem Metakommentar zum achten Werk des zehnten Zyklus.

Es war eine Anspielung auf die Lange Konversation, die hier draußen in aller Öffentlichkeit und im Weltfeed vor den Bails angestimmt wurde. Das war, selbst nach allem, was geschehen war, ein Schock.

Das durfte man nicht! Man durfte die Lange Konversation nicht im Weltfeed zitieren!

Staidangelegenheiten sind Staidangelegenheiten und Bailangelegenheiten sind Bailangelegenheiten. Das hatte Vater Frill vor Jahren gesagt. *Du würdest doch auch nicht dabei zusehen wollen, wie wir uns auf den Matten prügeln, oder?*

Emim biss sich trotzig auf die Oberlippe und ihre Augen leuchteten spöttisch. Ich kann so unangemessen sein, wie ich will, sagte ihr Blick. Was könnten die mir jetzt noch antun?

Ranhulos Worte, voll bitterem Spott für die Bails. Und das, obwohl Ranhulo in jüngeren Jahren selbst vor den Bails gesprochen, den Löffelkompromiss gepriesen und den gescheiterten Permissiven Pakt begrüßt hatte – jenes kurzlebige Experiment, als Bails bei der Langen Konversation anwesend sein durften. Fifts unterbrochene Hausaufgabe stand noch auf ihrer To-do-Liste: das Rätsel des Metakommentars über das achte Werk des zehnten Zyklus, das Geheimnis, weshalb sich Ranhulos überbordender Optimismus in Bitterkeit transformiert hatte. Wie konnte es geschehen, dass sie die Bails – mit ihnen zu teilen und sich ihnen zu öffnen – als Bedrohung ansah? Als einen *Waldbrand, der in den stillen Tiefen wütet …*

Moment mal.

Thavé.

Das ist übrigens in eurer eigenen Sprache die ursprüngliche, vergessene Bedeutung von ›Waldbrand‹ – ›Feuer, das den Wald schützt‹, das den Wald gesund hält.

»Wir haben Ranhulo falsch interpretiert«, sagte Fift dreimundig.

»Was du nicht sagst«, antwortete Ellix trocken. Sie deutete mit dem Kinn zu Squell. »So interessant dieser Gedankengang auch klingt – vielleicht solltest du ihn dir lieber für einen Moment aufheben, wenn dein Va…, wenn Squell nicht dabei ist.«

»Ranhulos Bedauern, ihre Verachtung«, erklärte Fift Ellix. »Damit meint sie gar nicht den Löffelkompromiss und auch nicht den Permissiven Pakt. Sie bedauert, dass sie nicht mehr gelten! Ranhulo hat das Projekt nie aufgegeben – sie wurde lediglich besiegt! Der Sturm … der Sturm umkreist die Stille, um sie zu *beschützen*, und nicht, um sie zu …«

Bojum und die anderen Bails gingen in Stellung und stählten sich. Die übrige Menge war geflüchtet, die Befriederinnen drei Körperlängen entfernt; und sie näherten sich von allen Seiten.

»Fift, es reicht«, sagte Ellix, »jetzt ist nicht die Zeit.«

»Doch, ist es«, sagte Fift. »Jetzt ist die Zeit.«

Sie griff Emim und Morinti an die Gewänder. »Setzt euch, setzt euch! Du dahinten – Meroc? Du hältst den Löffel in der Hand.«

Meroc blinzelte verwirrt, dann sank sie auf den Boden des Docks. Fift setzte sich entspannt, ausbalanciert und mit geradem Rücken hin. Die anderen taten es ihr nach und die Bails rückten an den Rand, um ihnen Platz zu machen.

»Was haben die …«, sagte ein Bail.

»Halt die Klappe«, sagte Bojum. »Richtet eure Blicke nach außen. Steht unerschütterlich.«

Die Befriederinnen waren noch eine Körperlänge entfernt, sie hoben ihre Stäbe.

»›Der Löffel ist in meiner Hand‹«, sagte Meroc.

Morintis Stimme zitterte. »›Der Raum beugt sich wie ein Tänzer und alles ist in Bewegung.‹«

»›Doch wir, mit unseren Worten, hier‹«, sagte Emim, »›sind das stille Zentrum.‹«

Eine Körperlänge vor der Gruppe [Fift und Shria Umarmen] hielten die Befriederinnen inne.

»Bewegt euch nicht«, befahl Bojum den anderen Bails. »Keiner von euch darf auch nur mit der Wimper zucken!«

»›Geschwisterkinder‹«, sagte Fift, »›lasst uns beginnen.‹«

»Fift!«, sagte Ellix und starrte sie an. »Um Kumrus willen, du kannst doch die Lange Konversation nicht einfach in …«

»Dann lass sie mich aufhalten«, sagte Fift. »Lass sie den Kreis mit ihren Bopperstäben durchbrechen. Dann lass sie *diese* Worte zum Verstummen bringen.«

Merocs Hand spannte sich um den Löffel. Sie leckte sich über die Lippen. »Man hat uns gelehrt: ›In den Jahren nach ihrer Versuchung – längst stand das Urteil über Minth fest – war ihr Herz wie ein Stein.‹«

Jetzt zog es Fift das eigene Herz zusammen und sie presste die Lider aufeinander, doch sie zwang sich, die Augen wieder zu öffnen. Das erste Rezitativ der Episode war von Bitterkeit erfüllt. Am Ende verlor Minth Abador, ihren geliebten Bail – genau wie auch Fift Shria verloren hatte.

»Daraus leitet Epiul seine Lehre ab«, sagte Morinti, »dass Abador Minth verlassen haben muss, denn ›ihr Herz war undurchdringlich unbewegt, einsam und still‹.«

»Das ist eine Farce, Fift«, sagte Ellix. »Und sie wird dich nicht retten. Steh da auf …«

»Ranhulo hat es getan«, sagte Fift.

Squell beobachtete sie mit großen Augen.

Die Befriederinnen hatten sie vollständig umzingelt. Ihre Mienen waren ruhig, sie achteten darauf, sich keine Gefühlsregungen ansehen zu lassen, doch wenn sie Blicke miteinander tauschten, sah man Anzeichen ihrer Anspannung: hier eine zuckende Braue, dort eine gerunzelte Stirn.

Die Bails bildeten den äußeren Kreis und hielten einander bei den Händen.

»Es ist mir egal, was Ranhulo getan hat«, sagte Ellix. »Das ist eine unverhohlene Provokation. Du kannst dir nicht vorstellen, wie ihre Reaktion …« Sie schüttelte den Kopf.

»›Und wenn Minths Herz ein Stein war‹, lehrte Marolu …« – jetzt sprach eine andere Staid, Episti Ism Magali vom Namensverzeichnis Blaue-Halbinsel-6 – »›… dann war Abadors Herz ein Schleier.‹«

»Aber was ist ein Stein?«, fragte Emim und klang so zart und zerbrechlich wie ein grüner Zweig in einem Oberflächenwald.

Ein Bopperstab wurde geschwungen. Honti Pikipo vom Namensverzeichnis Namenlose-Wüste-3 brach zusammen. Er hatte Bojums Hand gehalten. Bojum riss seinen Körper nach hinten, damit er nicht auf die sitzenden Staids fiel, danach streckte er den Arm aus und nahm die Hand des nächsten Bails, um den Kreis zu schließen. »Haltet die Stellung«, sagte er.

Ein anderer Bail stürzte, diesmal auf der anderen Seite des Kreises. Aber unter den Befriederinnen waren einige, die sich zurückhielten und Blicke miteinander wechselten. Ein Zucken an der Schläfe des einen oder der Lippe des anderen verriet, dass sie einander fieberhaft Nachrichten hin und her schickten.

»Was … was ist ein Stein?«, fragte Emim. »Iyebi sagt: ›Dieser Stein, in den wir unsere Höhlen schlagen.‹ Denn die Welt ist ein Stein im Flug.«

Fift hob ihre Brauen. Das war geschickt, sogar schön. Obwohl ihr Herz hämmerte und obwohl ihr die grobe Säge der Verzweiflung durch den Leib schnitt, stellte sie fest, dass sie wirklich neugierig war, worauf Emim damit hinauswollte. Allerdings war nicht damit zu rechnen, dass ihnen die Zeit blieb, es herauszufinden.

Zwei weitere Bails fielen, einer von ihnen verlor an Morintis Schulter den Halt. Morinti richtete die Augen unverwandt auf Fift.

Die Welt ist ein Stein im Flug. Minths Herz war ein Stein, nachdem sie Abador verloren hatte. Doch was ist ein Stein? Die Welt ist ein Stein im Flug.

»Und wenn die Welt ein Stein ist«, sagte Fift, »dann kann ein Herz die Welt sein.«

Der nächste Bail fiel und jetzt war der Spalt so groß, dass die anderen Bails ihn nicht mehr überbrücken konnten. Sie hielten ihre Positionen im angeschlagenen Halbkreis, den Blick nach außen gekehrt und die Schultern durchgedrückt.

Eine Befriederin trat mit erhobenem Bopperstab durch die Lücke. Doch mit dem Stab über Morintis Kopf hielt sie inne.

»An anderer Stelle«, sagte Morinti mit heiserer Stimme, »erfahren wir von einer Höhlung im Stein, die von Esro bewohnt war …«

{Für die Verspätung bei der Konsensfindung wird auch weiterhin um Verzeihung gebeten}, sendete Fifts Kontext-Erklärungs-Agent. {Bedauerlicherweise stehen deine Agenten für soziale Feinheiten, für Feed-Navigation, für das Send-Management und für diachrone Synthesen nicht mehr zu deiner Verfügung. Aber die verbliebenen Agenten haben sich dafür entschieden, deinen gegenwärtigen Kurs zu unterstützen und dein *faktisches* Erwachsensein anzuerkennen.}

{Könnt ihr mir Shria zeigen?}, sendete Fift.

Die Befriederin ragte vor Morinti auf, die Spitze ihres Bopperstabs zitterte und sie warf einen Blick hinter sich …

Shria, zweikörperlich, sein Kopf und seine Schultern ragten aus dem Klebstopp. Er war hellwach, seine Miene voller Gefühl und er lehnte sich zu Stogma hinüber, sagte etwas …

»… in jenen Tagen«, sagte Morinti, »als Marolu der Geringere in Unprisma Konsens sammelte.«

{Und Dobroc?}

Eine zweite Befriederin schubste die erste grob beiseite – ihr Gesicht war eine Maske des Zorns – und keulte Morinti.

Ellix verdrehte die Augen. »Das hätte sie nicht tun dürfen«, sagte sie.

Dobroc befand sich in einer marschierenden Menge – Transparente gab es dort und Gesang – Staids in weißen Gewändern und Bails in Samt und Flitter …

Morinti sank zu Boden. Emim riss erschrocken die Augen auf. Episti schluckte.

»Sie ist *vereidigt*«, sagte Ellix, legte die Stirn in Falten und spitzte die Lippen. »Sie hätte nicht einfach wütend zuschlagen dürfen.«

Jetzt war Episti an der Reihe, doch sie war wie versteinert und starrte die Befriederin an wie ein Lapine, den man schutzlos überrascht hatte.

Esro. Was hatte Oplops von Esro gesagt? »›Die Höhlung des

Steins‹«, sagte Fift mit heiserer, angestrengter Stimme, »›umhüllt, aber formt nicht.‹«

Die Befriederin blickte auf Morinti hinunter.

Dreizehn Milliarden Zuschauer sahen, wie sie ihren Bopperstab fallen ließ.

»Fift!«, rief Dobroc irgendwo in Temereen zwischen den Marschierenden.

»Bei Kumru«, sagte Ellix. »Das ist übel.«

Fift nahm den Löffel. Er war kalt und glatt in ihrer Hand. Das Dock roch nach den Hefedünsten der Enzymmotoren, die die Fledermäuse antrieben, mit einer kleinen Ozonnote von den Bopperstäben und dem Schweiß von Angst und Hoffnung. Es gab eine leichte Brise, aus weiter Ferne tönten die Rufe der Massen, dort brummten die Wale und von Temereen wehte ein leiser Klang herüber – Sprechchöre mochten es sein. Emim öffnete zum Sprechen den Mund und Fift schlug das Herz bis zum Hals. Sie spürte den Schweiß im Nacken und wie ihr der Stoff des Kleides am Knie kleben blieb, an den Hüften und Schultern, dazu das feine Ziehen der Foo-Rotation im Innenohr und wie fest ihre Muskeln waren, die Knochen, die Sehnen und das Fleisch, sie spürte das sanfte Prickeln auf ihrer Haut, die zärtlich fiedrige Peristaltik ihrer inneren Organe und das elektrische Donnern ihres Gehirns.

Und dann wurde das alles fortgerissen.

25

Fift schrie.

Zweikehlig, aus zwei Lungen, die Luft kreischte aus zwei Kehlen und füllte, was einst die Wohnung der Iraxis gewesen war.

Kehle eins, Kehle zwei …

… und nichts. Keine dritte Kehle.

Die Hebammen hatten das polysomatische Netzwerk der Docks abgetrennt. In der Wohnung konnte Fift, zweikörperlich, ihren Körper bei den Docks nicht spüren. Sie war auseinandergerissen worden.

Eine Hand klammerte sich in ihre Haare. Eine zweite Hand griff ihr Gewand. Eine dritte und eine vierte Hand spreizten sich auf dem Vorraumboden …

Ihr Verstand suchte vergebens nach den beiden anderen Händen, nach fehlenden Fingern, wollte abhandengekommene Knöchel biegen, fehlende Hände spreizen, fehlende Fingerspitzen irgendwo gegenstoßen. Panik schnürte ihr die Kehlen zu.

Wo war sie? Wo war ihr Körper?

Die Abwesenheit des fehlenden, dritten Körpers war mit der schweren, dunklen Materialität eines schlafenden Körpers nicht zu vergleichen. Es war die brutale Abspaltung einer ganzen Welt: ein Messer, eine Auslöschung, ein Arterienblut spritzender Stumpf im eigenen Ich …

Und es tat weh – so weh, als ob jede Zelle der Körper ihren Geschwistern entrissen und von der eigenen, toxischen Rückmeldung auf den Siedepunkt gebracht wurde. Denn nichts anderes war es.

Ellix versuchte, einen ihrer Körper zu halten. Fift bäumte sich auf, sie wand sich und trat aus. Ellix' schwerer Körper drückte sie zu Boden und fixierte ihre Gliedmaßen.

In ihrem anderen Körper, dem *einzigen* anderen Körper, dem *leerengeschmähten, schwesterlosen, anderen* Körper, sprang sie Ellix auf den Rücken, ihre Finger gruben sich in Ellix' Kleider. Eine hysterische Besessenheit war es, die sie antrieb – sie musste sich durch Ellix' Körper graben, wie sich ein Lapine durch die Erde gräbt, um zu sich selbst zu kommen …

Squell zog sie von Ellix herunter und warf sie auf den Rücken. »Fift!«, rief er. »Hör mir zu!«

Sie schrie ohne Unterlass. Aber der Lärm, das Geschrei, das aus ihrer Kehle drang, das Blut, das ihr ins Gesicht strömte – all das schien mit Fift überhaupt nichts zu tun zu haben, es war, als gehörte es einfach zur Wohnung wie irgendwelche Möbel.

Squells verschlossener, leidender Blick war verschwunden. Seine Augen waren klar. Die Silberstacheln in seiner Kopfhaut glänzten, als er Fift festhielt. »Fift, was jetzt mit dir geschieht, das habe ich auch durchgemacht! Ich habe Körpertrennungen *überstanden*! Wenn man in den Asteroiden arbeitet, reicht schon ein Sonnenfleck im Perihel oder ein Router, der bei einem Zusammenstoß zerstört wird, und es reißt einen auseinander …« Ihm schossen Tränen in die Augen.

Der Feed – der Feed war ein einziges Durcheinander. Ihr Feed-Navigations-Agent war weg – er hatte das Amt niedergelegt und sie verlassen. Fift kämpfte sich durch eine krude Wolke innerer Bilder. Dobroc, die Parolen skandierte, orangefarbener Klebstopp, stampfende Füße aus einer verrückten Perspektive, Luftwale im ruhigen Flug – doch wo waren die Docks, wo war ihr Körper?

»Hör mir zu, Fift!« Squells Stimme war leise, aber trotz des Geschreis klar zu verstehen. »*Du kannst das schaffen.* Nimm die Angst, nimm die Abwesenheit und benutze sie, um damit die Lücke zu füllen. Mach dir *daraus* einen Körper, nur für den Moment. Fift, hör zu. Hör zu! Der Schmerz ist *gut.*«

Sie musste ihren Körper finden. Sie irrte durch den Feed:

nicht bei den Docks von Temereen, nicht an den Zentraldocks von Foo. Nein, nein, um Kumrus willen, wo bitte …

Der Schmerz brannte wie Feuer – wie ein wütender Luftwal, der in eine Habitation krachte, Spanten zersplitterte, Knochen und Knorpel zermalmte. Fifts Gliedmaßen zertrennt, zerrissenes Fleisch …

Squell schüttelte sie. »Der Schmerz *zeigt dir*, wo der Rest von dir ist. Dein anderer Körper ist *immer noch da*. Er ist nicht tot, er ist nicht verletzt, dir bleiben noch endlose Minuten, bevor die Trennung dauerhaft wird. Du willst wissen, wo er ist? Du willst ihn finden?«

Ihn finden, ihn finden, wo …

»Er ist *genau da, wo der Schmerz ist*. Fift, du weißt doch, wie du manchmal deine Körper auseinanderschubst und die Verbindung gedämpft hast. Ich weiß, dass du das immer noch tust! Es ist *dasselbe*. Du bist noch *da*, auf der anderen Seite der Wand aus Schmerz!«

Da, wo der Schmerz ist. Als hätte sie sich selbst den Rücken gekehrt, die Verbindung gedrosselt und sich hinter der Wand aus Schmerz verlaufen. *Mach dir einen Körper*. Sie versuchte es, streckte sich aus – aber die Panik war wie ein Tsunami, sie war verloren, zerstört …

»Bringt sie zurück«, murmelte Ellix, presste das Kinn auf Fifts Schulter, hielt sie mit Armen und Beinen gepackt und drückte sie auf den Boden. »Möge Kumru euch alle verlassen, bringt sie zurück …«

Dann krachte qualvoll Ich auf Ich.

Sie hatten das Netzwerk wieder angeschaltet.

Hände! Wie sie sich anfühlten – geschunden und Halt suchend. Knöchel schabten über den Boden der Docks, Fingerspitzen klammerten sich in Stoff. Sechs Hände …

Der Geruch der Docks flutete Fifts Bewusstsein. Ihr Gesichtsfeld verschwamm und dehnte sich wieder aus, als ihre Hirne und ihre Augen zusammenfanden. Squells Miene – Squells leidender Blick war verschwunden, seine Augen klar! Ein Durcheinander von Körpern auf dem Boden des Docks …

Alles, alles wieder beisammen, o Kumru! Hälse, Rücken, Knöchel, Knie …

Ihre Erinnerungen waren chaotisch. Einkörperlich auf dem Boden des Docks war sie allein und verlassen. Zweikörperlich schrie sie in der Wohnung. Emims Gesicht, vom Schrei verzerrt, das Ellix' Gesicht überlagerte. Die Suche nach fehlenden Fingern, um fehlende Knöchel zu beugen. Bojum stürzte im Dock auf den Boden, versuchte wieder aufzustehen. Die Befriederinnen schrien, die Hände an die Köpfe geschlagen. Das Geschrei hallte in den Wänden der Iraxis-Wohnung, als ob es zur Inneneinrichtung gehörte, aber nein, nein – das stimmte nicht, es war so viel umfassender, so viel schrecklicher gewesen und gellte aus tausend Kehlen.

Der Ozongeruch der Bopperstäbe, der enzymatische Maschinengestank.

Wo war Fift? Was war sie? Ihre Körper fühlten sich seltsam und entfremdet an. Sie hatte keine Ahnung, was bei den Docks vor sich ging. Sie hatte keine Ahnung, was in der Wohnung geschah. Als hätten sich Fremde ihre Körper geborgt und sie ausgelaugt, angeschlagen und unvollständig zurückgegeben.

Die Erschöpfung biss ihr mit schartigen Zähnen in die Muskeln.

Doch das Geschrei war vorüber.

»Kumru sei Dank«, sagte Ellix. Sie legte Fifts Kopf auf den Boden, löste sich von ihr und stand auf.

Der Boden bei den Docks war mit Körpern übersät. Episti lag verkrümmt an Fifts Beinen, ein anderer Bail lehnte an ihrem Rücken. Eine halbe Körperlänge entfernt hatte sich eine Befriederin mit angezogenen Beinen eingerollt.

Die Staids keuchten und japsten durcheinander. Die Bails schluchzten noch. Vielleicht nicht nur die Bails.

»Jetzt ist es gut«, sagte Ellix. »Bleib nur unten.«

Fift war so müde. Sie atmete, über Foo verteilt, tief und synchron. Jedes Mal, wenn sie die Lungen füllte, wurde es ihr zum Schluss ganz eng um die Herzen und der Schmerz hallte abgeschwächt und wellenartig durch ihren Körper. Ein Ellenbogen tat ihr weh – sie musste ihn in etwas hineingerammt haben, das härter als der Boden des Docks war –, vielleicht hatte sie jemanden am Kopf getroffen, doch sie erinnerte sich nicht.

»Alles ist gut«, sagte Ellix. Sie zog den Sack höher, den sie über der Schulter trug, und strich ihre Kleider glatt. »Jetzt ruh dich aus. Es ist vorbei.«

Vorbei. Und gleich würde sie festgenommen werden und dann ging es zum Pool.

An den Docks war noch niemand aufgestanden. Emim, die Ranhulo zitiert hatte, die keine Verantwortung hatte, sondern bei den Zusammenkünften nur Protokoll führte, diese Emim hatte sich auf die Seite gedreht und sah Fift an. Sie stöhnte von der Anstrengung, die es sie kostete, streckte den Arm über die Gewänder einer gestürzten Befriederin und nahm Fifts Hand.

Shria in Wallacomp: bis zur Brust im Klebstopp. Er sagte etwas, sein Mund bewegte sich. Doch er redete nicht mit Stogma, sondern schrie etwas in die Luft. Er meinte Fift. Doch Fift fand den Ton nicht. Irgendwie hatte sie ihre Verbindungen zum Feed so durcheinandergebracht, dass die Töne, die Bilder und die Gerüche nicht synchronisiert waren.

Jener Feed-Navigations-Agent hatte sie ihr ganzes Leben begleitet, etwas anderes gab es für sie nie. Sie war noch ein Kleinkind gewesen, als sie mit ihm verknüpft wurde. Noch nie hatte sie gehört, dass Agenten einfach so ein Kind im Stich ließen … oder zumindest nicht außerhalb der Langen Konversation. Epiul war natürlich von ihren Agenten verlassen worden »wie Müllratten, die aus einer einstürzenden Habitation flüchteten«.

»Er wartet auf dich«, flüsterte Emim.

Die nächste Befriederin stöhnte und hob ihren Kopf.

Auf was wartete er …?

Trink erwischte Perm mit einer Rubagofrucht, Perm strauchelte, der Pappkarton rutschte zur Seite, Perm fuchtelte ulkig mit den Beinen und rannte in der Luft …

Shria stand an den Docks bei Stiffwaddle-Körpermoden. Er trug seine Arbeitskleidung, ein irisierendes Gewand, das seine

Arme und Schultern freiließ, bis hinunter auf die Knöchel reichte und auf dem ölige Regenbögen schimmerten.

Er war noch von den Kämpfen gezeichnet, Blutergüsse, gelbliche Verfärbungen seiner lavendelfarbenen Haut, und diese düstere, ausgezehrte Miene. Doch er stand aufrecht, sein leuchtend rotes Haar floss offen den Rücken hinunter, die orangefarbenen Brauen lockten sich wie Flammen.

In Stiffwaddle dockten Fledermäuse an. Die Tore von Pom Politigus' Einkaufszentrum standen offen und es war so etwas wie eine Party im Gang: die Schickimickis, die Modeleute und die Mächtigen – Poms exklusivste Klienten strahlten wie Juwelen.

Wie viel durften sich die Hebammen ungestraft herausnehmen? Wie weit reichte ihre Macht? Durften sie die tiefsten Bindungen der Leute mit sich selbst als Waffe nutzen, ohne dass es sich auf ihre eigenen Bewertungen auswirkte? Durften sie den Konsens im eisernen Griff halten und von der Befriederin verlangen, die Lange Konversation zu verraten?

Vielleicht konnten sie eine Dockanlage voller Flüchtlinge und Streuner terrorisieren. Aber würden die Hebammen, ohne ihre Stellung als Letztgeborene zu verlieren, auch Pom Politigus' polysomatisches Netzwerk abschneiden können, sodass sich ihre modischen Gäste in den neuen, eleganten, handgefertigten Körpern schreiend auf dem Boden wälzten? Durften sie das polysomatische Netzwerk entlang der gesamten Flugstrecke einer Fledermaus zwischen Foo und Stiffwaddle abschneiden und Habitation um Habitation ins Chaos stürzen?

Fift presste Emims Hand, ließ sie los, drehte sich herum und stützte sich auf Hände und Knie.

An den Docks von Stiffwaddle bekam Shria große Augen.

Fift blickte zu Emim zurück und spürte Gewissensbisse. Wenn Fift jetzt zur Fledermaus lief, würden die Hebammen hier an den Docks von Foo bestimmt noch einmal das Netzwerk abtrennen, die Körper auseinanderreißen und damit Emim, Bojum und Morinti treffen …

Emim, die sie unverwandt ansah, zog ihre Brauen hoch und grinste schelmisch. Sie zwinkerte.

Fift richtete sich auf, sprang über die stöhnende Befriederin und rannte los.

Ellix' breites Gesicht fiel in sich zusammen. »Fift, um Kum...«

Und sonst nichts.

Keine Ellix mehr, kein Squell, keine Körper. Das Geschrei fing wieder an, der Schmerz. Dieser Splitter, dieses Trümmerteil, dieses Fragment von Fift sank schreiend am Dock auf ein Knie.

Doch sie stürzte nicht.

Mach Körper aus dem Schmerz. So wie Squell es gesagt hatte. Der Schmerz zeigt den Weg. Der Schmerz ist eine Wüste, ein Ozean, eine Leere und dehnt sich bis zum Horizont aus. Irgendwo auf der anderen Seite ist der Rest von Fift. Eine Billiarde Körperlängen entfernt: Fifts Hände, ihre Augen und Herzen.

Sie trieben durch eine entsetzliche Leere. Wovon hatte Thavé in dem Pavillon, wo sie Mangaremeflocken tranken, nur gesprochen, bevor die Lichter zum ersten Mal erloschen? Sternenschiffe. Wie ein Sternenschiff, das sich aufmachte, neue Höhlen zu graben, Höhlen in andere Steine, und um andere Sterne kreiste ... Anstoß, Abschied, Aufbruch für alle Ewigkeit.

Was von Fift noch übrig war, das Überbleibsel – nicht *die* Fift, nie mehr Fift, Fift war fort, in zahllose Stücke zerrissen –, dies gebrochene Überbleibsel aber hatte sich einen Ruck gegeben, stand auf den eigenen Beinen und rannte schreiend und zitternd an den brüllenden, fuchtelnden Körpern vorbei und zur Fledermaus an den oberen Planken.

Es gab nichts anderes mehr. Keinen anderen Ort, keine Vergangenheit und keine Zukunft, kein Selbst und keine Fift. Nur stolpern, rennen, fallen, aufstehen, taumeln. Wie ein kleines Trümmerstück aus einer Welt fern allen Lichts, fern aller Gravitationszentren in der interstellaren Kälte; auf Käferflügeln sanft geküsst, in raschem Unflug, denn Flug bedarf einer Quelle von Schwerkraft ...

Fünfzig Milliarden Zuschauer.

Falls man unglaubliches Glück hatte, bekam man am Ende der Reise so etwas wie das, was man anfangs schon besaß.

Das Etwas, das einst zu Fift gehört hatte, kroch in die Robotfledermaus. Hinter ihr drückte sich die Tür zu, dann brach es zusammen. Es zog in den Eingeweiden, als die Fledermaus startete. Dann war sie über unzähligen Habitationen und Wohnvierteln in der Luft und das polysomatische Netzwerk schaltete sich wieder ein.

Erinnerungen und Gefühle krachten ineinander und formten unsanft Fift wieder heraus. Diesmal tat es noch mehr weh, diesmal war die Zerlegung umfassender gewesen.

Sie sah Squell und barg den Kopf in seinem Schoß – er lächelte nicht, klagte nicht: er war friedvoll und klaren Blickes –, dann schwand ihr Bewusstsein.

26

»Bei Tricksters Mähne, mein liebes Staidkind«, sagte Pom Politigus. Ihr violetter Muskelkörper schnitt eine Grimasse, ihr kurviger, rötlicher Körper wirkte köstlich amüsiert. »Du hast uns ganz schön Ärger eingebrockt.«

Fift fiel aus der Fledermaus und Shria fing sie auf.

Er hob sie hoch, nahm ihre Beine mit einem Arm und umfing ihre Schultern mit dem anderen. Ihr Kopf fiel auf seine vier weichen Brüste. Sein Haar umfing ihr Gesicht wie ein Schleier aus Feuer. Er roch nach Honig, nach Holzrauch in einem Oberflächenwald, nach Trost.

»Oh, du hast es geschafft«, flüsterte er mit tränenerstickter Stimme. »Du hast es geschafft, Fift, ich kann es nicht glauben.«

»Komm mit«, sagte Pom Politigus. Ihr violetter Muskelkörper verzog sein Gesicht immer mehr; ihr kurviger, rötlicher Körper streckte die Arme in die Luft. Sie war zweifach nackt, mit recht erschreckenden Genitalien – kunterbunte Schwalbenschwänze, die fast bis zum Boden hinabreichten. »Lass sie uns wenigstens hineinbringen, wo sie nicht jeder sehen kann.«

Squell war fort.

Fift hockte an die Wand gelehnt in der Wohnung, versuchte zu begreifen, wo sie sich befand und wo sie gewesen war. Sie schaute auf ihre Hände, streckte sie, dachte: Wessen Hände? Meine Hände?, und versuchte darauf zu vertrauen, dass sie sich einfach nicht mehr zerlegen würde, zerreißen, atomisieren, annullieren …

Fift hatte gar nicht bemerkt, dass ihre Väter gegangen waren.

Squell war von Befriederinnen abgeführt worden. Zwei weitere Befriederinnen waren noch da und diskutierten mit Ellix. Laut Register waren es Fasmul und Uban. Fasmul Irgendwas vom Namensverzeichnis Blaues-Irgendwas, Uban Irgendwas vom Namensverzeichnis Irgendwas-Irgendwas. Fift schaffte es nicht, den Kopf zu heben, um im Verzeichnis noch einmal nach ihren Namen zu sehen.

Der Feed in Foo war offline. Jemand hatte ihn gekappt – die Hebammen, vielleicht auch kriminelle Feed-Gärtner oder bailarchische Revanchisten.

Foo war unsichtbar, ein leerer Fleck im Feed.

»Ich will damit nichts zu tun haben«, sagte Ellix.

»Womit genau, Ellix?«, fragte Fasmul. »Das ist die Frage. Denn dieser Wind könnte in alle möglichen Richtungen umschlagen.«

»Pom, nein«, sagte Shria. »Du kannst nicht von ihr verlangen, hier herauszukommen. Sieh sie dir an.«

Fift kuschelte sich in seinen Schoß. Sie befanden sich in einem leeren Laboratorium, nicht weit von der Party entfernt. Fift hatte es auf dem Weg hierher gehört: affektiertes Gelächter über einem leisen Geräuschteppich von Stimmen; die ersten, disharmonischen Akkorde eines Plappertanzes erklangen. Doch im Labor war es ruhig und kühl; die Wände verschluckten jeden Schall.

»Wir dürfen nicht allzu lange warten«, sagte Pom Politigus. Ihre Stimme im sehnigen, von gelbem Pelz bedeckten Körper war rauer als in den anderen. Sie klang erschöpft. »Sie muss sich zeigen; es gibt Leute, mit denen sie reden sollte. Wir sind jetzt an einem ganz entscheidenden Punkt angelangt, Shria. Hast du eine Ahnung, was ich alles anstellen musste, nur damit diese *Fledermaus* sicher durchkommt?« Eine Hand mit gelbem Pelz hob sich mit gespreizten Fingern und sackte dann an ihre Seite zurück. »Ich habe es geschafft, Rysthia und Elo herzubitten, *hochrangige* Hebammen, die unserer Sichtweise gewisses Wohlwollen entgegenbringen. Aber es ist noch eine ganze Menge Überzeugungsarbeit nötig, bevor sie mit den anderen brechen.«

»Lass uns doch einfach noch zehn kumruverflixte Minuten«, sagte Shria. Er klang ziemlich aufgebracht.

»Es steht eine Menge auf dem Spiel«, sagte Pom Politigus. »Und bilde dir nichts ein, mein talentiertester und anstrengendster Lehrling: Falls das schiefgeht, wird es auch mich in die Peripherie schleudern. Meine eigenen Bewertungen hängen am seidenen Faden.«

Shria erwiderte nichts, sondern streichelte mit einer Hand den pfirsichweichen Pelz von Fifts Kopf. Wenige Augenblicke später schob sich Pom durch den Gebärmuttermund des Raumes und eilte zur Party zurück.

Sie waren allein. Ohne Pom gab ihnen die Nähe in der Umarmung kaum noch Geborgenheit, sondern eher ein Gefühl von Gefahr. Fift kam hoch und setzte sich gerade. Shria schob sie sich vom Schoß und zum Tisch, sodass sie Seite an Seite saßen. Er legte die Hände wieder in seinen Schoß, lehnte sich aber an sie und stieß sie mit der Schulter an.

»So«, sagte er, »äh, hör mal.« Dann verstummte er und richtete sich auf. »Wegen dieser Nachricht.«

»Nachricht?«, fragte Fift.

»Die ich dir geschickt habe. Dass ich … dich nicht sehen will.« Er senkte den Blick und zupfte sich an den Daumen, erst dem einen und dann dem anderen. »Komm schon. Du weißt doch, welche.«

»Oh«, erwiderte Fift. »Ja.« Sie blickte zu Shrias Hand hinunter. Sie wollte sie nehmen, seine nervöse Bewegung stoppen und mit den Fingern über die weiche, lavendelfarbene Haut streicheln. »Ist in Ordnung. Vielleicht hattest du recht.«

»Es war überflüssig und feige. Ich bin einfach vor dir davongelaufen.«

Das gab Fift einen Stich ins Herz und sie setzte sich noch gerader hin. Als ob sie frierend aus einem gemütlich-warmen Traum erwacht wäre. Bei Kumru, dachte sie, da sind wir also wieder. Allein in der übertriebenen Privatsphäre von Stiffwaddle-Körpermoden. Sie schluckte. »Wie … wie meinst du das?«

Shrias Hände wurden langsamer und trennten sich. Die eine

trieb es in die Richtung von Fifts Hand, fast hätte er danach gegriffen. Doch dann legte er sie sich auf die Knie und beugte sich vor. »Ich habe nicht … gar nichts. Nur das. Ich bin weggelaufen, als du mich gebraucht hast. Wir sind gemeinsam in diese blöde Situation gekommen. Ich hätte zu dir halten sollen.«

Fift spürte, wie sich ihr Herzschlag beschleunigte, doch ihre Agenten waren hier ausgeblendet, deshalb wusste sie nicht, wie viele Schläge pro Minute es waren. »Und wie läuft es mit … Vvonda?«

Mit deinen Freunden, wollte sie eigentlich fragen. Mit deinen Mitstreitern. Aber vielleicht auch: Wie läuft es mit dir und dem, nach dem du dich sehnst, der dich mitreißt?

So wie du mich mitreißt.

»Mit Vvonda läuft es nicht so toll«, sagte Shria. Er sank nach vorn, stützte den Kopf auf die Hände und die Ellenbogen auf die Knie. »Irgendwie ist es … weißt du, dass Stogma nicht mehr mit uns spricht? Die Hebammen waren bei ihm – sie haben seiner Familie einen Handel vorgeschlagen: ihr Wohlwollen, falls er gegen uns aussagt.« Er raufte sich die Haare. »Stogma hat angenommen.«

»Weißt du, wie unser Auftrag für Izist lautet?«, fragte Uban in den leeren Räumen, die früher einmal Iraxis' Wohnung waren. Hinter den Befriederinnen huschten zwei Müllratten in den Vorraum und schlugen die Zähne in eins von Grobbards weißen Gewändern. Sie musste es als Müll getaggt haben, bevor das Besetzrecht auslief. Wenn erst die Massen eintrafen, würden sämtliche zurückgelassenen Besitztümer der Familie freie Beute werden. Uban kratzte sich die Nase. »Die Lange Konversation gewaltsam zu zerschlagen ist noch das wenigste.«

»Lange Konversation, die vor Bails abgehalten wird«, sagte Ellix und richtete den Blick dahin, wo Fift Seite an Seite saß. »Vor den Augen der Welt!«

Im Labor presste Fift die Fingerspitzen aufeinander und konzentrierte sich auf den Druck, damit sie nicht die Hand nach Shrias Haar ausstreckte, nach seinen Schultern, seinem Rücken. »Das tut mir leid, Shria. Das … das blockiert total.«

»Ja, allerdings. Und Vvonda … dem ist deshalb völlig das Siegel geplatzt. Er ist so wütend und *aggressiv*. Er kann die Klappe nicht mehr halten, wenn es ratsam wäre. Damit stößt er Leute vor den Kopf« – er zuckte mit den Schultern –, »von denen Pom sagt, dass wir sie brauchen.«

Wofür brauchen? Das hätte Fift gern gefragt. Was treibt Pom und wofür braucht sie *mich*? Doch hier, in der gebärmutterhaften Stille des Laboratoriums schwebten die Agenten benommen im Zwielicht der Privatsphäreneinstellungen, es fehlte nicht viel und Shrias warmer Arm berührte sie; und Fift konnte ihre Frage einfach nicht behalten.

Shria spitzte die Lippen, seine Miene verhärtete sich und er wirkte enttäuscht. »Und wir hängen da immer noch fest – wir vier – in dem orangefarbenen Schleim … und haben einander so kumruverflixtnochmal *satt* …«

Es lief Fift eiskalt den Nacken herunter. Wenn sich Shria von Vvonda lossagte – dem stattlichen, schönen Vvonda, dem starken, von dem Shria letztes Mal, als sie in einem Labor wie diesem zusammensaßen, noch so sehnsuchtsvoll geschwärmt hatte –, falls Shria sich von Vvonda löste, könnte dann *Fift* die geringste Chance haben? Sie wollte, dass Shrias Liebe hinauswuchs und nicht enger wurde. Sie wollte, dass Shrias Liebe umfassender wurde, bis er für sie einen Platz darin hatte.

»Also, vielleicht ist es an der Zeit, dass uns die Bails zuhören«, sagte Fasmul. »Vielleicht steckten wir gar nicht in diesen Schwierigkeiten, wenn wir nicht für uns behalten hätten, was … nein, hör mir zu …« – sie erhob ihre Stimme, als Ellix sich schnaubend abwandte – »Ellix, es ist ein neuer Löffelkompromiss im Gespräch. Esimandru Abatis Esendro vom Namensverzeichnis Unendlicher-Trost-3 hat den Vorschlag befürwortet …«

»Und sie wurde für ihre Mühen ihres Amtes enthoben.«

»Es tut mir leid«, sagte Fift. »Das mit Stogma.«

»Möge die Leere Stogma verfluchen«, sagte Shria. Die Prellungen unter der lavendelfarbenen Haut auf seinem Trizeps hatten Farbverläufe von gelb nach schwarz. An seinem Ellenbogen war der grobe Schorf einer gerade erst verheilten Abschürfung zu sehen. Schäden dieser Art verbreiteten sich nicht polysomatisch, deshalb musste er in diesem Körper am ersten Aufstand teilgenommen haben – dem mit Panaximandra.

Fifts Hand machte sich selbstständig, als gehörte sie zu einem zügellosen Körper und sei noch immer von der restlichen Fift getrennt, bewegte sich vorwärts zu der Narbe an Shrias Ellenbogen und verharrte einen Fingerbreit davon entfernt.

»Er hat uns ans Messer geliefert, um seine Familie zu retten«, sagte Shria. »Ich meine, ich verstehe es ja. Meine Eltern …« Er presste die Augen zusammen, biss die Zähne aufeinander und schauderte unwillkürlich im ganzen Körper. »Ich darf das nicht noch einmal geschehen lassen. Ich darf nicht zulassen, dass sie noch ein Kind verlieren oder einander.« Er riss die Augen auf. »Oh, verflixt. Tut mir leid.«

Fift zuckte mit den Schultern. Minths Herz war ein Stein. Ein Stein im Flug, der allein die Leere durchquerte, ein Stein, in den wir unsere Höhlen schlagen. »Tja, ich … ich habe irgendwie alles kaputt gemacht.«

Shria griff nach Fifts Händen. »Nein. *Nein.* Du hast deinen Standpunkt verteidigt. Es ist keine Lösung, einfach nachzugeben und sie gewinnen zu lassen. Dieser Kampf ist noch nicht vorbei. Stogma … möge die Leere Stogmas Schwäche verschlingen!«

Er hielt ihre Hände. Sein Gesicht war ganz nah. Seine Augen, weiß und schwarz und orange wie Juwelen – es war, als hätte Fift noch nie in jemandes Augen geblickt. Der schicke Glitzer des Labors, Fifts eigene, plumpe Körper, ihre Agenten, die Befriederinnen, die sich in der alten Iraxis-Wohnung stritten, das Chaos an den Docks von Foo, die Aufstände in Wallacomp, Habitationen, die an Fäden ins Gewölbe Fullbellys hingen, der riesige Ozean des Feeds, der sich mit der Welt vermischte, die kalte, unstete Leere hinter der Welt – all das rückte für Fift ganz weit in den Hintergrund, war nichts als eine unbedeutende Kruste am Rand der grandiosen Metropole, die Shrias Augen waren.

»Fift, letztes Mal, an diesem Ort …«, sagte Shria. »Das, was wir getan haben – was *du* getan hast …«

Blut strömte Fift ins Fleisch des Gesichts, machte es schwer und heiß. »Was ich …«

»Ja, denn du hattest recht: Es war deine Idee. Hinterher habe ich mich benommen … als ob es meine Schuld sei, weil ich der Bail bin. Ich hatte Angst vor dem, was geschehen würde … Es kam mir vor, als hätte ich dich missbraucht, als hätte ich Grenzen überschritten. Du bist die unschuldige Staid und deshalb hätte ich dich beschützen müssen. Aber das ist unverschleuster Stau, Fift; das sind *ihre* Regeln. Ich habe einfach Angst gehabt.«

»Ellix«, sagte Uban. »Du hast gehört, was Thavé gesagt hat. ›Ihr müsst damit anfangen, euch aus den Fesseln des Konsenses zu befreien.‹«

»Und wenn die Dinge ohne ihn noch schlimmer werden?«, fragte Ellix. »Diese Welt ist im Gleichgewicht, Uban. Was, wenn man es verliert und nie wieder zurückbekommt?«

Shrias Augen waren ein Abgrund von Sternenlicht. »Ich wollte dir nicht wehtun, Fift; ich wusste nicht, wie ich mich verhalten sollte. Ich konnte dich nicht wie eine Bail behandeln, so sorglos und ungestüm und lüstern …«

Fift erschauderte. Sie schloss die Augen. Sie stürzte einen Schacht hinunter in eine tiefe Schwerkraftquelle und sie fiel schnell. Die Haut tat ihr weh. Sorglos und leidenschaftlich und lüstern – dieser Fiebertraum schrankenloser, unendlicher Intimität, der für diese Welt nur der Weg in die Vernichtung sein konnte.

Ihre Agenten waren verschleiert, unter Privatsphäreneinstellungen verschüttet, die so massiv wie Polarschnee waren. Im Hausfeed konnte sie nicht ins Labor schauen. Und in Foo gab es den Feed nicht mehr.

»Der Konsens weist uns den Weg«, sagte Ellix.

»Hör dir doch selbst mal zu. ›Der Konsens weist uns den Weg‹«, sagte Fasmul. »Unterscheidet sich das überhaupt von dem, was man zu Zeiten Epiuls behauptete?«

»Ich wünschte, du würdest aufhören, mir die Lange Konversation zu zitieren«, sagte Ellix.

»Ellix«, sagte Uban, »uns läuft die Zeit davon.«

Shria rückte näher. Fift spürte seine Wärme, die gleich im Dunkel vor ihr begann. »Aber jetzt habe ich keine Angst.«

Fift rückte um die letzte Fingerbreite durch das Dunkel zu ihm – in einen Kuss.

Im Feed hatte Fift junge Bails beim Küssen gesehen. Man musste sie aus den Augenwinkeln betrachten, ganz am Rand des Wahrnehmbaren und im Hintergrund von etwas anderem, dessen Betrachtung die Agenten und Eltern guthießen. Die entschlossene Energie, die lüsterne Wildheit ihrer Lippen, Hände, die Halt suchten, Nägel, die über Gänsehaut kratzten.

Shrias Lippen waren furchtbar weich.

Sie taten dieselben Dinge, wie sie die Bails tun sah, nur langsam – so langsam wie ein ausgedehntes, unschuldiges, staidisches Kuscheln.

Seine Lippen streiften ihre, entfernten sich wieder und waren dann für einen Augenblick verschwunden, während sie im Dunkel allein blieb, doch die Hitze noch spürte, die seine Haut ausstrahlte; dann kehrten sie zurück – seine Unterlippe, die gegen ihre glitt, sich zwischen ihre Lippen schob, in ihren Mund drang. Seine Oberlippe erkundete ihre, streichelte abwärts, drückte sich an ihre Lippe und dann – so langsam wie der Schnee, der auf Kumrus Haare fiel und die Erinnerung an die Erosion der Eisenberge heraufbeschwor, bewusstes Echo des Verfalls der kleinen, leichtfüßigen Partikel am Ende des Universums, in der fünften Stanze von Renims achter Ode im vierzehnten Anhang der alternativen Kodifizierung der zwölften, jungen Lesart der Langen Konversation – öffnete er den Mund wieder und streichelte ihre sich teilenden Lippen mit der Zungenspitze.

»Ellix, wir sind hier in der letzten Stanze. Sie ist das Kind der Kohorte deines Geschwisterkindes«, sagte Uban. »Oder sie war es. Glaubst du wirklich, am Pool ginge es ihr besser? Bei den Hebammen, die wir heute haben?«

Ellix verstummte und starrte zu Fift. Sie biss sich in die Innenseite der Wange.

Ein Beben begann im Innersten Fifts, eine Feuersbrunst,

die weder heiß war noch kalt oder beides vielleicht wie eine eigentümliche Materienreaktion, die den Planetenkern transformierte. Es konnte den Planeten zerbrechen, zerschmettern, lichtschnell eine Staubwolke schleudern, die alle Welten ihres Systems streifte.

Sie entzog sich, öffnete ihre Augen und Shria die seinen.

»In Ordnung«, sagte Ellix. Sie seufzte. »Es ist Wahnsinn, aber ich glaube, an diesem Punkt ist Wahnsinn das Vernünftigste. Lasst sie uns fragen.«

Halb Gefühltes durchzog Shrias Miene, kurze Erscheinungen wie ozeanische Kreaturen der Tiefe – Freude ließ sich erahnen, Angst, Verlangen, Beklommenheit, Zorn oder Trotz – und all das schmolz wieder dahin, noch bevor es sich endgültig formte.

Ellix hockte sich neben Fift auf den Boden. »Hör mal, Kind. Wir können dich zum Pool bringen – in allen deinen Körpern – und du kannst mit den Hebammen leben. Sie haben gesagt, sie adoptieren dich, und das würden sie auch tun. Du würdest eine von ihnen werden. Das wäre eine … schwierige Schleusung. Du bist eine Späteinsteigerin, sie würden dich mindestens ein Jahrhundert lang der Welt entziehen und dir vielleicht niemals ganz trauen. Aber du wärst in Sicherheit.«

Eigentümliche Materiereaktionen öffneten im Gewebe dieses Universums Risse, durch die ganz neue Ordnungen sich dem Blick flüchtig zeigten, die anderen Gesetzen unterlagen. So war es auch mit Shrias Augen. Sie konnte seinem Blick nicht begegnen und konzentrierte sich auf seinen Mund.

»Meine Kollegen hier«, sagte Ellix, »halten den Konsens für wacklig. Sie glauben, er könnte sich zu deinen Gunsten verschieben, wenn du noch ein bisschen in der Gegend bleibst. Sie könnten sich vorstellen, dass es Orte ohne Feedabdeckung gibt, wohin du gehen kannst, um die Entwicklung etwas hinauszuzögern. Ein gefährliches Spiel.«

»Ich … ich will nicht zum Pool«, stammelte Fift.

Ellix nickte säuerlich. Uban und Fasmul begannen, sich ihre Befriederinnen-Uniformen abzustreifen.

»Shria …« Sie versuchte die Worte runterzuschlucken, um

den unfassbaren Moment zu bewahren, doch ihr Herz schlug so heftig, dass sie zu zerspringen drohte.

Shrias Miene offenbarte Unsicherheit, Wagemut und Widerspruchsgeist.

Risse im Gewebe des Universums, durch die sich drohende, furchtbare Transformationen zeigten …

Wenn sie es wüsste, würde die Welt Shria dafür verachten. Sobald sie davon erfuhr. Aufständischer, Friedensbrecher, clownistischer Radikaler, Chaot und jetzt dies: Verderber staidischer Kindheit, Sittenstrolch im stillen Zentrum.

Ihre Regeln. Die die Welt regierten.

Hatten Fasmul und Uban und Pom recht? Hatten sie wirklich eine Chance, die Hebammen zu übertrumpfen und aus der Transaktion als Sieger hervorzugehen?

Das Märchen von zwei unschuldigen Kindern, die in die Machenschaften von Clowns, Feed-Gärtnern und bailarchischen Revanchisten gerieten … und deren Kohorten und Zukunftsaussichten ungerechterweise brutal von den reaktionären und engstirnigen Hebammen zerstört wurden …

Ob Pom die Story so verkaufen konnte?

Sie hatte davon gesprochen, dass hier auf der Party ranghohe Hebammen anwesend waren … Rysthia und Elo? Dann gab es also Fraktionen in den Reihen der Hebammen … und eine Fraktion bediente sich der Geschichte von Fift und Shria, um sie gegen die andere Fraktion ins Feld zu führen …?

Ihre Bankhistoriker-Agenten schliefen bereits, doch auch ohne sie konnte sich Fift den Verlauf vorstellen – die geschwungene, zusehends abflachende Kurve ihres Bekanntheitsgrades, der Umschwung von Verachtung zu Sympathie, nicht lineare Ausreißer infolge kaskadierender Bewertungen, rückläufige Bewegungen und der seismische Kollaps des Konsenses …

Das Märchen von zwei unschuldigen Kindern …

Shria biss sich auf die Lippe. Im Chaos der Gefühlsregungen, die seine Miene offenbarte, mehrten sich Unsicherheit und Schuldgefühle und drängten an die Oberfläche. Er warf einen kurzen Blick zur Tür.

Fift wollte Shrias Lippen wieder spüren, seine Wärme, wollte die Nase an seine lavendelfarbene Haut pressen und seinen ungebändigten Waldduft schnuppern.

Verwaist, belastet, unstet und verwirrt, kohortenlos, geschwisterlos, arbeitslos, abtrünnig und allein – Fift hatte keinen festen Grund mehr unter den Füßen, der ihr erlaubt hätte, die Monstrosität dieser Lust auszuhalten, ohne von ihr zerrissen zu werden.

»Das können wir nicht machen«, flüsterte sie.

Nicht so, nicht hier und nicht jetzt. Wenn die Welt es erführe, behielten die Hebammen recht und dann war Shria verloren.

Seine Miene verdunkelte sich, Zorn blitzte auf, Schmerz und Schuldgefühl – schnell unterdrückt wie bei einer Gewitterwolke, die ihre eigenen Blitze verschlingt.

Die Risse verschlossen sich wieder, die seltsame Materie erlosch, die drohende Möglichkeit einer Transformation schwand dahin, übrig blieb nur die Schockwelle, die Trümmerteile vor sich hertrieb …

Er wandte sich ab. »Bei Kumru, ich bin so ein … o Leere! … Tut mir leid, Fift. Pass auf, wir müssen jetzt gehen – wir müssen zu dieser Party und Pom helfen; von ihr hängt alles ab.« Er sprang vom Tisch und strich seine Kleider glatt.

Uban und Fasmul hielten Fift die Uniformen hin. »Zieh die an«, sagte Uban. »Und beeile dich.«

Am Muttermund des Raumes warf Shria einen Blick zurück, ohne Fift in die Augen zu sehen. Schön war er und stark, seine Haut so weich wie Blütenblätter, seine bloßen Schultern kraftvoll über seinem irisierenden Gewand. Wenn sie einander doch nur wieder Witze im Abendmahlgarten der Iraxis-Kohorte erzählen könnten, wenn sie doch nur wieder zweckfreie wilde Glühwürmchen beobachten könnten – in einem Oberflächenwald, der nach Gewitter roch. Egal wo – nur nicht hier. Egal wann – nur nicht jetzt.

»Ellix«, sagte Fift, »es tut mir leid … was ich … der Familie …«

Ellix zuckte mit den Schultern. »Kinder stellen alles auf den

Kopf. So sind sie nun mal.« Sie streifte Fift eine Befriederinnen-Uniform über die Schultern und drapierte die Kapuze über ihrem Kopf. »Auch wenn der Feed offline ist, wird sie das nur ein paar Minuten lang täuschen. Lasst uns losziehen.«

Fift folgte Shria in den Korridor. »Ich wollte nicht … ich hatte nicht vor…«

»Nein, du hast recht«, sagte Shria und nahm ihre Hand, ohne ihr in die Augen zu sehen. »Natürlich hast du recht, vergiss es. Hol einmal tief Luft, Fift, und dann komm mit. Dein Auftritt.«

EPILOG

DREISSIG JAHRE SPÄTER

1

… im süßen saftigen Herzen des Stroms
roch Fift
den beißend durchdringenden elektrisierenden Herbst
hörte
das Heulen des Windes
sah
die verwehten Gespinste
von Scatterhulk über Scatterhulk ziehen

Dort mit ihr vermengt:
ihre Gefährten.

Gulius Geist war zugegen, bemerkte die Zungenform und begehrte sie
Und Furis und Majendra widerstanden der Zungenform
Sie einebnen, sie zurückbiegen?
Horis liebte das Zischen kurz vorm Stöhnen, Jenian hüpfte beflissen und froh

Alle Hände an der Pinne,
erklimmt das Schiff die Welle,
denn wir glauben, dass es ein Ziel hat und dass wir es nach Hause bringen können.
Stunden um Stunden
voller Erwartung, Spannung, Beschleunigung, Öffnung
Stunden um Stunden
im süßen saftigen Herzen des Stroms

Doch der Körper ermüdet; Zeit, heimzugehen:

Fift löste sich …

… und wurde sich ihrer Hände bewusst, die sich ans Geländer der Reaktanten-Station vor ihr klammerten. Sie entspannte sich, dehnte den Hals erst zu einer Seite, dann zur anderen und richtete sich auf. Dabei wurde ihr ein wenig schwindlig und sie griff wieder ans Geländer. Ein Augenblick, um sich zu fassen. Guliu, Jenian, Furis, Majendra und Horis saßen mit geschlossenen Augen an ihren Stationen. Aus dem Strom klang das Stöhnen des Windes blechern und dumpf in dem großen Raum (es war früher einmal ein häuslicher Mattenraum gewesen, als das alles hier noch eine Habitation namens Temereen war).

Der durchdringende Duft war derselbe, er wirkte aber nichtssagender und bedeutungsloser, wenn sie ihn nur mit ihrem eigenen Bewusstsein roch.

Auf dem Weg nach draußen legte sie Jenian eine Hand auf die Schulter; er griff geistesabwesend danach, ohne die Augen zu öffnen, und drückte sie.

An den Gittern um den Eingang des Reaktantensaals wuchsen Ranken, die voller süßer gelber Früchte hingen. Fifts gewebtes Gewand hatte dieselben Farben: ein dunkles Grün, ein helles Gelb.

Über den Türmen dessen, was einst die Temereen-Habitation gewesen war und jetzt »Umwehte-Herberge« hieß, brannten zwei helle Sonnensterne im indigoblauen Himmel. Fift blieb einen Moment lang stehen und blickte hinaus. Sie konnte sich nicht daran gewöhnen, auch nach drei Jahren nicht, und es machte sie weiterhin nervös.

Sie war dagegen gewesen, die Außenhülle der Herberge mit verkitschenden Aktivdisplays zu verdecken, weil sie nicht verstand, welchen Sinn es haben sollte, ausgerechnet diese fernhistorische Kulisse zu wählen – wenn sie schon unbedingt hingehen und so etwas montieren wollten – und nicht den suppiggrünen Oberflächenhimmel. Aber irgendwie hatte sie sich damit abgefunden. So fühlte sich Umwehte-Herberge mehr nach einem Zufluchtsort an: irgendwo anders, irgendwie neu. Und schön war es: endlose zarte Blau- und Violettverläufe von gewaltigen Ausmaßen.

Trotzdem machte es sie nervös – ein Geschöpf, das aus dem Bau gekrochen und dem Himmel ausgesetzt war.

Es war nicht weit bis nach Hause; nur über den Wischweg und drei Treppen hinunter. Sie setzte sich in Bewegung.

Zu Hause war sie im Nestraum eingeschlafen und schmierte sich in der Essecke Mangaremepaste auf einen Broibel.

Dobroc schaute von ihrer Suppe auf: »Oh, gut«, sagte sie, »du bist im Reaktanzium fertig.«

Fift lächelte und nahm noch einen Schlag Paste. »Bin ich wirklich so schlimm, wenn ich hier drin bin?«

»Nicht schlimm«, antwortete Dobroc. »Nur abgelenkt.«

Dobroc hatte momentan nur einen Körper in der Herberge. Die übrigen konnte Fift nicht sehen – sie waren irgendwo da draußen, hinter den Toren, in der restlichen Welt mit all ihren Problemen. Fift legte den Schmierer hin, griff über den Tisch nach Dobrocs Hand und spürte die Grate, die Grotten und Kanäle ihrer Hand. Dobroc hatte immer noch diese ausgeklügelte Hautlandschaft, ihre pubertäre Körpermoden-Spielerei. Fift wusste sie zu schätzen. »Wie läuft es da draußen?«

Dobroc zuckte mit den Schultern. »Ich weiß gar nicht, warum ich das überhaupt noch mache.«

»So schlimm?«

Dobroc atmete tief durch. »Ach, weißt du, es könnte schlimmer sein. Das ist ein Fortschritt; in gewisser Weise ist dies die glatteste Konversations-Episode auf regionaler Ebene seit … ja … tatsächlich seit der Auflösung! Noch vor fünf Jahren hätten wir diese Gruppe unmöglich zusammenstellen können und erst recht keinen zusammenhängenden Flow hingekriegt. Aber irgendwie ist es noch so … polarisiert. Es gibt vier Redner aus verschiedenen Herbergen und zwei von ihnen sind Mainstreamliberationisten oder vielleicht Postliberationisten. Die übrigen sind – na ja, du weißt ja selbst – nicht unbedingt Neorepressionisten, sonst hätten sie die ganze Sache boykottiert. Aber sie … Die nehmen uns einfach als Bedrohung wahr. Warum verkriechen wir uns an diesen geheimen Orten? Warum verstecken wir uns? Weshalb bilden wir uns ein, zu gut für den Rest der Welt zu sein?«

»All das sagen sie?« Fift hatte den Wischweg überquert und betrat nun das Treppenhaus.

»Nein, nicht direkt«, grinste Dobroc. »Schließlich handelt es sich um die Konversation. Viele Zitate aus den Metakommentaren zum achten Werk des verbindlichen zehnten Zyklus …«

»Ach«, erwiderte Fift, »Ranhulo.«

»Oh, mit Ranhulo zu kommen wagen sie nicht«, sagte Dobroc. »Higgis und Mathus vor allem, diese vergrätzten Pedanten. Ranhulo hätte es begriffen. Ranhulo erkannte ihre eigenen Vorurteile und kristallisierte sie. Wenn man ihre Zitate aus dem Kontext reißt, kann sie antibailisch wirken, aber das war sie nicht. Sie transzendierte ihre eigenen …« Dobroc stoppte und grinste. »Aber wem erzähle ich das alles? Ohne deine neue Lesart von Ranhulo wäre keiner von uns hier!«

Fift lächelte scheu und senkte den Blick.

»Na, jedenfalls«, fuhr Dobroc fort, »haben sie es letztes Jahr ein einziges Mal mit Ranhulo versucht, aber dann hat ihnen Morinti mit dem sechsten, elegischen Abschnitt von Ranhulos zweitem Metakommentar das Maul gestopft.« Sie grinste, wenn auch ein wenig schuldbewusst.

»Morinti?«, fragte Fift. »Morinti Bob Elarus vom Namensverzeichnis Egoistischer-Truthahn-12? Unser alter Kampfgefährte?«

Dobroc lachte. »Nein, ein anderer Morinti. Morinti Frangle Polor vom Namensverzeichnis … äh …«

»Ich wüsste gern, was aus Morinti Bob geworden ist.«

»Also, wenn du das wissen willst, wirst du wohl selbst zu einem Tor gehen müssen, denn ich habe keine Lust, für jede einzelne Antwort den Feed hierherzusteuern!«

Fift lächelte. »Ich bleibe auch gern im Ungewissen.«

In der Wand über der Couchgrube klemmte ein kleines, gelbes Licht – es war die einzige, schmale Ranke, der winzige Spalt, durch den der mächtige Wirbelwind-Feed von draußen in diesem Haushalt um Aufmerksamkeit bitten durfte. Gelb war die Fift zugedachte Farbe und es leuchtete hell.

»… aber wie es aussieht, muss ich sowieso meine Nachrichten checken.«

Dobroc sah nach hinten zur Wand. »O ja, das solltest du wohl.« Sie lächelte. »Und dein Timing ist sehr gut. Mal sehen … Ja! Wie wäre es, wenn du gleich gehst?«

Fift blinzelte. »Jetzt?«

»Ja, jetzt. Zum Bernsteintor!«

»Dobroc«, sagte Fift, »Moment mal. Was hat das zu bedeuten?« Draußen stieg sie gerade den letzten Treppenabschnitt hinunter.

»Erlauchteste und herzallerliebste Fift, erlaube mir mein kleines Spiel. Der Umstand, dass du gerade jetzt gehen und Nachrichten abholen willst, ist tatsächlich ein allzu großes Kumrugeschenk, um die Gelegenheit zu vergeuden. Geh!«

Fift wusste, dass sie auch Cemerid, die Nummer drei in ihrer Triade, fragen konnte. Sämtliche vier Körper Cemerids befanden sich in der Herberge: einer schlief unten quer über dem Couchboden Fifts, zwei spielten Rumcaddy in der unteren Arena, einer arbeitete am Veilchentor mit einem fernhistorischen Generalyse-Team in Tränenlos.

Cemerid wusste bestimmt, was Dobroc im Schilde führte.

»Oh, komm schon«, sagte Dobroc.

»Schön«, sagte Fift mürrisch. Sie ließ Dobrocs Hand los, nahm einen Bissen vom Broibel und stand auf. Sie hatte gerade die Wohnungstür erreicht, als sie hereinkam. Da sah sie an sich herauf und dann in beiden Körpern zur Seite. Sie hatte ihrer Haut vor einiger Zeit einen Lavendelton gegeben – eine unvorteilhafte Entscheidung, die sie bisher nicht hatte rückgängig machen können. Sie stand nun Seite an Seite mit sich in der Tür. Warum wollte Dobroc sie zur …

»Dobroc«, sagte sie.

Dobroc löste den Blick von der Suppe und sah sie unschuldig wie ein ungegendertes Baby an. »Hmm?«

»Es ist Shria, stimmt's?«

Dobroc sah nicht weg. Ihre braun-braunen Augen hielten Fifts Blick ruhig stand. »Du kriegst zu viel mit, Fift. Ja, es ist Shria. Er kommt, um mit mir zu üben, und heute will er … uns sehen. Diesen Ort hier. Und ich dachte, vielleicht hast du Lust, ihn zu begrüßen.«

Fifts Gesicht verfärbte sich. »Ist das dein Ernst? Ich sollte ihm einfach so … unvorbereitet vor die Füße laufen? Das glaube ich jetzt nicht.«

Dobroc zupfte an ihren Fingern. »Hmm. In Ordnung. Vielleicht war es keine gute Idee.«

»Was hast du dir dabei gedacht? Dass wir einander … einfach so in die Arme fallen?«

Dobroc zuckte mit den Schultern und blickte jetzt wirklich in ihre Suppe. »Könnte sein.«

Fift wiegte sich von einem Fuß auf den anderen, das Blut raste durch ihre Arterien. »Spiel nicht solche Spielchen mit mir, Dobroc. Ich finde das überhaupt nicht witzig.«

»Tut mir wirklich leid, Fift«, sagte Dobroc, ohne aufzusehen.

»Und was wäre gewesen, wenn ich ihn vor dem Tor getroffen hätte? Ich weiß, dass wir nicht mehr so viel Aufsehen erregen wie vor dreißig Jahren, aber da draußen sind noch genug Cracks unterwegs, die sich bestens mit der Geschichte der Auflösung auskennen. Die würden durchdrehen, wenn sie uns irgendwo zusammen sehen.« Sie streckte den Arm aus und hielt hilfsbereit den grün-gelb gewebten Ärmel ihres anderen Körpers. »Und er kommt her, um für die Lange Konversation zu üben? Dazu lässt er sich also herab und setzt tatsächlich einmal den Fuß in eine Herberge?«

»Das ist nicht fair, Fift«, sagte Dobroc. »Du bist nicht fair zu ihm. Er hat uns sehr unterstützt. Und er war schon in den Herbergen.«

Fift spürte einen heftigen Stich im Bauch – doch ihr fehlte der passende Begriff. Verlust? Wut? Sehnsucht?

Dobroc sah sie wieder an. »Und ja«, sagte sie, »wir werden eine Konversation abhalten. Er ist so weit.«

Fift schnaubte. Ohne es zu wollen, hatte sie ein Bild vor Augen: Shria, fünfzehnjährig, rank und schlank und wild und schön und gefährlich, eingekuschelt wie ein Ei ins Nest. *Ich weiß, dass ihr etwas macht. Ich meine auch nicht die Lange Konversation. Ihr habt Körper. Zeig es mir.* Ihre Wange, an seine Brüste gepresst. Seine Hand, die über ihre Haarstoppeln strich. Sein Duft wie ein wilder Oberflächenwald, den bisher nur Fift besucht hatte. Die Ranken des Abendmahlgartens im grünen Licht über ihren Köpfen. Sein schelmisches Grinsen.

»Wissen die, dass du anfängst, Bails zu trainieren?«, fragte sie. »Deine Partner heute bei der Regionalepisode?«

»Einen Verdacht haben sie bestimmt«, sagte Dobroc. »Wovor sollten sie sonst Angst haben? Warum, Fift? Hast du etwas dagegen?«

»Natürlich habe ich nichts dagegen. Ich bin stolz auf ihn.« Sie blickte auf ihre Hände. Ein blasser Lavendelton an den Hautflächen, der sich zu den Knöcheln hin abstufte und schließlich dunkelviolett war. Eine blöde Entscheidung, es stand ihr überhaupt nicht. »Ich gehe raus zum *Karmesin*-Tor. In *beiden* Körpern.«

»In Ordnung«, erwiderte Dobroc traurig.

2

Das Karmesin-Tor lag an einem Pier, der aus dem Hauptkörper der Umwehten-Herberge in den Himmel über Unterschnurz ragte. Der Weg war drei Körperlängen hoch und kam aus einer großen Öffnung in der Webpuffwand. Er war mit Wuchsknochen-Fliesen gepflastert, die so groß wie Gebärmuttergruftos waren. Er beschrieb eine Kurve, weshalb man die Welt hinter Umwehter-Herberge nur sah, wenn man ein Stückchen ging. Im Tor befanden sich auf beiden Seiten der Passage Wandnischen, von wo aus man in den Weltfeed kam; sie waren voller Körper. Leute murmelten, lachten und schimpften: Umwehte, die entweder schwer bei der Arbeit waren oder sich Neuigkeiten aus der Welt dahinter verschafften.

Fifts Herzen hämmerten; sie atmete langsam alle Luft aus ihren Lungen, stieß sie zischend zwischen ihren Zähnen aus, bis sich ein Gähnen einstellte, jener willkommene Reflex, der sie zwang, die Kiefer weit zu öffnen und Luft zu schlucken. Ihre Herzschläge verlangsamten sich ein wenig. Sie sah sich nicht an, doch sie streckte die Hand aus und hielt sich am eigenen Arm. Als junges Kind mochte sie nie mit sich selbst zusammen sein, aber neuerdings hatte sie angefangen, das doppelte Gefühl zu mögen: in den Muskeln ihres Arms und in den Fingern des anderen Körpers, die sich darum spannten.

Erst wenn sie den Rand der Herberge erreichte, würde sie erfahren, wie es in jener Welt da draußen um ihren Wohlstand und ihren Ruf bestellt war, was aus den Leuten geworden war, die sie da draußen kannte, oder wer etwas von ihr erwartete. Obwohl sie seit zwölf Jahren in der Herberge lebte, von denen sie sieben Jahre im Feed unsichtbar gewesen war, war es noch seltsam für sie. Doch vielleicht würde es immer seltsam sein.

Sie fragte sich, wie es für ein Kind sein mochte, das in der Herberge geboren wurde – ob es einem solchen Kind ganz natürlich und selbstverständlich vorkommen würde, in einer kleinen Welt mit ein paar Tausend, vielleicht auch ein paar Millionen anderen zu leben. Denn irgendwann würden in den Herbergen Kinder auf die Welt kommen. Vielleicht – so Kumru den Wunsch teilte – ließ sich bald ein Weg finden, den Boykott der Hebammen zu umgehen.

Jede Nische war besetzt und Fift wollte sich nicht zwischen den Körpern durchquetschen, also ging sie weiter. Schon sah sie den Ausgang der Passage: Die teppichbelegte grüne Plattform, die angedockten Roboterfledermäuse und das gewaltige Gewölbe Fullbellys dahinter … seine Habitationen, deren Zahl in die Hunderttausende ging, bildeten glitzernde Kaskaden von Farben und Formen. Einen Moment lang empfand sie Höhenangst, gemischt mit Nostalgie, und hätte fast laut aufgelacht. Sie *vermisste* Fullbelly! Fullbelly vermissen zu können, während man gleichzeitig permanent tief in seinem Inneren lebte – wenn das kein Beweis für die Funktionstüchtigkeit der Herbergen war …!

Nun spürte sie ganz am Rand ihres Wahrnehmungsfeldes das Flüstern des Weltfeeds. Sie weckte ihre Aufmerksamkeitsagenten aus dem Schlummer; jetzt brauchte sie sie. Das nächste Gähnen arbeitete sich in ihr vor, zuerst in einem Körper, dann im anderen. Sie ließ ihren Arm los und machte einen Vorwärtsschritt, einkörperlich, bis in die Reichweite des Feeds. In ihrem anderen Körper ließ sie die Knöchel knacken, streckte den Arm nach vorn, drückte eine Faust in die glatte, weiche Webpuffwand und atmete durch.

Es war ein alter Reflex, die Zuschauerzahlen zu checken. 25 687 Personen hatten sie abonniert: Geschichtsbegeisterte, Detailpolitik-Buchmacher, entfernte Kontakte aus alten Tagen, Fans oder Gegner der Herbergsbewegung und vielleicht auch Feinde von Dobrocs Flexibilität bei der Langen Konversation …

Doch momentan wurde sie von niemandem beobachtet.

Fift Brulio vom Namensverzeichnis Gelbe-Halbinsel-Zuckerblase-5, letztgeborene Staid, sechsundvierzigjährig (vorzeitig Erwachsenenstatus), Industrie-Reaktantin, *ein* öffentlicher Aufenthaltsort, keine Kohorte. Mehr gab das Weltverzeichnis nicht her. Es listete lediglich Umwehte-Herberge als Adresse und war anscheinend zu prüde, um Dobrocs, Cemerids und Fifts Triade auch nur als Provisorium aufzuführen. Selbst Cemerid war mit achtzig nicht alt genug für ihr Jahrhundert des Liebeswerbens, während Dobroc und Fift skandalös jung waren.

Vorsichtig ließ sie die Eingangsliste von ihren Agenten abarbeiten; sie wollte gar nicht erst darüber nachdenken, wie viele Nachrichten sie durchgehen mussten. Sie war nicht in Stimmung für Politik oder Klatsch oder Neuigkeiten, auch nicht für die zaghaften Freundschaftsbekundungen von Kollegen und Kameraden längst vergangener Zeiten. Die ununterdrückbare Nachricht – jene, für die das gelbe Licht sie hier herausgeschleift hatte – stammte von Vater Grobbard.

{Ehrliche, herzliche und wahre Grüße meinem geschätzten, ältesten Kind Fift Brulio Spin-Nupolo-Iraxis. Ich schreibe dir aus genussvoller Vorfreude auf dein Lesen dieser Zeilen, aber auch aus dem akuten und durchdringenden Gefühl deiner Abwesenheit.

{Auch wenn du es (soweit ich weiß) nicht ausdrücklich erwähnt hast, manifestiert sich in deiner gegenwärtigen Wahl von Wohnverhältnissen recht deutlich dein Wunsch, unsere Kommunikation auf ein moderates Maß zu beschränken. Dennoch bezweifle ich nicht, dass du auch weiterhin über wichtige Vorfälle in unserer Familie informiert zu werden wünschst.

Als du uns vor fünf Monaten zum letzten Mal besucht hast, war der kleine Lumlu noch einkörperlich. Ich bin mir sicher, dass dich die Frage seiner somatischen Integration beschäftigt, auch wenn es dir die Besonderheiten deiner Wohnverhältnisse schwer machen, seine Fortschritte zu verfolgen. Mir wurde das Glück zuteil, den Erfolg mitteilen zu dürfen. Er erwachte letzte

Woche und gewöhnt sich (wie man uns mitteilte) anscheinend mit großer, natürlicher Begabung an das dreikörperliche Leben. Sein Zustand ist noch etwas fragil, aber die Pädagogikexperten meinen, er sei jetzt in einem Zustand, in dem ihm Familienbesuche keinen Stress bereiten. Überdies hat er nach dir gefragt.

Ich zweifle nicht daran, dass Lumlu Mageria Spin-Nupolo-Iraxis vom Namensverzeichnis Blauer-Bockshornklee-2 deine Anwesenheit dankbar begrüßte. Nicht minder bin ich überzeugt, dass du selbst nichts anderes als die Erfüllung einer angenehmen Pflicht darin siehst, ihm seinen Wunsch zu gewähren. Ich habe mir deshalb die Freiheit genommen, diese Nachricht so einzurichten, dass ich unverzüglich benachrichtigt werde, sobald du sie gelesen hast, und darüber hinaus Vorkehrungen für deinen sofortigen Transport mittels Robotfledermaus unter dem Schutz der Spin-Nupolo-Iraxis-Kohorte getroffen.

Mit vorzüglicher Hochachtung und heiterer Befriedigung angesichts deines bevorstehenden Besuches verbleibe ich, dein zärtlicher Vater Grobbard Erevulios Spin-Nupolo-Iraxis vom Namensverzeichnis Zugänglicher-Gerichtssprengel-2.}

Fift atmete tief durch. Grobbard hatte Dobroc oder Cemerid nicht einmal mürrisch gegrüßt oder erwähnt. Und dann all diese Bemerkungen über »Wohnverhältnisse« … wow! Und dass sie dann einfach eine Robotfledermaus für Fift orderte, die sie gleich nach Erhalt der Nachricht mitnehmen sollte! So als wäre es nötig, sich Fift zu schnappen, wenn man die Gelegenheit dazu bekam, und dann aufmerksam über sie zu wachen, damit sie nicht durch den nächsten Abluftschacht das Weite suchte.

Der Herbergsfeed zeigte Dobroc zu Hause in der Wohnung, sie aß ihre Suppe auf und bereitete sich auf Shria vor – sie scheuchte das Geschirr in die Küche und räumte die Studiergrube auf. Shria musste inzwischen das Bernsteintor passiert haben.

Dass Fift in einem ihrer Körper zu den Wohnungen ihrer Eltern musste, das war klar. Ein Körper würde ein paar Stunden schlafend im Nestraum bleiben. Aber der dritte …?

Sie konnte sich hier am Tor herumtreiben und den Weltfeed ansehen. Oder zum Reaktorium zurückkehren und noch ein paar Stunden im süßen saftigen Herzen des Stroms verbringen. Oder eine öffentliche Schlafnische suchen, um sich vielleicht ein bisschen auszuruhen. Oder unten in der Arena Cemerid beim Rumcaddy-Spielen zusehen.

Doch wenn sie in die Herberge zurückginge, könnte sie in die eigene Wohnung sehen. Wenn sie wollte, würde sie Shria und Dobroc sehen, wie sie sich in die Lange Konversation vertieften.

Sie bemerkte, dass ihr in beiden Körpern die Hände zitterten. Absurd: Es sollte wirklich keine große, dramatische Opernaufführung sein, wenn er in ihre Wohnung kam.

Und trotzdem ging sie mit beiden Körpern hinunter, hinaus auf den groben, grünen Teppich des Docks und zu der Robotfledermaus, die die Agenten ihr zeigten. Es war bestimmt gut, mit zwei Hirnen da draußen zu sein, um den Weltfeed zu bewältigen, sagte sie sich.

3

Die Robotfledermaus hatte sie an den Docktürmen abgesetzt und Fift nahm einen Weg, der nicht am alten Zuhause ihrer Kindheit vorbeiführte (das inzwischen von einem ehemaligen Nachbarn, der immer gegen sie gewettet hatte, und seiner blasierten, unausstehlichen Kohorte besetzt wurde) – sie ging durch den Hain und die Speiche hinauf ins irgendwie weniger selbstbewusste Ende von Langsam-wie-Melasse.

Ihre Eltern lebten dort seit dreißig Jahren, doch in ihrer Vorstellung war es immer noch »die neue Wohnung«. Genau genommen »Chalias Wohnung«.

Sie war in Izist gewesen, als sie davon erfahren hatte. Keiner war auf die Idee gekommen, es ihr zu erzählen, sie stolperte in einem »Vermischte Nachrichten«-Kanal darüber: Die heimatlose Iraxis-Kohorte hatte sich mit Spin-Nupolo zusammengeschlossen, ihr kleiner Cousin Chalia Rigorosa war jetzt ihr Geschwisterkind und ihre Eltern hatten wieder ein Zuhause. Jetzt war sie Erstgeborene. Sie erinnerte sich, wie erleichtert und dankbar sie gewesen war – Tantchen Ellix hatte sich wieder durchsetzen können – und wie sie dann in Shria gelaufen war und zu weinen begonnen hatte; eine weinende Staid im verrückten Karneval von Izist, in jenen Tagen nichts Besonderes.

Chalia kam ihr im Vestibül entgegen. »Fift!«, rief er erfreut. Er kam zweikörperlich aus der inneren Wohnung gelaufen und schloss sie in die Arme.

Er drückte sie und zog sie dann – etwas verlegen – aus dem halböffentlichen Vestibül in die Privatsphäre des Hauses. Allzu viele Zuschauer hatte sie ohnehin nicht mehr – nur ein paar hundert, die ihr vielleicht aus nostalgischen Gründen folgten, nachdem ihre Agenten herausgefunden hatten, dass sie auf dem Weg nach Foo war.

»Hallo, kleines Geschwisterchen«, sagte Fift.

»Aber nicht der Kleinste!«, erwiderte Chalia munter, obwohl sich unter seiner glatten Fassade auch weiterhin ein gewisses Unbehagen verbarg. Der Übergang von Letztgeboren zu Mittelgeboren war bestimmt nicht leicht, vermutete Fift, ohne auf eigene Erfahrungen zurückgreifen zu können. Ihr eigener Übergang von Geschwisterlosigkeit zur Erstgeborenen an jenem Tag in Izist war gelinde gesagt untypisch gewesen. Chalia erlebte die klassische Version, jene Urverdrängung, auf der alle Transaktionen basierten. Und jetzt verfügte Lumlu über drei Körper, mit denen er Beachtung einfordern konnte.

»Was hast du denn da *an*?«, fragte Chalia.

»Der neueste Trend«, sagte Fift mit einem schiefen Grinsen. Ihr war gar nicht klar gewesen, welchen Anblick sie hier draußen abgeben musste: in Dunkelgrün und Leuchtgelb und nicht im weißen Gewand einer anständigen Staid, nicht einmal weizengelb, angebräunt oder schwarz, wie es die etwas Wagemutigeren mittlerweile trugen.

Chalia schüttelte sich vor Lachen. Es war wirklich ein gelungener Scherz, dachte Fift froh, und absurd auf vielen Ebenen: Chalias seltsames Staid-Geschwisterkind als Fashion Victim anzusehen, war sowieso schon komisch, und die Vorstellung, die kleine Umwehte-Herberge hätte ihre eigenen Minitrends und Moden, war nicht minder lachhaft, wenn auch ein Körnchen Wahrheit darin steckte: Seit überall diese umrankten Gitter eingeführt worden waren, entdeckte Fift deren Farben im Plazabereich und auf dem Wischweg immer häufiger in der Kleidung, die man dort trug.

»Du siehst total seltsam aus«, sagte Chalia. »Gefällt mir riesig gut.«

»Und wie geht's unseren ›Ernährern‹?«, fragte sie. Wo steckten die eigentlich? Wahrscheinlich sahen sie über den Hausfeed zu; vielleicht auch nicht. Es war ihr egal.

Chalia biss sich auf die Lippe, dann drückte er die Brust raus und schleuderte sein Haar. Mit dreißig und im Oberwasser der Zweiten Kindheit verlor er allmählich eine gewisse Schüchternheit, die ihn zuvor noch behindert hatte. Er hatte Fifts Größe, war also klein, aber drahtig und stark, obwohl er so wenig Zeit mit Ringen, Fechten und Akrobatik verbrachte, wie gerade noch möglich war, ohne sich dafür Ärger einzuhandeln. Er zog es vor, mit seinen Agenten herumzutüfteln, und würde eines Tages vielleicht ein Feed-Gärtner werden. Seine Haut und die Haare hatten einen leichten Braunton. Unter jungen Bails, die auch nur ein klein wenig Selbstvertrauen hatten, war es neuerdings angesagt, sich überhaupt nicht mehr um Körpermoden zu kümmern. Sie ließen den Körper einfach so wachsen, wie seine Gene es vorsahen, die die Gameten ihrer Eltern willkürlich zusammengemischt hatten. Und das war nach Fifts Auffassung etwas anderes, als seinen Körper nicht anzurühren, weil einem der Mut fehlte, etwas zu verändern. Chalia stand es gut. »Ich weiß nicht«, sagte er. »Sie sind ziemlich aufgeregt. Erleichtert. Anscheinend … also, äh …«

Fift spürte einen kleinen Stich von Bitterkeit – oder Eifersucht? Sie übertünchte es mit einem Lächeln. »Mir ist die somatische Integration damals ganz schön schwergefallen. Ich war jahrelang richtig fertig.«

»Ja«, erwiderte Chalia. »Kann ich mir vorstellen.« Er grinste. »Erzähl mir mal von der Herberge!«

»Willst du sie dir nicht selbst einmal ansehen?«, fragte Fift.

Chalia machte große Augen. »Oh, wow«, sagte er. »Du weißt, das würde ich liebend gern tun. Aber …«

»Ich weiß. Du müsstest dich darauf gefasst machen, dass sie deshalb in Panik ausbrechen.«

»Weißt du, sie würden es mir sowieso nie erlauben.«

Fift spürte einen kleinen, glühenden Schmerz in der Brust. »Ja.« Sie nahm seine Hand. »Na ja, ich hätte mich vielleicht darüber hinweggesetzt, aber ich bin wohl auch nicht gerade das beste Vorbild dafür, wie man sich während seiner Kindheit verhält.«

»Ach, Fift, hör schon auf«, sagte er und schlug die Augen nieder. Er lehnte sich an sie und legte ihr unbefangen den Kopf an die Schulter. Fift spürte jetzt den heißen Schmerz nicht mehr; dass Chalia so niedlich war, das hatte ihn abgekühlt. »Nun ja, das war etwas anderes. Das war so etwas wie eine Berufung! Wie der Beginn eines Zeitalters. Sie verstehen es nicht, aber ich schon.«

»Ein Zeitalter, hmm?«, fragte Fift. Sie wollte gerade fragen, in welches Zeitalter sie denn jetzt eingetreten waren und wie sie es nennen sollten, aber da kam Vater Squell angestürmt, dem die Richtung, die das Tête-à-Tête genommen hatte, womöglich nicht gefiel. Er war einkörperlich, wie immer unbehaart und trug wie früher jene altmodischen Metallstacheln, die aus seiner blassrosafarbenen Haut hervorragten. Ihre Anzahl hatte jedoch zugenommen und er hatte hinten am Hals und auf den Armen verwirrende Zebrastreifen hinzugefügt. Er blieb stehen, presste die Hände an sein Gesicht und schlang dann die Arme um Fift.

Seine Wange, die er ihr an einen ihrer Hälse presste, war feucht von Tränen. Obwohl ihre Körper jetzt Schulter an Schulter standen, spürte sie krampfartig ihren vermeintlichen emotionalen Körperverlustschmerz. In seinen Armen, in jenem Körper fühlte sie sich wieder wie ein kleines Kind, das sich nach Schutz sehnte, das getröstet, gekuschelt und beschmust werden wollte. Doch in dem anderen Körper zog sich ihr der Magen zusammen, mit den Augen jenes Körpers sah sie, wie er sie einwickelte und seine langen Zebrastreifenarme um sie schloss wie eine Spinne, die eine Fliege einwickelt. Es war so zwiespältig, dass ihr schwindlig wurde.

Doch sie rief sich sofort zur Ordnung: Es war unfair. Squell wollte ihr nichts Böses. Er liebte sie. Wie gern hätte sie seine Umarmung ebenso hingebungsvoll erwidert, doch als sich ihre Emotionen synchronisierten, setzte sich das Unbehagen durch und sie verkrampfte sich.

Squell bemerkte es und trat einen Schritt von ihr zurück. »Chalia, Schatz«, sagte er, ohne sie anzusehen, »ich weiß nicht, was ihr hier treibt, aber du kannst Fift doch nicht die ganze Zeit für dich allein hier im Vestibül behalten. Alle warten schon!«

4

»Soso«, sagte Vater Thrimon und legte sich die Hände flach auf die Oberschenkel, »laut Register bist du ein Industrie-Reaktant, Fift? Soso. Dafür braucht man sich natürlich nicht zu schämen. In meiner Jugend habe ich selbst einige Zeit in Reaktorien verbracht, weißt du? Es kann sehr … beruhigend sein, falls man es so nennen möchte. Während man sich über das Gedanken macht, was man eigentlich tun will …«

Fifts Magen rumorte. Sie hatte Hunger, doch Vater Arevio, Vater Cartassia und Vater Burin hatten sich der Nahküche verschrieben und bereiteten gerade eigenhändig ein kompliziertes Mahl vor. (Fift fragte sich, ob dieses ganze Nahküchengetue, dieses bewusste Übergehen sowohl kücheneigener als auch von den Gästen mitgebrachter Gastronomieagenten, nicht aus demselben Bedürfnis nach Trennung und Eigenständigkeit herrührte wie die Herbergen. Aber das würden sie natürlich nie zugeben …)

In einem anderen Zimmer standen Mutter Mulis (Chalias Mutter) und Mutter Egathelie (die Mutter Lumlus) mit Fift am Rand der Spielgrube. Darin kämpfte Lumlu gegen Spinnen.

»Und eines steht doch fest«, sagte Thrimon und hob die Hände, »wo wären wir ohne sie? Reaktorien. Stell dir vor, alle Dinge, die wir benutzen, würden nur von Agenten geformt werden – ohne die Augen, die Ohren oder die Zunge einer lebenden Person. Die Ferntechnologie ist … nun, ich hoffe, es macht dir nichts aus, wenn ich einmal zitiere, und zwar aus dem fünften analytischen Diskurs des zwölften Anhangs zur alternativen Kodifizierung des …«

»*Mir* macht es etwas aus«, sagte Vater Frill, als er doppelkörperlich ins Zimmer kam. »Ach du lieber Kumru, Thrimon! Alle können dich hören!« Er trug ein eng anliegendes, ölfleckenbuntschillerndes Trikot mit Ärmeln an einem und ärmellos am anderen Körper. Seine kräftigen Arme glänzten vom Schweiß und er hatte Übungsschwerter dabei, die er von einem Körper zum anderen reichte. Dann verließ er den Raum, um sie wegzubringen, setzte sich auf eine Bank an der Wand und sah Fift an. Er verschränkte die Arme. »So, Fift. Kannst du uns *diesmal* erklären, was du in deinem Reaktorium machst?«

Fift ruckelte unbehaglich in ihrem Sitzgeschirr.

Das dumpfe Heulen des Windes, der beißend durchdringende, elektrisierende Herbst ...

Im Traum ihres schlafenden Körpers wehte ein Wind und trieb die Nebel auseinander – ein kalter Wind. Sie spürte finster jenen Körper zittern.

»Es ist ja nicht gerade ein Geheimnis oder so«, sagte sie.

Frill schnaubte.

Lumlu kicherte. Die Spinnen waren so groß wie er selbst und bestanden kopflos nur aus knochenweißen Beinen. Eine Spinne huschte zwischen seinen beiden Körpern hindurch und er taumelte mit großen Augen vorwärts, um sich daraufzustürzen.

Fift sah auf ihre Hände hinunter. »Ich weiß einfach nicht, wie das heißt ... wie ich es nennen soll. Das, was wir machen. Ich meine, es hat noch gar keinen Namen.«

Frill schüttelte den Kopf. »Und *wird* es einen Namen bekommen? Wird es jemals aus eurem kleinen ... Narrenparadies herausfinden, aus eurer selbstgeblendeten Megakohorte, eurem Gebärmuttergruftorium-für-Tausend oder was auch immer das darstellen soll? Stellt ihr etwas her, was zur Welt gehört und was ich eines Tages sehen kann?«

Über Thrimons Miene zog ein besorgter Schatten.

»Ich weiß nicht«, erwiderte Fift. »Vielleicht nicht.«

Als zwei von Lumlus Körpern die Spinne in die Zange nahmen, quietschte sein dritter Körper vor Begeisterung. Im letzten

Moment sprang die Spinne in die Luft und hoch über seine Köpfe, sodass Lumlus Körper zusammenkrachten.

Frill seufzte.

Vater Smistria schlenderte einkörperlich und verschwitzt ins Zimmer und warf seine Kampfhandschuhe in den Kompost. Ein langer Riss in seiner Wange blutete. Er leckte an einem Finger und rieb damit über die Wunde. »Dein Vater Frill ist ein unfairer Gegner, Fift«, sagte er. »Er hat sich die Nerven beschleunigen lassen.«

In Lumlus Geschrei mischte sich Panik und in seinen beiden anderen Körpern entfernte er sich taumelnd vom Ort der Kollision, setzte sich und fing an, ebenso überrascht wie schmerzerfüllt aus allen drei Kehlen zu jammern. Die Spinne drehte sich um und kehrte zu ihren Gefährten im anderen Winkel der Spielgrube zurück.

»Du, Smi, bist ein Lügner und du bist verbittert, weil du nicht verlieren kannst!«, blaffte Frill. »Ich habe meine Nerven nicht schneller machen lassen als du deine!«

»Bitte – Smi, Frill!«, sagte Thrimon geknickt. »Gehört es sich denn, so vor unserem Staidkind zu reden?«

»Sie ist nicht mehr unser Kind«, sagte Smistria. »Dafür hat sie schon vor langer Zeit gesorgt. Die Runde hätte an mich gehen sollen.«

»Sie ist erst sechsundvierzig!«, sagte Thrimon.

Shrias Stimme. Kalter Wind trug sie durch ihren Traum. Er lachte, dann redete er eindringlich. Sie konnte nicht verstehen, was er sagte. Und in einem anderen Traumkörper, von dem ihr träumender Körper träumte, befand sie sich im Bauch eines Luftwals – eines Luftwals voller Anonykörper, die sie anstarrten – und war dabei, eine wichtige Entscheidung zu treffen.

»Du hast damit gar nichts erreicht, weißt du«, sagte Frill, der die Arme auch weiterhin vor der Brust verschränkte.

Egathelie und Mulis lehnten sich über die Spielgrube. »Das ist richtig, Schatz«, sagte Egathelie. »Schrei, mein Schätzchen, schrei! Benutze deine wundervollen Lungen! Schrei alles heraus und dann steh auf und kämpfe weiter! So wird's gemacht!«

Einer von Lumlus Körpern stockte mitten im Wehklagen und blickte auf. Mulis, dem langjährige Erfahrungen als Mutter eine großzügige Aura der Überlegenheit verliehen, lehnte sich an Fift vorbei und berührte Egathelie am Arm: »Lenk ihn nicht ab, Eg«, sagte er und Egathelie nickte.

»Wie meinst du das, Frill?«, fragte Thrimon.

»Diese Herbergen!«, schrie Vater Frill. »Wozu sollen die gut sein? Wenn man sich selbst in geheimen Enklaven einsperrt wie … ach, ich weiß nicht, wie die eine oder andere Figur in eurer kumrugesegneten Konversation …«

»Frill!«, sagte Thrimon erschrocken und Smistria gackerte.

»… wozu soll das gut sein? Die Hebammen und die Feed-Gärtner da draußen haben genauso viel Macht wie immer …«

»Und das ist auch gut so!«, sagte Smistria.

Frill warf Smistria einen wütenden Blick zu. »… und die Clowns sind inzwischen auch wieder nichts anderes als *Unterhaltung* …!«

»Ich weiß nicht, ob das so ganz …«, fing Thrimon an.

Lumlu schniefte, zog sich hoch und schwankte auf seinen kleinen Beinchen. Er sah sich argwöhnisch in die eigenen Gesichter und blinzelte. Vielleicht, dachte Fift, begriff er gerade zum ersten Mal, dass er sich selbst wehtun konnte und dass ihn seine eigenen Körper zu täuschen vermochten.

Shrias Stimme durchzog den Traum, lauter jetzt, und dann verebbte sie schließlich, alles wurde still, der Nebel flutete zurück, blau und ohne Zeit zu vergeuden. Im Traumluftwal schloss Fift die Augen und ignorierte das Starren gesichtsloser Passagiere.

»Und was hat das Ganze an Positivem gebracht?«, fragte Vater Frill. »All dein …« Er presste die Lippen zusammen, dann stemmte er die Hände in die Hüften. »Das alles.«

»Vielleicht solltest du es dir einmal ansehen«, sagte Fift. »Komm zur Herberge. Ich …«

»Ha!«, sagte Frill und warf die Arme in die Luft. »Ich habe schon genug anständige Irrenhäuser gesehen, ohne dass ich mich aus dem Weltfeed herausschneiden musste, um dorthin zu gelangen! Und ich habe nichts zu verbergen, deshalb habe ich es auch nicht nötig, irgendwohin zu gehen, wo mich keiner sieht!«

»Vielleicht wirst du feststellen«, sagte Fift, »dass du neue Dinge ausprobieren kannst, unterschiedliche Dinge, falls …«

»Bitte! Möge mich Kumru vor solchem Schwachsinn bewahren. Sieh mal, Fift«, sagte Frill, »ich weiß, du bist anständig, und ich bin mir sicher, wenn *du* dabei bist, wird in der Umwehten-Herberge nichts Seltsames vor sich gehen, na ja, zumindest nichts Schreckliches. Aber was ist mit den Festungen? Panaximandra Shebol vom Namensverzeichnis Zentraler-Ruhm-2 hat …«

Grobbard und Ellix kamen herein. »Ist sonst noch jemand der Meinung«, fragte Grobbard, »dass wir trotz der Wertschätzung, die Arevio, Cartassia und Burin bei uns allen genießen, und trotz der Begeisterung, mit der wir ihrer neuesten Produktion entgegensehen, das Verbot, in der Zwischenzeit irgendetwas anderes zu essen, möglicherweise …«

Ellix nickte Fift zu. »Hallo, Fift.«

Lumlu richtete sich auf, blinzelte und schaute Bestätigung heischend aus der Spielgrube heraus. Die beiden Mütter winkten und klatschten. Alle seine Köpfe wandten sich gleichzeitig um, als er von einer zur anderen schaute.

Jetzt sah er Fift. Sie wusste nicht, ob sie lächeln sollte oder nicht. Es war fünf Monate her, seit sie ihn zuletzt gesehen hatte, und da konnte er kaum sprechen. Jetzt war er dreikörperlich – drei nackte, kleine, knubbelige Körper – und ganz mit lockigem, goldenem Haar bedeckt. Natürlich konnte sie das Original nicht erkennen, obwohl sie es sich unwillkürlich fragte. Sie erinnerte sich noch an den Moment (sie war etwa sieben gewesen), als ihr klar wurde, dass sie keine Ahnung hatte, welcher ihrer Körper der erste gewesen war …

Lumlu blickte ihr dreifach ins Gesicht und schob die Brauen zusammen.

»Ich *weiß* nicht, ob andere auch der Meinung sind, Grobbard!«, sagte Frill. »Setz es doch als Tagesordnungspunkt in die

Konsensmoderation. Oder iss einfach was! Du redest dazwischen. Die Festungen …«

»Also ich persönlich«, sagte Smistria, »hätte nichts dagegen, wenn man die Revanchisten alle an einem Ort zusammensperren würde …«

»Okay, dann bist du aber *überfällig* mit dem Verrücktwerden«, sagte Frill, *»denn sonst …«*

Lumlu drehte sich dreikörperlich um und stürzte sich auf die Spinnen.

»Oh, jetzt hör doch auf, das Kind zu quälen, Frill!«, blaffte Smi.

Frill zog eine Braue hoch. »Du hast gerade gesagt, sie sei kein …«

»Na, was immer sie auch ist!«, sagte Smistria. »Wir hatten unser Match und ich glaube, da war noch etwas *anderes* zwischen dem Match und dem Abendessen geplant. Oder soll ich einfach baden gehen?«

»Vielleicht. Aber …«, sagte Grobbard, »… weil bald das Essen …«

»Nein«, sagte Frill und stand auf, »du sollst nicht einfach nur baden. Geh du vor – in *dein* Zimmer, Smi. Mach dir keine Sorgen, Grobbard, das wird nicht lange dauern …«

Smi warf ihm einen bösen Blick zu, nahm seine Hand und blickte dann zu Ellix, die kicherte. Thrimon wirkte peinlich berührt und Grobbard leicht genervt.

Da war eine Hand an Fifts Schulter – einen Moment wusste sie nicht, in welchem Körper –, doch es war in dem träumenden. Im Luftwal des Traums oder im geträumten blauen Nebel? Nein, sie war schwer und warm und real und schob sich durch den Traumnebel, war mit dem Körper verbunden; sie hatte einen Körper, lag im Bett …

Sie öffnete die Augen.

Shria war da. Einkörperlich, goldhäutig, seine wilden, schwarzen Augenbrauen lockten sich über seinen goldenen Augen. Zuvor hatte Dobroc in ihr die Erinnerung an sein Gesicht geweckt, das er mit fünfzehn hatte. Und das hier war dasselbe Gesicht, höchstens die Farben hatten sich geändert und durch das Wachstum während seiner Zweiten Kindheit standen auch die Wangenknochen etwas breiter. Aber ein Kind war auch er keines mehr, ganz gewiss nicht.

Sie setzte sich ruckartig auf und zuckte vor seiner Hand zurück. Cemerid musste bereits aufgestanden und gegangen sein; sie waren im Nestraum allein.

Shria lehnte sich zurück. Er trug tatsächlich das weiße Gewand einer Konversationalistin. Es wirkte nicht prätentiös oder unpassend. Es stand ihm: Ihm war alles zuzutrauen. Ihr Herz hämmerte.

»Hi«, sagte er.

»Was, in Kumrus unverhüllter Genitalien Namen! Shria, klopfst du eigentlich nie?«

»Ich habe geklopft«, sagte er.

»Wo ist Dobroc?«, fragte Fift und fummelte herum, um in den Hausfeed zu sehen. Dobroc war natürlich unten mit Shrias anderem Körper. Er hatte zwei mitgebracht! Doch sie löste die Verbindung gleich wieder, weil sie ihnen nicht zusehen wollte. »Oh.«

»Ich vermisse dich«, sagte er.

Und auf einmal blieb ihr die Luft weg. Sie sah zur Seite. Warum war er in *ihrem* Zimmer? Weil er Shria war, war ihm natürlich alles … er hatte doch nicht … ach! Im Hausfeed erfuhr sie, dass ihr Herz mit 134 Schlägen pro Minute schlug. Binnen acht Sekunden bei einem Anfangspuls von 64. Sie hätte sich selbst wecken sollen, als Dobroc sagte, dass er kommen würde. Und sie hätte sich in allen drei Körpern aus dem Staub machen sollen!

Sie schloss die Augen, verlangsamte die Atmung und versuchte, sich zu fassen. Dann öffnete sie die Augen wieder. Er wartete. »Wie ist das Training mit Dobroc?«, fragte sie.

»Aufregend«, sagte Shria. Er legte die Hände auf seine Knöchel und beugte sich vor. »Ich würde noch nicht sagen, dass ich den Flow spüre, aber es ist etwas ganz anderes, als sich nur die Aufzeichnungen anzusehen, und sogar anders, als wenn man ein stummer Zeuge ist. Es ist … ich kann die Schönheit spüren, zum Greifen nah.«

Auch wenn Fift aus politischen Gründen absolut hinter dem Projekt stand und theoretisch längst damit im Reinen war, traf es sie trotzdem bis ins Mark, Shria in Weiß zuzusehen, wie er Löffel weiterreichte. Es war ein Schwindelgefühl, als ob man auf der Leiter eine Sprosse verpasste. Es war das Gefühl, überrannt zu werden, als würde ihr etwas ganz Persönliches weggenommen. Aber da war auch eine Sehnsucht, ein gewisses: Ja, ja, komm, bleib bei uns …

»Und wie läuft dein Elternbesuch?«, fragte Shria.

»Ganz okay«, sagte Fift. Sie hatte einen trockenen Mund und versuchte sich zu räuspern. »Lumlu ist der Wahnsinn; es ist erst eine Woche her und er kämpft schon dreikörperlich gegen Spinnen.« Gerade jagte er die Spinnen, goldblonde Haare, weiße Spinnenbeine, ein hingebungsvoller Galopp.

»Hu«, sagte Shria.

»Genau so!«, schrie Mulis und warf die Arme hoch. »Lumlu, Süßer, du schaffst es!«

»O Fift«, sagte Egathelie und drehte sich zu ihr um, »… ich weiß nicht, ob du den Nachrichteneingang siehst – dein Vater Thurm kommt vorbei. Wir haben ihn in den letzten Monaten kaum noch gesehen …«

»In den letzten Monaten?«, wiederholte Mulis, ohne Lumlu aus den Augen zu lassen. »Wir haben ihn kaum gesehen, seit Chalia in die Zweite Kindheit gekommen ist!«

»… aber er meinte, wenn *du* hier bist …«

Grobbard und Ellix befragten Thrimon über einen unverständlichen Teil der Familienkonferenzprotokolle. Es ging um einen Anpassungsvorschlag für die ferntheoretische Maschine, die das agentengelenkte evaluative Feedback zum Konsensmodellierungsverfahren der Kohorte steuerte. Sie hatten nicht vergessen, dass Fift anwesend war, doch vielleicht wussten sie nicht, worüber sie sonst mit ihr reden sollten. Vielleicht ließen sie ihr auch nur Zeit, sich einzugewöhnen und wieder in den Flow einzutauchen.

»Shria«, sagte Fift, öffnete die Augen und zwang sich, ihn anzusehen. »Was *tust* du hier?«

Shria senkte den Blick und streichelte den Stoff des Couchbodens.

»Äh … vermutlich willst du noch mehr hören als nur: ›Ich bin hier, um mit Dobroc zu üben‹ oder ›ich vermisse dich‹.«

»Ja«, sagte Fift. »So ist es.«

Shria holte tief Luft und atmete wieder aus, als ob er sich darauf vorbereitete … etwas zu sagen. Und dann war ein Anflug von Genervtheit in seiner Miene. »Weißt du, irgendwie tut mir das weh, Fift. Warum reicht das noch nicht? Du bist meine Freundin, ich vermisse dich. Ich wohne ganz in der Nähe. Warum …«

»Weil es wehtut, dich zu sehen, Shria. Weil mein Herz an deins gebunden ist.« 124 Schläge pro Minute. »Und dann sehe ich dich und danach musst du schon wieder verschwinden und ich kann dich gar nicht mehr in meinen Armen halten …«

Shrias Miene wurde härter. Er wandte den Blick ab. Dann drehte er sich wieder zu ihr und streckte die Hand aus, um ihr Gesicht zu berühren. »Fift …«

Sie erwischte seine Hand am Handgelenk und drückte sie von sich weg. »Shria«, sagte sie, »was wolltest du mir sagen?«

Er riss seine Hand fort und der Goldton seiner Haut wurde dunkler.

»Ach, fick dich.«

»Was«, brachte sie trotz ihres galoppierenden Herzens leise heraus, »wolltest du …«

»Dass ich bleiben werde«, sagte er und verdrehte dabei die Augen. Und ihr Herz drohte stehen zu bleiben.

Mutter Pip blieb in der Tür zu dem Raum stehen, in dem ihre Staidväter diskutierten. Sie lächelte Fift vorsichtig zu, zog eine Braue hoch und musterte sie dann, als wollte sie mit eigenen Augen sichten, was sie bereits im Hausfeed gesehen hatte. Es war genau derselbe Gesichtsausdruck wie der, den sie aufsetzte, wenn sie einen Abschnitt einer fortlaufenden, befriedigend nicht linearen Sequenz von Banktransaktionen geprüft und abgehakt hatte. Sie nickte und ging weiter.

Fift bekam keine Luft mehr. Die drei Staidväter wendeten höflich den Blick ab, die beiden Bailmütter feuerten Lumlu an und bekamen nichts mit (soeben betrat auch Chalia das Zimmer und ging zur Spielgrube).

»Wie bitte?«, fragte sie Shria. »Warum?«

»Was glaubst du denn wohl, du Nährfluss-verstopfende, verschwenderische, leereverlassene, schwesterlose Löffelreicherin! Weil du mir fehlst! Denn dich zu vermissen, das juckt so schlimm, als hätte man sich auf der Oberfläche nackt in einem Feld voller Giftpflanzen gewälzt. Und wenn du so dickköpfig bist und dich hier oben in diesem … in diesem Laden vergräbst und monatelang nicht herauskommst und wenn du es so kumruverflucht eilig hast, Kohorte zu spielen, dass dir nichts …«

»Shria«, sagte Fift. »Shria, hör auf.« Sie spürte einen Druck auf ihrer Brust, als würde ein riesiges Tier darauf stehen. »So kannst du das nicht machen. Das sind die falschen Gründe, es zu tun. Wenn du nicht an die Herbergen glaubst und nicht genug Vertrauen in uns hast, um jetzt eine Kohorte …«

»Sei nicht so arrogant!«, sagte Shria. »Hör auf, so dogmatisch zu sein …« Er sprang vom Couchboden auf die Füße und starrte sie an. »Woher willst du wissen, was ich glaube?«

Fift schluckte. »Also …«

»Die Iraxis-Eltern«, sagte Mulis, die Augen stets auf Lumlu gerichtet, der eine Spinne unter einen Vorsprung gescheucht hatte und sich jetzt in allen seinen drei Körpern näherte, »vermissen dich natürlich alle viel mehr, als sie zugeben würden. Du solltest das wissen, Fift. Es wäre etwas anderes, wenn du einfach *irgendwo da draußen* in der Welt unterwegs wärst, nicht unbedingt *zu Hause*, weißt du, sondern einfach da, wo man dich *sehen* könnte … und nicht, na ja, verschluckt in diesem …«

Egathelie streckte wieder den Arm an Fift vorbei, um die Hand auf Mulis' Schulter zu legen. »Jetzt bist du jedenfalls hier«, sagte er freundlich, »und es ist Abend und wir sollten es alle einfach genießen!«

Shria atmete schwer ein. »Ich bin wirklich nicht gegen die Herbergen. Ich glaube nur nicht, dass sie die einzige Antwort sind! Wenn alle Energien der Befreiungsbewegungen so kanalisiert werden, dass es darauf hinausläuft, Kohorte zu spielen und schicke Tapeten aufzuhängen, wäre es eine Katastrophe. Wenn sie aber Teil von etwas Neuem, einer neuen Vielfalt, einer neuen Beziehung zum Feed wären …« Er winkte ab. »Fift, du verwechselst das, woran ich glaube, mit dem, wozu ich mich aufraffen kann. Wie ich vorhin schon sagte: Vor Jahren – nun, da konnte ich mir überhaupt nicht vorstellen, hier drin zu sein, abgeschnitten von der Welt … festzusitzen und zu warten …!«

»Aber was ist jetzt anders?«, fragte Fift.

Er sah ihr in die Augen. Sein Blick war wild und golden. »Na ja«, sagte er. »Zum einen lerne ich jetzt sitzen. Ich lerne, das stille Zentrum zu sein.« Er sagte es, ohne dabei zu grinsen und ohne Ironie, und Fift spürte, wie sie plötzlich von einer unerklärlichen Sehnsucht erfasst wurde.

»Setz dich«, sagte sie.

Er ließ die Knöchel knacken, dann kam er langsam zurück und setzte sich zu ihr auf den Nestraumboden.

»Und ich *weiß* nicht, warum du es so eilig hast«, sagte er. »Ich weiß nicht, weshalb du mit sechsundvierzig unbedingt Triaden und Quadraden bilden musst. Ich weiß nicht, warum du nicht unser Jahrhundert des Liebeswerbens abwarten kannst …«

»Wir sind doch keine *Kinder*«, sagte sie. Ihre Schultern waren einen Fingerbreit voneinander entfernt, ohne sich zu berühren.

»Das Argument zieht nicht«, erwiderte er. »Nur weil wir gegen diese Strukturen rebelliert haben, heißt das nicht, dass wir das Gegenteil tun müssen. Mir *gefällt* der Gedanke, mich ein ganzes Jahrhundert auf das zu konzentrieren, was ich bin – nur ich, ganz allein –, und mich mit wem auch immer wie auch immer zu verbinden, bevor ich den Versuch starte, etwas Dauerhaftes mit Leuten aufzubauen. Aber …« – er zuckte mit den Schultern – »… du und Dobroc, ihr habt es offenbar *eilig*. Cemerid kenne ich nicht, aber ich vertraue eurem Urteilsvermögen. Und vielleicht ist meine Antihaltung auch … nur die typische bailische Furcht vor dem Stillstand. Und mir ist klar, dass ich da ausbrechen will. Jedenfalls habe ich nicht behauptet, dass ich dazu bereit bin, eine Semi-Kohorte auszurufen oder ein Gelübde abzulegen. Ich habe gesagt, ich *bleibe*. Ich werde bleiben, es ausprobieren und nicht aus Angst kneifen. Dann werden wir ja sehen, was geschieht.« Er sah ihr in die Augen. »Reicht das?«

Ein großartiges und schreckliches Gefühl schwoll nun in Fift wie ein unsichtbarer Ballon, quetschte ihre Organe in alle Richtungen und füllte sie ganz unerträglich, bis nichts anderes mehr übrig war. War das Angst?

Chalia kam näher und streichelte Mutter Muli mit der Hand über den Rücken; dann wandte er sich Fift zu und strich ihr die Kleidung glatt. Er zwinkerte ihr zu. »Du siehst *glücklich* aus«, sagte er.

Oh. Es war Freude.

»Ja«, antwortete sie Chalia – und Shria.

»Das reicht«, erklärte sie Shria. Ihre Stimme war belegt; ein peinliches Instrument, das sie aus ihrer Kehle herausbugsieren musste. »Fürs Erste.«

Shria wandte sich ihr zu. Sie schlang die Arme um ihn und er umfing sie. Ihre Stirn an seiner Wange, ihre Hände an den kräftigen Rückenmuskeln. Er duftete wie – wie Abendblumen, wie Gemmon, wie ein Oberflächenwind, wie zu Hause? Nein, wie Shria; wie Shria, wieder hier, mit ihr zusammen, nach so langer Zeit.

Ein Seufzer entfuhr ihr.

»Abendessen!«, rief Vater Cartassia.

Die Väter Grobbard, Ellix und Thrimon sprangen mit untypischer Eile auf und stürmten in den Flur. »Möge Kumru uns segnen!«, sagte Frill und rubbelte sein Haar trocken. »Ich könnte eine Robotfledermaus verdrücken.«

»Lumlu!«, rief Egathelie. »Zeit zum Abendessen, Schatz!«

»Weißt du, was komisch ist?«, fragte Shria und hob den Kopf, sodass er einen Fingerbreit von ihr entfernt blieb und mit dem Atem kitzelte. »Du findest das bestimmt albern. Aber was bei meiner Entscheidung eine Rolle gespielt hat … Erinnerst du dich noch an das, was Thavé gesagt hat, als die Auflösung losging? Das mit den Sternenschiffen?«

»Sternenschiffe?«, fragte Fift und verzog an seiner Schulter skeptisch das Gesicht.

»Ja«, sagte Shria. »Ihre irrenhausreife Idee, alles aufzugeben, nur um es irgendwo anders neu aufzubauen. Das wirkte so absurd, aber auch … mutig. Irgendwann in den Zeitaltern vor den Zeitaltern war jemand verrückt genug, genau das zu tun, um uns … *das* hier zu geben.« Er drückte seine Nase in ihr Haar. »Und wenn ich mir das vorstelle … wirken die Herbergen … irgendwie gar nicht mehr wie eine Sackgasse. Nicht mehr wie ein Resignieren. Eher so, als ob man da etwas Wichtiges lernen könnte: Wie man alles aufgeben und neu anfangen kann.«

»Hmm«, sagte Fift. »Könnte sein.« Sie ließen sich auf den weichen Couchboden gleiten, Fift kletterte hinter ihn, nahm ihn in die Arme und hielt ihn geborgen. Sie schob die Schenkel unter seinen Hintern und kuschelte sich an seinen Rücken.

Im Korridor gingen ihre Väter schnell um Vater Squell herum, der an eine Wand gelehnt stand. Grobbard, Ellix, Thrimon, Frill und Smistria eilten die Treppen zum Speisezimmer hinunter.

Squell blickte auf seine Hände. Seine Augen waren noch etwas gerötet, weil er bei Fifts Ankunft geweint hatte. Er schaute kurz auf und runzelte die Stirn.

Fift verlangsamte auf seiner Höhe ihr Tempo und Squell versetzte sich in Bewegung, sodass sie nebeneinander gingen.

Fift spürte, wie sich Shrias Rückenmuskeln nach und nach entspannten und seine Atemzüge ruhiger wurden.

»Dobroc hat damit angefangen, Bails in der Langen Konversation auszubilden«, sagte Fift.

Squell erbleichte.

»Einschließlich Shria«, sagte sie, ohne genau zu wissen, warum. Weshalb versuchte sie, Squell zu einem Wutausbruch zu provozieren? Sie spürte, dass eine aggressive Ruhelosigkeit sie durchzog, obwohl sich ihr anderer Körper entspannte – mit der

Nase in Shrias Haar, in seinem Duft und kurz davor, tief und fest einzuschlafen.

Sie bekamen eine wichtige Aufgabe und eine hinreißende, riesige und üppige Welt des Lernens und der Kultur … Ich habe immer durch den Riss in der Wand zugehört, wenn sie ihren Unterricht hatten …

Squell sagte kein Wort, während sie den Flur entlang- und dann die Treppen hinuntergingen. An der Tür zum Speiseraum lächelte er schließlich verlegen.

»Tja, Struwwelkopf«, sagte er, »jedes Zeitalter geht mal zu Ende.«